中文社会科学引文索引(CSSCI)来源集刊

文学理论前沿

第六辑

国际文学理论学会
中国中外文艺理论学会
清华大学比较文学与文化研究中心
上海交通大学艺术与人文研究院

北京大学出版社
PEKING UNIVERSITY PRESS

图书在版编目(CIP)数据

文学理论前沿.第6辑/王宁主编.—北京:北京大学出版社,2009.6

ISBN 978-7-301-15407-6

Ⅰ.文…　Ⅱ.王…　Ⅲ.文学理论-研究　Ⅳ.I0

中国版本图书馆CIP数据核字(2009)第101428号

书　　名:文学理论前沿(第六辑)
著作责任者:王　宁　主编
责 任 编 辑:艾　英
标 准 书 号:ISBN 978-7-301-15407-6/I·2123
出 版 发 行:北京大学出版社
地　　址:北京市海淀区成府路205号　100871
网　　址:http://www.pup.cn　　电子邮箱:pkuwsz@yahoo.com.cn
电　　话:邮购部62752015　发行部62750672　出版部62754962
编辑部62752022
印　刷　者:北京宏伟双华印刷有限公司
经　销　者:新华书店
650mm×980mm　16开本　20.75印张　350千字
2009年6月第1版　2009年6月第1次印刷
定　　价:36.00元

目 录

Contents

编者前言

经过近一年时间的组稿、审稿和编辑加工,《文学理论前沿》第六辑马上就要与专业文学理论工作者和广大读者见面了。我像以往一样在此重申,本丛刊作为中国中外文艺理论学会的会刊,由学会委托清华大学比较文学与文化研究中心负责编辑,北京大学出版社出版。由于目前国际文学理论学会尚无一家学术刊物,而且该学会秘书处又设在中国清华大学(王宁任该学会秘书长),因此经过与学会主席希利斯·米勒教授等领导成员商量,决定本丛刊实际上又担当了国际文学理论学会的中文刊物之角色。最近的一个变化是,由于本刊主编王宁被上海交通大学艺术与人文研究院聘为讲席教授,因而本刊将由清华和交大两大名校联合主办,这应该说是一种强强联合吧。值得我们欣慰的是,本刊第一辑到第五辑出版之后在国内外产生了较大的反响,不仅读者队伍日益增大,而且印数也稳步增长。可以说,本刊立足中国、面向世界的第一步已经实现。尤其值得在此一提的是,从 2008 年起,本丛刊已被中国社会科学引文索引(CSSCI) 列为来源集刊。这自然是对本刊的一个极大鼓励和鞭策,我想我们今后的任务不仅是要继续推出高质量的优秀论文,还要争取冲击国际权威检索数据库 A&HCI(艺术与人文科学引文索引)。

正如我在第一辑编者前言中指出的,我们办刊的立足点是两个:一是站在当今国际文学理论和文化研究的前沿,对当今学术界普遍关注的热点话题提出我们的研究成果,同时也从今天的新视角对曾在文学理论史上有过重要影响但现已被忽视的一些老话题进行新的阐释;二是着眼于国际性,也即我们发表的文章并非仅出于国内学者之手,而是在整个国际学术界物色优秀的文稿。鉴于目前国际文学理论界尚无一家专门发表高质量的反映当今文学理论前沿课题最新研究成果的长篇论文的大型中文集刊,本刊的出版无疑填补了这一空白。本刊暂时计划每年出版一辑,也许今后会出版两辑。与国内所有集刊或期刊不同的是,本刊专门刊发

20,000—30,000字左右的既体现扎实的理论功力同时又有独特理论创新的长篇学术论文10篇左右。最长的论文一般不超过40,000字。其中境外学者的论文为2篇左右,视其是否与该辑主题相符,这些论文分别选译自国际文学理论的权威刊物《新文学史》和《批评探索》(主编者拥有这两家刊物的中文版版权)或直接向境外学者约稿。国内及海外学者用中文撰写的论文需经过匿名评审后决定是否刊用。每一辑的字数为250,000—300,000字左右。

读者也许已经看到,本刊第六辑在栏目设置上与前五辑有些不同。第一个栏目依然是过去既定的"前沿理论探讨",只是加上了"思潮"二字。这一栏目的第一篇文章出自叶舒宪之手,我们可以从他对比较文学和文学理论在当下遭遇到的困境以及其内部发生的某种"人类学转向"看出,文学研究仍有许多未开拓的空间,文学研究与文化研究的共融已经成为一个大趋势。接下来的四篇论文分别从各自研究的角度对当今文学理论中的一些热点话题作了探讨:王宁的论文在继续以往的后殖民理论研究基础上,专门探讨了斯皮瓦克和霍米·巴巴的文化翻译理论,这有助于我们从一个新的角度深入理解这两位后殖民理论家对当代翻译理论和翻译研究作出的重要贡献和产生的重大影响。乔国强的论文探讨了德国法兰克福学派的重要代表人物阿多诺的文学和美学思想,并阐述了阿多诺在该学派中的重要地位和影响,对于我们重新认识这位怪异的理论家的深刻思想和批评理论不无启发。周启超的专长是俄苏文学理论,他通过自己与当今俄罗斯文学理论界的直接接触和交流,向广大读者提供了当今俄罗斯文学理论界的最新发展动向和研究成果,从而告诉我们,当今的俄罗斯文学理论界经过一番"解构"的阵痛之后已经开始了新的建构。俄罗斯的经验无疑可供我们参考和借鉴。刘琛的论文考察了当代文化研究中的视觉文化现象以及其对传统的文学史研究的干预,当然,这种干预也许会使得传统的文学研究的领地受到侵占,但另一方面,也会使得文学研究的疆界得到扩大,尤其是影视与文学作品的互涉、互动和互补作用也许会使文学作品及其研究产生新的生命力。

本辑第二个栏目改为"当代西方文论大家研究",凑巧推出的两位美国的文学理论大家都与已故解构主义大师雅克·德里达有着直接交往和接触:米勒被公认为美国解构批评"耶鲁学派"的重要代表人物,虽然这一学派在很大程度上是研究者们为了研究之便所贴的一个标签,但其深远影响却是不可忽视的。以往的研究仅注重米勒的解构批评,而忽视了他的批评生涯中的“伦理学转向”以及对言语行为理论的研究，而这一栏目中郭艳娟的文章则基于仔细的阅读和梳理，阐述了米勒中后期批评生涯中的两个重要方面，对于我们全面了解和认识这位理论大家有很大的帮助。卡勒被认为是结构主义诗学和解构主义理论在英语世界最权威的阐释者，他自己虽没有提出什么原创性的理论，但他对欧陆理论的引介却给美国的文学理论批评界带来新的生机，因而他本人的学术地位也就不断地提高。吴建设的文章在全面考察探讨了卡勒在文学理论、文学研究和文学批评以及后来的文化研究诸领域中的建树后指出一个颇有启发性的见解：卡勒是当今学者中很少能在上述三个领域间游刃有余同时又都有建树的理论大家，而在中国当代，这三者则有所分割，因而要想使中国的文学理论、文学批评和文学研究在国际上产生重大的影响，应该呼唤卡勒这样的人物出现。

沿袭上一辑的编排，第三个栏目改为“当代中国文论大家研究”，本辑推出的两位大家都是兼通中西并能够融会古今的学者：王元化的贡献主要体现在他创造性地运用马克思主义理论、西方文论和比较文学的方法重新阐述了中国古代文论名著《文心雕龙》，并在这一领域产生了国际性的影响。方铭的文章在充分肯定王元化的学术建树和理论影响的同时，也指出了他的著述中的一些瑕疵，但那毕竟是历史的局限。毋庸置疑，这种实事求是的态度是我们在今后评价当代文论大家时应采取的正确态度。吴子林的文章则从文论争鸣、人才培养和文化诗学研究三个方面较为全面地讨论了童庆炳的文学理论研究之于当下的意义，对于我们全面了解和认识童庆炳在新时期以来的中国文学理论研究中的建树和影响不无启迪。今后我们还要编发更多这样的文章，以便及时向国际学术界推出我们自己的理论大家。

本刊的编定已经过了 2008 年，临近春节时分，大家都在忙着过节，我在此谨向为本丛刊的出版投入大量时间和精力的北京大学出版社编辑人员致以深切的谢意。我们始终期待着广大读者的支持和鼓励。

王 宁

2009 年 1 月

前沿理论思潮探讨

当代比较文学与文学理论的“人类学转向”

叶舒宪

内容提要：本文所讨论的“人类学转向”，是继“语言学转向”之后，在人文学术界出现的较为普遍的知识观与研究范式的拓展，其在文、史、哲、政、经、法等各学科中均有突出的表现。文章仅从比较文学和文学理论的专业范围着眼，勾勒出20世纪的人类学转向所带来的变化线索，并对转向以后的发展态势作出某种相应的文献提示和前瞻式描述。涉及的文学研究新理论命题及其与人类学的分支学科的对应共有20项：1. 原型批评：神话仪式学派（剑桥学派）。2. 文化研究：文化人类学的核心范畴。3. 文学解释学：符号人类学、阐释人类学派。4. 新历史主义文学批评：历史人类学派。5. 后殖民批评：反思人类学。6. 生态批评：生态人类学。7. 文学与政治：政治人类学。8. 文学与宗教：宗教人类学。9. 符号学：符号人类学。10. 文学与语言学：语言人类学。11. 影响研究：文化传播论。12. 平行研究：文化对应现象研究。13. 文类学：人类学诗学。14. 形象学：文化他者理论。15. 译介学：阐释人类学与符号人类学。16. 移民或流散文学：人类学的流散研究。17. 少数民族文学：人类学的文化相对论。18. 口传文学研究：民族志诗学。19. 性别诗学：女性主义人类学。20. 从叙事学到叙事治疗学：文化与人格理论。从以上二十个新理论命题入手，文章检讨了相关的人类学知识背景，希望能够集中到一个跨学科方向上，提出建构文学人类学的新理论视点。由此出发，对当今中国大学教育中所流行的文学观，提出批判性的反思，以期待学科范式的转变。

关键词：人类学转向　学科本位主义　知识全球化　问题群移植　文学人类学

Abstract: This article discusses "the anthropological turn" which appeared after "the linguistic turn" and has changed the general view of knowledge and research paradigm in the humanities. It is also represented in all the other disciplines of both humanities and social sciences. The article just starts with comparative literature and literary theory as case studies, in an attempt to sketch the contour of how anthropology in the 20th century changes research orientations and what it brings and make certain corresponding documents briefing to the developing state after the turn, trying to describe the future prospect. It deals with 20 propositions in literary theory and research with the corresponding situation of anthropological branches involved: 1. Archetypal criticism: myth and ritual school (Cambridge School). 2. Cultural studies: key category of cultural anthropology. 3. Literary hermeneutics: symbolic anthropology. 4. New Historicism: historical anthropology. 5. Postcolonialism: reflective anthropology. 6. Ecocriticism: ecological anthropology. 7. Literature and politics: political anthropology. 8. Literature and religion: religious anthropology. 9. Semiotics: symbolic anthropology. 10. Literature and linguistics: linguistic anthropology. 11. Influence study: the theory of cultural dissemination. 12. Parallel study: corresponding cultural phenomena. 13. Genre study: anthropological poetics. 14. Imagology: cultural alterity theory. 15. Translation studies: interpretive anthropology and semiotic anthropology. 16. Immigrant or diasporic literature: anthropological diaspora studies. 17. Literature of ethnic minorities: anthropological cultural relativism. 18. Oral literature: ethnographical poetics. 19. Gender poetics: feminist anthropology. 20. From narratology to narrative psychotherapy: culture and personality theory. Starting with the above 20 new theoretic propositions, the author reflects on the background relevant to anthropology and hopes to concentrate on an interdisciplinary direction in which to construct the new theories of literary anthropology and look forward to the transition of the paradigm of literary studies in current Chinese universities.

Key words: the anthropological turn, the egocentrism of discipline, knowledge globalization, transplanting clusters of problems, literary anthropology

一、引论:"语言学转向"与"人类学转向"

所谓"转向",是学术史研究中用来标识重要的学术思想或学术范式大变革的专用语汇。在过去的20世纪人文社会科学发展中,学界已经谈论得比较多的重要转向有早期的"语言学转向"和后期的"生态学转向"问题。本文所讨论的"人类学转向",或称"文化转向"[1],是继"语言学转向"之后,在学术界出现的较为普遍的知识观和研究范式拓展,其在文、史、哲、政、经、法等各学科中均有不同程度的突出表现,足以用"转向"说来加以标示。这里仅从比较文学和文学理论的专业范围着眼,以便勾勒出20世纪的人类学转向所带来的变化线索,并对转向以后的发展态势作出某种相应的文献提示和前瞻式描述。

首先需要说明的是,笔者使用"转向"这样的措辞,意在突出人类学的知识视野和研究方法给其他学科带来的重要变革。"转向"并不意味着所有的或者大部分的研究都朝向这一个方向发展演变;它毋宁是要提示一种引导重要学术变革的趋势和动向。与此同时存在的还有其他动向,甚至不排除与人类学转向相反的动向。

在90年代的研究中,笔者曾提出,可以将比较文学的范式之兴起,视为文学批评和文学理论从国别文学、民族文学的单一研究范式通向未来的总体文学或者文学人类学的一种过渡和中介阶段。当时对比较文学作出这样有些令人刺耳的判断,其学理上的依据正是人类学转向的知识大变革背景。今天看来,哲学方面和史学方面,乃至科学知识社会学方面都已经大张旗鼓地讨论20世纪的人类学转向之成就和学术史意义了[2],我们相应地在文学学科方面提出这样的讨论,虽然有些落后于人文学科发展的总体形势,但还是必须迈出的一步。这样的转向认识,对于激活本学科内部的知识创新能量,应当具有承前启后的重要意义。为了达到这种激活效果,有必要对文学学科以外的知识变革有所了解。

在诸多学科所共同经历的人类学转向过程中,有一门学科的转向尤其值得注意,那就是带有元科学性质的"科学知识社会学",通过它的转向,可以透视出人类学转向为何具有普遍性的意义,而不是哪些个别学科的跨学科潮流之孤立现象。[3]

根据最近的学术史分析，甚至连20世纪最为学界熟知的首要的学术转向，即语言学转向本身，也是因为受到人类学的直接影响而催生的。如美国人类学家李湛忞（Benjamin Lee）所说，是法国人类学家，马塞尔·莫斯对原始社会中礼物交换方式的研究，激发了人文社会科学对交换和流通的讨论，从而导出“语言学转向”。[4]李湛忞不仅得出如此洞见，还同时给出语言学转向源于人类学的所以然层面分析：

> 不过，为什么从莫斯开始呢？一个原因是，他的著作激发了一条思想线——法国结构主义和后结构主义，这对于社会学和人文学的“语言学转向”的发展非常重要。克劳德·列维-斯特劳斯、皮埃尔·布迪厄、埃米尔·本维尼斯特和雅克·德里达都明确承认他们的思想得益于莫斯。对于列维-斯特劳斯而言，莫斯为他在《亲族关系的基本结构》一书中婚姻制度的结构分析提供了一个出发点。布迪厄把莫斯关于送礼的时间维度的见解与维特根斯坦对遵守规则的评论方法结合起来，开始了对列维-斯特劳斯的解构，这将在德里达的论点中达到巅峰。本维尼斯特是莫斯有关礼物的著述与欧洲大陆语言学和文学理论联系起来的关键人物，他写了论印欧语系中礼物概念的一篇经典文章，是语言结构主义、语用学和语言分析哲学之间的桥梁。
>
> 为了理解述行性和交换的关系，我们回到语言学转向的根源，即莫斯对礼仪、巫术和礼物交换的分析。在结构主义的全盛时期，礼仪提出了一个分析问题，因为它们是似乎对社会再生产非常重要而且在某种意义上构成社会本质的事件。[5]

在以生产为中心的资本主义向以流通为中心的资本主义转变的当今时代，人类学围绕着初民社会的礼物交换和流通仪式的研究范式，以及由此派生出的语言/言语分析范式，同样给经济与文化的关联分析提供了基础模型。据此可以说，人类学转向问题，虽然在学界谈论得远不如语言学转向那么透彻和那么普及，但确是一个更为根本性的学术史大命题，值得从不同学科和知识背景上展开广泛的对话和深入的讨论。

二、学科本位与“知识/权力”的宰制

相比照哲学方面和史学方面的人类学转向及其大讨论，文学学科方面的情况却相当滞后。一个主要原因就是学科本位主义的严重束缚。学科本位主义给研究者造成的伤害是潜在的，却也是致命的。这里有必要从学科本位主义的发生之源上去认识和批判。

从语源学分析看："学科"一词出自拉丁文的discipulus(学者)，其动词的词根是discere(学)。这个词和docere(教)相关联，也就是英语中的doctor，doctrine，document等词汇的来源。拉丁语中的discipul还派生出英语的disciple等词，特指宗教经书教学传承的弟子门徒。[6]现代学科制度是来源于以承担教学的人为基准的一种知识划分。有关学科的意识出自古代特殊的学问传承者。一旦成为教义教规所限定的知识，其排外倾向就会日益显露出来，以至于蜕变成画地为牢式的束缚思想的陈规和藩篱。这就是从语源上审视到的学科的负面效应。

20世纪后期国际学术的一个基本趋向是打破原有的学科细分界限，称为“破疆域化”或者“去除界限”。笔者曾经主张用较有冲击力的“破学科”一词来替代过于羞涩温和的“跨学科”说，并撰写了《文化概念的破学科效应》等文章。[7]这种趋向在社会科学方面的代表性著作是华勒斯坦等人的《开放社会科学》一书。而其知识社会学的思想根源则应追溯到更早的独创性思想家福柯那里。以华勒斯坦和福柯等思想者为镜子，反观我们国家的知识界现状，差距是非常惊人的。因为中国的大多数学院派人士至今仍然沉溺在“学科建设”的迷雾中而没有自觉，将有限的生命交给忙于应付的各种琐细的领地划分和定义与概念的游戏。从学科制度的层面看，高层的教育管理者和制度设计者，将大量的人力物力财力用在所谓“学科建设”上，以为这样的投入就能够获取“大跃进”一类的速成效果，短期内赶上发达国家知识生产和更新的领先水平。在这样一种人为的强化学科建设意识的自上而下的导向下，多数学者尚不明白学科是人为设置的道理，更无法从根本上意识到：任何学科都只是一种手段而不是目的，是一种权宜之计而不是一劳永逸的终极目标。其本位主义学科封闭的后果，是使许多按照学科领地的小农意识培养训练出来的学子们，刚毕业就面临着视野狭隘和偏废的窘境，根本无法适应日新月异的知识全球化和破学科化的现实需求。

大学制度究竟是要培养自由思考的知识人，还是要培养有某一方面知识技能的社会就业者？在当今这样一个高等教育经历中国式“大跃进”的非正常年代里，这样的根本性问题只能被暂时搁置起来。个体学人除了向学术大师们学习打破界限而获得自救的途径，别无他法。

相对于中国文学学科的其他门类而言，比较文学由于其先天的跨文化和跨学科知识语境，成为最具开放性的一翼。而人类学则是整个人文社会科学中真正能够全面体现出开放性特色的一个学科领域。这就给这两个学科间的对比提供了一个积极的相关层面。现供职于耶鲁大学的比较文学和中国文学研究者苏源熙（Haun Saussy）在《关于比较文学的时代》一文中说：“我们成功的策略之一便是跨学科。”又说：“比较文学系总是善于接纳其他系拒之门外的东西。”[8]在我国，文学人类学就是别的学科拒绝接受而在中国比较文学界被收容下来的学科流浪儿。但是其30年的发展却是比较文学乃至整个文学研究领域知识创新的主要动力来源之一。[9]这也是本文之所以要从比较文学入手考察20世纪文学学科的人类学转向问题的基本理由。

揭示出知识与权力共谋关联的思想家福柯，他自己的研究实践就是无视、蔑视西方传统学科划分之合法性的例子，同时也是20世纪后期一个破除界限的成功范例。福柯的学术影响之所以能够远远超出某一两个学科的范围，成为思想史的一面旗帜，当然和他敢于而且善于突破学科设置的界限，拓展独创的思维空间有关。问题就在于，学科划分的负面作用几乎扼杀了许多学人的创造力。尤其是在“学科建设”语境下孵育出来的那些学科本位主义者们，他们的知识眼界不敢越雷池一步。用庄子的比喻，就好像那位不知大海之壮阔而沾沾自喜的河伯。为了维护其自身学科界限的合法性，他们甚至不惜用攻击异端的方式对越界者展开讨伐，其情景非常类似前工业化社会中的部落之间为了争夺领地而展开的争斗。

经历了后现代知识观的洗礼之后，当代学人终于有了对学科相对性的新认识。按照福柯的看法，学科作为知识/权力的共生与共谋关系的直接体现，当然要和对思想的规训、对越界的惩罚联系在一起。其理由在于：学科与代表社会性约束的教义教规——规训与惩罚，本来就具有潜在的关系。正因为这样，福柯才大胆地把学校和监狱、疯人院看成是同一类事物，也就是看成社会建构的制度性的机构，旨在代表社会对个体实行规训和惩罚的功能。这就是他在1977年推出的研究监狱起源的传世名著

《规训与惩罚》的命名底蕴。“规训”这个词的英文表达 discipline 居然和“学科”是同一个词！福柯的这种出人意料的归类——把学校和监狱及疯人院相提并论，其实也不是他的首创或者发明。早在 20 世纪初的印度大诗人泰戈尔那里，就有了这样的明确认识。这位诗人歌手兼画家不堪忍受现代学校的刻板的专业生活和精神束缚，居然创造出一个惊人的比喻：学校是医院和监狱的结合物。

从泰戈尔的天才叛逆式妙喻，到福柯的理论洞察和深入阐发，两位知识人不约而同地表明了学院式的教育潜在的负面作用。那就是社会权力关系的“控制—宰制”作用通过对貌似合法的分门别类的知识的灌输与注塑，将学习和成长中的个体培育为社会易于支配的对象。这也是形形色色的学科本位主义者总是能够得到社会总体的支持，得到权力的实际呼应，成为守护学术既得利益的所谓“学霸”，而那些不大遵守学科间界限的人总是被视为反常甚至危险的原因所在。

关于破除学科界限对于知识创新的意义，笔者在此首先提示英国高等教育学界在过去二十年中的两部重要著作，作为反思和再启蒙的阅读门径。一部是伦敦大学教育学教授斯蒂芬·巴尔（Stephen J. Ball）编的《福柯与教育：学科（规训）与知识》。[10] 该书由 9 篇专题论文构成，文章从不同角度精辟地分析了学科/知识的人为建构本质，以及它们对社会的教育体制的文化政治功能的新认识。对于沉陷在学科自大和自满之中的学科本位主义者而言，这部书具有挑战和棒喝的性质；而对于寻求突破学科藩篱束缚的学人来说，该书会有立竿见影的再启蒙效果。第二部书是英国苏塞克斯大学教育学教授托尼·比彻和兰卡斯特大学高级讲师保罗·特罗勒尔合著的《学术部落及其领地》。这部书虽然刚刚问世几年，但是从被引用率来看已经开始跻身当代学术经典的行列。作者运用文化人类学方法深入英美几十所大学和科研机构做实地调研，访谈取样的学者达二百多位，将现代的学科划分制度看成一种文化现象。为了有效地把握学科文化现象，他们采纳了格尔茨的文化厚描方式，花费了七年时间展开广泛的“学科民族志”调查。作者将我们当今大学的各个系科中彼此互不通气的知识门类比喻为“学术部落”，而围绕各学术部落之间的领地意识而展开的守旧与创新之争，是作者的学科民族志所要揭示的主要矛盾。笔者相信，《学术部落及其领地》对于帮助我们每一个学术人实现学术的自我认同与再认同，都具有不可替代的重要启迪作用。[11] 至于能否自觉地走出部落民的封闭状态，那就要看觉悟和反叛的程度和力度了。

除了以上提及的两部书，在多学科知识综合方面具有最广泛国际影响力的当代学者，理应成为我们走出学科藩篱束缚的典范，如法国的布迪厄和美国的爱德华·威尔逊。前者的《实践与反思》和后者的《论契合：知识的统合》（*Consilience: the Unity of Knowledge*，1998；田洺译，三联书店，2002年），都是破除学科本位主义近视眼镜的极好读物。建议语言文学专业的学生在大学一年级时，先于教条式的《文学概论》和《美学概论》教学，展开这类拓展眼界和胸怀的阅读。

三、人类学的知识全球化视野：文学学科开放与更新的动力

从发生的时间来看，比较文学与文化人类学这两门学科堪称伯仲兄弟。一般把英国人爱德华·泰勒于1871年出版《原始文化》作为人类学学科诞生的标志；而十五年后，即1886年，波斯奈特的《比较文学》则被视为比较文学学科诞生的标志。这两门新兴学科的共同知识背景就是知识全球化的大趋势。随着这个趋势的开展，被西方贵族化的文史哲学科和社会科学所普遍遗忘掉的一些弱势文化和边缘文化，开始首次进入到西方的知识视野中来。这是人类学最大的贡献之一。早期的比较文学也跨文化、跨语言和民族，但是根本上没有跳出欧洲中心主义和白人优越论的束缚，没有跳出学院派的知识格局和研究习惯。在“眼光向下的革命”方面，以无文字的所谓“原始文化”为基本对象的人类学，成为引领西方知识格局大变革的先锋和旗帜。20世纪后期勃然兴起的文化研究，之所以和传统的文学研究处在不断的冲突与融合之中，就是因为文化研究是围绕着文化人类学的核心范畴“文化”而问世的，它必然经历了“眼光向下”的知识视野之转移。伯明翰学派的策源地就是19世纪以来马克思主义创始人调研工人阶级状况的地区，下层社会的生活取代贵族化的文学趣味，是文化研究在英国产生时的突出特色。此种“眼光向下”的知识视野转移引发了正统文学批评界内部对“经典的形成”和“再经典化”问题的探讨。

在19世纪后期的西方学术语境中，先于“眼光向下”而出现的重大知识转型，是“眼光向外”即到西方以外发现知识的大潮流。20世纪以来的现代主义文学和艺术潮流之兴起，也和这个知识全球化的大变革进程息息相关。人类学在其中起到了至关重要的导引作用。仅从英国人类学家弗雷泽的《金枝》和《旧约民俗》这两部巨著看，情况就非常引人注目。

当代著名批评家约翰·维克里,在70年代和80年代的批评实践就是沿着这一方向展开的。维克里在1972年推出《格雷福斯和白色女神》一书,探讨了弗雷泽的《金枝》对诗人格雷福斯(R. Graves)创作的启示。一年后问世的《〈金枝〉的文学影响》则把考察对象扩展到整个现代主义文学,着重依据《金枝》揭示的神话仪式模式去解读叶芝和艾略特的诗歌、劳伦斯和乔伊斯的小说。维克里认为,不了解《金枝》以及它所提供的人类学知识模式,要想真正弄懂现代主义的经典作品是根本不可能的。诗人和小说家们在自觉汲取人类学研究成果的同时已经把自己的文学创作变成了某种超越西方文学传统视野的"宗教意识的人类学"[12]。经过维克里的努力,文学批评与人类学的关系大大地密切了。弗莱曾把《金枝》看成一部文学批评著作,维克里则更进一步,他用《金枝》所提供的人类学方法来解读《金枝》,把它视为给现代文学奠定原型基础的伟大传奇作品。

现代主义文学大师,如艾略特、庞德、乔伊斯,都是深受《金枝》代表的古典进化论人类学强烈影响的。所以说,研究19世纪文学没有人类学的维度是情有可原的,因为那时还没有这个学科,但是研究20世纪文学,特别是现代主义以降的文学,若没有人类学的知识背景,就失去了一种最佳的知识背景。从弗雷泽为代表的古典进化论学派的人类学写作范式,到现代文学和文学批评写作之间,有一个重要的中介人物——杰西·莱德雷·韦斯顿(Jessie Laidlay Weston,1850—1928)的《从仪式到传奇》(初版于1920年)。该书至今尚未介绍到中国,但是这个学术谱系上的缺环迟早要有人补上,而对于文学人类学的学术史而言则是最重要的必读书之一。例如书中第1章和第10章讨论的圣杯主题,第9章论述的渔王主题,均成为《荒原》等现代经典的构思原型。韦斯顿在序言开篇就向弗雷泽深深地致谢,甚至说出"倘若没有《金枝》,我至今还在布洛斯连德(Broceliande)森林里游荡"的话。[13]她的后继者威尔赖特(P. E. Wheelwright,1901—1970)写出《燃烧的源泉》、《隐喻和现实》等名著,在新批评派之后曾经广为流传。不过这些书迄今尚没有中译本。[14]

四、人类学与比较文学的学科特质及相关性

关于人类学的学科特质,一个世纪以来的讨论已经积累了丰富的文献。这里仅提示三种有代表性的观点:

第一种是如今在专业人士中基本达成共识的概括——叫做“科际整合的学科”(an interdisciplinary discipline)。这个说法突出了人类学知识范围的宽广和整体性,也就是非单一学科性。相比之下,还没有哪一个学科在这一点上能够和人类学平起平坐。这实际上是由于这个学科的核心主题词“文化”的整合性所决定的。

第二种是按照功能学派的人类学创始人马林诺夫斯基的说法,人类学能够而且必须成为整个社会科学之基础。[15]这样的情况在欧美国家的大学学科设置上部分地实现了。比如美国,人类学在大学基础教育中占有突出地位。仅美国人类学学会的会员就有五千多人。而当今中国的情况非常滞后,高等教育体制中基本上没有这个学科的位置,不要说成为其他学科的基础了。

第三种界定也是标出“比较”二字来概括人类学的方法特色:即给人类学加上一个补充式的副题——“比较文化”(comparative culture)。这个说法明确了人类学与比较文学的亲缘性质或者说相关性,同时也点明了两个学科知识范围上的根本差异:即以文化为轴心的探讨和以书面文学为主要对象的探讨。就此而言,二者的关系应该属于整体与部分的关系。不过,敏锐的学者总结人类学在20世纪的跳跃式发展历程,会意识到其内在的变化脉络:从全球视野的比较文化出发,走向全球视野下的具体的地域族群文化的解析。也就是说,从特别强调比较,转到不大强调比较的新立场上。看清这一点,对于比较文学所面临的多次“比较之合法性危机”,也就容易得到全景式的理解。阿兰·邓迪斯在《人类学家与民俗学中的比较方法》中精辟地指出:

> 即使不是绝大多数、至少也有许多学科在性质和范围方面是比较的。我们把比较法律、比较文学和比较宗教当作包含“比较”这个词的研究领域的典型实例,似乎是要表明,比较方法对它们名义上的学科身份是多么地不可或缺。有五百多个期刊和专著系列在其正式名称中使用了这个词,这就意味着,比较方法的这样那样的形式为一大批传统的自然科学、社会科学以及人文科学赋予了活力。对这些不同的学术分支中使用的所有比较方法做一个比较研究,将会是有益的事情,但这样一个任务将需要整本书的研究。
>
> 对各种比较方法的考察几乎一定会表明,在每一个比较性的学科中,大家极力争吵的很多都是同样的问题。被比较的单元的性质

> 是什么？比较在性质上是有限的或受控制的还是全球性的(global)？是否存在着某个特定学科特有的一种特殊形式的比较方法呢？
>
> 人类学和民俗学并非例外，两者都利用一种比较的框架，特别是在19世纪。但是，比较方法的使用和完善在人类学和民俗学中却采取了非常不同的路径。人类学已经倾向于背离比较方法，而民俗学却继续坚定不移地在各种相互竞争的方法论中把它视为自己的必要条件。[16]

借助邓迪斯给出的“比较学科”全景图，对照起来看，有两点可以明确：其一，比较文学至今刚刚走出西方中心范式的束缚，开始转向欧美文学传统之外，寻求拓展比较的新空间。但是由于这一切来得太迟缓，比较文学(除了民间文学和母题研究等)目前还远未达到弗雷泽等人类学家在一个世纪以前所达到的那种全球视野的比较。在人类学研究中较为少见的一对一比较(或称“X比Y模式”)，在目前的比较文学研究中依然是十分常见的选题。其二，比较文学和比较文化均发源于19世纪后期，但是发展至今，“人类学已经倾向于背离比较方法”，这是人类学自身最重要的学科转向之结果，即从寻求普遍规律的“人的科学”，转向人文倾向的“文化阐释学”。邓迪斯对此虽然没有具体申说，但是他的观察足以说明比较方法在知识全球化的总体进程中所充当的中介或者过渡阶段的性质。由此不难引出一种前瞻性认识：领先一步的人类学范式转换，对于包括比较文学在内的其他标榜“比较”的学科所具有的先驱性示范作用。好在比较文学方面早已有过“比较不是理由”的方法危机之讨论，也在一开始就大致确立出国别文学、比较文学、总体文学(歌德和马克思称“世界文学”)的三段论远景目标。所以即使比较文学最终不再强调“比较”，而是通向或者融入文学人类学的全景式知识范式，也没有什么值得大惊小怪的。

由于人类学学科的整合性质，也由于它的自我批判和自我超越性，它在一个多世纪的发展速度是相当惊人的。一个多世纪以来，在我们比较文学界真正称得上是国际公认的学派的，也就是影响研究、平行研究和跨学科研究那么两三个。而人类学方面则是学派层出不穷，几乎每十年就出现一个新兴学派。如今在人类学的理论发展史上已经有定评的学派总共达到十几二十个。[17]二十年前，庄锡昌和孙志民根据日本学者绫部恒雄《文化人类学的十五种理论》编译出《文化人类学的理论构架》一书，所介绍的理论流派已经多达十七种。关于人类学的这种综合思考文化问题的优势及其助长文化反思的作用,拉尔斐·比尔斯给出了如下经典性的陈述:“由于人类学家从全面的角度分析一般的人类和每种特殊的社会与文化,因而人类学在综合各专门学科的研究成果进而对人类行为作出更普遍的更全面的解释方面起着重要作用。人类学能赋予那些非综合性学科一种特殊的观点上的客观性和公正性。人类学家对现代化社会和其他完全不同的社会进行比较的能力,把现代社会和现代思想的非寻常特征揭示出来。因为要回答布须曼人为何那样行事,势必要回答我们为何如此行事。从文学评论到原子物理学的每个思想领域中,一旦对传统的行为方式提出此类难以回答的问题,都会引起反思和变革。”[18] 从学科自我“反思”,到学科“变革”的发生,人类学给出的自我超越之路,虽然会让人有目不暇接的感觉,但毕竟还是耐人寻味的。

五、从人类学到文学研究:问题群的移植与对应

鉴于人类学的自我超越和拓展在20世纪的诸多学科中相对领先一步的情况,我们在文学批评或者比较文学跨学科研究中遇到的几乎多数新领域和新问题,或者有现成的人类学的分支学科在那里充当学术前驱的角色,或者有着开阔的对接和互动之空间。尝试还原一下文学研究和文学理论中新问题群的发生系谱,便可获得非常方便的系统知识参照,并有效地化解画地为牢式的学科本位自闭症。下文拟列举二十个文学研究方面的当代理论命题,分别给出与之对应的人类学知识背景,希望通过“问题群移植”过程的透视,有助于认识比较文学所敞开的学科边界上究竟接纳了多少来自文化人类学的“舶来品”。对于沉迷在“学科建设”的规训与表格海洋之中的本位主义者,或许能够诱发出一种“补课”的愿望。

(1)原型批评:神话仪式学派(剑桥学派)

对这个20世纪50年代崛起的批评流派的专门介绍已经不少,其与人类学的关系集中体现在代表人物弗莱的著述之中,特别是他对人类学家弗雷泽著作的高度推崇与借鉴。不过,弗莱对弗雷泽的比较研究方法的局限性也有认识,尤其是当他把弗雷泽与艾利亚德加以对照时,更倾向于后者的方法。弗莱写道:“弗雷泽的书极大地利用了比较的方法。对

于许多人类学家而言,他对比较方法的运用是过分热衷的和不太成熟的。他们认为应该把像植物神话这样的现象同它们所由产生的文化去比较,而不是在它们彼此之间进行比较。这也就是《金枝》一书的主要影响在于文学和比较宗教学,而不在于人类学的又一原因。艾利亚德先生明确地意识到这一点,他自己的兴趣在于比较宗教学,其《神圣与世俗》导言中说:'常有这样一种危险,即沉陷到19世纪的错误中,相信泰勒或弗雷泽所说的人类心灵对自然现象的反应是一致的。然而我们的主要目的却是要揭示宗教经验的特性,而不是去展示由历史所造成的多样性和差异。'"[19]如果要在弗雷泽和弗莱的比较方法中寻找相类似的倾向,那么可以说他们都更加偏重于通过比较寻求事物背后的同一性,而不是寻求差异性。从《同一性的寓言》到《神力的语词》,弗莱对文学总体中的同一性规则的探求可以说数十年如一日,其基本旨趣始终没有改变。而且他一贯坚持认为,文学中的总体规则植根于神话。从这一层意义上看,把弗莱的批评旨趣归结为"比较神话学"的观点[20]是不无道理的。弗莱的文学研究始于比较神话学,但其归宿却在于确认文学中恒久不变的规则。比较不是目的,异中求同才是目的。他希望将文学批评引向一门"科学",这显然是科学主义范式作用下的结果。就此而言,弗莱的先驱者弗雷泽和泰勒等进化论派人类学家希望找出文化的普遍进化规则,他们也同样梦想着人类学成为一门"人的科学"。而20世纪后期这门学科内部出现放弃科学主义旧范式的变革主张,重新定位人类学为文化阐释学。这种根本性的学科方向大转变不但是弗雷泽完全没有料到的,就连弗莱也是没有想到的。

(2)文化研究:文化人类学的核心范畴

一般把文化研究的渊源上溯到英国的伯明翰学派和德国的法兰克福学派。也有学者特别强调文化人类学的影响。这一点,只要看看文化人类学的核心概念"文化"如何在该学科之外获得星火燎原的情况,就不难理解了。1997年,伦敦大学戈德史密斯学院的两位人类学高级讲师合编的书《人类学与文化研究》在英国出版,给这两个密切相关的领域之关系,打开了多侧面思考的空间。书中收录的九篇论文的作者,除了一位研究传媒和两位研究文学,其他六人的专业均为人类学。书中的论文不仅讨论了人类学对文化研究的方法论启示,如采用民族志方式研究当代西方社会现象;也反过来探讨了文化研究给人类学带来的变革,甚至提出

"文化研究是怎样给人类学带来威胁的"、"我们能不能联合起来工作"之类的问题。[21]一位名叫保罗·威利斯(Paul Willis)的教授在给该书殿后的文章中大胆预测,人类学和文化研究正在形成相互批评的态势。如果将二者之间的冲突看成是一种殊死的冲突,那么在这场冲突之后,便有希望看到再生的凤凰——从一种批判的、比较的民族志实践中催生出新的理论体系。[22]回顾人类学的发展史,这种学科危机的意识、自我批判的意识,几乎从来也没有停息过,但是凤凰的自我再生过程仍然在继续进行之中。田野民族志的考察方法从少数族群的部落社会,转而应用到当代西方发达社会,这究竟是文化研究的胜利,还是人类学研究范式的越界大扩展呢?从文化研究与人类学的两种范式既对立又相互融合的现象中,文学研究者又能够获得怎样的自我反观之借镜呢?

(3)文学解释学:符号人类学、阐释人类学派

从哲学解释学到文学解释学,其基本的学理脉络均来源于西方传统的《圣经》解释学。而符号人类学和阐释人类学作为20世纪中期新兴的学派,其基本原则是将社会性的群体行为如仪式行为及象征性物体等均看做需要解读的文化文本。基于广泛的田野作业经验的积累,人类学家提出跨文化理解和误读的问题以及跨文化解释方法论,这就给传统的解释学带来前所未有的开拓性机遇,也给比较文学研究带来新的范式。近十余年来国际比较文学学会和中国比较文学学会相继召开"文化误读"和"比较诗学"方面的主题研讨会,就是很好的例子。[23]这方面需要更加自觉地借鉴符号人类学和阐释人类学成果,还有大批有代表性的西文和日文论著有待于译介。如威利斯(R. G. Willis)编的《有意味的动物:自然界中的人类意义》[24];马克·哥特迪纳尔(Mark Gottdiener)的《后现代主义符号学:物质文化和后现代生活的形式》[25];稻贺繁美编《关于异文化理解的伦理》[26]等。近有国内学者王轻鸿撰写《王国维和文学人类学思想的发生》[27]一文,认为王国维的文学观念具有十分独特的思想文化意义,西方人类学思想触发了他对文学的深层思考,从而把文学研究导向了关于人的生存意义的叩问,但他并未盲从西方理论,而是回到本土的文化语境中来设问,拓展了中国文学观念的精神文化向度。王轻鸿对王国维文学人类学思想的探讨虽然只是初步的,但是其从学术史传承意义上考镜源流的做法则是需要洞察力的。自王国维到鲁迅、茅盾、郑振铎、闻一多、陈梦家等,中国新文化与新文学的几代人物如何接受人类学思想影响

的问题，尚有待于深入研究和系统阐发。惟其如此，中国传统的文学解释学范式如何嬗变为现代文学批评范式的问题才能得以水落石出。

(4)新历史主义文学批评：历史人类学派

在汉语学术界，是台湾学者率先介绍历史人类学的观念和方法的。如蒋斌译《史学与人类学》[28]；杨希枚译《论史学与人类学》[29]；杜正胜主编的中研院史语所刊物《新史学》，则尝试将新兴的文化史和社会史方法应用于中国史研究。大陆学者编辑的《新史学——多学科对话的图景》(北京，2003 年)和《书写历史》(上海，第一辑，2003 年；第二辑，2004 年)也在 21 世纪初相继面世，弥补并接续上这一迟到的学术转型潮流。新世纪以来，中山大学在国内率先成立"历史人类学研究中心"，并与香港科技大学华南研究中心主办《历史人类学学刊》。从 2006 年起，国家社会科学基金委员会发布的课题指南中，已经正式将"历史人类学"列入其中。这表明 20 世纪国际史学界革命的重大突破和成就，在历史文献积累最丰厚、传统史学范式堡垒最坚固的中国，也终于获得官方的认可。2008 年，德国学者雅各布·坦纳的《历史人类学导论》[30]中译本在北京问世，给这个跨学科领域中的新兴学科提供了及时而方便的入门读物，其书后附录的三百多种德文、英文的参考文献，则给希望进一步深造的学人带来很好的阅读指南。关于人类学家介入历史研究所产生的视野和方法的冲击波，可引用历史学教授玛丽亚·露西娅·帕拉蕾丝—伯克所编《新史学：自白与对话》一书的评语。该书对排在首位的剑桥大学人类学家杰克·古迪作出了极高的评价：

> 英国人类学家和历史学家杰克·古迪(1919 年生)被认为是当今时代最博学多才的知识分子之一。他的著作以学识渊博、兴趣宽泛和独具特色的"古迪式"研究路数，不仅吸引了人类学家和历史学家，而且也吸引了哲学家、教育学家和经济学家。如法国大史学家乔治·杜比就将古迪的研究视作是上了令人窘迫但却在其透彻性和尖锐性上"精采绝伦"的一课，极大地拓展了史学家们的视野。哲学家和经济学家、1998 年诺贝尔经济学奖得主阿玛蒂亚·森，则将其推许为对西方关于东西方差异所持有的歪曲观点的绝好救药。古迪思想的反响和冲击来得如此巨大，几年前他的工作成为法国一次会议的主题，这种事情一般是不大会在一个知识分子的有生之年发生的。[31]

一个文科学者在有生之年内就已经成为同时代学者们关注和研究的对象,这足以说明范式变革的启悟效应。如果要找出人类学在20世纪给西方的史学家们带来的最大教益,那就是文化相对主义的通观比较视野,和对历史研究中根深蒂固的欧洲中心主义的解构。这样的范式变革,受到后殖民思潮的推动,正在整个文科学界展开,近年也波及中国学界。唯西方马首是瞻的心态,还有在中国本土传统中根深蒂固的中原中心主义,也都受到警觉和反思、批判。人文学者重新转向文化人类学补课的现象,在国外和国内,都早已经不是什么特例。笔者之所以在此强调人类学给历史学带来的变革,一个特别的理由是:对于主张"六经皆史"的国学传统而言,文学专业人士本来就无法忽视史学的正宗地位。然而西化的现代学科制度早已将中文系、外文系同历史系划分出楚河汉界。对于"学科建设"现实逼迫下的一代文学专业人士,多数根本无暇顾及其他系科中发生的学术变化。这样,对于像海登·怀特这样的新历史主义文学批评家,仅从文学批评和语言修辞的狭窄专业经验去理解,是根本不够的。而新历史主义批评与历史人类学的关联性认识,才是真正打破学科门户壁垒的有效途径。对于不大熟悉历史人类学或历史社会学这样的新学科的人,最好从人类学家马歇尔·萨林斯的《历史之岛》和《土著如何思考》[32]两部书入门,希望可以循序渐进地把握到历史人类学发生的跨学科脉络。

(5)后殖民主义文论:反思人类学或后现代人类学派

如果从系谱学上追溯后殖民批评的由来,当然不能无视人类学方面的先驱作用。无论是吉尔兹的"地方性知识"理论,还是埃里克·沃尔夫的名著《欧洲与没有历史的人民》[33],反思人类学的崛起对于西方社会科学知识范式唯一合法性的质疑,对于所有学科都会带出根本性的价值和范式重估问题。正如阿萨德(Talal Asad)1973年主编的《人类学与殖民遭遇》[34]一书所揭示的,随着西方列强对殖民地大发现的进程展开,殖民方对被殖民方的文化认识需要是催生人类学这门西方知识的动力要素之一。西方强势文化宰制和支配对非西方弱势文化的认识和表述问题,是人类学必须进行的学科重新反思之起点。倘若说阿萨德编的这本人类学反思论文集吹响了后殖民批判的号角,那么五年后问世的后殖民理论经典《东方主义》,就应该算作这一派思想大潮的最强音。作者爱德华·赛义德的学术身份不是在哥伦比亚大学的人类学系,而恰恰是该校的比较文学教授。这也说明比较文学方面受惠于人类学反思的速率,如何具有领先性。

如果进一步追问:为什么是赛义德而不是别的白人比较文学学者率先奏出了后殖民批判的最强音?那只要明确赛义德介乎西方与非西方、殖民者与被殖民者之间的双重身份,就很容易看出他如何拥有了“准人类学家”的双重文化认同的认识优势!他讲述自己跨文化生存的自传作品《失位》(*Out of Place*)的第一段,就是他对自己为什么能够获得人类学家那样的文化反省能力的有趣告白,也是一种夫子自道式的极佳自我解析和自我说明:

> 我那时始终无法摆脱的感觉就是一直找不到位置。就这样,我花了近五十年时间才适应了“爱德华”这个冒着傻气的英文名字(a foolish English name)同确切无疑的阿拉伯人姓“赛义德”的生硬组合。或者更确切地说,是对我的组合姓名不再感到那么不舒服了。我母亲告诉我之所以取名爱德华,是由于1935年威尔士亲王爱德华成为公众心目中的英雄,我也是那一年出生的。而赛义德则是我叔伯和堂兄弟们的姓。但是当我发现祖父辈里没有人叫赛义德,当我试图将我的这个怪异的英文名同阿拉伯姓联系到一起时,我的命名的合理性就当即被打破了。多年以来,我在说自己的名字时要么故意把“爱德华”几个音发得短而含糊,突出赛义德这个姓;要么就是反过来做,或者把两个部分混起来快说,哪一个也让人听不清。有一件事我不能容忍,但是又往往不得不忍的,那就是别人听到我的名字后的那种怀疑的和令人沮丧的反应:爱德华赛义德?[35]

俗话说,出身无法选择。赛义德作为巴勒斯坦裔的美国教授这一双重身份,以及这种夹在两种文化间的特殊感受,是他得到像人类学家那样的异文化训练的先天条件。和赛义德同处哥伦比亚大学的华裔人类学者王海龙在《我所认识的萨义德》中引述的赛义德《寒冬心灵》,对此种双重身份带来的跨文化认识上的感悟力有极佳的阐释:“大多数人主要知道一种文化,一个环境,一个家,流亡才知道两个;这种多重视野遂产生一种感悟:感悟同时并存的向度,而这种感悟——使用音乐的术语来说——是对位性的。流亡是过着习以为常的秩序之外的生活。它是游牧的、非中心的、对位性的;但每当习惯了这种生活,它震撼性的力量就会再度爆发出来。”[36]赛义德身在美国的高等学府任教,心灵深处却充满着一个巴勒斯坦的流亡者的异己体验。这样的文化间性给了他对西方学术中根深蒂固的殖民话语霸权反戈一击的高度敏感和战斗力。这也是《东方主义》在某种意义上无法仿制或复制的底蕴所在。换一种角度看,赛义德是从比较文学界走出却反作用于人类学的最显著的一位学者。《东方主义》的后殖民批判自有其人类学的思考源头,这部书的问世也反过来极大地刺激了反思人类学的进一步展开。

(6)生态批评:生态人类学

生态批评作为一种新的文学批评流派在上世纪90年代中国比较文学界受到关注,其背后的生态人类学基础和思想观念却是被忽略较多的。在过去的一个世纪里累积起来的诸多人类学理论派别中,生态人类学或文化生态学兴起于60至70年代,完全可以看成是生态批评崛起的理论和观念之先导。这方面可推荐阅读的中文译本有:马文·哈里斯的《文化的起源》(华夏出版社,1988年)和《好吃:食物与文化之谜》(山东画报出版社,2001年),以及近年译介的哈迪斯蒂的《生态人类学》(郭凡等译,文物出版社,2002年)。英文阅读则可以参照至少两个不同的人类学个案,如讲述北美印第安人的文化生态观的代表作:Freda Rajotte: *First Nations Faith and Ecology* (London: Cassel, 1998);在人类学教科书中经常被引为例证的非洲卡拉哈里大沙漠边缘区的前农业(以狩猎采集为生)民族——昆人——的田野调研报告,Richard B. Lee: *The Dobe!Kung* (New York: CBS College Publishing, 1986)。此报告出自加拿大多伦多大学人类学家理查德·李自60年代开始的长期跟踪调研,为1969年由纽约的自然史出版社出版的《环境与文化行为》(*Environment and Cultural Behavior*)论文集所收录。李对昆人的调研报告对于人类学乃至整个社会科学界重新理解“生态人”的理念产生过极大的刺激。

两位英国人类学家——罗宾·克拉克和杰弗里·欣德利,受到这一刺激后写出重新“寻找原始人”的代表著《原始人的挑战》。[37]两位作者分别在60年代初毕业于剑桥和牛津,算得上是英国白人知识分子中的精英。可是他们的文化认同却因职业而改变:他们以原始人为尊贵和理想,借原始文化为镜,反思批判西方现代文明的失误和偏向。书名“原始人的挑战”，指的就是向西方文明挑战。该书认为，西方人被卷入到无法控制的技术社会自我膨胀之中，就像刹车失灵的机动车冲向山下，危险当头。既然社会现实的发展完全不同于理性预期，那么西方人自我炫耀的理性本身就显得荒诞起来。现实表明，我们加工处理过的食物会导致一整套新的疾病族群。我们昂贵的医疗费用中有一大部分要拿出来对付从西方生活方式本身派生出的疾病。《原始人的挑战》从漫长的历史时间上审视今日的文化，使之在深度历史感透视中得到相对化，打破现代文明人习以为常的那种厚今薄古的自大心态和思维定势：

> 人在这个星球上已经存在了大约200万年。在所有这些时间里，人靠从大地获取食物而存活下来。百分之九十九的时间里他都是靠渔猎和采集来获得食物的。农业仅仅有一万年多一点的历史，工业社会只不过才300年。在地球上曾经有过的800亿人口中，百分之九十是狩猎采集者，百分之六是农人，只有剩下的百分之四是依赖于农业的工业化社会成员。[38]

通过这样的生态史对照，我们或许能够意识到现代生活方式是非常反常的或极端反传统的，因而也许是濒危的。“技术社会迄今已有300年的历史，它至多还可以发展200年。”这是两位作者较为悲观的看法。他们认为取代技术社会的新社会形态现在虽然尚不可知，但是不外乎出现两种可能性：或者是现有的生活方式在一场大灾难中终结，人口急剧减少，人们重新回到狩猎、采集和原始农业状态；或者是我们成功地调整现在的工业化生活方式，开辟另一种能够长期持续生存下去的方式，不再饥不择食般地在数十年内耗尽地球数十亿年才积累起来的资源。作者回顾了近十年来人类学兴趣转向生态、人口与自然资源比例方面的情形，认为这种新的关注基本上扭转了过去对原始人生活状况的偏颇印象：贫困、饥饿、多病和短寿。新的生态人类学观点推翻成见的依据就在于，以李为首的人类学考察队对非洲的昆—布须曼人的调研结果，揭示出一个仅靠采集为生的部落文化如何每天平均只工作两小时，大部分时间在消闲、社交与娱乐的生活景象。最为可观的是昆人极小的消耗资源的生活方式保证了人与自然状态之间的均衡关系。这和物欲横流并且矛盾重重的资本主义社会现实形成了尖锐的对照。昆人的工作量只是西方社会中普通人的三分之一。而且卡拉哈里又是地球上最不适合生存的生态条件极差地区。

昆人在这样艰苦的环境条件下如何维持他们相对富足而闲暇的生活呢？人类学家发现昆人了解并且命名的不同植物多达二百多种，动物获得命名的有220种。在所有这些生物种之中，有85种植物和54种不同种类的动物共同构成昆人餐桌上的食物。那些认为原始人的营养超不出两三种物种范围的文明人对此发现一定会感到不可思议。罗宾·克拉克和杰弗里·欣德利非常幽默地奉劝他们不如检讨一下自己的日常食谱中究竟有多少动植物种类。庆幸的是，昆人的主要食物芒贡果（Mongongo）坚果富有热量和蛋白质。它能提供的日均量是每天1260卡路里和56克蛋白质。这相当于食用2磅半大米所含的热量和14盎司牛肉所含蛋白质。人类学家还统计了在一个月的时间里昆人狩猎的收获情况：杀死动物18个，提供可吃的肉食454磅。这一数量的每人每日平均数是略多于9盎司生肉，可提供大约35克动物蛋白。这个数字超过了当今美国人日均摄入动物蛋白质的数量，比第三世界人日均摄入的全部动物蛋白（包括鱼类和鸡蛋）总量要多三倍以上。

由于人与自然之间处于和谐均衡状态，昆人根本不知道食物匮乏这个概念，至少在我们文明人使用这个概念的意义上，昆人是无法理解的。食物永远是唾手可得的，而且是可变换的。我们关于原始的狩猎采集者生活在饥饿的边缘，为糊口而艰难挣扎的图景，面对昆人的现实不攻自破了。[39]昆人根本不需要拿出全部精力来谋取食物。部落中的老、弱、病、残是不参加狩猎采集活动的。中国道家圣人描述的那种小国寡民的社会理想，诸如“不织而衣，不耕而食”、“鼓腹而游”等，过去均以为是想象出来的乌托邦，现在对照昆人的生活实况，可确认其相对的历史真实性。如果我们能够从后现代伦理角度重估道家的生态观与社会理念的意义，那将会是“原始情结”之外的又一宝贵思想借镜。[40]换言之，在本土文化自觉的条件下，中国的生态批评应有本土的根深叶茂形态，并且能够给世界贡献可持续的中国经验与榜样性的案例。

生态人类学是生态学与人类学交叉的产物，作为人类学的重要分支学科，它有自己特殊的研究对象和理论、方法的体系。生态学研究生物体与其环境的相互作用。生态人类学侧重研究人类行为与特定环境下的生存挑战之间的关系，着重解释人类的不同族群文化是如何在适应环境的互动中形成和延续的。它足以提供出一整套以往的学术无法解释的风俗习惯之所以然的问题，加深我们对人及其文化多样性特性的理解程度，探索可持续生存之道的宝贵经验。就此而言，以生态人类学的视角去发掘本土文化传统及每一族群的生存经验,可以充当文学方面的生态写作和生态批评之理论资源和文化借镜。

(7)文学与政治:政治人类学

文学与政治的比较研究可以借鉴和参考的人类学分支是政治人类学。[41]政治人类学和以文献资料为依据的政治学不同,它秉承人类学的田野作业模式,倡导参与观察法,力图揭示各种政治制度之间的差异及产生原因。它反对把政治现象孤立起来的做法,希望将政治视为以文化为基石的各种社会活动的结晶,放在作为整体的社会文化体系中加以考察。英国人类学家埃文斯·普里查德(B. E. A. Pritchard)对非洲努尔人社会政治制度的研究,被认为是政治人类学研究的早期范例。其所首创的方法建立在功能分析和结构分析的基础上,称为类型分析法,即把具有相同功能或结构的体系归为一类。普里查德侧重于确定原始社会制度的类别,并对各种政治关系和政治活动进行分类。比如,他将各种原始社会分为有政治体系的和无政治体系的两类,或者将政治体系分为中央集权和非中央集权两类,或者分为政治分化和政治不分化两类。人类学家试图通过分类来确定各种不同原始社会之间的关系,以及原始社会与现代社会之间的关系。普里查德和福蒂斯主编的《非洲政治制度》标志着政治人类学的诞生。到了上世纪50年代中期,有的研究者不再相信政治组织和政治结构具有固定不变的稳定性,提出对政治活动过程作动态分析的理论模型,以及研究政治变迁、政治党派和政治策略等问题。在这一场政治人类学转型方面的领军人物是剑桥大学的埃德蒙·利奇(E. R. Leach),他的《缅甸高地的政治制度》(1954)成为业内的经典。该书的研究对象是缅甸卡钦山地区政治制度的运作过程。它的问世标志着政治人类学研究向更注重过程和动态分析模型的转变。此后又有特纳等人提出的行为分析法,可以视为过程分析法的深化再造,它侧重研究原始社会中的个人或小团体是如何操作文化象征体系,以此来获得和保持权力并参与决策的。维克多·特纳(V. Turner)在《一个非洲社会的分裂和延续》(1957)一书中,通过深度解析的"社会戏剧"个案,描述出个人通过操作社会的规范和价值体系来竞争权力的政治运作过程。与过程分析法相比,行为分析法有更加精微具体的文化辨析特色,很像新批评派解析文学作品的那种细致和缜密。特纳等人也因此而兼为象征人类学方面的代表。

政治人类学所关注的文化层面体现在如下关键词中：等级、阶层、合计、武力、权力、权威、竞争、合法性等。如《缅甸高地的政治制度》的末章，就是分析政治宗派与社会变迁的合法性问题如何通过神话来展现和确证的。该书的主要篇幅用在翻译和诠释卡钦人社会所特有的政治概念系统。如最后一组关于权威的概念群：

> Duwa（头人）的概念，就包括法律事物、军事、经济事物、日常生活管理和宗教领袖等五个方面的内涵。
>
> Jaiwa（传说的讲唱者）
>
> Dumsa（祭司）
>
> hkinjawng（仪礼上的宰杀者）
>
> hpunglum（仪礼上的宰杀者助手）
>
> nwawt（占卜师）
>
> myihtoi（灵媒）[42]

以"灵媒"的观念为例，利奇指出，灵媒不是后天造就的，而是社会中天生具有致幻通神的潜能者，其地位崇高，远在常人之上。在海帕朗（Hpalang）社会中仅有两位灵媒，其中的一位还身兼大祭司。灵媒的特殊能力是在出神状态下将自己转变为神界的一员，从而直接与诸神交往，甚至能够说服较小的神灵（如新近逝世的祖先）降临人间，通过灵媒的口来说话。[43]通过利奇的分析，文学研究者看到被当今学院派的文学专业所架空了的文学活动还原认识的可能性：即在传统社会中，文学（神话、传说等）和文学家（讲唱者）如何在社会的政治行为中扮演着极其重要的角色。当然，政治人类学的视野在这一意义上必然要和宗教人类学相互融合。

(8)文学与宗教：宗教人类学

宗教观念研究及相关的神话、仪式研究一直是人类学的重要内容。20世纪以来的比较宗教学与比较文学并行发展，相得益彰。在比较宗教学或宗教人类学成果方面，重要的理论贡献层出不穷。有代表性的如艾利亚德（埃利雅得），其主要著作正在陆续翻译为中文。对于文学研究者了解艾利亚德的理论及其应用价值，可以参看郑振伟撰写的《埃利亚德的比较宗教学在两岸三地的接受过程》。[44]另外值得推荐的还有鲍伊的

《宗教人类学导论》一书（金泽等译，中国人民大学出版社，2004 年）。该书原为英国大学中的专业课教材，初版于 2000 年。由于内容上突出创新的视角，如身体象征问题、性与性别的宗教含义、当代西方社会的新萨满教运动的分析，等等，这部书在同类的教科书中脱颖而出，几年内已经多次再版。以政治人类学家利奇所分析的缅甸高地村落社会中的灵媒（mediums）现象为例，宗教人类学要求尽可能细致地描述出灵媒致幻（trance）之中的脱魂和凭灵两类表现形式，并对其致幻通神行为的生理和心理机制给予跨文化的总体透视。这方面最有影响的研究还是艾利亚德的《萨满教》（法文版 1951）一书。该书甚至将屈原《楚辞》还原到萨满致幻的背景中加以重新审视，对其上天入地的想象力根源给予宗教学的说明。随后有日本的文学批评家藤野岩友、美国的人类学家拉·巴尔（Weston La Barre）、佛尔斯脱（Peter T. Furst）、张光直等人的群起呼应。张光直的《中国青铜时代》（一集，二集）和《考古学专题六讲》等著述自 80 年代以来在中国大陆出了中文版，影响巨大。他强调商周艺术本来具有的巫术功能，及其与亚洲—太平洋区的史前萨满教传统之联系。在这样打通式的人类学视野中，不仅中国文明发生的观念大背景受到重视，而且也给局部的文学现象的重新理解带来整体透视的眼光。例如《楚辞》，现代的大学教育分科毫无争议地将其归入先秦文学，所以大学里唯有中文系的古代文学课堂上讲授它。在张光直看来：

> 东周（公元前 450—200）《楚辞》萨满诗歌及其对萨满和他们升降的描述，和其中对走失的灵魂的召唤。这一类的证据指向在重视天地贯通的中国古代的信仰与仪式体系的核心的中国古代的萨满教。[45]

如此解说《楚辞》，实际上关系到中国思想与信仰的根源。这对于中国人的古典文学观念和教学体系都具有十足的挑战性质。而更加深入细致地以巫术眼光研究《楚辞》的当推藤野岩友的《巫系文学论》，虽然该书作为博士论文早在 20 世纪 50 年代就已问世，却由于文化和意识形态的隔膜不为国内学界所熟知。该书明确将《楚辞》定性为“巫系文学”。其理由是：

> 笔者向祭祀寻觅文学的起源。祭祀时，有以巫为中介的人对神

> 和神对人之辞。……《离骚》、《天问》、《九章》、《卜居》、《鱼父》、《远游》等，可以说是由此起源的。
>
> 其次，由巫演唱的舞歌即《九歌》属于这一系统，由巫进行的招魂即《招魂》和《大招》亦属此列。……惟祝出于巫，史的起源虽与巫不同，但作为专掌文辞的史官也担任一部分巫职，溯其根源，《楚辞》是出自巫系统的文学，是在这个意义上冠《楚辞》以“巫系文学”之名的。[46]

从灵媒通神想象的宗教精神现象，到巫史同源和巫医不分的远古事实，足以给文学发生研究提供足够的启迪：出自巫觋之口的祝咒招魂一类诗歌韵语，从形态上看属于文学，从功能看却不是为了审美或者文艺欣赏，而是和灵媒—巫医治疗与禳灾的实践活动密不可分。巫师、萨满们上天入地的幻想能力，给神话叙事和仪式表演带来的文学、美学感染力非同小可，但那也是文学艺术和政治、宗教信仰及礼仪表演活动浑然不分的情况之写照，与后代文人的纯粹审美活动截然不同。为此，鲍伊《宗教人类学导论》专门区分出人类意识的两种状态。

从渊源上看，灵媒——巫—萨满的传统可谓深厚无比：从我们的石器时代的先祖开始，一直延续到今天。用人类学家哈利法克斯的话说，萨满这种神秘的祭祀与政治性的人物，从旧石器时代早期就出现了。也许可以追溯到尼安德特人的时代。[47]萨满教的意识状态之所以能够达到这种神秘的物我合一境界，就是因为萨满思维建立在人与物之间相互感应的基础上。狩猎的生活方式决定了人靠自然的赐予而生存。萨满教的中心作用在于使人取得所需。人们相信动物是有灵的，与人的灵魂是可以交流的。只有获得动物灵魂的同意，才可以去猎取动物。萨满是族人的代表，帮助族人获得好运，打到猎物，取得动物的血肉，以维持生命。猎人需要通过规定的仪式才能取得猎物。人生活在人和兽交换的状态，所以灵媒—萨满必须有能力取悦自然和神灵，从而保证部落获得实惠。萨满教思维不把主体和客体相对立，也就不把人与自然相对立。由此看，灵媒通神和萨满思维均有其合理的和优越的一面。如今西方盛行的新萨满主义运动，就是希望回归到这种天人关系，挽救包括人类在内的地球生灵，从而避免生态灾难。[48]

与认识上的这种根本变化相对应，过去对巫术和巫师的种种偏见得到颠覆。正义巫师的新形象不仅出现在魔法文学中，从《指环王》到《哈利·波特》系列,而且也成为重新解说历史和宗教人物的契机。墨顿·史密斯(Morton Smith)的著作《基督是巫师》[49]便是一个例子。史密斯从《福音书》里记述的基督用手的触摸就可以疗治疑难绝症,以及他能够在水面上行走等特异情况着眼,把基督看做一个功力非凡的大巫师,这是解释基督的巨大精神号召力和凝聚力的一个新观点。苏格拉底也是一样,这位被崇奉为西方第一哲人的希腊人,其实也和古老的巫术传统密切相关。研究古希腊秘传哲学的罗伯特·麦克戴莫就认为:苏格拉底也和秘传宗教的活动有关。柏拉图就谈到苏格拉底好几次进入出神状态,有一次他站着出神竟达24小时之久。[50]柏拉图作为苏格拉底的弟子是不是也和巫术传统有关系呢?只要看一看柏拉图关于诗人的灵感来源于迷狂状态的神秘说教,就可以明白了。柏拉图描述的这种精神迷狂正是灵媒或萨满巫师出神状态的真实写照。文明人逐渐遗忘了这一非凡的精神本领,遂以为诗人迷狂中得到的是神灵的启示。其实最早的诗人就是法术性地掌握着语言魔力的萨满巫师们!

宗教人类学家哈诺(Michael Harner)提出,人的意识大致可以分为两种状态,即"意识的正常状态"(Ordinary State of Consciousness,OSC)与"意识的萨满状态"(Shamanic State of Consciousness,SSC)。[51]灵媒和巫师在和另一世界进行沟通时,正是通过意识的萨满状态来实现的。用正常状态的意识无法进入和了解萨满状态的意识,反之亦然。所以,萨满的凭灵与飞翔(幻游)等特殊本领,只有从这种特殊的意识状态才可以得到真正的理解。从改变意识状态的技术角度来理解萨满教,它可以说是通过意识状态的改变来改变人类生命和人类社会的那些专门家所掌握的一项神秘技术,这些专门家认为他们所追求的那个另外世界的现实要比日常经验的世界更为根本,也更为重要。我们在什么情况下需要这种专门技术呢?当你觉得现实生活完美无缺的时候,当然无须去改变你的意识状态。而当你在现实中感到压抑和禁闭,要求精神的解脱和飞升时,脱魂技术就派上用场了。从这一意义上看,萨满教的存在犹如一种技术的麻醉药品。史前脱魂术的广泛运用本来就同麻醉致幻药用植物的使用密切相关。只要浏览一下保罗·德弗罗的《漫长旅行:药物致幻的史前史》[52],就会对此种已有数万年历史的人类最古老的调控精神技术肃然起敬。熟悉中国古典文学的人可以参考蔡大成的《楚巫的致幻方术》[53]一文,从中可以了解迷狂与诗歌灵感在中国本土的深厚渊源。而对现当代西方艺术中萨满巫术影响有兴趣的人最好去读图文并茂的大书《睁眼做梦:20 世纪艺术与文化中的萨满教》[54],从而大致了解当今西方美术界与音乐界方面对萨满教复兴运动的强烈回应。

(9)符号学:符号人类学(象征人类学)

与文学符号学研究相对应的是符号人类学,又译象征人类学,代表人物是和玛丽·道格拉斯、维克多·特纳和罗·尼达姆等。中文书可阅读史宗主编《西方宗教人类学文选》(上、下册,上海三联书店,1996 年)。人作为符号动物,首先就以"近取诸身"的方式将自己的身体当做表意的编码,建立起大宇宙与小宇宙(人体)相互对应的象征体系。在古汉字"天"的象形符号中,不难看出人的身体就成了很好的座标,成了衡量和表述有关天体自然的基准。中国传统宇宙观将人体看做一个小天地、小宇宙,人体可以跟整个传统文化的结构形成类比关系。因此,研究身体在一个民族中的象征作用,也就是研究该民族的文化范式。文化在广义上都是象征的,因为文化是对人类的本能欲望的规范和修饰,按弗洛伊德的观点,如果人类的本能欲望得不到满足就会造成痛苦,在潜意识中形成情结,梦是对赤裸裸的生理需求的隐喻表达,因而梦是符号化的,也是艺术的,通过对梦的研究,即可发现人类文化与艺术的规则。荣格更是直截了当地将神话比喻为人类集体的梦。与西方的精神分析学过度注重"力比多"相比,中国古人更突出"立象以尽意"。一部《周易》的象学及义理学,上承"铸鼎象物"的远古视觉符号传统,下启形而上与形而下对应发展的思想空间。借助于符号人类学的分析工具,可以提出中国文化的重新认识与建构问题,尤其是在书写文本之外,如何利用新出土的图像叙事和实物叙事之新材料,直观地和动态地重新进入历史情境。笔者曾提出,人类学"写"文化可以有四种叙事方式:最新一种对应着人类学研究晚近的潮流,叫做"物质文化研究"(material culture),也就是直接研究物体的叙事,从物体中解读出文字文本没有记录的文化信息。归结到中国文化研究的四重证据法:一是传世文献,二是出土文献,三是人类学的口传与非物质文化遗产,第四是图像和实物(文物典章制度源于宗教仪式的法器/道具,所以它也能叙事,叫物的叙事)。在叙事概念上,也可分成四个部分:文本(包括书写的和口传的)的叙事、图像的叙事、物的叙事和仪式的叙事。如果做文学人类学研究的人能够同时掌握四种文本的多维叙事,那么所获得的材料会丰富起来,能够挖掘到的历史的真相或许会远远地超出文字的遮蔽与书本的束缚。不相信此理的人,建议先去看三星堆博物馆;随后再尝试到二十四史里找一找关于三星堆的记录,亲自体会一下缘木求鱼的困窘。然后再回到四重证据法的理念,尝试理解什么叫做“文字的遮蔽”,试图有所作为吧。

(10)文学与语言学:语言人类学

语言人类学与一般的语言学不同,它侧重考察的是语言与文化的关系。由于每一种语言都是人们彼此交流和给周围世界万物命名的工具,因此研究语言是理解特定文化的观念与习俗的最佳途径。近年的发展表明,语言人类学正在和认知人类学交叉融合,其新锐的研究旨趣在于探索如何从内部去发现作为知识体系的文化。美国人类学家康克林(H. C. Conklin)的博士论文《(菲律宾)哈努诺文化和植物世界的关系》(1955),第一次让世界了解到一个人口数极少的热带雨林族群——哈努诺人,其语言中居然拥有着1800种植物的分类单位。而西方科学的植物分类单位仅有1200多个。从语言人类学角度所发现的这种“地方性知识”的丰富性和独特性,给后来的人类学家和整个知识界带来很大的震动。如何突破西方科学范式的话语霸权,重新领会人类文化多样性及其可持续生存的经验,成为迅速发展的认知人类学新目标。在国内,20世纪80年代以来兴起的文化语言学研究,是对语言人类学和认知人类学的本土回应。

西文著作首先推荐美国人类学家保尔·拉定(Paul Radin)的代表作《作为哲学家的原始人》(1927年初版,1957年增订版)。该书为重新定位原始人的精神和智力奠定了理论基础。拉定坚决反对原始人智力低下说,他认为原始人也和文明人一样,拥有发达的智力水平和惊人的智慧成果。他甚至认为,西方白人引以为自豪的哲学,其实也是从原始人发端的。他借鉴人类学广泛的田野作业资料,从一些重要的哲学性命题入手,分别论述原始人关于生命观、世界观、人类观、命运、性别、是非、现实、自我与人格、纯粹思辨、观念的系统化、神性、一神倾向等方面的思想,揭示这些思想对于西方哲学范式普世性价值的质疑和反思作用。例如,关于“自我”,西方学界一向认为原始人没有“自我”的观念。拉定举出毛利人作为西方偏见的反证:毛利人不仅有自我的观念,而且其复杂深刻的程度比西方的有过之而无不及。毛利人认为所有生命的存在都有四种要素:永恒的元素、自我(死后消失)、鬼魂和身体。自我又由三种要素构成:动力要素、生命力或人格、生理要素。毛利人把动力要素称为“卯瑞”(mauri),它以两种方式出现:物质的和非物质的。物质的“卯瑞”是积极的生命原则,它实际上可以是任何的物体。非物质的“卯瑞”则是其象征。在北部新西兰,一棵树在一个婴儿出生时栽种,这棵树便可以被看成这个孩子的物质的“卯瑞”。[56]毛利哲人对身体的阐释也同样贯穿着物质的与非物质的区分原则。由如此细微的分析理性所构成的自我观不仅强调了人格的多元性质,而且也强调自我向过去与未来的延伸。自我的这些组成要素可以暂时脱离身体,并且同他人的脱离身体的自我要素发生关联。面对如此精微细致的思想观念,西方文明人不花功夫深入学习是无法理解的。谁还能附和列维-布留尔的老调,蔑视原始思维是“前逻辑的”呢?[57]

(11)影响研究:传播论学派

比较文学的影响研究始于法国学派,一个多世纪以来成就卓著。如果翻看20世纪20年代美国人类学专业的标准教科书——克鲁伯的《人类学》(A. L. Kroeber. *Anthropology*, 1923)第8章“传播”(Diffusion),就会看到,文化传播论一派的视野,相当于比较文学法国学派的影响研究范式。其中讨论到了各个社会中呈现的相似的或者对应的文化现象应该如何看待的问题,如产翁习俗、洪水传说、十二属相等。克鲁伯从源流影响的动态视角给予发生的解释。文化传播的人类学分析的复杂性,颇值得文学研究者借鉴。有美国人类学家林顿的一段趣味性的描述,常为各种教科书所引用。通过对一个美国男子一天中头几个小时的活动的记述,体现传播的几乎无所不在的深远作用:他——

> 醒了过来。他躺着的这张床的式样起源于近东,但在传入美洲之前在北欧已有所改变。他掀开被子,它可能是用印度首先栽培的棉花制成的,或者是由近东首先栽培的亚麻制成的,也可能是由中国首先发现其用途的丝绸制成的。所有这些材料都是用在近东发明的方法纺织而成的……
>
> 他脱下印度发明的睡衣,用古代高卢人发明的肥皂洗干净。然后刮胡子,这种近乎受虐狂的礼仪似乎是在苏美尔或古埃及产生的。
>
> 在出去吃早饭之前,他透过窗子向外看了看。窗子是用埃及发明的玻璃镶制的。如果天正在下雨,他要穿上用中美洲印第安人发现的橡胶做成的雨鞋,并带上在东南亚发明的雨伞……
>
> 在去吃早饭的路上他停了下来,买了一张报纸,是用古代吕底亚

> 人发明的硬币付的款……他的吃饭菜盘子是用中国发明的制陶术制成的。他的刀是钢的,这是印度南部发明的一种合金,又是中世纪意大利的发明,汤匙是罗马的发明……在吃完水果(吃的是美洲西瓜)和喝了第一道咖啡(一种阿比西尼亚[58]植物)之后……他可能会吃在印度支那驯养的一种鸟[59]的蛋,或者吃小片小片的东亚驯养的一种动物的肉,这种肉又是用北欧创造的方法腌熏过[60]……
>
> 他一边抽烟(美洲印第安人的一种习俗)一边读着当天的新闻,新闻是用德国发明的方法把古代闪米特人发明的符号印刷在中国发明的材料上的。如果他是一位非常保守的市民的话,那么,当他被外国的动乱报道所吸引的时候,会为自己是个纯粹的美国人而用印欧语言来感谢一位希伯莱神。[61]

用全球化影响下的当今社会生活的例子,完全可以给林顿的文化传播主义理念添加新的版本。

(12)平行研究:文化对应现象研究

克鲁伯的《人类学》第9章Parallels,相当于比较文学美国学派的研究范式——平行研究。从措词上看完全是一样的。但是文化上出现的平行现象毕竟大于文学上的平行发生。其中讨论到的题目有:书写的起源;纺织的模式;铜器的使用;零的概念发生;等等。至于为什么人类的不同群体会在不同的地域环境中产生同样的文化发明,求解这样的文化问题对于人类学者和比较文学研究者来说,同样都会有无能为力的困惑。只要看看弗雷泽在《旧约民俗》讨论洪水神话的世界性分布时所付出的巨大努力,就能够体会解答此类问题的难度。

> 我们仍然要发问的是:洪水传说是怎么产生的呢:人类为什么会如此普遍地相信大地上曾有一个时期全都被汪洋大水所淹没,或是所有居住着人的地方都被淹没,几乎所有的人种都被灭绝了呢?对此问题的老答案是这样的:这样的洪荒之灾确实发生过,我们从《创世纪》的真实记录中可以得到完整的了解。我们在世界各地广泛分布的许多大洪水传说中,所看到的是对那场浩劫的不完整、混杂的、曲解的记忆。从海洋生的贝壳和化石那里也能够获得支持这个观点的证据,它们被认为是挪亚时期大洪水退去时留在荒野和山顶之上,

后来又变干了的。[62]

研究在遇到两种文化中发生相似或对应的现象时,最好的办法是不必马上盲从“影响说”和“平行说”的解释,而是应该尽可能多方面地应用“试错法”,去寻找两种假说各自的反证。如果两个文化在地理上是接近的或者是有文化通道联系的,可以多考虑影响说的可能性;相反则多考虑平行说的可能性。季羡林在《印度文学在中国》一文中提出,屈原《天问》中提到的月兔神话观念,应该来自古代印度。但是当你看到远在美洲的印第安神话中也流行月兔观念时,印度影响说的说服力就难免要大打折扣,甚至要让位给平行说了。而当你从文学人类学视野上了解到月兔观念是来自人类自石器时代就相当普遍的再生女神的神话信仰时[63],非此即彼的争论也就可以暂时休止了。

(13)文类学:人类学诗学

文类学在今日的比较文学和文学理论教科书中均占有专章的地位。其研究内容大致相当于中国的文体学。比较文学在欧洲发生之时,文类的比较局限于在欧洲各民族国家之间进行,后来扩展到欧美和西方国家以外。但是现代性的“民族—国家”仍然是比较的界限所在。从后现代的立场看,这样的比较多少有些“宏大叙事”的嫌疑。今天的人所熟悉的区分人类彼此之间的单位为“民族”或“国家”,这完全是现代性的民族国家制度所建构的“想象的共同体”作用的产物,是被现代的护照和签证制度所支配的貌似合理的文化归属划分。人类学早就放弃了这样非学术化的区分单位,改用更加细微和精确的“族群”概念作为单位。对于文类的比较研究而言,人类学“族群”概念的引入极富挑战性,可视为目前考察文学体裁和类型的最低限度或最细微的尺度。在这方面,人类学家以文学手段来描述异文化的民族志实践形式——“人类学诗学”(anthropological poetics)一派,值得关注。[64]这里拟介绍一位身兼诗人、小说家和人类学家多重职业身份的学人迈克尔·杰克逊(Michael Jackson)提出的“最细微的民族志主体间性”说。

杰克逊的新理论著述,可以看做是自上世纪60年代人类学从“科学”转向文化阐释学以来,在人类学诗学方面取得的新进展之范例。诗人兼人类学者杰克逊为自己1998年的著作取了一个相当绕口的题目——《最细微的民族志主体间性与人类学的目标》。[65]这个书名可以视为对德国思想家阿多诺的格言集《最低限度的道德》(*Minima Moralia*, 1951)书名的一种置换变形。阿多诺有哲学家、音乐学家和社会学家的多重专业身份,他以文学形式写出《最低限度的道德》,希望能够记录下他所体验到的极权主义野蛮状态,将失眠和噩梦、死亡威胁与邪恶势力逼迫下的个人日常经验最隐私的部分加以呈现。而杰克逊的著作立足于后现代知识立场,希望将抽象化的理论与活的体验中的现实有效区分开来,其方式就是将人类学转向更加具有“对话性”(dialogic)和“反身性的”(reflexive)方向。根据他在塞拉利昂和澳大利亚的田野经验,杰克逊反对将抽象的普遍性的观念生硬地运用在对特定文化具体的社会事件的表述中,他提示从文化内部的主体间性角度细致地体察人的生活体验,将抽象的关系还原理解为人际间生活的形态。笔者以为,“最细微的民族志主体间性论”,是一种带有现象学还原色彩和认知人类学性质的文化描写理论,对于将文类学从民族—国家这样笼统的单位转移到族群,以及族群之间的主体间性,具有实际的示范作用。美国已故比较文学学者厄尔·迈纳曾经醒目地使用“体裁是文化独特性的试金石”一句话,作为自己文章中的小标题。他希望将如何探究和发现文化独特性作为未来的文学研究者努力的一个方向。

> 体裁名称的内涵通常比较空泛,很难越过文化疆界,而文学“移民”的官员们则窥伺着文化疆界中各种术语的确切含义。
>
> 显然,跨文化研究不能宽容对于诸如“悲剧”或“物语”这样的术语的规范化解释。[66]

笔者也曾将随着西方现代性文学观而舶来中国的“散文”概念当做批判性反思的文类对象,指出散文概念给中国文学史写作带来的巨大遮蔽效应,乃至出现“先秦散文”这样的伪科学概念大流行的情况。仅以被戴上先秦散文大帽子的《尚书》为例,该书实际存在六种不同命名的文体(本为口传文化的“语体”)—— 典、谟、训、诰、誓、命,没有一种能够吻合西方书写文学的“散文”概念。因为六种体裁多为君王言语活动的口传记忆,如“诰”、“训”、“誓”这些篇名用字所示。发言主体一般为帝为王,其由来相当久远,大大超过了后人所理解的个人创作之书写文学,更不会是什么想当然的“历史散文”[67]。借鉴“最细微的民族志书写”这一理论视角,对于启发本土文化自觉之下的中华多民族文学的再发现,会具有怎样广阔的探索空间呢？对此，可借用中央电视台“民歌中国”栏目蒙古族导演的一句经验之谈来暗示：中国民歌的唱法不能按照56个民族的数量去估计。其总数约在一万种之上！

(14)形象学：文化他者理论

关于比较文学领域中近二十年以来新兴的形象学研究，其发生如何导源于人类学的情况，在一般的教科书中已经有所梳理和介绍。这里再提示研究者参看一些人类学背景的专题研究著作，其中突出的是关于文化他者建构过程中文化误读与偏见形成作用的全景透视，如奥弗拉赫蒂的《他者的神话》[68]和贾赫达的名著《野蛮人的形象》[69]等。

(15)译介学：阐释人类学与符号人类学

人类学的工作性质在于理解异文化，这就不可避免地需要将语词、观念和意义从一种文化翻译到另一种文化，或者翻译一系列用于分析的概念。译介学不论是理解为“比较文化视野中的翻译和翻译文学”，还是“文化的翻译”(Cultural Translation)，从其主题词语上就可以明显看出与人类学的密切关联性。从传统意义上的翻译研究，到今天蓬勃兴起的“译介学”，也是文化人类学视角带来的研究范式的拓展与变革。有兴趣的读者可以参考阅读由人类学立场提出的文化翻译问题，会获得一定的启发性。这方面较为系统的新读物有论文集《翻译文化》一书。[70]

(16)移民或流散文学：人类学的流散研究

近十年来的比较文学界出现了流散文学研究。需要明确的是，“流散”这个关键词直接来自人类学。近年来在美国最活跃的人类学家詹姆斯·克利福德(James Clifford)1994年刊登在美国的《文化人类学》杂志上的一篇论文《流散》，开启了这一派的探讨。《中国比较文学》2005年第3期刊发的美国加州大学童明的论文《家园的跨民族译本：论“后”时代的飞散视角》，追溯了这个关键词从人类学到比较文学的移植过程，他还认真地提出建议将“流散”译为“飞散”。殊不知，“流散”这个译名借助于语言使用上的约定俗成力量，早已经在中国学界流行起来，难以轻易置换了。2006年10月在中国社会科学院外国文学研究所召开了由以色列学者合办的“文学与民族认同”研讨会，从中可以看到世界上最著名的流散民族——希伯来—以色列民族的当代学者对这个问题的新认识。

(17)少数民族文学:人类学的文化相对论

从人类学面对异族文化对象的一条基本原则——文化相对论,到多民族国家当今奉行的国策"多元文化主义",从殖民主义时代到后殖民时代,人们的文化理念已经悄然发生了根本的改变。在后现代与后殖民的思想洗礼之下,文学理论和批评界也开始越来越多地关注少数文学、少数民族文学和形形色色的弱势文学现象。法国的后现代理论家德勒兹和佳塔利合著的《卡夫卡——为弱势文学而作》一书,以卡夫卡所代表布拉格犹太文学为例,提出弱势文学概念,并赋予其强烈的文化政治倾向,作为受压迫的文学抗争方式,大加推崇,乃至发出如下矫枉过正般的激进主张:

> 弱势才可能强大,才可能有革命性。憎恶所有那些巨匠的文学。只要看一看卡夫卡对佣仆和雇员们如何着迷就知道了。[71]

20世纪后期以来,西方学院派编写的文学理论教科书开始增加少数民族文学方面的内容。乔纳森·卡勒的《文学理论》附录"理论学派与流派"中,列入"少数民族话语",着重介绍美国学术界发生的重要政治变化,体现为黑人、拉美人、美籍亚裔人和美洲土著人的文学开始得到承认和研究。这方面较为系统的读物有伯纳德·W. 贝尔的《非洲裔美国黑人小说及其传统》一书[72],以及专门介绍近二十年来非裔美国文学批评理论建构的《走向人类学诗学》[73]。对于多民族多族群的中国传统而言,对少数民族文学的源流和特色的认识程度,直接决定着对中国文学的整体理解和把握。而重新认识中国少数民族文学的理论前提是,针对传统的文野二分的中国文化观及西方现代性的文学观提出批判性反思。"根据中国文化内部多样性与多源性的构成的特征,根据中原汉民族的建构过程离不开周边少数民族的文化迁移、传播与融合运动这一事实,要求改变那种以汉族汉字为中心叙事的历史观和文学史观,突破那种划分多数与少数、主流与支流、正统与附属、主导与补充的二元对立窠臼。提出重建文学人类学意义上的中国文学观及少数民族文学观,倡导从族群关系与互动,相互作用的建构过程入手,学会尊重和欣赏文化内部多样性的现实,进而在中原王朝叙事的历史观之外,寻找重新进入历史和文学史的新途径和新材料。"[74]这方面的探讨对于中国文学方面的专业人士来说,或许有脱胎换骨的性质。如果能够深入把握后殖民批评和弱势话语理论的精髓,并且诉诸研究实践,那就足以引发一场观念和知识上的革故鼎新效应。

(18)口传文学研究:民族志诗学

人类学这门学科发端于西方学者对广大殖民地区无文字民族社会的调查与研究。一个多世纪以来,无数人类学家对数以千计的无文字社会的文化与教育传承方式的再发现与再阐释,给拥有文字书写的西方文明反观自身提供了难得的借镜。受到人类学的民族志作业方式影响,民间文学和民俗学方面出现了“民族志诗学”这个重要学术流派,给20世纪后半的口传文学和口传文化传统研究带来巨大的推动力和繁荣效应。就连作家文学的研究也考虑到人类学视角的必要性。[75]

国内的比较文学界和文学理论界过去对这方面很不重视,也很不了解,现在面临着相当广阔的“补课”空间。除了近年来已经翻译的《故事的歌手》、《口头诗学:帕里—洛德理论》、《口语文化与书面文化》等书以外,这里还需要重点引介一个刊物和两部专著:一个学术刊物是美国密苏里大学口头传统研究中心的《口头传统》(*Oral Tradition*),该刊自20世纪后期创刊以来已经积累了丰富的研究成果。两部专著分别是《口传文学的诗学与人类学》[76]和《口头传统中的记忆力》[77]。前者用七章的篇幅讨论口头叙事的理论,将叙事的观念落实到我们日常语言里所说的“讲故事”。这样可以把叙事当做围绕着我们的生活并让我们得以呼吸的空气。不论你是否意识到口头叙事的存在,它其实是人类最古老的活动。早期希腊人称之为 mythos。今人常把这个词翻译为“神话”,其本义指口说的故事。《口头传统中的记忆力》是结合人类学和实验心理学视角的口传文化专题研究,对口传文化特有的记忆力问题给予全新的实验数据诠释。这部书足以让书写文明的成员对“文盲”所拥有的文学能量刮目相看,对其叙事和想象力造成的奇迹刮目相看。

除此之外,理解书写文明的出现如何凭借文字符号的霸权力量对口头传统造成毁灭性的打击,也是相当必要的。这方面首屈一指的新著就是剑桥大学人类学家杰克·古迪的《书写传统的威力》[78]。

(19)性别诗学:女性主义人类学

女性主义文学批评和性别诗学研究是20世纪文学理论界最耀眼的

新领域之一。与之相对应的是，人类学与女性主义思潮相结合产生的分支学科——女性主义人类学。鉴于国内外这方面的介绍相当丰富，此处不再展开。仅提示四部参考书：第一部是概论性的导读著作《女性主义与人类学》[79]。第二部是最新的《女性主义人类学读本》[80]。第三部书是应用女性主义视角研究《圣经》的代表作——《圣经叙事中的性别政治》[81]。第四部是在“写文化”(Writing Culture)的方法大讨论中由女性人类学家表态的《女人书写文化》[82]。另外，人类学的下属分支学科考古学方面，近年也出现了新潮的流派——女性主义考古学，以及性别考古学、另类考古学等，对文学研究者均有参考意义。

(20)从叙事学到叙事治疗学：文化与人格理论

同文学研究中的结构主义和符号学一派密切相关的领域是叙事学研究。从90年代以来的发展来看，叙事学研究呈现出逐渐脱离结构主义而单独发展乃至另立门户的倾向。这里要介绍的却是文学界十分陌生的另外一个跨学科的应用研究派别——叙事治疗学。用简单的比喻来界定，如果说叙事学是研究荷马史诗的文本构成特征的，那么叙事治疗学则要研究荷马讲唱史诗的行为如何能够对听者实施身心治疗。与此相对应的人类学分支是心理人类学的文化与人格理论。这方面较为翔实和全面的导读性著作有巴尔诺的《人格：文化的积淀》一书[83]。鉴于叙事治疗学近年来迅猛发展的情况，拟留在本文最后讨论。

六、什么是文学？——朝向“文学人类学”新认识

以上从二十个文学研究的新理论命题入手，检讨了相关的人类学知识背景，希望能够集中到一个跨学科方向上，提出建构文学人类学的新理论视点。由此出发，对当今中国大学教育中所流行的文学观，会有尖锐的批判性反思，从而构成根本的范式挑战。今天通行的文学观伴随着西学东渐的一世纪历程，与现代性的“文学”话语之建构互为表里。西方现代性的“文学”观与“文学史”概念的引入，没有经过本土文化的分析性调试，没有反思性的认识，几乎是人云亦云式地套用于中国古今的作家作品，造成认识上的许多误区、许多遮蔽，产生了许多副作用。一个世纪以来，经过一代一代的文学专业教育，已经积重难返，助长和强化了画地为牢的现代性“文学”学科。对于此种“中国文学”学科的主要流弊，笔者曾

经概括为三个主义:文本中心主义;大汉族主义;中原中心主义。而与此相对应的纠偏方案,体现在文学人类学的三个范畴上:活态文学、多元族群互动的文学和口传文学。

以藏族史诗《格萨尔王传》为例,这是一部在西北地区藏、蒙、土等多民族民间流传千年的讲唱体作品,本来与文字书写无关,是纯粹的口传的活态文学之珍稀标本。据笔者 2005 年 7 月随兰州大学学者的调研考察,甘肃夏河县一位名叫嘎臧智化的安多藏族艺人,他所讲唱的《格萨尔王传》被当地广播电台采用联播的形式做了完整的录音,时间长达 2800 小时。更加让所有"中国文学"专业人士感到不可思议的是,这位艺人还是当地不挂牌的知名医者。多年以来,有多少被正规医院拒之门外的患者,慕名来他这里求得土法治疗,已经难以计数。由此引出的问题是:

1. 异常惊人的文学想象与叙事能力和同样惊人的医疗能力,是如何统一在这位藏族艺人身上的?

2. 被今日的西方文学分类命名为"史诗"的《格萨尔王传》,究竟在何种意义上属于我们跟着西方人范式所建构起来的"文学"?

3. 它又在何种意义上大大超出我们所理解的"文学",在当地人民的口头传承中发挥着不可替代的文化整合与精神治疗作用?

只要熟悉了《格萨尔王传》的原生态形式在本土文化中与神灵信仰、煨桑仪式、唐卡绘画和音乐歌舞讲唱三位一体的展演情况,就会对上述问题有所领悟,进而反思为什么现行的文学概论或者美学概论无法帮助我们有效地把握《格萨尔王传》这样的文化现象,特别是其融合故事、讲唱、表演、信仰、仪式、道具、唐卡、图像、医疗、出神、狂欢、礼俗等的文化整合功能。由此一个例子拓展开去,多民族多族群活态文学的存在与传承,其价值和意义的再认识,将会在何种意义上更新我们的文学观,大大扩展我们对本土遗产的多样性、丰富性和独特性的认识呢?

西方现代性的文学观,以 20 世纪中期由韦勒克和沃伦合著的《文学理论》为标本,以坚定地提出文学的内部研究和外部研究的二分法为特色。而 1977 年问世的英国文化研究主将雷蒙德·威廉斯的《马克思主义与文学》,倡导将文学放置在文化之中来讨论。有三分之一的篇幅用来说明,"文学"是如何在 18 至 19 世纪被资产阶级的知识趣味所建构出来的。再到世纪末,美国文学批评理论家卡勒的《文学理论》,不但有专章概述关于文学与文化研究的讨论,而且还要另辟一章讨论源于人类学的文化认同问题。这样简略地回顾 20 世纪文学理论的发展轨迹,一种从文学性和文学的内部研究为主导的范式，走向文学的文化语境还原性研究范式的演化线索，正在逐步清晰地呈现出来。对此一线索的梳理，如能进一步结合人类学的田野作业方式，突出后殖民语境下的多民族多族群活态文学的再认识目标，突出原生态文艺功能的人类学式考察范式，或可期望建立一种能够面对现实变化和知识更新要求的文学人类学理论。

七、从"叙事治疗"看文学人类学的应用

在上个世纪70年代，也就是正值各门学科开始其人类学转向之际，一位日本的民间文艺研究者兼心脏神经症医疗专家氏原宽，正式发表了他将文学应用于临床治疗的实验报告《口传文艺和临床心理学》[84]。该报告提出，人类精神上的健康在于保持意识与无意识之间心理的平衡，过于理性化和过于情绪化，都不利于心灵的维护。个人心灵的阴影往往滋生于内心深处没有注意到的部分。那也就是心理分析所谓的无意识领域。而文艺作品则是通向该领域的重要符号媒介，也是调动理性与非理性、情感与意志等对立力量的中介。如何利用文艺作品的中介功能，达到调节意识与无意识之间平衡的作用，乃是文艺学研究通向临床医学研究的一大契机。

氏原宽的报告给出的第一个临床病例，是一位成绩优异的高校毕业生，他爱好网球、登山，当时为某公司职员。有一天出现眩晕症状，诊断为心脏不好，等待住院。另外一位医生告诉他仅仅是过度疲劳，经过适当休息就会好转。然而他又突然发作，晕眩得几乎要跌倒，只好向公司请假，其工作受到病情影响而无法继续。据氏原宽诊断，此患者上进心较为强烈，权力欲追求明显，内心的阴影一面全然没有暴露出来。这才需要进行心理治疗，而不应是一般的物理性治疗和休息。氏原宽就这样对他展开了针对性的内心的发掘和调整，其治疗方法就是实验性的口传文艺的传习过程。治疗结果，患者从异常状态恢复到正常状态。

氏原宽报告的第二个临床病例，是一位刚来到日本的外国留学生。该患者的主要症状是焦虑和失眠。他刚到日本时，总是从本国收到亲人邮寄来的祝福平安的信件。他丢弃了这些信件，结果出现了类似报应的问题。他先丢失了照相机，随后又丢了现金。从此焦虑不安，最终患上失眠症。在治疗过程中，医生引导他自我叙述来日本后的经历，患者脑子里突然想起那些没有得到回复的家人祝福信件，于是就还愿式地写回信，用

笔头的叙事对内心的焦虑给予外显化的呈现。从此以后，他的睡眠逐渐好起来。氏原宽由这个病例治疗中总结出的道理是："人一旦屈服于民间的信仰(祝福和还愿之类)，就能够从良知的休眠状态解放出来，因为我们再度和伟大的东西联系起来，克服空虚无助的那种绝望。"这样的心理病因学认识，给民间口传文艺研究带来医学价值再认识的一个突破口。民间文艺和民间信仰的内在联系，就是发掘治疗力量的一种内在源泉。个人心灵中的阴影若不和非理性的民间传统部分相结合，就是难以解决的疑难所在。医生要超越单纯的物理治疗方式，就有必要结合现代性社会环境和个人内心的成长所遇到的普遍问题。如何从有限的个人经验中开发出民间传统信念的无限潜力，这就是心理治疗事半功倍的窍门所在。由此看，心灵空虚的感觉，正是诱发出宗教情感的开端。所有的现代人，多多少少都在内心潜藏着这种空虚感。由于现代生活彻底切断了民间传统仪式活动的神圣场域，总是用合理主义的态度看待身边的一切，人们失去了与伟大事务的连接点，很容易陷入一种深刻的孤独感。无数现代主义文学作品——从卡夫卡的《变形记》到米勒的《推销员之死》，都提供了此类现代性的心理自闭症的鲜活病例。治疗的希望在于，今日的西方社会，已经由逻各斯的原理向厄罗斯的原理回归了，如马尔库塞的《爱欲与文明》中所揭示的那样。这位日本医生就这样将自己的临床经验同20世纪思想家对现代人类心理"集体阴影"的诊断经验结合起来。

现代社会由于过度强调西方式的理性思维和科学所导致的精神心理失衡现象逐渐形成蔓延之势。此种文化的偏执与病态已经引起西方学术界有识之士的重视。荣格及其分析心理学派的门徒们就是这方面的突出代表。纽曼(Erich Neumann)在《意识的起源与历史》中，借助于人类学的神话和仪式研究成果，尝试着通过神话叙事模式来解释人类自我意识的发生。纽曼认为人类意识的成熟条件是主观与客观的分离经验。但是这种分离的结果，也会造成副作用。所谓"失乐园意识"就是这样产生的。它认为意识的本源状态是一种完满状态，后来从这种乐园状态中被放逐出来，如同被逐出伊甸园的亚当夏娃。放逐的后遗症是，我们与生俱来的意识的特长彻底地变成被动的，我们对于世界已经不具有能动的手段。觉悟后的意识是不可能回归到无意识中的，复乐园的机遇只能到忘却和失忆状态中去寻觅。道家的"心斋"和"坐忘"技术，于是被今日的精神分析学改造为催眠和致幻的技术，以此来逃避个体心灵所感觉到来自外界的压力。每当个人内心发生一种与无力感相伴随的不安的感觉，就需要有办法来消除这种感觉——借助催眠和致幻，回归到主体客体未分化的状态；那也就是对伟大事物的绝对的皈依。这里被唤醒的力量，乃是被逻各斯压抑下去的“秘索思”（mythos），即神话叙事的力量。由此证明了现代生活中仪式与神话的必要性。

纽曼专门写出一部图文并茂的大书《大母神》，就是试图帮助现代人重新点燃精神上的“复乐园”希望。其文化政治的取向和两千多年前的中国哲人老子标榜的母神宗教乌托邦相比，实在有殊途同归的性质。精神分析学家之所以特别看中母神原型，因为在大地母神的信仰中，潜藏着初民复归胎儿的热切愿望。地母神既是农作物丰产的提供者和慈祥的保护者，也是我们免除不安、期待一种大自然的恩宠的象征。由此推导出来的文化编码系统的公式为：

女性——母亲——大地——无意识
男性——父亲——天空——意识

在大地母亲神和人类之间，有一类专业性的沟通中介角色——女巫。她们曾经是人间最高智慧与能力的化身，到了男神占据绝对统治的时代，女巫被贬损和妖魔化，蜕变为魔鬼和罪恶的使者、男神的对立面。同样道理，又由于父权制意识形态的作用，上述性别政治的公式被赋予鲜明的价值判断色彩：

意识——男性——善
无意识——女性——恶

如何摆脱这种道德判断的阴影，让个人得以恢复同母神所代表的乐园状态之联系，这就是分析心理学派开启的梦幻与神话治疗的原型依据。由此导出的叙事治疗原理，催生出颗粒饱满的种子，如今已经在世界各地开花结果。虽然“叙事学”一词直到 1969 年才由法国文学理论家托多洛夫在《叙事语法》一书中提出，虽然 1979 年心理学家萨宾（Sarbin）在美国心理学会的年会上首次发布“经验和叙事结构”的观点，提出叙事对意义建构和人格形成的作用，但是叙事治疗的学理根据却需要上溯到荣格学派和人类学的文化与人格理论。1986 年萨宾主编的《叙事心理学：人类行为的故事性》一书问世，标志着叙事心理学作为现代心理学家族中的新生儿降生到世界。文学方面的叙事理论和后现代心理治疗学的结合,又诞生出叙事治疗学。一般认为其创始人是澳大利亚临床医师怀特夫妇(Michael White and Cheryl White),以及新西兰的大卫·爱普斯顿(David Epston)等。他们在80年代提出系统的叙事治疗论,90年代流行于北美和欧洲,掀起一波叙事治疗迅速发展的热潮。

叙事治疗(narrative psychotherapy)的合成词由"叙事"和"心理治疗"组成。叙事,即日常语言说的故事,指按照一定的时间顺序来组织各种行为和事件的讲述。叙事心理学指的是心理学中的一种关心"人类行为的故事性"的观点或立场;其关注焦点是:人类行为是如何通过故事而组织起来并赋予意义的。根据文化和人格理论,人类行为和体验充满意义,这种意义交流的工具是叙事,而不是逻辑和抽象。因此,所谓叙事治疗,是指治疗师通过倾听他人的故事,运用对话引导的方法,帮助叙述者寻觅遗漏和隐蔽的片断,使内心积压的问题外显化,从而引导当事人重构积极故事,唤起他(她)发生人格转变的内在力量的过程。我们在甘肃夏河的藏族艺人兼医者嘎藏智化那里,已经明显意识到口头叙事所具有的巨大精神感召能量和认同作用。根据这样的体验,再来考察域外新兴的叙事治疗学,就会有洞若观火般的领会效果。

在我国,心理医学较先发达起来的台湾和香港地区,自然承担起率先引入叙事治疗学的任务。在大学和宗教界人士中,越来越多的人在做叙事治疗的应用和培训等工作。就在我们的文学理论界还在无休止地争执文学与文化的关系或者疑惑"文学会不会死亡"之际,文学与叙事已经在世界许多地方找到了救治现代人身心的实用功能!对照藏族、蒙古族等少数民族艺人的讲唱传统,可以期待一场类似重新发掘中医或藏医藏药的文化寻根潮流即将来临。经历人类学新启蒙的文化自觉运动,中华文化内部多样性遗产的重新认识,将是一个漫长而意义空前的学术实践过程,也是文学人类学从理论建构到实际应用的互动过程。可喜的是,最近几年,大陆的理论界和教育研究方面也开始了这方面的介绍和研究。值得期待的是,如何从单向的移植引进,转向从文学人类学视角对中华多民族活态文学遗产的发掘认识,特别是迷狂入幻式的萨满教讲唱传统的医学功能研究。在此基础上,怎样为当代叙事治疗学的拓展提供本土的鲜活经验与资源呢?在这方面,中外多学科学者的交流对话将最具有理论上的建设和创新意义。

文学治疗与禳灾的古老职能,由于被现代性的文学观与文学论遮蔽,已经被遗忘了一二百年。后现代与后殖民时代对文学性质与功能的重新发现，既呼唤着文学人类学的诞生，也呼唤着一场凤凰涅槃一般的文学的复兴。

（作者单位：中国社会科学院文学研究所/西安外国语大学）

注 释

〔1〕 关于“文化转向”的讨论，参见〔美〕理查德·比尔纳其等：《超越文化转向》，方杰译，南京大学出版社，2008 年；詹姆逊：《文化转向》，胡亚敏等译，中国社会科学出版社，2000 年；萧俊明：《文化转向的由来》，社会科学文献出版社，2004 年。关于文化转向在亚洲研究中的表现，可参看余英时的文章：“Clio's New Cultural Turn and the Rediscovery of Tradition in Asia”, *A Keynote Address to the 12th Conference of the International Association of Historians of Asia.* University of Hong Kong, 1991, pp. 10-30. 关于文化转向在心理学中的体现，参看 Sue D, Bingham R. “The Diversification of Psychology: A Multicultural Revolution”, *American Psychologist*, 1999, 54(12): 1061-1069。

〔2〕 哲学方面的人类学转向，参看〔意〕莫迪恩：《哲学人类学》，李树琴等译，黑龙江人民出版社，2005 年；郑慧子：《环境哲学的实质：当代哲学的“人类学转向”》，《自然辩证法研究》2006 年第 10 期。文章认为当代哲学的“环境转向”，其实质就是哲学的“人类学转向”，或者说，它是哲学走向“人类学时代”的一个重要的思想先兆和标志。王祥、朱荣兰：《论理性兴衰中的人——评析哲学的三次人类学转向》，《江苏教育学院学报》2003 年第 2 期。历史学方面的人类学转向，参看徐浩：《历史是文化——历史研究的人类学转向》，《史学理论研究》2008 年第 2 期。历史研究的人类学转向是西方后现代主义历史编纂学的重要理论来源之一。历史研究的人类学转向的本质在于 20 世纪六七十年代发生的人类学的文化转向，它引起象征和符号人类学的文化取向代替结构——功能主义人类学的社会取向，从而导致历史学在理论、方法与写作实践等方面的一系列深刻变革。刘瑞：《浅谈历史学的人类学转向：历史人类学》，《重庆科技学院学报》（社会科学版）2008 年第 9 期。

〔3〕 刘珺珺：《科学社会学的“人类学转向”和科学技术人类学》，《自然辩证法通讯》1998 年第 1 期；季士强：《拉图尔实验室思想研究》，湘潭大学硕士论文（2007）；吴庆庆：《人类学进路与社会学进路：巴黎学派 STS 研究》，浙江大学硕士论文（2008）。

〔4〕 〔美〕Benjamin Lee（李湛忞）：《全球化时代的文化分析》，杨彩霞译，译林出版社，2008 年，第 9 页。

〔5〕 〔美〕Benjamin Lee(李湛忞):《全球化时代的文化分析》,杨彩霞译,译林出版社,2008 年,第 9—10、11—12 页。

〔6〕 Ayto, John. *Bloomsbury Dictionary of Word Origins.* London: Bloomsbury Publishing Ltd., 1990, p. 174.

〔7〕 参见拙著《文学与人类学——知识全球化时代的文学研究》,社会科学文献出版社,2003 年,第 155 页。

〔8〕 刘小刚译,《中国比较文学》2004 年第 4 期,第 26 页。

〔9〕 引自乐黛云 2008 年 10 月 14 日在中国比较文学学会第九届年会闭幕式上的总结发言。

〔10〕 *Foucault and Education: Disciplines and Knowledge.* Ed. by Stephen J. Ball. London: Routledge, 1990.

〔11〕 托尼·比彻、保罗·特罗勒尔:《学术部落及其领地》,唐跃勤等译,北京大学出版社,2008 年。

〔12〕 维克里:《〈金枝〉的文学影响》(*The Literary Impact of the Golden Bough*),普林斯顿大学出版社,1973 年,第 233 页。该书的中文节译《〈金枝〉:影响与原型》,见《上海文论》1992 年第 1 期。

〔13〕 Jessie Laidlay Weston. *From Ritual to Romance.* Anchor Books edition, 1957, p. 1.

〔14〕 《隐喻与现实》书中一章"原型性象征"的中译文,收入拙编《神话—原型批评》,陕西师范大学出版社,1987 年,第 216—232 页。

〔15〕 B. Malinowski. Anthropology as the Basis of Social Sciences, in *Human Affairs.* Ed. by R. B. Cattell, etc. London: Macmillan, 1938, p. 200.

〔16〕 阿兰·邓迪斯:《民俗解析》,户晓辉译,广西师范大学出版社,2005 年,第 161 页。

〔17〕 See Paul Erickson. *A History of Anthropological Theory.* Broadview Publishers, 1998.

〔18〕 拉尔斐·比尔斯等:《文化人类学》,骆继光等译,河北教育出版社,1993 年,第 18—19 页。

〔19〕 弗莱:《没有时间的世界》(*World Enough without Time*),见《诺斯洛普·弗莱论文化与文学》,邓南(R. Denham)编,芝加哥大学出版社,1978 年,第 100 页。

〔20〕 J. Hart. *Northrop Frye: The Theoretical Imagination.* New York and London: Routledge, 1994, p. 285.

〔21〕 Gareth Stanton. "In Defence of Savage Civilisation: Tom Harrisson, Cultural Studies and Anthropology", in *Anthropology and Cultural Studies.* Ed. by Stephen Nugent & Cris Shore. London: Pluto Press, 1997, p. 115.

〔22〕 *Anthropology and Cultural Studies*, p. 183.

〔23〕 个人著作方面,较新的书可参看史忠义《中西比较诗学新探》,河南大学出版

社,2008 年。

〔24〕 R. G. Willis ed. *Signifying Animals: Human Meaning in the Nature World.* London: Unwin Hyman, 1990.

〔25〕 Mark Gottdiener. *Post Modernism Semiotics: Material Culture and the Form of Postmodern Life.* Oxford: Blackwell Ltd., 1995.

〔26〕 稻贺繁美编:《关于异文化理解的伦理》,日本名古屋大学出版社,2000 年。

〔27〕《荆门职业技术学院学报》2003 年第 5 期。

〔28〕 台湾《食货》复刊第 12 卷 12 期(1983 年)。

〔29〕《中国史研究动态》1985 年第 4 期。

〔30〕 白锡堃译,北京大学出版社,2008 年。

〔31〕 玛丽亚·露西娅·帕拉蕾丝—伯克编:《新史学:自白与对话》,彭刚译,北京大学出版社,2006 年,第 2 页。

〔32〕 二书中译本均由上海人民出版社 2003 年出版。

〔33〕 赵丙祥等译,上海世纪出版集团,2006 年。

〔34〕 Talal. Asad. *Anthropology and the Colonial Encounter.* London: Ithaca Press, 1973.

〔35〕 Edward W. Said. *Out of Place.* New York: Alfred A. Knopf, 1999, pp. 1-2.

〔36〕 转引自王海龙:《我所认识的萨义德》,《神州学人》1999 年第 3 期。

〔37〕 Robin Clarke and Geoffrey Hindley. *The Challenge of the Primitives.* London: Jonathan Cape, 1975.

〔38〕 *The Challenge of the Primitives*, p. 19.

〔39〕 See Charles Bergman. *Orion's Legacy: A Cultural History of Man as Hunter.* London: Plum, 1997.

〔40〕 参看拙文《道家伦理与后现代精神》,《跨文化对话》第 6 集,上海文化出版社,2000 年。

〔41〕 董建辉:《政治人类学》,厦门大学出版社,1999 年。

〔42〕 E. R. Leach. *Political Systems of Highland Burma.* London: G. Bell and Sons, Ltd., 1964, pp. 190-192.

〔43〕 同上书,p. 193.

〔44〕 史忠义等主编:《国际文学人类学研究》,百花文艺出版社,2006 年,第 318—331 页。

〔45〕 张光直:《连续与破裂:一个文明起源新说的草稿》,《中国青铜时代》二集,三联书店,1990 年,第 138 页。

〔46〕 藤野岩友:《巫系文学论》序言,韩基国译,重庆出版社,2005 年,第 4—5 页。

〔47〕 Joan Halifax. *Shamanic Voices: A Survey of Visionary Narratives.* New York: E. P. Dutton, 1991, p. 3.

〔48〕 参看拙文《新萨满主义与西方的寻根文学》,《东方丛刊》(桂林)2002 年第 4 辑。

〔49〕 Morton Smith . *Jesus the Magician, Charlatanor Sun of God.* Berkeley: Seastone, 1978.

〔50〕 罗伯特·索罗门主编:《从非洲到禅——不同样式的哲学》,俞宣孟等译,上海人民出版社,2003 年,第 360 页。

〔51〕 See Michael Harner. *The Way of the Shaman.* San Francisco: Harper, 1990.

〔52〕 Paul Devereux. *The Long Trip: A Prehistory of Psychedelia.* New York: Penguin/Arkana, 1997.

〔53〕 收入《中国神话学文论选萃》,马昌仪编,中国广播电视出版社,1992 年。

〔54〕 Michael Tucker. *Dreaming with Open Eyes: Shamanism in 20 Century Art and Culture.* London: Aquarian, 1992.

〔55〕 《大自然探索》1984 年第 1 期。

〔56〕 Paul Radin. *Primitive Man as Philosopher.* New York: Dover Publications, 1957, p. 261.

〔57〕 参看拙文《原始思维说及其现代批判》,《江苏社会科学》2003 年第 4 期。

〔58〕 即非洲的埃塞俄比亚——译注。

〔59〕 即鸡——译注。

〔60〕 即火腿和腊肉——译注。

〔61〕 Linton. *The Study of Man.* 1936, Renewed 1964, pp. 326-327. 中译文见《文化的变异》,C. 恩伯等著,杜杉杉译,辽宁人民出版社,1988 年,第 536—537 页。

〔62〕 Sir James G. . *Frazer. Folklore in the Old Testament.* London: The Macmillan Company, 1923, p. 135.

〔63〕 参看金巴塔斯:《活着的女神》,叶舒宪等译,广西师范大学出版社,2008 年,第 165 页。

〔64〕 关于"人类学诗学"的评述,参见拙著《文学与人类学:知识全球化时代的文学研究》第四章,社会科学文献出版社,2003 年。

〔65〕 Michael Jackson. *Minima Ethnographica Intersubjectivity and the Anthropological Project.* University Of Chicago Press, 1998.

〔66〕 迈纳尔:《跨文化比较研究》,见昂热诺等主编《问题与观点:20 世纪文学理论综述》,史忠义等译,百花文艺出版社,2000 年,第 215 页。

〔67〕 见拙文《本土文化自觉与"文学""文学史"观反思》,《文学评论》2008 年第 6 期。

〔68〕 W. D. O'Flaherty, *Other Peoples' Myths.* New York: Macmillan, 1988.

〔69〕 Gustav Jahoda. *Images of Savages: Ancient Roots of Modern Prejudice in Western Culture.* London: Routledge, 1999.

〔70〕 P. G.. Rubel and A. Rosman eds. *Translating Cultures: Perspectives on Translation and Anthropology*. Oxford and New York: Berg, 2003.

〔71〕 德勒兹、迦塔利:《卡夫卡——为弱势文学而作》,张祖建译,见《什么是哲学》,湖南文艺出版社,2007 年,第 57 页。

〔72〕 刘捷等译,四川人民出版社,2000 年。

〔73〕 中国社会科学出版社,2007 年。

〔74〕 见拙文《中国文化的构成与"少数民族文学"——人类学的后现代关照》,《民族文学研究》2009 年第 2 期。

〔75〕 See Paul Benson ed. *Anthropology and Literature.* Board of Trustees of the University of Illinois, 1993.

〔76〕 John D. Niles. *Homo Narrans: The Poetics and Anthropology of Oral Literature.* Philadelphia: University of Pennsylvania Press, 1999.

〔77〕 David C. Rubin. *Memory in Oral Traditions.* Oxford: Oxford University Press, 1995.

〔78〕 Jack Goody. *The Power of Written Tradition.* Smithsonian Institution Press, 2000.

〔79〕 Henrietta L. Moore. *Feminism and Anthropology.* University of Minnesota Press, 1988.

〔80〕 Ellen Lewin ed. *Feminist Anthropology: A Reader.* London: Routledge, 2006.

〔81〕 Esther Fuchs. *Sexual Politics in the Biblical Narrative: Reading the Hebrew Bible as a Woman.* Sheffield: Sheffield Academic Press, 2000.

〔82〕 Ruth Behar and D. A. Gordon eds. *Woman Writing Culture.* Berkeley: University of California Press, 1995.

〔83〕 周晓虹等译,辽宁人民出版社,1989 年。

〔84〕 大阪外国语大学口承文艺研究会编:《世界口承文艺研究》,1978 年,第 197—215 页。

后殖民主义翻译理论与策略

王 宁

内容提要：在当代翻译研究的文化转向方面，后殖民主义翻译的理论与实践是不可忽视的，它不仅具有强有力的冲击力，同时也有着强大的生命力和广泛的影响力。后殖民主义翻译理论的形成是在翻译研究领域内推广以解构主义为中心的各种后结构主义理论的一个直接结果。在这方面，赛义德的影响主要体现在他的"东方主义"的建构和批判以及"理论的旅行"等观点。斯皮瓦克同时在理论上和实践中都作出了重要的贡献。她试图通过翻译来达到对殖民主义文化和语言的解构和批判之目的。她为德里达的《论文字学》撰写的长篇"译者前言"开启了人文科学著作翻译的新的可能性：阐释。在斯皮瓦克看来，一切翻译都不只是语言文字上的转换，而是充满了政治和意识形态等文化批判意义，尤其是将第三世界作家的作品翻译成帝国主义的霸权语言时就更是如此。翻译是一种最亲密的阅读行为，只有进入原作的特殊语境，或者说进入作者的独特视角，分享作者的悲欢和哀乐，译者才能达到原作的亲密读者的境地去深刻地理解原作。霍米·巴巴的文化翻译理论强有力地冲击了翻译研究领域内的以语言转述为主的文字翻译，从文化的层面消解了语言中心主义，为翻译研究的文化转向起到了重要的推波助澜作用。巴巴认为，在后现代空间和后殖民时代，文化的差异变得更为突出了，即使是最为纯洁的白人霸权文化和殖民话语也被后殖民主义者弄得"混杂"和"模棱两可"了，正是在这种混杂造成的间隙（interstices）出现了一些新的东西，并形成了一种既非彼亦非此的"第三空间"（third space），这正是文化翻译赖以进行试验的基础。译作既非原作的被动再现,也非译者全然创造出来的新的东西,它实际上是一个介于二者之间的既与原作相近似但又与之保持一定距离的新的东西。

关键词:后殖民主义　翻译研究　文化翻译　文化霸权　文化转向　第三空间

Abstract: In the "cultural turn" in contemporary translation studies, postcolonial theory has made tremendous influence and contributions. The formation of postcolonial translation theory is a result of practicing various poststructuralist doctrines in translation studies. In this aspect, Edward Said's influence lies in his construction and critique of "Orientalism" and the concept of "traveling theory". Gayatri Spivak contributes a great deal both in theory and in practice. She intends to achieve the goal of deconstructing and critiquing colonial culture and language by means of translation. Her "Translator's Preface" to the English translation of Derrida's *Of Grammatology* initiates a possibility of translating humanities works characterized by interpretation. To her, no translation is merely on the level of language, for it is full of politics, ideologies and cultural critiques, which finds particular embodiment in translating the works by Third World authors into the imperial hegemonic languages. But on the other hand, translation is also a most intimate act of reading. Only by entering into the particular context of the original or into the author's perspective, sharing with him/her sorrow and happiness, can the translator have a profound understanding of the original. Homi Bhabha's theory of cultural translation strongly impacts traditional linguistic rendition characterized by linguocentrism on the level of culture, thereby effectively promoting a sort of cultural translation. To Bhabha, in a postmodern space and postcolonial era, cultural difference has become more and more conspicuous. Even the purest white hegemonic culture and colonial discourse are "hybridized". It is between the interstices caused by hybridity that something new appears, forming a sort of "third space", which is the basis on which cultural translation could be experimented. The translated version is not the passive representation of the original, nor is it something completely new. It is a new thing between the original and the translated version, both similar to the original and somewhat distant from it.

Key words: postcolonialism, translation studies, cultural translation, cultural hegemony, cultural turn, third space

作为一种广义的具有强烈革命性和解构性的文化批判理论思潮，后殖民主义已经成为20世纪80年代以来最有影响力的一种跨学科、跨文化、跨文明的文化理论思潮，它在爱德华·赛义德（Edward Said, 1935—2003）、佳亚特里·斯皮瓦克（Gayatri Chakravorty Spivak, 1942— ）和霍米·巴巴（Homi Bhabha, 1949— ）等批评家那里得到了最为全面和深入的阐释和实践。毫无疑问，后殖民主义对帝国主义文化霸权的消解和批判主要体现在文学和文化批评中，但也体现在文学翻译及其研究中，可以说，在某种意义上说来，后殖民主义翻译理论的形成就是在翻译研究领域内推广以解构主义为中心的各种后结构主义理论的一个直接结果，其中以德里达和福柯的理论最有影响。本文将继续笔者以往对后殖民主义批评理论的研究[1]，但主要讨论两位最有代表性的后殖民理论家对文化翻译的理论与实践的贡献：斯皮瓦克和巴巴，但也对赛义德的一些与后殖民主义文化翻译有关的理论概念进行阐释和讨论。通过这些阐释和讨论，我们完全可以看出后殖民主义翻译理论对当代翻译研究中的文化转向的重要推进作用。

东方主义批判和理论的旅行

毫无疑问，与上面提到的另两位后殖民理论家相比，赛义德一般被认为是后殖民理论思潮最杰出的代表和领军人物，他的知名度始终是最高的，其著述被人们讨论和引证的频率也一直居高不下，这与他十分多产和在美国学术界的较早崛起不无关系。

如果说，斯皮瓦克的后殖民主义理论带有明显的女权主义和解构色彩，霍米·巴巴的理论具有较强的"第三世界"文化批判和"少数族裔"研究之特色的话，那么毫无疑问，赛义德早期的理论则有着强烈的意识形态和文化政治批判色彩，其批判的锋芒直指西方的帝国主义文化霸权主义和强权政治，其批判的理论基石就是"东方主义"。出版于20世纪70年代后期的那本富有挑战意味的专著《东方主义》（*Orientalism*, 1978）一般被认为是后殖民主义理论的奠基性著作。在这部著作中，赛义德在建构“东方主义”的同时，强调指出：

> 东方主义不仅仅只是由文化、学术或机构被动地反映出来的一个政治主题或研究领域；它也并非只是由一些关于东方的文本所组成的结构庞大而又扩散的结合体；也并非只是反映并表现了某些企图制约“东方”世界的“西方”帝国主义的险恶阴谋……确实，我的确切的论点是，东方主义是——但不只表现了现代政治——知识（political-intellectual）文化的某个方面，而且它本身与其说是与东方有关，倒不如说与“我们”的这个世界有关。[2]

显然，赛义德在这里所说的东方主义并不是东方人建构出来的一个概念，而是一个有着多重含义的不确定的概念，它是西方媒体和一系列再现手段长期建构出来的一个虚幻的东西。这个术语如果翻译成中文，至少可以译成“东方主义”和“东方学”，而且，从赛义德写这本书的本意来看，他是为了批判自18世纪以来西方的东方学研究。但是一旦 Orientalism 在中文中表现为一个学科，就有可能掩盖其鲜明的意识形态含义。由此可见，翻译的“背叛”性特征是显而易见的。因此，大多数中文语境下的研究者倾向于将其译成“东方主义”，以突出其鲜明的意识形态意义。但是即使如此，如不加以进一步阐释，仍有可能造成理论上的误解。对此，赛义德试图阐明这一点，即“东方主义”至少包括这样两层含义：第一层含义指的是一种基于对（想象的、诗性的）“东方”（Orient）与“西方”（Occident）的本体论与认识论之差异的思维方式，在这方面，东西方在地理上分别居于地球的东西两半球，在其他诸方面也处于长期的对立状态，其原因不外乎双方在政治上、经济上乃至语言文化上一直存在着的难以弥合的巨大差异。第二层含义则指处于强势地位的西方对处于弱势地位的东方的长期以来的主宰、重构和话语权力压迫的方式，这样一来，西方与东方的关系往往表现为纯粹的影响与被影响、制约与受制约、施与与接受的关系。基于这种不平等的关系，所谓“东方主义”便成了西方人出于对广大东方或第三世界的无知、偏见和猎奇而虚构出来的某种“东方神话”。也就是说，所谓“东方主义”本身与地理学意义上的东方（east）无甚关系，而只是一个被人为地“建构出来的”（constructed）概念。但赛义德同时又指出，东方主义可以在三个领域里重合：长达四千年之久的欧亚文化关系史；自19世纪以来不断培养造就东方语言文化专家的学科；一代又一代的西方学者所形成的"东方"的"他者"形象。[3]由于习来已久的这种对东方的偏见,因而在西方人的眼中,东方人一方面有着"懒惰"、"愚昧"的习性,另一方面,东方本身又不无某种令人向往的"神秘"色彩。说到底,东方主义在本质上是西方殖民主义者试图制约东方而制造出的一种政治教义,它作为西方人对东方的一种根深蒂固的认识论体系,始终充当着西方殖民主义的意识形态支柱。显然,通过这种"再现式"的文化翻译,赛义德建构了一个供他批判和消解的对象。可以说,后来的所有后殖民主义翻译理论和实践都从这里获得重要的启示。

赛义德的东方主义建构和批判确实为跨学科的文化学术研究开辟了一个崭新的理论视野,即将研究的触角直接指向历来被西方主流学术界所忽视并且故意边缘化了的一个领地:东方或第三世界。它在地理环境上与西方世界分别处于地球的两个部分,但这个"东方"并非仅指涉其地理位置,同时它本身还具有着深刻的政治和文化内涵。赛义德的尝试还具有强烈的"非中心化"(de-centralization)和"解构"的作用,实际上是后现代主义大潮衰落之后出现在西方学界的"非边缘化"现象的先声。

但是,正如不少东西方学者已经注意到的那样,赛义德所批判和建构的"东方"和"东方主义"也不无其局限性,这种局限性具体体现在地理上、文化上和文学上,这也使第三世界的学者和批评家有了可据以进行质疑和重新思考的理论基点。诚然,《东方主义》一书的出版,不仅奠定了赛义德本人的学术声誉和地位,同时也标志着他的后殖民理论体系建构的开始。之后,他虽然在其他场合曾对"东方主义"的内涵和外延作过一些补充和修正,但其理论核心并未有所突破。

鉴于《东方主义》一书出版后引来的颇多争议,尤其是来自东方学家阵营的争议,赛义德在不同的场合作了一些回应,但其中最有力并且观点最鲜明的当推发表于《种族和阶级》(*Race and Class*) 1985 年秋季号上的论文《东方主义重新思考》(Orientalism Reconsidered),这篇论文后收入出版于 2000 年的专题研究文集《流亡的反思及其他论文》(*Reflections on Exile and Other Essays*)。在这篇论文中,赛义德首先简要地重申了他对东方主义的三重定义:"作为思想和专业的一个分支,东方主义当然包括几个相互交叠的方面:首先,欧亚之间不断变化的历史和文化关系,这是一种有着 4000 年历史的关系;其次,西方的一个学术研究的学科,始于 19 世纪初,专门研究各种东方文化和传统;第三,有关被叫做东方的世界之一部分的各种意识形态构想、形象和幻想。"但他紧接着又补充道:"但是这并不意味着东西方之间的划分是一成不变的,也不意味着这种划分只是一种虚构。"[4]由于这其中的种种复杂因素,东方主义概念的提出和建构便带有各种主客观的因素,所引来的非议和争议自然也就是在所难免的了。对此,赛义德并不回避,而是透过各种表面的现象究其本质,对东方主义作进一步的界定和描述。"由于对东方主义的重新思考始终与我早先提及的另外许多这类活动密切相关,因此在此有必要较为详尽地进行阐述。因此我们现在可以将东方主义视为一种如同都市社会中的男性主宰或父权制一样的实践:东方被习以为常地描绘为女性化,它的财富是丰润的,它的主要象征是性感女郎,妻妾和霸道的——但又是令人奇怪地有着吸引力的统治者。此外,东方就像家庭主妇一样,忍受着沉默和无限丰富的生产。这种材料中的不少都显然与由现代西方主流文化支撑的性别、种族和政治的不对称结构相关联,这一点正如同女权主义者、黑人研究批评家以及反帝国主义的活动分子所表明的那样。"[5]我们完全可以从赛义德本人对东方主义建构的重新反思发现,经过学界多年来围绕东方主义或东方学展开的争论,他在某种程度上已经吸纳了批评者的部分意见,并对自己过去的建构作了某些修正。尽管赛义德本人并不专门讨论翻译问题,但他在这里却涉及了文化翻译的一个重要概念——文化再现,也即西方人究竟出自何种目的将东方翻译并再现为一个不同于其自身的"他者"的。从他的分析批判,我们可以看出,西方人眼中关于东方及东方人的"妖魔化"形象是根深蒂固的,这既因为西方媒体和表现手段的蓄意歪曲,同时也由于在西方生活的具有东方文化背景的作家及知识分子的"自我东方化"实践,其中的一个重要因素就是翻译,或者通过翻译而达到的文化再现。[6]这样,东方在西方人眼中就始终扮演着一个"被翻译"过来的"他者"的角色。

赛义德对文化翻译的涉及还体现于他的重要概念"理论的旅行"。他在80年代初出版的论文集《世界、文本和批评家》(*The World, the Text and the Critic*, 1983)收入了他的一篇著名论文,也即那篇广为人们引证的《旅行中的理论》(Traveling Theory)。这篇文章最初于1982年发表于《拉利坦季刊》(*Raritan Quarterly*),后收入论文集。在这篇文章中,赛义德通过匈牙利马克思主义理论家卢卡契的"物化"(reification)理论在不同的时代和不同的地区的翻译和传播以及由此而引来的种种不同的理解和阐释,旨在说明这样一个道理:理论有时可以"旅行"到另一个时代和场景中,而在这一旅行的过程中,它们往往会失去某些原有的力量和反叛性。这种情况的出现多半受制于那种理论在被彼时彼地的人们接受时所作出的修正、篡改甚至归化,因此理论的变形是完全有可能发生的。在这里,翻译的中介是不可忽视的。在赛义德看来,理论或观念的旅行一般有四个阶段,并呈现出四种形式:

> 首先,它有一个起点,或类似起点的一整套起始的环境,在这样的环境中观念才得以产生或进入话语之中。其次,有一段需要穿行的距离,也即一个穿越各种语境压力的通道,因为观念从早先的起点移向后面的时间和地点,使其重要性再度显示出来。第三,还须有一系列条件,我们可以称之为接受条件或作为接受所不可避免的部分抵制条件,正是这些条件才使得被移植的理论或观念无论显得多么异类,最终都能被引进或包容。第四,完全或部分地被包容或吸纳进来的观念因其在新的时间和地点的新的位置和新的用法而受到某种程度的转化。[7]

这实际上旨在说明,理论的翻译和传播很难做到绝对的忠实,而且也没有必要做到这样的忠实,有时一种理论在另一民族—国家的文化土壤里植根时发生的变异甚至有可能对建立该民族—国家的新文化产生某种催生的作用。对于这一点,解构主义理论家希利斯·米勒曾对理论的翻译及其可能产生的变异作过较为全面的阐述[8],在这里我们不妨将其再扩展到中国文化的语境加以进一步讨论。

毫无疑问,赛义德试图赋予其“理论的旅行”的概念以某种普世的意义。确实,若将其运用于中国现代文学的个案,我们则完全可以得出这样的结论:五四以来的中国新文化和新文学乃至现代汉语的形成在很大程度上就是包括理论在内的西方文化通过翻译的中介旅行到中国的一个产物。因此用这一概念来解释包括后现代主义和后殖民主义在内的各种西方理论在第三世界和东方诸国的传播和接受以及所产生的误读和误构状况也是十分恰当的。就“后殖民主义”(postcolonianism)这个概念本身而言,它也内涵着双重意义:在时间上,它是继殖民主义解体之后而出现的一个新的时期,在这一时期,老牌的殖民主义改头换面,以新殖民主义的形式在文化上向第三世界进行渗透和入侵,因此后殖民主义既有“超越殖民主义”的含义,又有“新殖民主义”的含义。我们在将这个术语翻译成中文时一定要解释它的复杂的双重含义,否则就会造成不必要的误解。

由此可见,“理论的旅行”这一论点所产生的影响是巨大的,对此赛义德虽然十分明白,但他总认为有必要对此作进一步的反思和阐述。在出版于2000年的论文集《流亡的反思及其他论文》中收入了他写于1994年的一篇论文《理论的旅行重新思考》(Traveling Theory Reconsidered),在这篇论文中,他强调了卢卡契的理论对阿多诺的启迪后,接着指出了它与后殖民批评理论的关系,这个中介就是当代后殖民批评的先驱弗朗兹·法农。这无疑是卢卡契的理论通过翻译的中介旅行到另一些地方并发生变异的一个例证。在追溯了法农的后殖民批评思想与卢卡契理论的关联之后,赛义德总结道:“在这里,一方面在法农与较为激进的卢卡契(也许只是暂时的)之间,另一方面在卢卡契与阿多诺之间存在着某种接合点。它们所隐含着的理论、批评、非神秘化和非中心化事业从来就未完成。因此理论的观点便始终在旅行,它超越了自身的局限,向外扩展,并在某种意义上处于一种流亡的状态中。”[9]这就在某种程度上重复了解构主义的阐释原则:理论的内涵是不可穷尽的,因而对意义的翻译和阐释也是没有终结的。理论的旅行所到之处必然会和彼时彼地的文化接受土壤和环境发生作用进而产生新的意义。可以说,赛义德本人的以东方主义文化批判为核心的后殖民批评理论在第三世界,尤其是在中国,产生的共鸣和反响就证明了他的这种“旅行中的理论”说的有效性[10],同时也影响了当代的后殖民主义翻译理论和翻译研究,这方面我们可以从下面对两位后殖民文化翻译理论家的讨论中见出端倪。

解构式的翻译与阐释

在当今的西方后殖民主义理论思潮以及女权主义运动中,斯皮瓦克的名字越来越引人瞩目,随着赛义德于2003年的去世,斯皮瓦克当之无愧地成了后殖民理论批评最杰出的代表。2008年,她也接替了赛义德的位置,成为哥伦比亚大学校级教授(university professor)。再加之她本人既是一位优秀的文学和理论翻译者,同时也十分关注翻译研究问题,并发表了一些译作和批评性文字,因此她同时也是后殖民主义翻译最重要的理论家和实践者之一。她对后殖民主义翻译理论和实践的主要贡献体现在两篇著述中:为德里达的《论文字学》撰写的长达八十多页的“译者前言”(Translator's Preface)和论文《翻译的政治》(The Politics of Translation),尤其是后者已成为后殖民主义翻译理论的经典之作。此外她还在杂志上发表了一些讨论广义的文化翻译的单篇论文，并为自己翻译的印度孟加拉语女作家和活动家马哈斯维塔·德维（Mahasweta Devi）的小说集《想象的地图》（*Imaginary Maps*）撰写了前言和后记[11]，对翻译的文化政治转向起到了推波助澜的作用。此外，她还发表了大量论文和翻译作品，广泛涉猎广义的文化翻译及其后殖民策略，在当今的文化翻译理论界独树一帜，有着重大的影响。

因此，在后殖民主义"三剑客"中，与翻译和翻译研究最有渊源关系的理论家当推斯皮瓦克，她就翻译发表的一些文字也得到了传统的翻译研究学者的认可，不少学者只是觉得她过于强调翻译的政治方面，而较少注重翻译学科本身的学术性和语言再现性。这一点实际上正是后殖民主义翻译的一大特征，同时也说明，对于有着多学科知识和深刻理论造诣的斯皮瓦克来说，翻译只是她学术研究的一个很小的方面，她的目的并非是要介入翻译研究学科，而更是要通过翻译来达到她对殖民主义文化和语言的解构和批判之目的。众所周知，斯皮瓦克本人的学术生涯就是以翻译德里达的《论文字学》开始的。她不仅是德里达著作的主要英译者和阐释者，而且也是后殖民理论家中对德里达的理论把握最准确、解释最透彻者，这主要体现在那篇长达八十多页的"译者前言"中。在今天的德里达研究者眼里，这篇"译者前言"具有与德里达的原著同样的价值，不少德里达研究者在阅读法文原著碰到难以理解的地方时，总要查阅斯皮瓦克的译著，并能得到较为圆满的解释。因此在斯皮瓦克看来，德里达在西方哲学界的出现绝不是偶然的，而是有着深远的理论渊源。这个理论源头至少可以追溯到康德，因此她对德里达的阐释就从这个理论源头开始。通过对康德、尼采以及海德格尔等人的思想的比较，斯皮瓦克总结道，自康德以来，哲学已经意识到得为自己的话语负责，"如果为自己的话语负责这一假想可导致这一结论的话，也即所有的结论都实实在在地是临时凑成的并且具有包容性，那么所有的原文也同样缺乏独创性，责任必定与轻佻浮躁相共存，它没有必要成为阴郁的原因"[12]。这就从某种意义上肯定了德里达对西方形而上学的批判和消解，并对其解构的合法性进行了解释和辩护。

解构理论的一个重要观点就在于其对西方哲学界和语言史上长期占统治地位的"逻各斯中心主义"进行有力的批判和消解，这种消解策略的一个重要依据就是对一切假想的中心意识和形而上学的整体性进行质疑，在后殖民主义理论争鸣中，这种中心意识显然指的就是帝国主义的文化霸权,自然也包括语言上的霸权。在翻译实践中,人们所关心的一个问题就是,翻译究竟应该以谁为中心?传统的语言学翻译研究认为,翻译是一种语言转变为另一种语言的实践,因此应该以原作为中心,译者除了对原作忠实以外别无其他选择。而本雅明则认为,一部原作如果不经过翻译的介入,就可能始终处于死亡的状态,只有被人翻译,尤其是被优秀的译者翻译,该原作才有可能焕发出新的生命或来世生命。有时,优秀的翻译甚至能促进原作在目标语中的经典化过程,反之,拙劣的翻译也可能使本来十分出色的原作在目标语中黯然失色。因此翻译的中介作用是十分重要的,解构主义翻译就是依循这一思路来进行的。作为德里达著作的主要英译者,斯皮瓦克当然也不例外。既然在德里达看来,所有的结论都不再是绝对可靠和具有终极价值的,那么对文本的阅读和解释就必然是无终极的,最后的结论永远也无法得出,这就是解构式的阅读和解释为人们规定的一个开放的原则,这一原则也被德里达用于翻译研究。在解构主义那里,意义的终极阐释始终是缺席和不在场的,因而呈现在读者面前的就只能是一种缺席的在场(absent presence)。正是这种缺席的在场才致使意义得以不断地延缓。斯皮瓦克对此深有领悟,她在仔细研读了德里达的著述后指出,德里达"对在场并不抱怀旧的态度,他在传统的符号概念中窥见了一种多样性特征……对于在场来说,正是这种不可避免的怀旧才使这种多样性得以成为一个统一体的,其实现的方式就是宣布符号引出了所指(signified)的出场"[13]。而能指的不确定性和所指的多重取向以及这二者之间的相互滑动便导致了终极意义的不可能获得,这就是解构批评家对文本阅读和阐释所抱的态度。可以说,后殖民主义翻译的原则就是解构和去中心化,其强烈的针对殖民主义和帝国主义的政治意识形态性和文化批判性则更加鲜明。

众所周知,解构主义翻译理论的一个重要特征就是诉诸差异,对此,斯皮瓦克也情有独钟,并作了自己的阐释。在她看来,"用这种简单但却有力的洞见作武器——有力得足以'消解超验的所指'——符号、音符以及字符都只是一种差异的结构,于是德里达便表明,打开思想的可能性的东西不仅仅是存在的问题,同时也是不同于'完全的他者'的无法抹去的差异"[14]。这样看来,差异便是始终存在的,踪迹也是无法抹去的,因此结构主义者所主张的结构的整一性显然是过时了。运用于翻译实践,也即语言符号的意义都是不确定的,因此在翻译过来的目标语中,表达的忠实性也是大可置疑的。

虽然在这篇“译者前言”中,斯皮瓦克并没有专门讨论传统意义上的翻译问题,但通过她的细心梳理和阐释性评述,实际上已经对这本艰深晦涩的《论文字学》提纲挈领式地点出了其要义:“《论文字学》是这篇前言暂时的源文本,但我们并没有依循这本书的发展轨迹去评述。我们思考的恰恰是德里达的文本中被抹擦的文字的重要性;提供了思考德里达、尼采、海德格尔、弗洛伊德、胡塞尔之间的互文性的一些成分;指出了德里达关于结构主义的见解,尤其是他对雅克·拉康的元心理学实践的看法;对‘写作’在德里达的思想中所处的地位作了些评价,暗示出其替代之链,并提供了解构的良方。”[15]这实际上在提醒人们,由于《论文字学》所含有的互文性特征,我们在阅读这部著作时就要同时涉及另一些思想家的著述。因而在翻译这部理论著作的过程中,译者实际上扮演了“双重读者”的角色:原作的能动接受者和目标语中的翻译—阐释者,而后者的作用更是明显。

斯皮瓦克在这篇长长的译者前言中还从一种独特的文化理论阐释的角度解释并发挥了德里达的重要理论概念延异、差异、播撒、逻各斯中心主义、语音中心主义、结构、痕迹、踪迹等,涉及的德里达的著作包括《写作与差异》、《言语与现象》、《播撒》、《哲学的边缘》、《丧钟》等,以及他的先驱者海德格尔的《存在与时间》和他早年翻译的胡塞尔的《几何学的起源》。可以说,正是这篇“译者前言”开启了人文科学著作翻译的一种新的可能性:阐释。这是一种形而上的文化和理论的阐释,它不拘泥于原作中具体的文字、段落甚至结构,而是从一个宏观的视角引领读者进入一部深奥的理论著作。因此我们在阅读《论文字学》英译本时,最好同时读一读斯皮瓦克的这篇“译者前言”,因为就理论深度和影响力而言,德里达的法文原著与斯皮瓦克的英译本加上她的“译者前言”应该具有同等的价值,而德里达的解构主义在全世界的风行则主要靠的是美国翻译界—学术界的中介。在这方面,斯皮瓦克立下的汗马功劳自然是不可忽视的。

当然,任何翻译都难以避免误读,斯皮瓦克对此也十分清楚。她在指出德里达本人对胡塞尔的误读的同时,不禁扪心自问:她自己有没有对德里达的著作进行误读呢?这一点恐怕是不可避免的,因为根据解构主义的翻译原则,原作同时具有可译性和不可译性,验之于德里达的著作,恐怕不可译性大大地多于可译性。但是德里达的著作要想通过英语世界的中介进而在全世界产生影响,那就不得不经历翻译,斯皮瓦克可以说正是那个时代英语学术界所能选中的最好的翻译者。从她撰写这篇“译者前言”所下的功夫来看,她几乎读遍了德里达书中所提到的所有西方哲学理论著作,以及德里达本人 70 年代中期以前出版的所有著作,因此可以说,在翻译的过程中,译者与原作者确实在很多问题上产生了共鸣,并且配合得十分默契。再者,斯皮瓦克也坦然承认,德里达的英文比她的法文要好,因此对他的思想有没有误读,德里达本人最清楚。但德里达也十分明白,他的理论若要在英语世界得到推广和普及,也许更需要一种误读式的翻译和创造性的阐释,也许正是这种有意识的误读和“过度的”阐释才使得德里达更能够直接地进入英语人文科学界,尤其是美国的文学理论批评界,进而产生巨大和深远的影响。和斯皮瓦克本人一样,德里达开始其著述生涯也是以翻译作为跳板的,但他出手不凡,而且一鸣惊人,其长篇译者前言几乎盖过了胡塞尔原著的光彩,因此他必定对翻译的功过得失有自己的看法。对于德里达的翻译观,斯皮瓦克在这篇前言的结尾处也作了如下概括:

> ……德里达的理论接受——同时也否定——对文本的绝对重复性的质疑的序言。现在应该通过质疑原文具有绝对的特权来承认,德里达的理论对翻译同样也是既接受又否认。任何阅读行为都被互文性的不定状态所纠缠和表达。但是毕竟,翻译是互文性的一种形式。如果没有独特的语词来表达的话,如果一旦享有特权的概念性语词出现,它就必然被交付给替代之链和“共同的语言”,那么为什么作为翻译的替代行为就要受到怀疑呢?如果专有名称或作者的主权地位既是障碍又是一种权利的方式的话,那么为什么译者的地位就成了次要的呢?[16]

显然,斯皮瓦克又回到了本雅明的立场:译者与原作者具有同等的重要性,他/她绝不止是一个次要的角色。而正是在这一点上,斯皮瓦克同时达到了对德里达著作的文化翻译和文字翻译的两种境地,并显示出她本人的理论资质,这也为她专门讨论理论翻译问题奠定了必要的基础。

翻译的文化政治策略

如果说,斯皮瓦克仅仅停留在对德里达等大师级理论家的著作的翻译阐释之层面的话,那她就不会像今天这样有着如此广泛的影响了。确实,诚如她的不少学界同行所言,斯皮瓦克的学术生涯是以翻译德里达的著作起家并作为跳板的,因为在此之后她再也没有翻译德里达的第二部著作,也没有集中对他的理论进行专门的阐释和批评。她在其后的学术生涯中,同时接受了解构主义和马克思主义的影响,并以一位有着第三世界和后殖民地背景的女性学者的身份不断地介入国际性的女权主义和后殖民主义论争和批评,而且在这三个领域内都得到了同行的承认。因此在她自己的著述中我们完全可以见到这三种成分的共存和互动,这当然也见于她讨论翻译的文字中。斯皮瓦克专门讨论翻译的观点主要集中体现于她的论文《翻译的政治》(The Politics of Translation)等单篇论文和译者序跋中。《翻译的政治》最初写于1992年,是为一部讨论女权主义论争的文集撰写的,后收入她自己的论文集《外在于教学机器之内》。该文试图强调的一个观点就是,一切翻译都不只是语言文字上的转换,而是充满了政治和意识形态等文化批判意义,尤其是将第三世界妇女作家的作品翻译成帝国主义的霸权语言时就更是如此。诚然,作为一位比较文学学者介入翻译研究,斯皮瓦克十分重视掌握多种东西方语言,并且每学习一种语言都十分认真,不仅做到能够流畅地阅读,甚至还能达到简单交流的程度。但是她学习语言也不仅仅是为了翻译,而更是为了研究一些具有普遍意义的理论问题。2002年,已经声名赫赫的斯皮瓦克毅然开始以一个普通学生的身份选修了哥伦比亚大学东亚系的中文课程,并坚持参加考试。她认为,从事东西方文学和文化的比较研究,不懂中文至少是一个很大的缺憾,她本人掌握了英、法、德等数种西方语言,并精通孟加拉语、印地语等多种东方语言,再加上中文知识,完全有资格从事东西方文学的比较研究了。但她认为仅仅是东西方文学的比较还不够,还应该包括南北文学之间的比较,也即用"那些注定要灭绝的"次要语言写作的文学。在她看来,从事比较文学研究实际上也在实践翻译,而且是更高层次上的文化翻译。斯皮瓦克始终认为,"语言也许是使我们表达我们自己对事物的理解的诸多因素之一。当然,我也在考虑手势,停顿,但还包括机会,以及次个体(subindividuals)存在的力场,这些都在不同的情境中进入自己的位置,并背离思想中的语言的直接或真实的思路。理解我们自己实际上就产生出了认同"[17]。但是,语言对她来说只是翻译的一种形式,关键是谁在何种场合使用不同的语言来表达意义。在这方面,斯皮瓦克不否认女性写作的独特视角,并试图对其与男性写作的差异作出辨析。

同样,女性译者从事翻译实践,也与男性译者有着身份上的不同,斯皮瓦克从一开始就意识到了自己所处位置的双重边缘性:来自前殖民地印度的知识分子和第三世界妇女。因而这样的翻译实践就不只是语言上的抵抗和非殖民化实践,还包括鲜明的性别色彩和种族色彩。她认为,"女权主义翻译者的任务就是要把语言当作带有性别色彩的中介的一个线索来考虑。当然,作家是被她的语言所书写的。但是作家的作品却以一种或许不同于英国女权主义史上的英国妇女/公民的方式书写了中介,它致力于使自己摆脱大英帝国的过去、其经常带有种族主义色彩的当下,以及由男性主宰的'英国制造'的历史这一任务"[18]。这样看来,译者的任务就不只是本雅明所说的仅仅赋予原作以来世的生命,他/她还要承担消解性别压迫和殖民主义文化霸权的双重历史重任。显然,这一点单在语言的层面上是无法实现的。但是通过作为一种话语实践的翻译,至少可以部分地实现其非殖民化的目的。可以说她本人的翻译实践就是这样的一种典型范例。

因此,斯皮瓦克也从自己的双重性别/种族的边缘视角为后殖民地妇女译者的任务作了规定:"译者的任务就是要促成这种居于原作与其影子之间的爱,也即一种允许争论、掌握译者的中介和她想象的或实际的读者所要求的爱。翻译一位非欧洲妇女的文本的政治十分常见的就是压制了这种可能性,因为译者不可能深深地介入、或不太关注原作的语言风格。"[19]因此这样的翻译只能是隔靴搔痒,只有深深地同情和热爱后殖民地女性作家的作品,才有可能准确地再现原作的语言风格和修辞特征。应该承认,对译者的这种要求只有像斯皮瓦克本人这样的有着第三世界背景的后殖民地知识分子才能做到,因为她在将第三世界文本译成霸权话语时已经自觉地带有了一种后殖民主义的抵抗和非殖民化意识。而那些没有第三世界背景的白人译者则很难做到与原作者及其作品的共鸣和默契的配合。

当然,仅仅强调翻译的政治性显然会流于偏激,对此斯皮瓦克认为,翻译的政治学与翻译的伦理学是密不可分的,"修辞与逻辑之间,也即条件与认知效果之间的这种程度不同的关系实际上是这样一种关系,通过这种关系为中介者建立了一个世界,这样中介者便能以一种伦理的方式、政治的方式和日常的方式来行动;这样中介者也就能以一种人的方式鲜活地存在于这个世界上。除非人们至少也能为另一种语言建构这样一种模式,否则真正的翻译就不存在"[20]。诚然,不同的译者对原作的态度是不同的，除了对后殖民地文学作品抱有深深的爱心之外，斯皮瓦克还认为，在翻译和再现的过程中，译者也应该以一种“伦理的态度”忠实地理解原作，他/她不应当在译作中任意添加原作中没有的东西，这样他/她才有可能在目标语中建构一个近似原作的世界，才能忠实地再现后殖民地文学原作中内含的风土人情和表达方式。这一点，对于那些居高临下俯视第三世界文学作品的第一世界译者而言，显然是难以做到的。

如果说，本雅明和德里达所从事的翻译实践都是把一种帝国语言译成另一种帝国语言，因此并没有超越西方的文化语境，那么斯皮瓦克的翻译除了《论文字学》以外，大都是把用第三世界的次要语言写作的文本翻译成第一世界的霸权语言，因此在这方面，“首先，译者必须臣服于文本。她必须吁请文本表明其语言的极限，因为修辞的那个方面将以自己独特的方式指明文本要避免的关于语言存在的绝对的争论的沉寂。有人认为这只是谈论文学或哲学的一个微妙的方式。但是任何一种生硬的讨论都无法回避这一事实：翻译是一种最亲密的阅读行为。除非译者挣得成为亲密读者的权利，否则她就无法臣服于文本，无法对文本的特殊召唤作出响应”[21]。只有进入原作的特殊语境，或者说进入作者的独特视角，分享作者的悲欢和哀乐，译者才能达到原作的亲密读者的境地去深刻地理解原作。对于这一点，那些站在一种居高临下的位置来俯视原作、指责原作的语言不规范和不纯正的殖民主义译者更是无法做到的。

由此可见，由带有第三世界背景的译者来翻译第三世界的文本，就有其独特的优势，但是能够做到这一点的人毕竟太少。作为一位来自第三世界的女性知识分子和后殖民批评家，斯皮瓦克始终保持与自己的祖国印度学术界的密切联系，并以自己的独特方式介入了“底层研究”(Subaltern studies) 小组的活动。她几乎每年都要到印度去演讲或出席学术会议，并公开宣称自己是一位后殖民批评家和底层研究学者。她指出：“在我看来，来自第三世界语言背景的译者应当与用那种语言写作的文学创作现状保持充分的接触，以便能区分妇女创作的优秀作品与拙劣之作，区分妇女创作出的抵抗式的作品与墨守成规之作。”[22]可以说，正是在斯皮瓦克等人的努力下，印度的后殖民研究者才得以在西方乃至国际学术界发出自己的声音。可以说，斯皮瓦克的文化政治翻译策略基本上达到了预期的效果。

在当今的文学翻译界和翻译研究界，一些从事翻译研究的学者往往脱离翻译实践，或者根本不屑于从事翻译实践，认为那是浅层次的一种语言转换技能，对此斯皮瓦克有着不同的看法。她几乎同时在两条战线从事翻译实践：早年将（用第一世界帝国语言撰写的）德里达的著作翻译成另一种更为普及的第一世界帝国语言，这也许被许多人看做是她进入学术界的一个跳板，但是她并没有就此而止步，而是迅速地从解构主义那里汲取理论资源，用于反抗殖民主义话语的抵抗式翻译；这尤其体现在她将印度孟加拉语女作家德维的用第三世界小语种写作的作品翻译成第一世界的帝国语言。因此她对翻译理论和实践都有着亲身的体会和经验。她在谈到自己是如何处理这二者之关系时指出："对译者任务的理解和对翻译技巧的实践是相关联的，但是也有差别。我来总结一下我是如何做的。首先，我很快地翻译，如果我停下来思考英语读者将会如何反应，如果我假想有一个读者，如果我把我意欲从事的工作当作比跳板更重要的东西，我就不可能跳跃过去，也不可能缴械投降。"[23] 也就是说，她对德维作品的翻译经历了这样一个过程：首先是热爱它，同情它，进而和它产生共鸣，然后在深刻理解它的基础上考虑到目标语读者的接受程度。在这一点上，她和本雅明对译者作用的弘扬还是有一定差别的。也许这就是她所说的后殖民主义翻译的政治吧。

但是，翻译出来的译文必须面对目标语读者，如果目标语读者不认可，这样的译作不但不能赋予原作以来世的生命，甚至还会使得本来写得很好的原作也失去其固有的光彩，对此，斯皮瓦克深有体会，因而在她看来，译作也应当考虑到读者的接受因素。她在德维的《想象的地图》英译本前言中坦言："我意识到，我的译文的英语与其说属于我年轻时所学的较为带有次大陆特色的习语，倒不如说更属于那种漂泊无根的美国学者的散文体英文。这是一个很有意思的问题，对于印度来说尤其独特：印度的文本应该被译成次大陆的英文吗？"[24] 显然，这在斯皮瓦克看来是不可能的，因为根据她的后殖民主义文化政治策略，她之所以要把德维的孟加拉文小说译成英文，就是要使之顺利地进入主流英语世界，从而消解殖民主义的文化霸权。所以这也是她不得已而为之的一个实用性的策略。由于她同时从事两种语言的英译，也即把德里达的法文著作译成面对美国读者的英文，和把德维的孟加拉文作品译成主要面对英语世界读者但同时也面对印度本国的英语读者的英文，有人指责她既没有掌握德里达的法文之精髓，也没有把握德维的印度精神，实际上，斯皮瓦克对此自有她的政治和文化策略。确实，由于斯皮瓦克的著述对西方理论的熟悉和依赖，她也受到一些学界人士的责难，对此，她的心态十分平静，并且给予了这样的回答:“我并不想为后殖民地知识分子对西方模式的依赖性进行辩护:我所做的工作是要搞清楚我所属的学科的困境。我本人的位置是灵活的。马克思主义者认为我太代码化了,女权主义者则嫌我太向男性认同了,本土理论家认为我太专注西方理论。我对此倒是心神不安,但却感到高兴。人们的警惕性由于她被人注意的方式而一下子提高了,但却不必为自己进行辩护。”[25]应该承认,除去她本人的深厚学养和渊博知识外,斯皮瓦克之所以能在群星璀璨的美国文学理论界和比较文学界异军突起并很快独树一帜,与她的后殖民地知识分子和第三世界女性学者的双重身份不无关系。在美国这样一个多元文化的社会,学界并不主张趋同,而是追求差异:完全跟在西方白人的话语后面亦步亦趋者必将失去自我身份,而远离主流话语我行我素者则充其量只能在一个狭窄的小圈子内进行自恋式的独白,无法产生广泛的影响。因此斯皮瓦克的成功在很大程度上也取决于她的后殖民主义文化翻译的策略,也即她既活跃在教学机器和学术体制之内,不断地从处于边缘地位的大学向常春藤名校迈进,进而逐步在蜚声世界的哥伦比亚大学获得高位,另一方面,她又“外在于”教学机器和学术体制,以公共知识分子特有的社会责任感和使命感热情关注并积极参与第三世界知识分子的“底层研究”,为他们的“非边缘化”和“非殖民化”努力推波助澜。这也是几乎所有后殖民主义翻译者和研究者共有的一个特点。

《作为文化的翻译》是1999年斯皮瓦克为三位西班牙学者编辑的文集《翻译文化》撰写的一篇文章,后于2000年转载于《视差》(*Parallax*)杂志第6卷第1期。在这篇文章中,斯皮瓦克从维也纳精神分析学家梅兰妮·克兰(Melanie Klein)的翻译观谈起,开宗明义地指出,“在所有可能的意义上,翻译都是必要的但也是不可能的”,这实际上重复了德里达的巴别塔原则,即翻译具有二重性,而且是一个悖论。但她接着阐述道:“为了进行这样一种编排组合——按照我的估计,克兰在严格的弗洛伊德主义意义上充其量只是一个读者,而非一位精神分析者——将这一连续不断的穿梭行为翻译成可读物的译者必须具有对再现规则有着最为熟悉的认识,以及能够组成一种文化要素的可接受的叙述,同时,他也必须为预设的原作的写作/翻译负起责任。”[26]这就相当明确地指出了翻译的几个最重要的方面:把握可译性与不可译性之间的张力关系,在转换为目标语时充分考虑到读者的接受因素,最后回过头来还要考虑是否履行了对原作和译作的双重责任。应该说,这些都没有距离传统的翻译观甚远,因而比较容易为翻译研究学者所接受。

在谈到译者与原作的关系时,斯皮瓦克指出:“在我始自克兰这一点上,翻译确实在直译的意义上会失去其支柱。一般意义上的翻译并不处于译者的控制之下,而且确实,人的主体就是随着这种从内到外、从暴力到良知的穿梭转换而发生的某种东西:伦理主体的生产。这种始源性的(originary)翻译因而就从其形成的外部扭曲了翻译的这个英语词的原意。”[27]既然有一个原作放在那里对照,作为翻译主体的译者往往便无法控制自己的译作,他/她必须依照原作内涵的可译性和不可译性之张力的规律,以一种伦理的方式臣服于原作,但又不得不按照自己的理解和再现风格去在目标语中表达原作的意思和风貌。这样看来,作为一种文化的翻译有时也不得不背离传统意义上的翻译之原意,带有译者更大的主观能动性。这也许正是后殖民主义文化翻译不同于一般意义上的文字翻译的特征。

对于斯皮瓦克的翻译理论和实践,西方翻译研究的学者虽然有着不同的看法,但一般还是比较认可的,并给予了高度的评价,这在很大程度上是由于斯皮瓦克本人不仅在理论上有所建树,而且在实践上也是一位杰出的文学和理论翻译者,尤其是她通过翻译德里达的著作开启了对理论著作进行阐释式翻译和再现的先河。但他们也指出了她的文化政治翻译观的偏颇性和局限性。这方面我们可以从美国当代翻译理论家埃德温·根茨勒(Edwin Gentzler)的一段总结性评价中见出端倪:

> 因此从理论方面来说,斯皮瓦克在自己的翻译中完成了一种双重写作,既批判了西方形而上学和人文思想,同时又创造了想象始终存在着的真正的文化差异的开始。她还揭示了使“原作”的文化具有特征的那些带有鲜明多元价值和多元文化的条件。她清楚地意识到她的译作对源语文化所产生的影响;就在斯皮瓦克的翻译之后,德维从一个边缘作家成为一个全国乃至国际知名的人物。斯皮瓦克的翻译著作和理论著述都意在干预(intervene)和转化(transform)。因而她翻译的德维的作品便弥补了关于德里达著作的不足,因为她发现后者的著作并没有足够的力量去讨论诸如印度的部落这样具体的政治形势。而她关于德里达的著作则弥补了她的译著,提出了关于再现、意义和“原作”文化及文本的可译性问题。这二者都旨在开启一些新的想象和负责方式。[28]

应该说,根茨勒的上述评论是比较实事求是的,同时也表明了翻译研究圈内人士对斯皮瓦克的翻译理论和实践的认可和重视。由此可见,在当代翻译研究的文化转向方面,后殖民主义翻译的理论与实践是不可忽视的,它不仅具有强有力的冲击力,同时也有着强大的生命力和广泛的影响力。在这方面,斯皮瓦克的贡献是举足轻重的,同时,她本人独特的民族、性别和文化身份也与之不无关系。

模拟、混杂、第三空间与文化翻译的策略

当今研究后殖民主义翻译的学者在讨论后殖民翻译理论时,往往总要提到霍米·巴巴的文化翻译概念。虽然这一概念并非巴巴首创,但巴巴对之的阐释和重新建构却赋予其鲜明的后殖民和解构意义。原先因为年轻和不甚多产而名气相对小一些的巴巴近几年来却十分活跃,他的后殖民理论批评著述在当今的欧美文学理论和文化批评界、文化研究界乃至文化翻译界的引用率都是相当高的,这一点不禁令他的同辈学者难望其项背。尽管巴巴迄今只出版了一本自己的专著,而且还是一本根据已发表的论文改写而成的专题研究文集,但令人不得不佩服的是,这本书的引用率之高却很少有人能与之比拟。确实,近二十年来,几乎巴巴每发表一篇重要论文或编辑出版一本文集,都会有成千上万的读者和批评家争相阅读、引证并讨论,这对一个处于当代学术前沿的后殖民批评家来说,确实是难以做到的。

作为当代英语文化学术界最具有冲击力和批判锋芒的后殖民理论家之一,霍米·巴巴在理论上的建树主要体现在这几个方面:(1)他创造性地将马克思主义、精神分析学和(福柯的)后结构主义理论糅为一体,并且颇为有效地将其运用于自己的文化和艺术批评实践,从而发展了一种颇具挑战性和解构性的后殖民文化研究和文化批判风格;(2)他的混杂和第三空间的理论概念影响了当今全球性后殖民语境下的民族和文化身份研究,提出了第三世界批评家进入学术主流并发出自己声音的具体策略;(3)他的模拟概念以及对一些殖民地题材的作品的细读则对第三世界批评家反对西方文化霸权的努力有着巨大的启迪作用,对文学经典的重构也有着一定的推进作用;(4)他所发展出的一种文化翻译理论强有力地冲击了翻译研究领域内长期占统治地位的以语言转述为主的文字翻译,从文化的层面消解了以语言为中心的逻各斯中心主义,为翻译研究领

域内出现的文化转向起到了重要的推波助澜作用。

与当今十分活跃和多产的另两位后殖民理论家赛义德和斯皮瓦克相比,巴巴的著作确实少了一些。除了那些并不算很多的论文外,他至今只出版了一本著作《文化的定位》(*The Location of Culture*, 1994),在此之前,还出过一本编选的论文集《民族和叙述》(*Nation and Narration*, 1990),但是他的巨大学术声誉和影响在很大程度上就基于这两本书。《民族和叙述》虽是一本编著,但这也足以说明巴巴独具慧眼的编辑眼光,这是他首次介入并批判那些试图通过假设有趋同性和历史连续性传统之方法来界定并归化第三世界民族性的"本质主义"文字,其中福柯的影响十分明显。在他看来,这些文字虚假地界定并保证了它们的从属地位,因而是不可靠的。他在导言中开宗明义地指出:"民族就如同叙述一样,在神话的时代往往失去自己的源头,只有在心灵的目光中才能全然意识到自己的视野。这样一种民族或叙述的形象似乎显得不可能地罗曼蒂克并且极具隐喻性,但正是从政治思想和文学语言的那些传统中,西方才出现了作为强有力的历史观念的民族。"[29]这就是说,民族本身就是一种叙述,它的不确定性和"非本真性"也如同叙述的不可靠性一样。如果说,赛义德的后殖民批评始于对东方主义的批判,那么巴巴的后殖民批评也可以说始于对民族神话的消解,正是这种对民族之本真性的消解从某种程度上奠定了巴巴的后殖民批评理论的基础。在这之前及其后,巴巴一直坚持其"混杂"(hybridity)的文化策略,在自己的著述中发展了一整套具有强有力的解构性的"含混"或"模棱两可"(ambivalence)的术语,可以说,巴巴在其后的一系列著述中都不同程度地发展了这种文化批判策略,而且也正是这种反本质主义和反文化本真性的"混杂"批评策略使得巴巴在自己的批评生涯中一直处于一种能动的和具有创造性活力的境地。同时,这些具有独创性的理论概念也为他后来强调并阐释他的后殖民文化翻译观奠定了基础。

和斯皮瓦克不一样的是,巴巴很少从事翻译实践,除了经常在《艺术论坛》(*Artforum*)杂志上发表一些艺术评论文章外,几乎很少专门讨论翻译问题。实际上,若按照罗曼·雅各布森(Roman Jakobson)的翻译之三个方面的定义,也即语际翻译(interlingual translation)、语内翻译(intralingual translation)以及语符翻译(intersemiotic translation),巴巴用文字对艺术作品进行的阐释也近似一种语符翻译,其成败得失足以供翻译研究者借鉴。但由于他的语符翻译基本上仍局限于西方的语言文化语境，并未达到跨东西方文化的境地，因而不在本文的讨论范围。他唯一的一篇广为人们讨论的以文化翻译为核心的文章就是《新鲜的东西是如何进入世界的：后现代空间，后殖民时代和文化翻译的试验》（How Newness Enters the World：Postmodern Space，Postcolonial Times and the Trials of Cultural Translation），该文收入他的专题研究文集《文化的定位》一书。

在这篇论文的第一部分，巴巴从宏观理论的视角讨论了马克思主义理论家弗雷德里克·詹姆逊（Fredric Jameson）关于后现代主义与晚期资本主义文化逻辑的著述，从詹姆逊关于跨国资本主义时代的阶级分析和文化再现问题逐步拓展涉及一种广义的文化翻译。他认为在这样一个后现代空间中，出现一些新的东西是不可避免的。但这些新的东西是突然冒出来的，还是新旧两个时代交替的产物？这是巴巴最为关心的问题。在巴巴看来，历史的发展和时代的交替，以及民族疆界的拓展甚至模糊，均使得一些新的东西可以在这一个个历史和民族文化的"间隙"或"夹缝"中出现，这就使得文化翻译的试验成为可能。在这里，文化翻译近似一种文化之间的转化，作为文化翻译者的任务就是重新将自己的民族文化定位。因此这样的一种翻译的使命显然具有鲜明的政治和意识形态性。在这一部分的结尾处，巴巴指出："这种介于'两者之间'（in-between）的漂泊流动的文化，这种少数族的位置便使得文化的不可译性的活动变得戏剧化了；在这样做的时候，它使得文化的挪用问题超越了民族同化主义者的梦想，或者一种'主题'的充分传达的种族主义者的梦魇，趋向于与分类和混杂的模棱两可的过程接触，因为这一过程标志着与文化差异的认同。"[30]巴巴对全球化的认识显然不同于那些欧洲中心主义或西方中心主义论者，他认为，一方面，全球化使得民族文化之间的差异变得模糊了，霸权文化以自己的价值观念影响弱势的文化，但另一方面，处于弱势的第三世界文化也不甘示弱，它们无时无刻不在进行默默的、无形的反抗，这种抵制和反抗主要表现在文化上的反渗透，因此文化上的多样性潮流是不可阻挡的。毫无疑问，在后现代空间和后殖民时代，文化的差异变得更为突出了，即使是最为纯洁的白人霸权文化和殖民话语也被后殖民主义者弄得"混杂"和"模棱两可"了，正是在这种混杂造成的间隙（interstices）出现了一些新的东西，并形成了一种既非彼亦非此的"第三空间"（third space），应该说这正是文化翻译赖以进行试验的基础。此外，他的"第三空间"概念还对艺术批评和阐释产生了极大的影响和启迪。

但另一方面，巴巴的这种后殖民主义的文化翻译也和解构主义翻译一样，对原作的本真性是持怀疑态度的，它千方百计地试图从边缘发起冲击，通过混杂和含混等策略首先使其失去神圣的光环，然后再通过精神分析意义上的“再度阐释”(secondary elaboration) 建构起新的东西。在巴巴看来，“如果混杂是异端邪说的话，那么亵渎则是梦想了。但梦想的并不是过去或当下，也不是连续不断的当下；这并不是那种对传统的怀旧式的梦想，也不是对现代进步的乌托邦式的梦想；那是一种作为‘生存’(survival) 的翻译的梦想，正如德里达将本雅明的翻译的来世生命 (after-life) 之概念的‘时间’翻译成 sur-vivre，也即生存在两可之间的行为”[31]。在具体的翻译实践中，这种现象若用于描述具体的原作与译作之间的关系，则意味着译作既非原作的被动再现，也非译者全然创造出来的新的东西，它实际上是一个介于二者之间的既与原作相近似但又与之保持一定距离的新的东西。这就从一个后殖民理论的角度再次重申了本雅明的翻译之“来世生命”说。

从解构的多元差异和全球化对民族和国家疆界的消解之角度，巴巴还提出了一种文化“边界”(borderline) 说，也即“从后殖民的视角来修正全球空间的问题就使得文化差异的定位脱离人口学意义上的多元空间，被放到文化翻译的边界谈判 (borderline negotiations) 上”[32]。毫无疑问，这种“边界”指的是处于文化渗透之复杂状态中的不同文化之间你中有我、我中有你的那种不确定的和两可之间的界线，也正是在这样一个“临界”的场所才有可能建构一种后殖民意义上的“第三空间”和新的东西。而边界谈判则是建构这些新东西的必要手段，其具体表现就是巴巴所谓的文化翻译。显然，在这里，巴巴赋予文化翻译的使命确实是传统意义上的文字翻译所无法完成的。那么什么是巴巴心目中的文化翻译呢？它的解构和反殖民主义霸权的特征又体现在何处呢？对此，巴巴指出：

> 翻译就是文化交流中的施为 (performative) 性，它是语言的阐发(enunciation, positionality)，而不是语言的命题 (énoncé, or propositionality)。翻译的符号不断地分辨出或“表明”文化权威和它的施为性实践的不同时间和空间。翻译的“时间”就在于意义的运动、交流的原则和实践，用德曼的话说，“让原作运动起来，使其非经典化，使其分裂、游荡，甚至是一种永远的放逐”。[33]

在巴巴看来，在文化翻译的施为性过程中，原作的整体性被消解成了碎片,译者的任务就是在这碎片之中提取最为接近原作的成分加以重新组合,最终建构成一种新的东西。这种新的东西来自于原作,但又不同于原作,它是基于原作重新创造出来的一个"译作",但又不同于传统意义上的对原作十分忠实的"译作",它是一个既接近原作又对之有所叛逆的"第三者"。由此看来,巴巴对原作的态度显然不同于斯皮瓦克对原作的"臣服"和充当原作之"亲密读者"的态度,因为后者主要用于把第三世界作品译成帝国主义的霸权语言,因而译者必须首先对之抱有同情甚至亲情;而巴巴则主要指的是对帝国主义霸权文化的"翻译"(translation)和"变异"(transformation)。

既然这篇文章讨论了新的东西是如何进入世界的,那么巴巴就得从文化翻译的角度来描述这一新的东西的具体特征。为此,他提出了一种"另类性"的概念,近似于传统翻译理论中的"异化"论:

> 这种漂泊流动的"新鲜东西"或少数族话语不得不直截了当地(in medias res)被发现:它不是"进步论者"对过去与现在、或古老与现代之划分的一种新东西;也不是可以包含在对"原作与复制"的模仿中的新东西。在这两种情况下,新的形象总是偶像般的,而非清晰明确的;在这两个例子中,时间上的差异被再现为远离一个原始出处的认识论或模仿论的距离。文化翻译的新颖性就像本雅明所描述为"语言的另类性"(foreignness of languages)的东西——那个再现的问题对于再现本身也是天然存在的。如果保罗·德曼聚焦于翻译的"转喻"(metonymy)的话,那我倒要突出文化翻译的"另类性"。[34]

那么,什么是文化翻译的"另类性"呢?在巴巴看来,它既不是之于古老的那种现代性,也不是之于原作的那种模仿性,而是既介于这二者之间同时又共有这二者之主要特征的"第三种成分"。它也许一开始出现时显得"另类",但细心的读者一下子就可以看出其中文化母体的影子和与之不同的特征。这样看来,"文化翻译便消解了文化霸权地位的透明假想的神话,而且就在那样一个行动中,同时也要求在少数族的地位之内保有语境的特殊性和历史的差异性"[35]。"文化翻译的行为通过'连续不断的变化'(the continua of transformation)而发挥作用,最终产生出一种文化归属性的意义。"[36]显然,从传统的翻译观来看,巴巴的这种文化翻译属于"异化"翻译,它并不主张向原作趋同,而是要确保译作与原作的差异,从而使得译作与原作具有同等的价值。

由此可见,巴巴所鼓吹的文化翻译之含义远远超过了本雅明在《译者的任务》中赋予翻译的使命,达到了一种文化非殖民性的政治和意识形态意义。面对当今时代全球化浪潮的冲击,民族—国家的疆界变得日益模糊,但巴巴始终认为,全球化的大潮是不可阻挡的,但这只是世界潮流的一个方面。正如他几年前在北京的一次演讲中中肯地指出的,“杜波依斯的核心洞见在于强调少数族形成的‘邻接的’和偶然的性质;在这里,是否能够团结一致要有赖于超越自主性和主权,而赞同一种跨文化的差异的表达。这是一个有关少数族群体的富有生气的、辩证的概念,它是一个亲善契合的过程,是正在进行的目的和兴趣的转化;通过这种转化,社会群体和政治团体开始将它们的信息播向临近的公众领域。少数族化(minoritization)这一理性概念远比少数族的人类学概念优越,后者在国际民权与政治权利大会的第二十七条中有规定。它实际上是另一种类似全球化的过程”[37]。因此,针对全球化时代文化的趋同性特征愈来愈明显,巴巴便从另一个角度提出“少数族化”(又译“弱势群体化”),并认为这是另一种类似全球化的历史进程。这实际上是在强调文化的差异性,弘扬少数族群体的话语权。传统的翻译是无法完成这一历史使命的,只有他所鼓吹的这种以解构和非殖民化为宗旨的文化翻译才能承担。

对于后殖民主义翻译理论与实践,文化研究学者始终给予高度重视,并将其纳入文化研究的大背景下进行考察研究。而在翻译研究领域内,学者们则意见纷呈,观点各异。一方面,他们对后殖民主义翻译实践给文学翻译界吹来的一股新风感到清新,但另一方面,则对其过分强调翻译的政治性和文化批判精神持保留的态度。在一般从语言学角度研究翻译的学者那里,后殖民主义翻译理论与实践很少得到讨论和研究。而从比较文学和文化研究的视角来研究翻译的学者则在重视解构主义翻译的同时,将后殖民主义翻译一带而过,对其历史功绩往往有所忽视。根茨勒在《当代翻译理论》(第二版修订本)中,虽有长长的一章讨论解构主义翻译,但对后殖民主义翻译的讨论并没有专辟一节,只是在“解构和后殖民翻译”这一节里用了十页多一点的篇幅讨论了特佳思维尼·尼兰佳纳(Tejaswini Niranjana)和佳亚特里·斯皮瓦克这两位深受解构理论影响的后殖民翻译理论家。[38]虽然根茨勒对斯皮瓦克在翻译理论和实践上的建树给予了一定的首肯,但在总体上却没有对后殖民主义翻译的意义和价值给予充分的评价。他在为苏珊·巴斯耐特和安德烈·勒弗菲尔合著的论文集《文化建构：文学翻译论集》（*Constructing Cultures：Essays on Literary Translation*，1998）撰写的前言中，在褒扬两位作者在翻译的文化建构方面所作的贡献的同时，甚至这样写道："当我阅读雅克·德里达、霍米·巴巴或爱德华·赛义德的著作时，我常常感到吃惊的是，与翻译研究学者所提供的详细的分析相比，他们就翻译所提出的观点听起来是多么地天真幼稚。"〔39〕这一粗略的评价虽然不无几分道理，但却在一个更深的文化层次上忽视了解构主义和后殖民主义理论对当代翻译研究中文化转向的巨大的、深层次的贡献。这一点，不仅是根茨勒的局限，也是大多数传统的翻译研究者的知识和理论局限。这也是为什么翻译研究长期以来被排斥在人文社会科学学术主流之外的一个重要原因。而对于我们文化翻译研究者来说，对后殖民主义翻译理论的理解绝不能拘泥于语言文字的层面，因为这样一来，就忽视了他们对当代翻译研究中的"文化转向"的巨大推进作用，只有从文化理论的层次着眼，我们才可能把握后殖民主义翻译理论的重要文化价值：它对翻译的指导作用并不仅仅在具体的语言文字转换方面，而更在其对传统的"语言中心主义"翻译观的深刻犀利的意识形态和文化批判方面。诚然，在上述三位理论家中，除了赛义德只是在谈到理论的旅行和流散现象时才偶尔提到文化翻译的作用外，德里达、巴巴都比较重视文化翻译，并且发表了虽然数量不算多但却带有深刻的哲理洞见的文章：前者在一个更高的形而上语言哲学的层次上对翻译有着指导意义，而后者则在具体的非殖民化策略方面对译者有着不可忽视的指导作用。此外，就他们的文化翻译理论观点在整个人文科学领域内实际上所产生的影响而言，任何一位专业的翻译研究学者都是无法与之比拟的。只有认识到这一点，我们才能对后殖民主义翻译理论与实践的历史功绩和现实意义有充分的认识。

（作者单位：上海交通大学文研院/清华大学外语学院）

注　释

〔1〕 关于我本人以往对后殖民主义批评理论的研究，可参阅我比较近期的论文，《全球化时代的后殖民批评及其对我们的启示》，载《文学理论前沿》第二辑（2004），第44—72页。

〔2〕 Edward Said. *Orientalism*. New York：Doubleday Books，1979，p. 12.

〔3〕 Ibid.，pp. 1-28.

〔4〕 Edward Said. *Reflections on Exile and Other Essays.* Cambridge, Mass: Harvard University Press, 2000, p. 199.

〔5〕 Ibid., p. 212.

〔6〕 对于西方人眼中的东方或东方人的形象的形成,居住在西方的华裔作家的一些作品也扮演了一种"自我东方化"的角色,甚至参与了西方媒体的"妖魔化东方"的大合唱,因而实际上起到了一种与殖民主义的"共谋"作用。这方面可参阅陆薇的专著《走向文化研究的华衣美国文学》(中华书局,2007 年)中的有关章节。

〔7〕 Edward Said. *The World, the Text, and the Critic.* Cambridge, MA: Harvard University Press, 1983, pp. 226-227.

〔8〕 关于米勒对理论翻译的讨论,参阅他的论文《越过边界:翻译理论》(Border Crossings: Translating Theory),收入他的演讲集《新的开始:文学和理论批评中的施为性地志》(*New Starts: Performative Topographies in Literature and Criticism*), Taipei: Academia Sinica, 1993, pp. 1-26。

〔9〕 Edward Said. *Reflections on Exile and Other Essays.* p. 451.

〔10〕 关于后殖民主义理论思潮在中国的翻译和接受,参阅生安锋的论文《理论的旅行与变异:后殖民理论在中国》,载《文学理论前沿》第五辑,第 121—164 页。

〔11〕 实际上,斯皮瓦克在不同的场合使用的翻译(translation)这个概念范围极广,大大超过了传统意义上的翻译之内涵,带有文化转化(cultural transformation)的意义。这方面可参阅她的另两篇论文:"Translation as Culture", in *Parallax*, Vol. 6, No. 1 (2000): 13-24; "Questioned on Translation: Adrift", *Public Culture*, Vol. 13, No. 1 (2001): 13-22.

〔12〕 Gayatri Spivak. "Translator's Preface", in Jacques Derrida, *Of Grammatology.* Trans. Spivak. Baltimore and London: The Johns Hopkins University Press, 1974, p. 13.

〔13〕 Ibid., p. 16.

〔14〕 Ibid., p. 17.

〔15〕 Ibid., pp. 78-79.

〔16〕 Ibid., p. 86.

〔17〕 Gayatri Spivak. "The Politics of Translation", in *Outside in the Teaching Machine.* New York and London: Routledge, 1993, p. 179.

〔18〕 Ibid., pp. 179-180.

〔19〕 Ibid., p. 181.

〔20〕 Ibid.

〔21〕 Ibid., p. 183.

〔22〕 Gayatri Spivak. "The Politics of Translation", in *Outside in the Teaching Machine.* New York and London: Routledge, 1993, p. 188.
〔23〕 Ibid., p. 189.
〔24〕 Gayatri Spivak. "Translator's Preface and Afterword to Mahasweta Devi, *Imaginary Maps*", in *The Spivak Reader.* Ed. Donna Landry and Gerald MacLean. New York and London: Routledge, 1996, p. 272.
〔25〕 Gayatri Spivak. *The Post-Colonial Critic: Interviews, Strategies, Dialogues.* Ed. Sarah Harasym. New York and London: Routledge, 1990, pp. 69-70.
〔26〕 Gayatri Spivak. "Translation as Culture", *Parallax*, Vol. 6, No. 1 (2000), p. 13.
〔27〕 Ibid., p. 14.
〔28〕 Edwin Gentzler. *Contemporary Translation Theories*, 2nd edition. Clevedon: Multilingual Matters Ltd, 2001, p. 186.
〔29〕 Homi Bhabha, ed. *Nation and Narration.* London and New York: Routledge, 1990, "Introduction", p. 1.
〔30〕 Homi Bhabha. *The Location of Culture.* London and New York: Routledge, 1994, p. 224.
〔31〕 Ibid., pp. 226-227.
〔32〕 Ibid., p. 223.
〔33〕 Ibid., p. 228.
〔34〕 Ibid., p. 227.
〔35〕 Ibid., p. 228.
〔36〕 Ibid., p. 235.
〔37〕 关于巴巴最近以来的学术思想之转向,参见他于2002年6月25日在清华—哈佛后殖民理论高级论坛上的主题发言《黑人学者和印度公主》(The Black Savant and the Dark Princess),中译文见《文学评论》2002年第5期。
〔38〕 Cf. Edwin Gentzler. *Contemporary Translation Theories.* pp. 176-186.
〔39〕 Edwin Gentzler. "Foreword" to *Constructing Cultures: Essays on Literary Translation*, by Susan Bassnett and André Lefevere. Clevedon: Multilingual Matters Ltd, 2000, p. xxi.

阿多诺和法兰克福学派

乔国强

内容摘要：阿多诺是法兰克福学派"社会批判理论"的奠基者之一。从某种意义上说，他所关注和探讨的问题，也正是法兰克福学派所关注和探讨的问题。阿多诺对法兰克福学派，乃至于对当代哲学和美学的贡献主要表现在三个方面：一、他用其"否定"的思维和"非同一性"理论向以黑格尔为代表的西方传统哲学展开了清算和攻击，在张扬、捍卫人的个体尊严和拯救被社会所泯灭的人性方面，作出了令人瞩目的贡献；二、他将其"否定辩证法"的哲学思想延伸、渗透到了其美学、文学批评中去，形成了一种现代主义和解构主义互为吸引又互为矛盾的奇异风格；三、他通过对"大众文化"和"文化工业"的分析，深刻揭露了"文化工业"模式下生产出的所谓"大众文化"，不过是文化生产商为了占领市场、赚取利润而特意地为"大众"量身制作的一种快餐文化，所以具有强烈的麻醉和欺骗性。阿多诺疏离并否定现实的哲学和美学理论尽管有振聋发聩之感，但从本质上说仍然没有超脱出自柏拉图、黑格尔以来所形成的现象背后才是真实存在的宗教认知模式。他的哲学和美学理论的最大贡献在于保护、捍卫了非同一性、个体性的话语权力，但其潜在文本仍然有导向"同一性"、"一体化"的危险。

关键词：阿多诺　启蒙　否定　非同一性　文化工业

Abstract: Theodor W. Adorno is one of the founders of Frankfurt School's critical social theory. To some degree, the issues he explored are actually what Frankfurt School explored. The contributions he made to Frankfurt School, even to contemporary philosophy and aesthetics chiefly lie in the following three aspects: (1) he challenged the tradition of western philosophy represented by Hegel with his notions of negative dialectics and the nonidentical, making striking contributions to defending individual dignity and rescuing humanity suppressed by the society; (2) he extended and incorporated his negative philosophy to his aesthetics and literary criticism, formulating a kind of unique style, of which humanism and deconstruction both attract and contradict each other; (3) in his discriminating analysis of the two terms "popular culture" and "cultural industry", he profoundly exposed the nature of the so-called "popular culture" in the mode of "cultural industry", which is in essence the cultural manufacturers measure to produce specifically for the masses and therefore, to monopoly the markets and make profits. Thus, the so-called "popular culture" is quite poisonous and deceptive. Striking as they are, Adorno's philosophy and aesthetics, which estrange and negate social reality, in nature fall in the mode of religious cognition since Plato and Hegel, namely, the real existence is behind phenomena. All in all, Adorno's great contribution to philosophy and aesthetics relies in his defense of the nonidentical and the individual, which, nevertheless, likely leads to "the identical".

Key words: Adorno; enlightenment; negative; nonidentical

法兰克福学派虽然是一个以德国法兰克福大学社会研究所为依托的学术团体，但是它在西方社会乃至整个世界的影响却是不可小觑的，目前被公认为是西方马克思主义中最大、最主要和最富有创造性的一个学术流派。

在批评实践中，法兰克福学派有其明确的定位，即运用交叉学科的知识和方法来研究、分析和批判西方现代社会，特别是对当代资本主义社会中的物质文明和精神文化作了深刻的解剖。这种价值取向决定了该学派是与西方飞速发展的现代文明，特别是科学技术文明唱反调的。他们呼唤人性和自然的回归。曾有研究者把法兰克福学派的思想渊源追溯到浪漫主义的传统上来："在欧洲的文学和思想史中，卢梭、歌德、席勒和狄尔泰、海德格尔等人代表着文艺的和哲学的浪漫主义思潮。他们对科学技术文明的发展怀伤感情绪，持批判态度，向往大自然和中世纪田园牧歌式的宁静,主张返朴归真、回到自然。法兰克福学派继承了这一浪漫主义传统。”[1]身处“科学技术文明”的时代,而深深眷恋“大自然”的质朴与宁静,这种执著于重新返回“家园”的思想旨趣表明法兰克福学派只能走向社会批判的道路。事实上,法兰克福学派在学界以及在社会上的声誉主要也是由其所倡导的“批判理论”,亦称“社会批判理论”所奠定的。

作为一个从20世纪20年代末30年代初即已诞生[2],前后绵延了70多年、历经“三代”掌门人的著名学派[3],法兰克福学派所包括的成员是众多的。但是,根据其影响和贡献,一般我们把马克斯·霍克海默(Max Horkheimer,1895—1973)、西奥多·阿多诺(Theodor. W. Adorno,1903—1969)、瓦尔特·本雅明(Walter Benjamin,1892—1940)、赫伯特·马尔库塞(Herbert Marcuse,1898—1979)、尤根·哈贝马斯(Jürgen Habermas,1929—)等视为这一学派的主要核心成员。该派成员的身份比较复杂,有社会学家、哲学家、经济学家、政治学家,还有美学家、文化和文学批评家等。那么,是一种什么样的力量让这些志趣并不相同的人走到了一起?法兰克福学派的创始人及第一代掌门人霍克海默对此有所交待。他说:“一群具有不同学术背景、但都对社会理论有兴趣的人,他们怀着在一个转折的时代,陈述否定比学术事业更有意义的信念聚集到一起,把他们联系起来的,是对现存社会的批判性考察。”[4]连接这个群体的纽带是“对现存社会的批判性考察”,即“社会批判理论”(critical social theory)是把他们聚集起来的契合点。从这个意义上说,“社会批判理论”不但是法兰克福学派的鲜明特征,而且也是这个学派成员所特有的一个标示。构成这一理论的哲学基础和理论基石的则是该派的重要成员阿多诺的“否定的辩证法”(negative dialectics)。虽然不能用阿多诺的研究来取代法兰克福学派的研究,但是阿多诺在法兰克福学派中所起到的作用是有目共睹的,“阿多诺依凭他丰厚的不同凡响的理论建树,无可争议地成为法兰克福学派的第一代主将和理论奠基者”[5]。“主将”和“理论奠基者”的双重身份,表明欲了解法兰克福学派应该从了解阿多诺开始,或者说,阿多诺是打开法兰克福学派的一把钥匙。

一、绝对的否定:宏大叙事的终结

自20世纪80年代开始进入中国学人视野的西奥多·阿多诺[6]是德国著名哲学家、社会学家、文艺理论家和音乐理论家,法兰克福学派的著名代表人物和社会批判理论的奠基者。他出身于犹太裔葡萄酒商的家庭,父亲奥斯戈·威森格隆特是一位成功的商人,母亲和姨妈都是从事音乐的专业人士。阿多诺从小生活在母亲和姨妈的身旁,故而受到了良好的音乐熏陶。不过,音乐并非阿多诺唯一的爱好。1921 年,他在法兰克福大学攻读哲学、心理学、社会学以及音乐学。1925 年,他在获得哲学博士学位后,到当时的音乐之都维也纳,师从十二音体系作曲法先驱者之一阿尔班·伯格学习作曲,可不久他伤心地发现自己并不具有作曲的天分。虽然作曲不成,他却意外地成为一位知识渊博且富有创意的音乐评论家。后来,他的批评范围逐渐扩大,渐渐延伸到了文学、美学、文化等领域,并且受到其好友瓦尔特·本雅明的影响,开始有意识地、更多地从社会和政治的角度来考虑学术问题。

阿多诺是一位天才,一位敢于向伟大传统和各种里程碑式的人物说"不"的天才。这意味着他不是一位令人轻松的研究对象,即便在西方,他的哲学和美学思想也是以晦涩而著称的。这除了他为将其从人类思想史的链条上分裂出来以及有意识地"反体系"而刻意使用一些不符合逻辑的怪异表达方式外,还与他多重矛盾并置的文化身份有关。马丁·杰就曾将其主要思想和立场概括成了五种模式:非正统的西方马克思主义、美学现代主义、上流文化保守主义、犹太情感和解构主义。[7]另外,阿多诺的哲学思想还与不少著名的哲学家,如康德、黑格尔、马克思、尼采、海德格尔、卢卡契、布洛赫、柏格森等有所关联,丰富的精神渊源也决定了其哲学谱系的混杂、多样性。《对一个人的语言,对大家的语言:阿多诺与现代主义》一文的作者雷纳·罗克利兹(Rainer Rochlitz)也认为,从历史上来看,阿多诺的思想源自于三种失败:其一是奥斯威辛集中营所导致的西方人道主义的失败——巴赫、贝多芬、歌德、赫尔德林、康德、黑格尔等不知道如何去阻止;其二是自称进行"哲学实践"的斯大林主义政治运动的失败;最后是由美国模式主宰的西方文化工业的失败。[8]罗克利兹的观点也从另一个侧面说明了阿多诺思想的多面性和复杂性。不过,不管阿多诺的哲学、美学思想如何盘根错节,可以肯定的一点是,与社会批判联系在一起的"绝对否定"是其思想中最为张扬的一面旗帜。[9]

(一)一个必然的文化逻辑:从"启蒙"到"否定"

法兰克福学派所面对的历史是一个有着辉煌战绩的历史,文艺复兴、宗教改革、启蒙运动、工业革命的大发展,这些历史上不可逾越的大事件把西方社会一步步推上了现代化的进程中。从蒙昧、落后到文明、先进，社会进步了，物质生活也达到了前所未有的水平。人类经过一番与自然、自我的争斗似乎抵达了幸福的彼岸。然而，置身于其中的法兰克福学派却发现自己所面对的现实境遇远非逻辑推理的那样。人类所面对的现实是：物质文明、科学技术提高了，个体的人却陷入了“非人”的状态——成为了机器、文明的奴隶，人沦落成了失去主体意识的“空心人”。没有想到，人类孜孜以求的现代文明、科学技术竟成为管理人的一种新的社会统治力量。面对此情此景，马尔库塞把深陷其中的西方现代人称为“单面人”，以此来喻指现代人的尴尬处境。阿多诺的哲学思想和社会批判意识也是以此为出发点的。

阿多诺早期的哲学思想与批判意识主要体现在与霍克海默合著的《启蒙辩证法》(1947)一书中。阿多诺的不俗实力以及合作者的不凡身份，都表明了《启蒙辩证法》不可能是一部过眼烟云式的著作。事实也是如此，该书在法兰克福学派史上，一直被视为具有“里程碑”的意义。

阿多诺与霍克海默对现代社会状况的焦虑促使他们合作写下了这本书，他们在书的开篇就追问道：“人类没有进入真正的人性状态，反而深深地陷入了野蛮状态，其原因究竟何在？”[10]隐藏在这两句话背后的意思无疑是，人类原本应该进入到一个更优美、更完善的人性状态，但事实却走向了其反面——堕落到了“新的野蛮”之中。人类为什么没有按照原本所设想的“野蛮——文明——更文明”的线路前行，而是走向了其岔路，原因到底出在了哪里？要解开这个谜团，就不能不对所谓的“野蛮”和“文明”展开反思。而谈到“野蛮”和“文明”则回避不了“启蒙”，这可能也是他们两人把该书命名为《启蒙辩证法》的原因，即围绕“启蒙”问题来展开对“文明”的讨论。

在以往我们所熟悉的文化语境中，“启蒙”总是与近代西方文明所推崇的理性精神或者启蒙运动联系在一起的，是使人走出蒙昧和恐惧进而成为“主人”的途径，即“启蒙”是一个不折不扣的褒义词。然而，在《启蒙辩证法》一书中，“启蒙”一词被赋予了更为复杂、深刻的内涵：一方面，“启蒙”具有积极、正面的意义，正如他们二位所说：“从进步思想的最一般意义而言，启蒙的根本目标就是要使人们摆脱恐惧，树立自主。……启蒙的纲领是要唤醒世界，祛除神话，并用知识来代替想象。”[11]“启蒙”使人类摆脱了蒙昧，拥有了知识和理性，走向了文明的征程。但与此同时，“启蒙”又是一把双刃剑，当发展到一定阶段的时候又会给人类带来严重的负面影响，诚如在前文中所谈到的西方现代社会，启蒙理性虽然使科学技术、工业文明得到了空前的发展，但这却并没有使“人性”得以完善，相反却使人陷入了被奴役、被管制的另一种意义上的“野蛮”之中。“人”成为了文明的奴隶，这无疑是“启蒙”所带来的恶果。这说明“启蒙”在把人引向光明的同时，也存在着奴役人的危险，正如有研究者所总结的那样，“‘启蒙’经历了一个辩证发展，从征服自然出发，走到了对社会与人的控制，从而也由理性的智慧走向了非理性与自身的反动”[12]。“启蒙”的出发点是好的，即为了把人从自然中解放出来，然而就在人与自然相分离的同时却遁入了社会、文明的掌控之中——被另一种更高级的力量所统治。至此，“启蒙”已远远背离了其初衷，陷入了矛盾与悖论之中，“启蒙自身实际上也已成为一种新神话的牺牲品”[13]。

对“启蒙”所发生的变异，阿多诺和霍克海默是深有体会的。他们说：“如同神话已经实现了启蒙一样，启蒙也一步步深深地卷入神话。启蒙为了粉碎神话，吸取了神话中的一切东西，甚至把自己当作审判者陷入了神话的魔掌。启蒙总是希望从命运和报应的历程中抽身出来，为此它却在这一历程中实现着这种报应。在神话中，正在发生的一切是对已经发生的一切的补偿；在启蒙中，情况也依然如此：事实变得形同虚设，或者好像根本没有发生。”[14]“启蒙”最初是凭借粉碎“神话”奠定了其意义，可最后自己居然也变成了“神话”。面对这个变了味的，走向自由、理性反面的“启蒙”，人类必须选择“反启蒙”，或者说需要再次“启蒙”。这种“反启蒙”、新的“启蒙”在阿多诺的哲学中被命名为“否定”。可见，阿多诺的哲学代表作《否定的辩证法》一书的出笼并不是偶然的，而是其思想历程发展的必然过程——一个从“启蒙”（《启蒙辩证法》）到“否定”启蒙（《否定的辩证法》），寻求新的发展路径的必然逻辑过程。

1966年，阿多诺出版了其哲学专著《否定的辩证法》。这部晚年写就、带有某种总结性意蕴的专著非常重要，它集中地、全面地呈现出了作者所强调的否定性思维，也就是“非同一性”、“非一体化”的哲学思想。倘若说从《启蒙辩证法》开始，法兰克福学派就在主题上牢牢锁定在对西方现代文明的批判上，那么随后阿多诺所撰写的《否定的辩证法》则为这种研究提供了有力的哲学基础和理论保障。

正如《否定的辩证法》的书名一样，“否定”二字是这部书的关键词。这表明阿多诺的哲学思想是建立在“否定”的基础之上的，这种“否定”既是对“启蒙”的否定,也是对构成“启蒙”的文化语境、知识谱系的否定。这种目的性极强的思想线路决定了阿多诺的哲学首先是一种批判性的,而且是把批判的矛头指向其传统的哲学。这其实并不单纯是阿多诺本人所独有的一种特点,严格说来也是整个法兰克福学派所强调的一种方法。马丁·杰伊对此曾介绍说:“批判理论正如其名字所提示的,是通过对其他思想家和传统哲学的一系列批判来表述的,其发展是对话式的,其起源是辩证的,这也是它运用到社会现象上去的方法。”[15]“批判理论”的特点就是对已有的“其他思想家和传统哲学”展开批判,即法兰克福学派的“批判理论”是建立在对其他思想家和传统哲学的批判基础上的——他人的终点是自己的起点。阿多诺的《否定的辩证法》体现的正是这种质疑和批判的精神,正如他的大胆断言:“哲学决不是绝对”[16]。这里的“绝对”包含有两层意思:一是指称单一、固执的思维方式,即对传统哲学固有的诠释模式表示不满;二是指涉黑格尔的哲学传统。因为黑格尔就把“复杂万状的全体”称为“绝对”,或“绝对理念”。显然,阿多诺把其批判的矛头指向了黑格尔。

以历史的眼光来看,在西方哲学史上,黑格尔是一位绝对绕不过的大家。在19世纪末期,活跃在英国和美国的一流学院派哲学家大多是黑格尔派的。所以,当黑格尔宣告“整体是真实的”时候,他本人和其他人或许都没有想到一百多年后,有一位名叫阿多诺的同胞会针锋相对地提出一个“整体是虚假的”命题。应该说,从“真实”到“虚假”转换的不只是词语,而是对世界、历史进程,乃至于人类的认识发生了根本性的转变。不少研究者都曾感叹阿多诺的哲学令人费解、摸不着头脑。其实,要了解阿多诺哲学的来龙去脉及其所包蕴的思想,首先应该分析一下阿多诺之前的占统治和垄断地位的哲学思想,因为这才是孕育其哲学思想的真正土壤。

(二)瓦解的逻辑:从先验、抽象走向具体、感性

在哲学中,“辩证法”一词并不陌生,在古希腊时期就运用得非常广泛,在黑格尔的哲学和马克思主义哲学中更是随处可见。然而,在辩证法的前面加上“否定的”,构成“否定的辩证法”则可能是阿多诺的首创。[17]因此,在《否定的辩证法》的“序言”中,阿多诺首先对其书名作了明确的界定:“否定的辩证法是一个蔑视传统的词组。”[18]“传统”在阿多诺的哲学中显然不是一个褒义词。为了强调与“传统”的彻底不妥协性,他在正

文中又再次重申了“否定的辩证法”的独特意义：“这种辩证法是不能再与黑格尔和好的。他的运动不是倾向于每一客体和其概念之间的差异中的同一性，而是怀疑一切同一性；它的逻辑是一种瓦解的逻辑。”[19]在阿多诺看来，黑格尔的哲学为了强调所谓的“同一性”和“逻辑性”，而有意识地忽略“每一客体”与其“概念”之间差异性的哲学。显然，阿多诺的否定的辩证法与以黑格尔为代表的传统辩证法虽然都采用了“辩证法”，但其内涵和意义却是互为对立的，具有不可调和的特性。换言之，阿多诺认为黑格尔辩证法的哲学基础是“同一性”，而“同一性”在他的语境中就是“不真实的，即概念不能穷尽被表达的事物”[20]的意思。

阿多诺否定的辩证法的出笼是以传统哲学是“不真实的”为前提的，而“不真实的”原因是“假定事物是从一个基础中产生的”。[21]“假定”便意味着只是一种可能性，或离事实的真相相差甚远。这实际上是说，阿多诺认为自柏拉图以来，西方哲学一直是沿着一条“假定”的方向发展的。他说：“在历史的高度，哲学真正感兴趣的东西是黑格尔按照传统而表现出的他不感兴趣的东西——非概念性、个别性和特殊性。自柏拉图以来，这些东西总被当作暂时的和无意义的东西而被打发掉，黑格尔称其为‘惰性的实存’。”[22]这段话虽不长，但意思却有两层，对理解他的哲学思想非常有帮助：其一，他认为哲学应该建立在“非概念”、“个别性”和“特殊性”之上；其二，他认为自柏拉图以来，西方哲学都没有涉猎并讨论这些真正有意义的东西，而是在虚拟的“同一性”，即“概念”基础上发展起来的。言外之意是指西方传统哲学从一开始就走向了弯路，所以没有继续存在下去的必要。

毋庸置疑，阿多诺对西方传统哲学的认识与总结带有一定的偏颇情绪，他把其产生与发展都归结为一种“假定”或“虚拟”。问题是，他怎样才能证明传统哲学的确是一种“假定”、“虚拟”的哲学。唯一的解决办法是，他要向世人证明他所倡导的“非同一性”才是一种正确和科学的认识观。唯有如此，才能反证出前者的错误和荒谬。然而，他显然难以做到这一点。不过，不得不承认，阿多诺的这种发现和表述是独具慧眼的。以柏拉图和黑格尔为代表的西方传统哲学虽有不少分支，但总体说来，为了体系架构——宏大叙事的需要，学者们都要为世界设定一个先验的存在，即丰富多彩、奇异百态的万事万物经过还原，最终都可归结到一个原初的东西上，也就是前文中所说的从“一个基础中产生的”。其实，这并不单纯是西方传统哲学所独有的特点，中国道家所说的“道生一，一生二，二生三，三生万物"的宇宙观也具有殊途同归的意义。这里的"道"就是指万物的根本，即世界一切的一切都是由此演化和生长出来的。由此不难看出，中、西方的传统哲学都相当注重对本体论——终极存在的探求。而其最终结论都是：有一种先验的、看不见的永恒秩序在默默地支配着万事万物的运行与发展。

阿多诺则坚决反对这种本体论意义上的自以为是的"假设"。他认为，"任何客体都不能完全被认识，知识不必提出一个总体的幻象"[23]。人对"客体"的认识是有限度的，用有限度的知识来构筑一个包罗万象的概念，是非常虚幻、荒唐的一件事。所以，他说："体系只能证明学者们胸襟狭窄，靠在概念上构造他们对存在物的管理权威来补偿政治上的无能。"[24]"体系"并不是真实的体系，而是学者们为了满足对"存在物"的占有野心而虚构出来的一些概念，所以是虚假的。在此基础上，阿多诺的"任何想寻找原初事物或概念的哲学都是走上了错误的道路"[25]一语，又给了传统哲学狠狠一闷棍。指出前人、他人的错误与荒谬并不难，难的是该如何重新认识、解释这个世界。阿多诺的聪明之处是逆其道而行，针对传统哲学中的"同一性"问题，提出了哲学应该建立在"异质东西"上的原则——"对真正的哲学来说，和异质东西的联系实际上是它的主旋律"[26]。在阿多诺看来，哲学，或者说真正的哲学，只能与"同一性"相对立的那个"异质东西"相联系。把"异质东西"视为哲学的基础，这表明阿多诺的哲学是远离"本体论"的，正如他在谈到其哲学设想时所说："在批判本体论时，我们并不打算建立另一种本体论，甚至一种非本体论的本体论。假如那是我们的目的，我们就纯粹设定另一种彻头彻尾的'第一'——不是绝对的同一性、存在、概念，而是非同一性、存在物、事实性。"[27]阿多诺在瓦解传统哲学"本体论"的同时，并不打算建立自己哲学的本体论。

应该说，阿多诺对他的否定的哲学观思考得还是很细致的。不建立自己哲学的本体论，并不主要是出于放逐体系的考虑，而是与传统哲学划清界限的一种策略：一旦牵涉到"本体"问题就回避不了"本源"、"原初"等概念，而这些概念又是与"同一性"联系在一起的。显然，阿多诺一谈"本体"必将落入传统哲学的窠臼。所以说，他的否定哲学是一种时时刻刻都在回避"本体论"的哲学。表面看来，阿多诺的哲学似乎也没有什么特别深奥之处，无非是把传统哲学中的"同一性"、"存在"、"概念"改成了"非同一性"、"存在物"和"事实性"，即与传统哲学处处唱反调。但是，这种思维变动方式本身却意义深远，不可小觑：传统哲学是以无所不知、无所不晓——真理在握的姿态出现的，这诚如阿多诺对黑格尔的批判，“这位非朴素的思想家知道他同他的思维对象的距离有多远，然而他谈起来却总像是他完全占有了他的思维对象。这使他处在小丑的地位”[28]。黑格尔在面对其“思维对象”，也就是其“客体”时，采用的完全是无所不知、无所不晓的彻底占有和统治的强者姿态；而阿多诺在面对其“思维对象”时则谨慎、小心得多了，采用了对不知道的事情不去谈论，只是紧紧抓住可以抓住的东西的策略。两种对世界不同认识的心态将导致两种完全不同的哲学，阿多诺对外部世界的“退避”心态，使其哲学不像黑格尔哲学那样处处流露着真理在握的自信，而是具有了诸多不确定的因素。阿多诺认为，正是这种“不确定”使其哲学具有了某种接近真正的哲学的可能性，“一种理论越不装扮成确定的和无所不包的，对思想家来说，它就越不成为对象化之物。随着体系的强有力悄悄溜走，思想家将自由地、更坦率地信赖自己的意识和经验，而不是听命于那种崇高的主体性概念，因为这种主体性的抽象胜利是以放弃它的特定内容为代价的”[29]。在阿多诺的理论模式中，黑格尔式的“确定”和“无所不包”是其所不能容忍的，令他更感兴趣的是“意识”和“经验”，并以之取代了传统哲学中的“崇高的主体性概念”。这种转换标志着哲学从先验、抽象的假设体系走向了具体、可感的实际存在之中，即哲学探讨的不再是庞大、体系化的“同一”，而是具体化的现象和个体。

人对世界本质或者说本源的执著向往和探求，表明了人对理性和准则的倾心与向往。这也正是传统本体论哲学的意义之所在。但是，这种哲学必然要把世界分成现象和本质（也称理念）两部分，而在本质才是永恒、不变的启示下，现象就变成了暂时和表象的东西，即本质的幻影，因而是没有多少价值的。换句话说，这种现象背后的“整体性”或者说“同一性”的获得是以践踏、牺牲、摈弃特殊、丰富的感性现实与非概念化的个体为代价的。总之，在现实生活中，“同一性”理论会引发集权、专制主义对个体生命和权益的蹂躏和践踏；在艺术中，它会导致“把艺术品同化进概念中”[30]，即用“概念”掩盖、抹杀了艺术品的独特个性。从这个意义上说，否定辩证法是一种欲冲出囚笼的哲学，用阿多诺本人的话说，“有多少意志的自由就有多少想自由的人”[31]，“哲学的自由不过是呼喊出它的不自由的能力”[32]。的确，阿多诺的否定的辩证法是压抑时代的产物，其主导精神是瓦解和叛逆——反对社会、权威借用高高在上的“秩序”

(同一性)名义来对“人”进行集中管理与控制。

阿多诺的否定的辩证法在捍卫人的个体尊严和拯救被社会所泯灭的人性方面,作出了令人瞩目的贡献。而且,从某种意义上说,否定辩证法具有承上启下的意义:向上,在对德国古典哲学和现代哲学反思、批判的基础上形成了独树一帜的思想流派;向下,否定辩证法中包蕴有反体系、反概念、反文化的思想,开启了解构主义,也就是后现代主义的先河。但是毋庸置疑,否定辩证法本身也有着难以弥补的缺陷。譬如为了区别于黑格尔的否定之否定是肯定之命题,阿多诺强行把这个在自然界和人类社会中发挥作用的规律也说成是“同一性”和“主观性原则”[33],就有些强词夺理之嫌。他曾对海德格尔存在主义哲学中的“存在”一词提出过强烈的批评:“在海德格尔看来,哲学真正的任务是思考存在,然而存在抵制任何思想的规定性。这使得思考存在的要求成了一种空洞的要求。”[34]事实上,这段话也适用于其所鼓吹的绝对否定。阿多诺认为,否定的否定还是否定,套用他评价海德格尔的话是,“哲学真正的任务是思考否定,然而否定抵制任何思想的规定性。这使得思考否定的要求成为一种空洞的要求”。什么都否定也就变成了什么都不否定,否定也就仅仅成为了一个表达不满的口号。

二、现实与抵抗经验现实

法兰克福学派对历史和社会的认识也是逐步加深的。20 世纪 30 年代希特勒上台以后,对公开倡导马克思主义的法兰克福学派进行了清理。加之该学派中的不少成员有着犹太血统,这就使得该学派难以在德国继续生存下去。于是,他们的大本营先是迁移到日内瓦、巴黎,后又迁移到美国的哥伦比亚大学。流亡到美国后的法兰克福学派在研究法西斯主义国家的独裁主义时,“他们发现自己身居于其中的美国,也是独裁主义国家,不过它是另一种典型,即它的统治不是凭借恐怖与高压的手段,而是通过在文化领域建立强制遵从的思想与行为模式,来操纵与控制民众,使之屈从独裁主义统治。于是,批判肯定的文化和大众文化就成了法兰克福学派在 40 年代的另一个重要主题”[35]。阿多诺对西方传统哲学进行整体性的否定,除了有其自身考虑外,也是对“批判肯定的文化”思潮的一种回应。另外,阿多诺在倡导现代主义艺术对社会和人生的“救赎”功能的同时,还是“大众文化”的坚决抵制和批判者,这也构成了其美学理论的一个重要组成部分。

(一)大众文化、现代主义与真实、虚假的现实

“大众文化”问题是法兰克福学派“社会批判理论”的中心议题之一。阿多诺是该派成员中对此涉猎最多的一个。他对“大众文化”一直抱有强烈的批判态度,马丁·杰伊曾用“无情的敌视”[36]来概述阿多诺与“大众文化”的关系。

何谓“大众文化”？与这个概念紧密相关的另一个概念是“文化工业”(也称“文化产业”)。1936 年,法兰克福学派的另一成员本雅明发表了《机械复制时代的艺术作品》一文。在这篇文章中,本雅明指出自 20 世纪二三十年代以来文化领域中出现了一个新的变化,即随着留声机、收音机、电影等新型器械的问世,文学艺术的形态也发生了翻天覆地的变化。他以“照片”为例说:“用一张底片可以洗出许多的照片,而探究其中哪一张为本真就没有任何意义了。而当衡量艺术品的本真标准失效时,艺术的整个社会功能也就发生了根本性的变化。”[37]一张“母片”可以“冲印”,也就是复制出无数张同样的照片,而且在质量上并没有什么明显的优劣、高低之分。这意味着复制技术的出现彻底打破了原本艺术所具有的那种独一无二的特性,使艺术成为了一种共享的资源。本雅明在 30 年代就能觉察并概括出由于科学技术的发展而给文学艺术带来的转变,这不能不令人赞叹他那非凡的感受力。当然,把这种现象提炼、概括出来是一回事,怎么看待与评价这个现象则是另外一回事,这也是法兰克福学派的分歧点之一。与绝大部分法兰克福学派的成员不同,本雅明对此是持赞同态度的一个,他认为这是文化上的一次了不起的革命。通过这次革命,文学艺术从长期以来被少数人所垄断的局面中挣脱出来,从而令更多的人欣赏和拥有了艺术。显然,本雅明是从艺术的普及性上来肯定“大众文化”的。

本雅明力挺“大众文化”的举动,遭到了阿多诺的坚决反对。阿多诺首先界定了两种“大众文化”的性质:一种大众文化是来自于大众、民间的文化,具有自发的性质;另一种大众文化是指文化生产商“按照计划而生产出来的文化产品,这种产品是为大众消费而特意订制的,并在很大程度上决定了消费的性质”[38]。本雅明所提到的那种以“复制技术”为特征的文化,就是后一种类型的“大众文化”。在阿多诺看来,这种按“计划”生产、以“消费”为目的的艺术已经不是艺术了,而变成了一种能带来

利润的文化产业。为了区分上述两种不同性质的“大众文化”,抑或说为了避免和本真意义上的“大众文化”相混淆,阿多诺把在《启蒙辩证法》初稿中的“大众文化”(mass culture),改成了更能直言其性质的“文化工业”(culture industry)这个词。

在《启蒙辩证法》一书中,阿多诺和霍克海默用了大量的篇幅来批驳“文化工业”这个概念。首先,在“文化工业”这个链条上所生产出的文化,是一种“标准化”,即缺乏个性和风格的似曾相识的文化。正如他们在书中的感言:“今天,文化给一切事物都贴上了同样的标签。电影、广播和杂志制造了一个系统。不仅各个部分之间能够取得一致,各个部分在整体上也能够取得一致。”[39]如果说过去的文化是以独特、创新为目的,那么今天的文化,也就是“大众文化”则是以“一致”为特征的,“在垄断下,所有大众文化都是一致的”[40],这其实也是大规模生产模式下的一种必然。所以,阿多诺和霍克海默认为,“文化工业”下的文化是一种与精英文化背道而驰的文化,他掩盖和剥夺了人们特立独行、卓尔不群的思想光芒。其次,“文化工业”是从市场需求的角度来决定生产的。为了最大限度地满足人们的娱乐需求,文化生产商“有意自上而下地整合它的消费者。它把几千年来有所区分的高雅艺术和低俗艺术强制性地合在一起”[41]。“高雅艺术”、“低俗艺术”一个是阳春白雪,一个是下里巴人,原本是有着严格需求层面的界限的,但是文化生产商们为了最大限度地占领市场,毫不顾忌二者的界限,其实也就是艺术本身所应有的界限,而强行把二者糅合在一起。这表现在艺术传媒中,就是观众喜欢看什么,艺术作品中就有什么,这也是“大众艺术”为什么经常是色情、美人、凶杀、享乐、武打、歌舞等汇聚地的原因。可见,艺术已经蜕变成了商品,正如有研究者所指出的,法兰克福学派反对“大众文化”,并“不是因为它是民主的,而恰恰是因它不民主。……文化工业支配着一种非自然的、异化的、假的文化而不是真实的东西……悲剧从来是抗议,而现在则是安慰,几乎所有艺术中的潜意识的寓意都被转换成安慰和顺从”[42]。“大众文化”中所表现出的这种“安慰和顺从”是阿多诺们所不赞成的,“文化工业不断在向消费者许诺,又不断在欺骗消费者。……实际上,所有的谎言都不过是一种幻觉”[43]。在“效益”和“利益”的驱使下,文艺作品丧失了原本对生活所具有的超越和反叛的功能,而这在阿多诺看来恰恰是最不能接受的。有关这个问题,阿多诺在其后来的《美学理论》这部书中,从真实的现实和虚幻的现实方面又展开了更深层次的讨论。

与其否定的辩证法的哲学思想相一致,阿多诺在美学理论上也是以“反”见长的。在西方传统文论中占主导地位的是“模仿说”,即强调艺术是对现实生活的模仿或再现。阿多诺对此表示了质疑:“今日没有什么与艺术相关的东西是不言而喻的,更非不思而晓的。所有关涉艺术的东西,诸如艺术的内在生命,艺术与社会的关系,甚至艺术的存在权力等等,均已成了问题。”[44]进而,他提出了与现实主义美学原则相反的意见,即艺术的价值不在于对现实的模仿和再现,而在于对现实的否定,诚如他所说:“艺术作品消除或扼杀其客观化的事物,将其从直接性和现实生活的关联中强行分裂开去。艺术作品因为招致消亡而得以存活。”[45]也就是说,在他看来,艺术唯有通过对现实的“否定”才能得以存在和确立。可见,“否定”不但是阿多诺的哲学策略,也是他的美学策略。

不过,值得注意的是,阿多诺的结论尽管与西方占主导地位的“模仿说”的传统美学观点截然相反,但二者的立论基点却是一致的,即都是围绕着“艺术”与“现实”的关系这一价值轴线展开的。换句话说,阿多诺的美学思想看上去有些离经叛道,但实际上仍然没有放弃“现实生活”这一基本命题。而且,他也几乎全盘继承了西方传统的美学中所强调的艺术对现实的反映和批判功能。不过,由此也会出现这样的一个问题:既然阿多诺的美学基点也就是出发点与传统文论中的“模仿说”是类似的,他为何最终得出了一个相反的结论?其实,这主要是因为阿多诺理论中的“现实生活”已不是原来意义上的“现实生活”,而是对其进行了颠覆和解构的“现实生活”。

正如前文所述,阿多诺的美学和其哲学一样,也是作为资本主义制度及其文化的抗体而出现的。通俗地说,阿多诺对其所处的资本主义时代的社会现实是深恶痛绝的,认为在这样一个以商品交换为特征的异化时代、世俗社会中是难以滋生出有真正内涵的艺术的,“批量生产在产业主义的庇护下正在成为艺术的内在形式”[46]。这也是他对产业文化,即标准化、模式化、批量化以及消遣、愚弄人们的“大众文化”进行坚决抨击和否定的原因。从根本上说,阿多诺在此对“大众文化”的抨击和否定,实际上也就等同于抨击、否定了产生这种文化的现实语境,诚如他说:“当今社会已经不需要艺术,对艺术的反映是病态的或反常的。在此社会中,艺术是作为具体化的文化遗产和作为票房顾客的快感之源得以幸存的,但却不再作为一客体或对象存在。”[47]在阿多诺的视域中,“当今社会”是一个背叛了真正的艺术的社会,艺术在这个社会里只有两种含义,一种是艺术的“化石”，另外一种就是赚钱的工具。无疑，阿多诺不满意于这个社会。

当然，如果阿多诺的美学仅是停留于否定现实的层面，那就没有多少可论述的价值了。或者说，一种美学如果只是简单地对其建构元素——“现实”一味地进行摈弃，也就不能称之为美学了。阿多诺对传统文化和现实生活实行全面否定的目的，是为了更好地构建和传达自己富有批判精神的思想学说。所以，他一方面继承了传统文论中一个非常重要的建构元素——现实，另一方面又根据需要对其内涵进行了重新的界定。

现实，或现实生活，在以柏拉图、亚里士多德等为代表的“模仿说”中含义比较复杂，我们且不去多加论证。但是在马克思主义的唯物论中，肉眼所看到的一切现象——可用现实来概观的——都是真实的。作为西方马克思主义流派中的著名成员之一，阿多诺似乎对这一观点持有模棱两可的态度。因为，从他对以愚弄大众、赚钱为目的的“大众文化”的坚决批判和否定行为来看，他接受了马克思主义的“现实”决定“意识”的观点。在“大众文化”（意识）与“资本主义社会”（现实）的这一关系轴线中，“资本主义社会”，即“现实”无疑是确凿的，是它滋生、繁衍了“大众文化”。但与此同时，阿多诺又否认了这个“现实”，即认为培育了“大众文化”的这个资本主义现实并非是一个真实的实体。他的理论依据是，西方资本主义社会经过了两次世界大战的杀戮，故而它的运行形态是畸形、异化和变态的，远远不是“现实”的本真面貌。而在这个“非本真”面貌基础上产生的文化，即“大众文化”自然也就不是真正能揭示出“真理性”内容的文化。

总之，阿多诺要表达的意思是，肉眼所看到的这个“现实”并不是真正的现实，而不过是真正的现实的一个表象而已。他在书中把这个“表象”称为“虚伪的世界”，“在一个虚伪的世界里，一切享乐均是虚假的。审美快感也是如此”。[48]世界都是不真实的，建立在这个世界之上的“享乐”和“审美快感”自然也是不真实的。一个虚伪的世界所衍生出的东西自然也具有虚伪的本性。在这样的一个认知基础上，阿多诺完成了对大众文化的“审美快感”的否定：“大众文化”并不是真实世界，而是虚幻世界的显影，所以它所显示出的社会性只能是一种虚假的社会性。

在阿多诺的美学理论中，“现实”无疑是一个异常重要的关键词。对他而言，实际上有两种意义上的“现实”：其一，被异化了的现实——虚假的现实。阿多诺认为，以商品经济和交换价值为主体的资本主义社会所显示出来的“现实”是被异化了的，因而是虚假的。传统的艺术就是默认并美化了这种现实，因而逃脱不掉要被否定的命运。其二，从日常经验事物中脱身而出的现实性——真正的现实性。用阿多诺的话说就是，“艺术作品脱离了经验现实”，才能够“成为高级的存在”[49]，抑或称为历史的真实或真理。由上述分析不难看出，与艺术作品相关的“现实”并不是一个普通、单一的现实，而是由“经验现实”和“非经验现实”两个层面构成的。而且，这两个层面还直接关系到艺术作品价值的高低：艺术作品如果与“非经验现实”相联系，就是一种“高级的存在”；反之，就是一种“低级的存在”。在阿多诺的论述中，现代主义艺术不单纯是一个流派，而是关乎到艺术存亡的问题，“激进的现代主义艺术维护着艺术的内在本质”[50]，“艺术越是试图摆脱现代主义问题，反而越会加速艺术的消亡”[51]。艺术的本质是通过现代主义艺术得以维护的；艺术一旦离开了现代主义的航道，也就走向了消亡的道路。也就是说，在阿多诺看来，传统的艺术不能导向“高级的存在”，唯有以疏离、反叛现实主义为己任的现代主义艺术才能承担起揭示出真正的社会性，同时也是艺术性的历史使命。

不过，需要指出的是，从张扬其对现代资本主义批判精神的一面来看，阿多诺对“现实”的两种意义的界说是有积极意义的，但是从现实的层面来看，他则是不成熟的，或者说他所说的“真正的现实性”实际上只是一种存在于理念中的“乌托邦”而已。

（二）悖论：现代主义与后现代主义

不难发现，阿多诺的美学理论实际具有双重的特性：一是以“反艺术”为根本的后现代主义的解构和否定性叙事策略，这是其否定辩证法的哲学思想在艺术领域中的延伸；二是以精英主义姿态紧抱着现代主义的情结。有研究者曾这样概括阿多诺与现代主义的关系，“他一直反对任何回到古典或现实主义去的呼声，而始终是现代艺术的坚定支持者”[52]。的确，从根本上说，阿多诺的美学思想是一种人文主义美学思想，强调“人权”和“人性”的美学，诚如他所说，艺术的自律性“取决于富有人道的思想”，“由于社会日益缺乏人性……那些充满人文理想的艺术构成要素便失去了力量”。[53]其实，早在《启蒙辩证法》一书中，他和霍克海默就在考虑“人性”问题，发出了为什么人类不是进入到真正合乎人性的状况，而是堕落到一种新的野蛮状态的疑问。可见，困扰阿多诺一生的是"人道"与"人性"的失落问题。

从阿多诺的整个文化哲学思想来看,他不遗余力地推举现代主义,并将其视为"救赎"社会和人生的最佳途径并不是偶然的,而是合乎逻辑的发展。现代主义艺术就是在反现实、反权威以及反异化的基础上产生出来的一种文学思潮,这种思潮无疑与阿多诺对传统的质疑思路非常吻合。更为重要的是,现代主义这一艺术形式在技术上最大程度地满足了他的哲学和美学的需求:零散化、破碎化、无主导性是现代主义艺术最为突出的特征,这与阿多诺所主张的"非同一性",即坚持异质、差异、现象等原则非常契合。事实上,阿多诺也正是从颠覆中心主义、绝对主义和霸权主义等角度来肯定现代主义艺术的,他说:"形式是分散细节的非压制性综合物;它将这些东西保留在它们那分散的、歧义的和矛盾的状态之中。因此,形式是真理的展露。"[54]"真理"是通过"形式"得以展现的,而现代主义艺术所独有的那种"分散的"、"歧义的"和"矛盾的"形式,能把"真理"最大程度地展示出来。最后,现代主义艺术所追求的人文主义理性深度,恰好与阿多诺所寻找的失落的"人性"思想相一致,有学者说:"阿多诺的人文美学是一种'奥斯威辛之后的诗学',是基于对人类灾难和暴力恐惧和反思而建构成的一种人文主义美学。"[55]阿多诺的美学是一种人文主义美学,但这并不意味着现代主义艺术就能涵盖其全部的美学追求,相反,在其美学理论中也存在着诸多的不同和矛盾。

阿多诺所具有的多重身份使他的哲学、美学思想常常呈现出几种不同甚至是相反力量的撕扯。作为西方马克思主义的一员,阿多诺的哲学有着明显的阶级性,这表现在他的理论是建立在对资本主义社会与文化进行鞭挞和社会主义解放历程的基础上的。就此而言,他是一位不折不扣的西方马克思主义者。但是,与正统的马克思主义相比他又有明显的不同。阿多诺晚期的学生,同时也是其传记作者缪勒·多姆认为,与将改造世界作为自己使命的马克思主义者不同,他更多地是将认识世界,即"把握世界的荒谬性,将世界从连续不断的暴力怪胎中展现出来"确立为自己的历史任务。[56]国内也有学者持有类似的观点,认为阿多诺的哲学"实质是已经从根本上否定了马克思主义哲学中最关键的理论基石,但又在方法论和基本立场上深刻地承袭了马克思的批判传统",并将其称为"后马克思倾向"。[57]阿多诺的理论是源于马克思主义,但他又远远偏离甚至否定了马克思主义。换句话说,阿多诺的价值可能并不在于他的理论能不能归结到马克思主义的这一集合中来,而更在于以下的两个方面：其一，他给马克思主义哲学，包括为马克思主义哲学提供了丰富养分的德国传统哲学，特别是黑格尔哲学打了个“死结”；其二，他的理论内核是现代主义的，但其理论中又有强烈的后现代主义倾向。对于后者，西方的学者也早有发见，美国学者D. 凯尔纳曾指出，“一般来说，阿多尔诺要比霍克海默、马尔库塞、弗罗姆以及其他法兰克福学派成员更接近于后现代理论”[58]。马丁·杰伊也把阿多诺的“否定的辩证法”与德里达的“解构”相比附：“他们都反对总体化的同一哲学，不信任第一原则和起源，怀疑唯心主义升华的意识形态，支持寓言优于象征的再现模式。”[59]不同的研究者都指认阿多诺的“后现代”身份，但这也并不能说明阿多诺的理论就是一种典型的后现代的理论。换句话说，阿多诺的否定的辩证法中的确包含有后现代主义精髓，但归根结底它还是离现代主义精神更近，所以如果用纯然的后现代主义理论来衡量、肯定他所极力倡导的现代主义的艺术，必然会出现若干不能焊接的缺口。譬如，以全盘解构为主导思想的后现代主义既不考虑“人性”问题，也不考虑“本体”问题，即对终极性问题采取统统否定的策略，体现的几乎就是阿多诺所说的绝对否定。但是反观阿多诺的理论，会发现他在现代主义和后现代主义之间撕扯不开。一方面，他把“非同一性”置于至高无上的地位，认为“艺术的概念难以界定，因为它有史以来如同瞬息万变的星座。艺术的本质也不能确定”[60]，所谓的“概念”、“本质”就是指不可更改、不容置疑的“绝对”，这显然是“同一性”理论的产物。阿多诺从“非同一性”理论出发，取消了“概念”、“本质”的这种绝对权威性，使其处于一种“不确定性”之中。这显然体现的是一种后现代主义精神风尚。可另一方面阿多诺又执意要在美学中寻找、传达出真理性的内容：“美学必须以真理性为目标，否则就会被贬得一无是处……由于真理性属于艺术作品的本质特征，因此艺术作品具有认知意义，故不应当让非理性任意摆布，此间有些人误解了某些庄严和高尚的东西。”[61]前面说了艺术的本质不能确定，这里又把艺术的本质诠释为“真理性”。这一矛盾暂且不谈，更严重的矛盾是阿多诺把“非理性”从“真理性”中排斥出来，而把“庄严”、“高尚”划归到“真理性”的内容中。这与他一贯所主张的以“否定”为特征的“非同一性”原则相差甚远，甚至走向了其反面。阿多诺本人也意识到了这中间所潜伏的悖论，因此他又解释说：“艺术中的真理性内容也是一个多样性而非抽象或一般性概念。这样，真理性内容与其说是与艺术本身相关，不如说是与单个艺术作品相关。”[62]为了区别传统艺术中的“真理性内容”与“艺术本身”间的对应关系,阿多诺解释说,他所说的艺术中的“真理性内容”是建立在“单个艺术作品”,即个性与差异性的基础之上的。这样一来,他就把自己从“同一性”理论中分裂了出来。实事求是地说,这种“分裂”带有为分裂而分裂的蛮干意味。譬如,怎样评价“单个的艺术作品”中的真理性,即如果没有一种外在尺度的参照,谈不上何谓真理,何为非真理。

其实,阿多诺对“真理性内容”一直处于语焉不详之中,他先是说“艺术作品既有真理性内容,又无真理性内容。……真理性内容既不存在于作品的事实性中,也不存在于作品的逻辑性中,而只是包含在传统美学所谓的理念中”〔63〕。显然,阿多诺在此是反对所谓的“真理性内容”的,因为它与传统美学中的“理念”,也就是“同一性”相连。可是,阿多诺的美学思想在本质上是属于现代主义范畴的,这就必然不能回避“真理性内容”。为了解决这一令他头疼的问题,阿多诺只好为自己打圆场:“艺术作品只有通过具体的否定才会是真理性的。”〔64〕也就是说,传统艺术作品中的“真理性”没有经过“否定”,所以显示的是虚假的“真理性”;而他言说语境中的“真理性”经过了“否定”的环节,故而是真正的“真理性”。这个结论有些令人生疑,仿佛抽象的“否定”成了他对付一切悖论的万能钥匙。

阿多诺在理论中的这种自相矛盾并不奇怪,因为从本质上说,他并不是一位纯粹的后现代主义者,他只不过在思维方法上借鉴了后现代主义的解构策略罢了。如果说后现代主义的最高宗旨就是破坏和解构,至于重建不重建并不重要的话,那么对阿多诺而言,重建则是个至关重要的问题。具体说来,阿多诺抨击、否定西方传统文化中所建立起来的包罗万象的体系,其目的并不是要将之夷为平地,而是为了更好地重建,就像他反对启蒙,但并不是真的要取缔启蒙一样——一切的批判和否定都不过是为了更好地恢复和重建启蒙。总之,阿多诺不管怎样“否定”,其程度有多么激烈,最终结果总是要导向“肯定”的。

阿多诺美学理论中的这种悖论性,从一开始就存在。在否定辩证法的哲学思想中,阿多诺出于瓦解传统“同一性”观念的目的,极力地倡导表象、现象与差异。在他看来,唯有这些与“本质”相对立的个体因素才是真实可信的,否定的哲学就是以“差异性”为基础的哲学。但是,他的这一理论一旦运用到具体的美学研究上就出现了问题——轻视个体化的现象、经验,重视与经验现实相对立的某种东西。他说:“构成艺术之精神的正是艺术之真相的非事实方面”〔65〕,“艺术有别于经验现实”〔66〕,即艺术不应该直接表达“事实方面”和“经验现实”。所谓的“事实方面”和“经验现实”显然是指肉眼所能看到的现实世界，正如他所说：“纯粹直观性不能断定为艺术……如果艺术是彻头彻尾的直观的东西的话，那么艺术就将成为它本想抛开的经验生活了。艺术所包含的沉思冥想，无论怎么说，并非是一种抽象先验的承诺，而是关系着所有具体审美契机的方式。”[67]这段话的意思很明确，一是说艺术不应该表达“经验生活”；二是说艺术应该表达“沉思冥想”，尽管他声明其语境中的“沉思冥想”并不等同于“抽象先验的承诺”。然而，不管怎样辩解，阿多诺眼中的艺术最终并不是导向现实世界的，这一点是确凿无疑的。其实，这与前面所论述到的“现实”的双重含义是相一致的。

问题是，阿多诺语境中“沉思冥想”是什么？与黑格尔所强调的“理念”有何本质的区别？他那个建立在“真实的现实”基础上的“沉思冥想”的艺术形态一旦出现，会不会遁入到另一种意义上的“抽象原则”之中？阿多诺曾说，“哲学包含着玩笑的因素”[68]，这可能对我们理解他的理论——悖论重重的理论有一定的启发作用。

综上所述，阿多诺疏离、否定现实的美学理论尽管颇有些令人感到振聋发聩，但是从本质上说仍然没有超脱出自柏拉图、黑格尔以来所形成的现象背后才是真实存在的宗教认知模式。罗伦茨·耶格尔曾指出：“阿多诺用摈弃基督教的方法来建立自己的哲学。但即使这样做，他的哲学也留有神学的痕迹。”[69]阿多诺当然有不同于他人之处，那就是他有意识地模糊“客观性的秩序”[70]的宗教背景，而将其理论建构在“单个的艺术作品”上，即让不同的人可以从中感受到不同的“真实存在”。但是不管怎么说，由于阿多诺的美学理论是把“反体系”、“反总体性”作为其宗旨，而他所给予希望的“异质性”又不能承担起建构的重任（阿多诺总是想从异质性中挖掘出“共性”的东西，如“人性”、“真理性”都属此类），所以他总是陷入左右为难的困境之中。他本人也意识到了这种矛盾，因此说：“美学最深层的而难抉择的困境似乎如此：既不能从形而上（即借助概念）、也不能从形而下（即借助纯经验）的角度将其聚结为一体。”[71]他的美学理论就在这二者之间徘徊不定。阿多诺美学理论的最大贡献在于保护、捍卫了异质性、个体性的话语权力，但其潜在文本仍然有导向“同一性”的危险。

三、文学思想:形式、语言及现实主义

随着对法兰克福学派研究的深入,阿多诺的魅力正在逐渐地被人们所发现和开采。据有的研究者在2005年统计,当前国内法兰克福学派的研究中出现了一些新的动向,其中对阿多诺研究的持续升温就是新动向之一。[72]国内研究阿多诺和法兰克福学派的文章并不少,但是论述的重点一般都集中在其哲学、美学方面,而对其文学思想涉猎甚少。一提法兰克福学派,我们就认为罗文塔尔(Leo Lǒwenthal)、本雅明是文学批评方面的专家,而忽略了阿多诺除了是哲学家、美学家之外,还是一名出色的、性格鲜明的文学评论家。这不奇怪,他的《启蒙辩证法》、《否定的辩证法》、《文学理论》在20世纪八九十年代时就已翻译到了中国,而他的《文学笔记》至今还没有中译本,这不能不影响到我们对其文学思想的接受与理解。阿多诺在文学上的观点与其美学思想有一致的地方,但也有不同。

(一)"随笔最深处的正式法则是异端"

乌尔利奇·普拉斯认为,阿多诺的文学思想受到尼采、卢卡契、西格弗里德·克拉考尔、厄恩斯特·布洛赫、卡尔·克劳斯以及瓦尔特·本雅明的影响。其中,瓦尔特·本雅明对阿多诺的影响是全方位的,几乎在阿多诺所有的著作中都能见到本雅明的影子。[73]尤其是本雅明的"艺术生产论",即他从马克思的艺术生产理论那里得到启示并发展出的把艺术创作看做同物质生产有共同规律的一种特殊的生产活动的理论,对阿多诺的文学思想产生了很大的影响。

一般说来,阿多诺的文学思想与他的美学理论之间有一定的差距,我们"既不能从他的美学理论中来推演他的批评实践,也不能从他的批评实践来推演他的文学思想"[74]。但是,从他所持有的文化立场这个角度来看,阿多诺在一些重大的基本问题上的观点与其美学思想还是一脉相承的,并始终贯彻着他的"反传统"[75]、"反艺术"[76]的精神。在他的文学思想体系中,除了艺术与社会之间的关系继续受到重视外,文学作品中的语言、形式及其关系也受到了特别的关注。阿多诺在《美学理论》一书中谈到艺术形式时,把"艺术的生命与形式的命运"联系在一起,认为"两者"呈现出的是一种"可谓生死与共"的关系。[77]他在体现其文学思想的

《文学笔记》[78]一书中，也有类似的表述，例如他说："事物的秩序如同思想的秩序。"[79]即思想的内容与形式的秩序是难以分开的。阿多诺《文学笔记》一书的英译者谢瑞·韦伯·尼克森也曾指出，语言问题和表现形式占据阿多诺思想的中心位置，特别是他在论述美学问题时更是如此。[80]尼克森认为，阿多诺一直都在关注着"语言"所具有的双刃剑之特点。具体说，在阿多诺看来，语言一方面具有乌托邦、超越逻辑的时刻，并且与音乐有某种密切的关系[81]；另一方面语言在形式上也富有逻辑性，它是由历史塑造的，因而不可避免地在沟通使用中受到污染[82]。语言的超越性和不可超越性是阿多诺所关注的问题。从某种意义上说，阿多诺的文论主要就是围绕着以上两个方面进行论述的。

阿多诺有关形式与语言的论述收入《文学笔记》第一卷中的《作为形式的随笔》(The Essay as Form)、《标点符号》(Punctuation Marks)以及《外来词》(Words from Abroad)和第二卷中的《迷人的语言：论鲁道夫·博查特的诗歌》(Charmed Language：On the Poetry of Rudolf Borchardt)、《论外来词的使用》(On the Use of Foreign Words)等。由于篇幅原因，本文只扼要评介《作为形式的随笔》和《外来词》两篇文章。

在《作为形式的随笔》一文中，阿多诺首先介绍了"随笔"在德国的情况。他在文中抱怨说，在德国，"随笔"被贬为一种混合的文体或一种无关紧要的文体，在形式上没有令人十分感兴趣的传统。看上去阿多诺似乎是对"随笔"这种文体表达不满，实则不然，因为他还说，"随笔"之所以在德国受到抵制，是因为"随笔"唤醒了知识分子的自由(intellectual freedom)。[83]"随笔"这种文体怎么能和"自由"挂钩？我们从阿多诺的一番话中不难看出端倪："自从莱布尼兹以来，德国知识分子的自由从未得到过发展，一直都屈从于外部权威。但是，随笔的领域却并未因此受到影响。随笔反映了人们的喜好或厌恶。……它并非起始于叙说亚当与夏娃，而是信马由缰，说自己想说的事情。它讲述某语境里发生的事，在感到结束了的时候而不是无话可说的时候就止笔。"[84]在阿多诺看来，"随笔"在形式上缺乏传统，不被人重视，而这却恰恰成就了"随笔"——它不必屈从于"外部权威"或艺术法则的约束，可以按照自己的天性自由地发展。所以，在其他的文体步履沉重、不得不考虑自己的言行是否符合传统规范时，随笔却可以无拘无束、恣意地诉说着自己的喜怒哀乐。而且，在作者不想继续诉说的时候随时可以戛然而止，而不必去考虑起承转合的需求。随笔的这种贴近心灵、表达意志、张扬个性的特点，能起到其他文体有时起不到的唤醒知识分子自由意志的作用。

显然，阿多诺相当重视随笔这种文体的自由、灵活性，即随笔在形式上由于没有传统的束缚和压力，所以能率性而为。阿多诺肯定随笔的自由、灵活性，并不意味着他真的认为随笔是不受任何标准束缚、可以任意挥霍的一种文体，正如他说："人们几乎不可能非美学地谈论美学问题。"[85]意思是，随笔再自由、再灵活，毕竟还是一个美学问题。既然如此，在谈论随笔这个话题时，怎么可能离开美学的轨迹呢？换句话说，随笔的形式——那种看似肆意妄为的形式也是一个美学问题。那么，阿多诺眼中的随笔形式呈现出何种形态呢？

首先，随笔的形式不是一种一成不变的东西。相反，他把随笔的形式界定为一种"并非意在〔成为〕一个封闭的演绎或归纳的结构"，而是一种"反抗自柏拉图以来根深蒂固的教条"[86]的，且处于动态之中的"连贯性"。随笔在形式上拒绝"封闭"或定型，而是以"动"为策略来反抗自柏拉图以来的传统文化对其的侵蚀与压迫。不过，这种"动"并不是随意地乱动，而是有着"连贯性"的"动"，即讲究一个内在的逻辑性。

其次，阿多诺在文中强调形式与内容互为表里的关系。这一点其实在他的《美学理论》一书中就有所表达。他说："审美形式应当被视为与内容缠结在一起的东西：要知解形式就得通过内容来知解形式……所有关于艺术的东西为了免于陷入孤立而与形式浑然结为一体。"[87]显然，他反对把内容与形式分裂开来的做法，认为形式是有内容的形式，内容是有形式的内容。在《作为形式的随笔》中，阿多诺也有类似的表达："如果在艺术作品中把技术搞成绝对；如果结构成为全部并根除表达、根除其对立物及其激发的力量；如果艺术因此而自称为直接的科学知识和按科学标准为正确的，那么，它就是在认可某种前艺术的物质操作就像哲学部门存在一样缺乏意义。"[88]这段话的表达不像前面的引文那么清晰，但实际上说的还是一回事，即强调在艺术创作中形式与内容是缺一不可的，不能把"技术"置于对"内容"的表达之上，不能把"技术"视为是一种与思想无关的"科学知识"，或者按照"科学标准"加工而成的，否则，这种艺术就是没有意义的。

最后，阿多诺认为，随笔在写法上是自由、灵活的，但它也有自己的内在规律性，正如他说："随笔就是在不讲方法的方法中进行"的。[89]随笔是"法"无定"法"，无定"法"即为其"法"。与那些有着严格写作戒律，即有传统的文体相比，随笔的写作难度其实更大，它体现的是一种最高的技巧是无技巧的精神。

在哲学思想上，阿多诺是坚决反体系的，但是在他的文学批评实践中，他还是相当重视对系统的构建。如以上围绕着“随笔”这个文体所论述到的几个方面就是一个前后相接、互为关联的整体：阿多诺先是表明随笔在形式上没有一个“令人十分感兴趣的”传统，所以得出了随笔的形式就是“无拘无束”地抒发性情与自由的结论；解决了形式上的问题，还有内容的问题——二者紧密地结合为一体，共同反抗“自柏拉图以来根深蒂固的教条”。阿多诺在此不但表明了二者的关系，而且还说明了随笔这种文体的社会功用性。最后阿多诺还没有忘记交代，随笔在写法上的自由不是真正的、没有任何约束力的自由，“法”无定“法”就是“法”，总之，在写法上还是要符合美学要求的。由以上分析不难看出，几个环节紧密相扣，为随笔这一文体勾勒出了完整且富有动态的发展系统。

当然，需要指出的是，阿多诺尽管主张内容与形式一体化，但这并不意味着以偏颇、极端为性格特征、学术气质的阿多诺，真的是把二者看得同等重要。其实，他还是更为注重形式的，他推举内容的目的是为了不愿意把形式的重要性绝对化而已。而且，他所强调的内容也不是通常意义上的内容，而是必须要通过形式才能确立起内涵的内容，这从他对随笔写作的内容和方法所作出的说明中很容易看出来，他说：“在引人注目的随笔中，思想放弃自己对真理的传统认识。……它用综合和自由的方式思考在自由选择客体中所遇到的事情。它不坚持写超越沉思的东西——以及那些整个社会沉淀在其中的历史沉思——而探寻包含在客体其中的真理，这本身就内涵历史性。……随笔放弃通向起源的皇家之路，这条道路只能导向最为衍生——存在的境地，即那种复制早已经存在的思想意识，而坚持直接的思想，即寄寓于沉思自身意义之中的那种思想不会全部消失。因为所有层次沉思的随笔都是直接的，直到它〔重新〕开始思考。”[90]在这一大段颇有些拗口的表述中，阿多诺重复了他在《美学理论》中有关“非同一性”和“真理性”的观点。“非同一性”理论是建立在对“同一性”理论解构的基础上的，即那些被人们所认可、继承的思想和观点在阿多诺看来统统都是要摒弃的，所以他说，随笔是要写思想和真理的，但是这种思想和真理并不是对“已经存在的思想意识”进行“复制”，而是要把那些没有被体系化、被意识形态化包蕴在“客体其中的真理”，即“直接的思想”表达出来。也就是说，随笔的内容是从思想“重新开始思考”开始的，它必须要通过对传统的反抗（否定），而且必须通过形式反抗(否定)才能实现的。可见,最终还是形式决定着内容。

《作为形式的随笔》一文的内容较为庞杂,它既论述了现代随笔写作的状况与问题,也探讨了随笔写作中的内容与形式、随笔写作中的语言与观念等,还讨论了其他的人,如马克斯·本斯(Max Bense)等人关于随笔写作的一些观点。尽管如此,这篇文章最为核心的思想,还是可以用阿多诺在文章最后所说的一句话来囊括:"随笔最深处的正式法则是异端。"[91]"异端"两个字不但概括出了阿多诺对随笔这种文体的认识,而且也把他的整个文学思想勾勒了出来。

(二)语言及现实主义的个案分析

阿多诺文学思想中的另一个重要方面是语言问题。与他讨论随笔形式的方式相一致,阿多诺并没有对"语言"这个词语作过任何的界定。而且,他有关语言的观念也有前后不一致的地方。针对这一特点,简·菲利普·利姆特斯玛曾说阿多诺"没有一个具有粘合力的语言哲学,而只有一种故意拒绝从事哲学语篇期待的语言实践的策略"[92]。如果说阿多诺曾直接提到过"语言"这个词语的话,那是在《外来语》一文中:

> 没有一种语言,甚至那些古老的方言,是有机的和自然的——这是众生复位说教义想得到的;但是,先进文明语言因素的每一个胜利,都包含着对陈旧和弱势因素造成不公的某种突发的东西。卡尔·克劳斯在为一个被从理性化过程中消除的声音所写的挽歌中意识到这一点。西方语言使用同英帝国主义对待其臣民一样的政治方式,锻造了自己的不公平。考虑到那些已经处于从属地位的语言,补偿完全可以成为强调意义中的总的文化定义。然而,在德国,这种均衡从未获得过,确切地说是因为罗马人,理性的原则从未获得无异议的统治地位。德语中的外来词引起人们关注下列事实:没有出现征服国强加于被征服民族的和平;未被征服的生存了下来;在人道主义占有主导地位时,它不是像期望的那样作为一种人类本质来体验的,而是作为某种不甘心的东西,某种强加给他们的东西来体验的。在这种程度上,德语既少于又多于西方语言;其少是由于德语所具有那种冷淡和粗糙的品质,这为具体作家几乎没有提供什么稳固的东西,这种品质在古老一些的新高地的语文本中极为突出,而且在外来词与其语境的关系中仍然明显;而其多则是因为语言并不完全落入社

会化和交流的罗网之内。[93]

在这长长的一大段落里,阿多诺与其说是给"语言"这个词语下定义,不如说是对德国语言的演化情况进行描述来得更为贴切:历史上的德国由于对罗马文明的拒绝,从而给德语带来了一些不可弥补的问题,如冷淡、粗糙等。尽管上面这段阿多诺式的论述语句异常复杂、含混,但还是可以从中看出他对语言,特别是对德语中所存在的不自然完美品质的认识。阿多诺首先认为,所有的语言都不是从一开始就自然完美的,都是在克服旧有语言的弱点中取得进步的;其次,在他看来,西方语言的进步是通过采取一些必要的政治措施而获得的,在平衡本民族语言与他民族语言之间的差异并"取长补短"中创造出一种构成文化内涵的语言氛围;最后,他认为,在德国没有诸如此类的"平衡"或"调停",作家的个人意愿也无法给德语带来任何的改变。[94]他对此所提出的解决方法是,"通过将德语与外来语之间的张力,融合到自己的思考和写作技巧中的方式,来利用两种语言之间的张力"[95]。也就是说,在行文中使用外来词"造成一种有益的停顿"[96],以此来缓解在表述中所出现的力不从心的症状。总之,阿多诺虽然没有明确界定过"语言"这个词语,但他在《文学笔记》两论外来词的文章[97]中,却深刻地揭示了语言的社会功用及其所折射出的历史和文化的含义。

根据阿多诺生平传记作者洛伦茨·耶格尔的说法,阿多诺曾分别在牛津、纽约和洛杉矶生活过,但是他的文学批评实践却多限于对德、法等国家的作家和作品的批评[98],而很少涉及英、美等国家的作家和作品。我们今天无从猜测阿多诺作出这样的选择的真正原因,不过,从他在《文学笔记》前两卷中论述的对象,如巴尔扎克、狄更斯、卢卡契、厄恩斯特·布洛赫(Ernst Bloch)、瓦尔特·本雅明等人来看,他似乎更注重那些具有现实批判意识的作家和理论家。

我们以《阅读巴尔扎克》一文为例,看一下阿多诺的批评倾向。《阅读巴尔扎克》是由十四个篇幅长短不一的随笔和札记式的短评组成的。在这篇文章中,阿多诺主要通过评介马克思、恩格斯对巴尔扎克的评价,阐释了巴尔扎克的现实主义。他援引马克思在《资本论》中比较古代窖藏的钱财和现代货币的资本功能时对巴尔扎克的评论:"将货币排除在流通领域之外,就会将其作为资本的自我扩张完全排除在外;以商品形式积累窖藏钱财是绝对的愚蠢。因此,例如巴尔扎克曾对各色各样的贪婪作了透彻的研究。那个开始用积累商品的办法来贮藏货币的老高利贷者高布赛克,在他笔下已经是一个老糊涂虫了。"[99]然后,他又说道:

> 但是,马克思在其他地方[100]证实过的引导巴尔扎克走向"对真实情况深刻见解"的道路与经济分析相反。他〔巴尔扎克〕像个孩子一样,被高利贷者的令人恐怖的形象和愚蠢给迷住了。高利贷者的标志是他以婴儿的方式,用财富将自己包围起来。他的愚蠢是随历史发展而来的某种东西,一种位于海盗文明中心的前期资本主义的痕迹。正是这种盲人相面术,而非具有理论倾向的写作,满足了辩证理论并且抓住了主要的趋势。在艺术与科学之间没有建立一种合法的关系……当艺术毫无保留地致力于工作的对象上时,艺术就变成了知识。[101]

阿多诺是一位西方马克思主义者,所以他会从马克思的理论出发来接近巴尔扎克;但与此同时阿多诺又是马克思主义的叛逆者,所以他又会时时跳出马克思主义观点的束缚,上面的这段评说就是对马克思主要观点的修正。

阿多诺不认为巴尔扎克的现实主义创作与马克思所作的经济分析之间有什么关联,抑或说他不认为巴尔扎克像马克思所说的那样,"曾对各色各样的贪婪作了透彻的研究",即先有了理论调查和分析,再回头按照贪婪的"样板"来创作。相反,阿多诺认为巴尔扎克对老高利贷者——高布赛克的成功描写并不是理论研究的结果,而是"盲人相面术"的结果。显然,阿多诺对作家深入并研究生活的主张不以为然,作家在创作时只要"毫无保留地致力于工作的对象",或者是被"高利贷者的令人恐怖的形象和愚蠢给迷住了"时,就能抓住所表现对象的特征。正是由于阿多诺反对科学或者说科学方法对创作的干扰,所以才得出了"在艺术与科学之间没有建立一种合法的关系"这样一个与马克思观点相左的结论。

阿多诺的这一评价,实际上也与恩格斯对巴尔扎克的评价有很大的出入。恩格斯在《致玛·哈克奈斯》一信中说:"在这幅中心图画的四周,他〔巴尔扎克〕汇集了法国社会的全部历史,我从这里,甚至在经济细节方面〔如革命以后动产和不动产的重新分配〕所学到的东西,也要比从当时所有职业的历史学家、经济学家和统计学家那里学到的全部东西还要多。"[102]然而,阿多诺却认为,恩格斯在晚年写给玛格利特·哈克奈斯的这封信,“在马克思主义美学中不祥地被经典化了”,并在随后的文字中指出恩格斯在评价巴尔扎克时“偏离了后来成为官方的理论”。[103]他认为,在恩格斯说他“更喜欢巴尔扎克而不喜欢‘过去、现在、将来加起来的所有的左拉’时,他只能是指那一位年长一些的作家较他的具有科学心智的继承者少一些现实主义因素罢了”[104],抑或说,在阿多诺看来,恩格斯并没有严格区分巴尔扎克的现实主义与左拉的现实主义有何不同的本质。不过,阿多诺也并不全然反对恩格斯对巴尔扎克的现实主义创作的赞赏,即恩格斯认为巴尔扎克的最伟大之处,是其所描述的与其所持有的阶级情感和政治偏见相违背,并且认为就像在文化工业中一样,在社会主义的现实主义中,正是巴尔扎克所排斥的那种忠实于表面真实的方法与外部施加的意图相和谐。但是他同时又指出,巴尔扎克的这一伟大成功并非取决于“屈从于现实”,而是“直面地观望它们,直到它们变得透明、可怕”。[105]其实,阿多诺在这里所说的现实,与恩格斯所说的现实并不完全是一回事。说到底,在绕了一个大弯之后,阿多诺又回到他在《美学理论》中讨论的有关现实的问题,即那个与“非经验现实”相联系的“高级的存在”。阿多诺在对恩格斯观点的“修正”中,将其关于现实的美学观念应用到了文学的分析中来,并进而间接地表达出了他的文学现实观。

需要指出的是,阿多诺对巴尔扎克的评价,同样也不是前后一致的。其实,他在“修正”马克思的观点和指出恩格斯的“偏向”之前,还对巴尔扎克作过一些前后矛盾的评价,如“巴尔扎克通过自己的知性的直觉,意识到在发达的资本主义社会中,人成为性格面具(character masks)”[106]、“巴尔扎克同情法国复辟王朝,并预见到早期工业主义堕落的症候”[107]等等。这些评价无疑与上面所引用的大段文字,及随后他对恩格斯提出的质疑有相互矛盾之处,这是需要我们注意并加以鉴别的。

除《阅读巴尔扎克》这篇文章外,阿多诺在《文学笔记》中还提出了不少抽象含混、似是而非的观点,如他认为艺术只有远离社会才是社会的,因此无法提供任何明确的标准[108],等等。诚如《西奥多·阿多诺〈文学笔记〉中的语言与历史》一书的作者乌尔利奇·普拉斯所指出的那样,阿多诺的文学批评并不属于正统的批评理论,他提出的一些观点与第一代法兰克福学派也有出入。他的文本处理方式既富有魅力,又几乎无法阐释。[109]这意味着我们在阐释、评价阿多诺的这些复杂、多义的文学批评时,既要辨析他的观点正确与否和指出其在批评理论这个大框架内的地位,还要考虑到他独特的个人气质、“特有的狂乱步调写作”[110]的行文习惯以及惯有的自相矛盾与悖论等问题。

法兰克福学派是一个成员众多,体系宏大、庞杂的学派,要详细地论述其历史和成就,显然不是这篇文章所能完成的。[111]不过,通过对阿多诺的哲学、美学以及文学思想的分析和论证,不难看出法兰克福学派的某些思想倾向和学术特征,同时也不难看出阿多诺的思想在法兰克福学派的批判理论形成中的分量和影响。从某种意义上说,阿多诺所关注和探讨的问题,也正是法兰克福学派所关注和探讨的问题。不同之处是,他往往把所论述的问题推向极端,这也是我们习惯于把阿多诺视为法兰克福学派中最富有叛逆性和创造性的学者的原因之一。法兰克福学派是一个与人类历史、社会现实紧密相关的学派,它所关注的问题和研究的方法对我们都有极大的启发。譬如,“同一性”、“一体化”是阿多诺和法兰克福学派所极力排斥和瓦解的,认为会扼杀“个体”和“异质”,那么在世界越来越趋向一体化和同一化的今天,我们该如何保持民族文化中的“异质”?进而该如何诠释与评价全球化大潮中民族文化的独特性呢?再者,目前中国“大众文化”思潮泛滥成灾,宛如阿多诺对西方40年代“大众文化”描述境遇的再现,这无疑为我们理解“大众文化”提供了一个有益的参照视角。马丁·杰伊曾评价法兰克福学派说:“法兰克福学派总是坚持,只有拒绝赞美现状,才有可能保存一个未来。”[112]为了未来的美好,拒绝赞美现状,我想这应该是阿多诺和法兰克福学派带给我们的重要启示。

(作者单位:上海外国语大学英语学院)

注 释

〔1〕 欧力同、张伟:《法兰克福学派研究》,重庆出版社,1990年,第18页。

〔2〕 法兰克福学派的本名叫“社会研究所”。该所成立于1923年2月3日,但正式产生影响是从1931年霍克海默担任所长以后。据马丁·杰伊在《法兰克福学派史》中称,1933年以后“研究所”实际也就等同于法兰克福学派这个名称,但这个称谓在1950年回到德国之前并没有出现。

〔3〕 据其他研究者介绍,法兰克福的“第四代”也已出现形成的端倪,如法兰克福大学哲学系的佛斯特(Rainer Forster)和政治学系的尼森(Peter Niesen)等,是颇得哈贝马斯欣赏的新生力量。参见曹卫东:《法兰克福学派的掌门人》,《读书》2002年第10期。

〔4〕 马丁·杰伊:《法兰克福学派》“序”,单世联译,广东人民出版社,1998年,第1页。

〔5〕 张一兵:《梦幻哲人阿多诺》,《江苏行政学院学报》2001 年第 1 期。

〔6〕 另有译为提奥多·阿多诺等。为保持行文一致,本文一律采用西奥多·阿多诺。另外,除注明外,本文中的引文均由本文作者译出。

〔7〕 参阅马丁·杰:《阿多诺》,胡湘译,湖南人民出版社,1988 年,第 7—14 页。马丁·杰在其他的译本中也翻译成马丁·杰伊。

〔8〕 Cf. Rainer Rochlitz. "Language for One, Language for All: Adorno and Modernism", in *Perspectives on Musical Aesthetics*, edited by John Rahn. New York: W. W. Norton & Company, 1994, pp. 21-22.

〔9〕 阿多诺热爱思考、涉猎广泛,在许多领域均有创见,特别是其哲学、美学以及文论在西方社会具有广泛而深刻的影响力。主要著作有《启蒙辩证法》(*Dialectic of Enlightenment*, 1947,与马克斯·霍克海默合著)、《现代音乐哲学》(*Philosophy of Modern Music*, 1949)、《最低限度的道德》(*Minima Moralia: Reflections from Damaged Life*, 1951)、《多棱镜:文化批判与社会》(*Prisms*, 1955)、《介入:新批判模型》(*Critical Models: Interventions and Catchwords*, 1963)、《本真的行话》(*The Jargon of Authenticity*, 1966)、《否定的辩证法》(*Negative Dialectics*, 1966)、《音乐社会学导论》(*Introduction to the Sociology of Music*, 1968)、《文学笔记》(*Notes to Literature*, Vol. 1—3, 1966—1969)、《美学理论》(*Aesthetic Theory*, 1970)、《为电影谱曲》(*Composing for the Films*, 1971)等。二十三卷本的《阿多诺全集》由休坎普·维格威公司 1970—1980 年出版。

〔10〕 霍克海默、阿多诺:《启蒙辩证法》,渠敬东、曹卫东译,上海人民出版社,2006 年,"前言"。

〔11〕 同上书,第 1 页。

〔12〕 易存国:《阿多诺的否定观及其美学思想——阿多诺美学思想序列考察之一》,《南京师大学报》1994 年第 2 期。

〔13〕 马丁·杰伊:《法兰克福学派史》,第 296 页。

〔14〕 霍克海默、阿多诺:《启蒙辩证法》,第 8 页。

〔15〕 马丁·杰伊:《法兰克福学派史》,第 51 页。

〔16〕 阿多诺:《否定的辩证法》,张峰译,重庆出版社,1993 年,第 61 页。

〔17〕 否定的辩证法最早萌芽于阿多诺的《哲学的现实性》(1931)和《启蒙辩证法》(1949)这两部著作中。1941 年法兰克福学派的另一位哲学家马尔库塞在《理性与革命》中也探讨了否定的辩证法。不过,这个概念最终完善于阿多诺的《否定的辩证法》一书中,其后出版的《美学理论》又进一步拓展了这个概念。

〔18〕 阿多诺:《否定的辩证法》,"序言",第 1 页。

〔19〕 同上书,第 142 页。

〔20〕 阿多诺:《否定的辩证法》,“序言”,张峰译,第3页。
〔21〕 同上书,第1页。
〔22〕 同上书,第6页。
〔23〕 同上书,第12页。
〔24〕 同上书,第19页。
〔25〕 同上书,“中译本序”,第3页。
〔26〕 同上书,第14页。
〔27〕 同上书,第133页。
〔28〕 同上书,第13页。
〔29〕 同上书,第41—42页。
〔30〕 同上书,第12页。
〔31〕 同上书,第263页。
〔32〕 同上书,第17页。
〔33〕 同上书,第157页。
〔34〕 同上书,第94页。
〔35〕 参见欧力同、张伟:《法兰克福学派研究》,第9页。
〔36〕 马丁·杰:《阿多诺》,第147页。
〔37〕 瓦尔特·本雅明:《技术复制时代的艺术作品》,胡不适译,浙江文艺出版社,2005年,第102—103页。
〔38〕 T. W. Adorno. *The Culture Industry: Selected Essays on Mass Culture*, J. M. Bernstein (ed.). London: Routledge, 1991, p. 85.
〔39〕 霍克海默、阿多尔诺:《启蒙辩证法》,第107页。
〔40〕 同上书,第108页。
〔41〕《文化产业再思考》,载《新德意志批判》第6期,1975年秋季号,第12页。
〔42〕 马丁·杰伊:《法兰克福学派史》,第248页。
〔43〕 霍克海默、阿多诺:《启蒙辩证法》,第126页。
〔44〕 阿多诺:《美学理论》,王柯平译,四川人民出版社,1998年,第1页。
〔45〕 同上书,第233页。
〔46〕 同上书,第372页。
〔47〕 同上书,第27页。
〔48〕 同上书,第22页。
〔49〕 同上书,第7页。
〔50〕 同上书,第262页。
〔51〕 同上书,第35页。
〔52〕 马丁·杰:《法兰克福学派的宗师——阿道尔诺》,第8—9页。
〔53〕 阿多诺:《美学理论》,第2页。

〔54〕 阿多诺:《美学理论》,第 250 页。

〔55〕 胡经之主编:《西方文艺理论名著教程》(下卷),北京大学出版社,2004 年,第 498 页。

〔56〕 参见张亮:《阿多诺诞辰 100 周年纪念暨国际学术研讨会综述》,《哲学动态》2004 年第 2 期,第 41 页。

〔57〕 张一兵:《梦幻哲人阿多诺》,《江苏行政学院学报》2001 年第 1 期,第 28 页。

〔58〕 D. 凯尔纳:《后现代理论》,中央编译出版社,1991 年,第 291 页。

〔59〕 马丁·杰伊:《法兰克福学派史》,"第二版序",第 11 页。

〔60〕 以上见阿多诺:《美学理论》,第 3 页。

〔61〕 同上书,第 583 页。

〔62〕 同上书,第 230 页。

〔63〕 同上书,第 225 页。

〔64〕 同上书,第 226 页。

〔65〕 阿多诺:《否定的辩证法》,第 155 页。

〔66〕 阿多诺:《美学理论》,第 4 页。

〔67〕 阿多诺:《否定的辩证法》,第 171 页。

〔68〕 同上书,第 13 页。

〔69〕 罗伦茨·耶格尔:《阿多诺:一部政治传记》,陈晓春译,上海人民出版社,2007 年,第 97 页。

〔70〕 同上书,第 97 页。

〔71〕 阿多诺:《美学理论》,第 576—577 页。

〔72〕 参见赵涛:《近年来国内法兰克福学派研究述评》,《甘肃社会科学》2005 年第 6 期。

〔73〕 Cf. Ulrich Plass. *Language and History in Theodor W. Adorno's Notes to Literature.* New York and London:Routledge,2007,"Introduction",xxi.

〔74〕 Ibid.,"Introduction",xxiii.

〔75〕 Ibid.,"Introduction",xxi.

〔76〕 朱立元:《当代西方文艺理论》,华东师范大学出版社,1997 年版,第 212 页。

〔77〕 阿多诺:《美学理论》,第 247 页。

〔78〕 因篇幅所限,本文只扼要评介阿多诺《文学笔记》前两卷的少部分内容。

〔79〕 Theodor W. Adorno. *Notes to Literature*, Volume one, translated by Shierry Weber Nicholsen. New York:Columbia University Press,1991,p. 10.

〔80〕 Cf. Shierry Weber Nicholsen,"Translator's Preface",in Theodor W. Adorno, *Notes to Literature*, Volume 1,ix.

〔81〕 尼克森将《文学笔记》的德文书名 Noten zur Literatur 译成英文 Notes to Literature 而非 Notes on Literature,就是基于这种考虑。

〔82〕 Cf. Shierry Weber Nicholsen,"Translator's Preface",in Theodor W. Adorno, *Notes to Literature*, Volume 1,ix.

〔83〕 Theodor W. Adorno. *Notes to Literature*, Volume 1,pp. 3-4.

〔84〕 Ibid.,p. 4.

〔85〕 Ibid.,p. 5.

〔86〕 Ibid.,p. 10.

〔87〕 阿多诺:《美学理论》,第 246 页。

〔88〕 Theodor W. Adorno. *Notes to Literature*, Volume 1,p. 7.

〔89〕 Ibid.,pp. 11,13.

〔90〕 Ibid.,p. 11.

〔91〕 Ibid.,p. 23.

〔92〕 Jan Philipp Reemtsma,"Der Traum von der Ich-Ferne: Adornos literarische Aufstze", *Dialektik der Freiheit: Frankfurter Adorno-Konferenz 2003*, ed. Axel Honneth. Frankfurt am Main: Suhrkamp,2005, p. 346; also in Ulrich Plass. *Language and History in Theodor W. Adorno's Notes to Literature*, "Introduction",xxii.

〔93〕 Theodor W. Adorno. *Notes to Literature*, Volume 1,translated by Shierry Weber Nicholsen,p. 188.

〔94〕 Ibid.,p. 189.

〔95〕 Ibid.

〔96〕 Ibid.

〔97〕 即《文学笔记》第一卷中的《外来词》和第二卷中的《论外来词的使用》。

〔98〕 参见罗伦茨·耶格尔:《阿多诺:一部政治传记》,第 252 页。

〔99〕 Cf. Theodor W. Adorno, *Notes to Literature*, Volume 1, p. 129, quoted by Adorno from Karl Marx, *Capital* (translated by Samuel Moore and Edward Aveling, New York: International,1967,I:589);中文译文参考马克思《资本论》第 1 卷注解(28a)。《马克思恩格斯全集》第 23 卷,人民出版社,1972 年,第 646 页。

〔100〕 Theodor W. Adorno's note: Karl Marx, *Capital*, translated by Samuel Moore and Edward Aveling,Vol. 3.

〔101〕 Theodor W. Adorno, *Notes to Literature*, Volume 1,p. 129.

〔102〕 恩格斯:《致玛·哈克奈斯》,《马克思恩格斯全集》第 4 卷,人民出版社,1975 年,第 462 页。

〔103〕 Theodor W. Adorno,"On Lyric Poetry and Society", in *Notes to Literature*, Volume 1,pp. 37-54.

〔104〕 Theodor W. Adorno, *Notes to Literature*, Volume 1,pp. 131-132.

〔105〕 Ibid.,p. 132.

〔106〕 Ibid.,p. 122.

〔107〕 Theodor W. Adorno, *Notes to Literature*, Volume 1, p. 126.

〔108〕 Cf. Theodor W. Adorno, *Notes to Literature*, Volume 1, p. 126.

〔109〕 Ulrich Plass, *Language and History in Theodor W. Adorno's Notes to Literature*, "Introduction", xxi-xxii.

〔110〕 马丁·杰伊:《法兰克福学派史》,第 291 页。

〔111〕 法兰克福学派至今前后分为了"四代",每一代的研究兴趣都有所不同,如以霍克海默、阿多诺为代表的"第一代"都对"社会批判理论"感兴趣,但从"第二代"掌门人哈贝马斯开始,法兰克福学派就开始偏离了"社会批判理论"的航道——哈贝马斯认为该理论已经不适应于 70 年代以后的社会,转而强调改良主义,这实际标志着法兰克福学派在研究上进入了新的历史阶段。

〔112〕 马丁·杰伊:《法兰克福学派史》,第 338 页。

“开放”与“恪守”,“解构”与“建构”

——今日俄罗斯文论气象剪影

周启超

内容提要:苏联解体这十八年来,俄罗斯文论也在与时俱进和自我更新。不论是在对域外成果的多方吸纳上,还是在对本土资源的深度开采上,俄罗斯文论都颇有开拓,颇有推进,远非我们有些学者所想象的那样几十年如一日,没有什么新的看点,甚或不外乎庸俗社会学的老一套,而只有那份等待清算或讨伐的命运。在今日俄罗斯,文学理论课程结构在调整和革新,文论辞书文选在修订和刷新,文论教材在编写和更新,新的学术理念和学术取向在酝酿和孕生。质言之,这已是一种既“开放”又“恪守”、既“解构”又“建构”的吐故纳新。

关键词:文学理论　俄罗斯　解构　建构

Abstract: Russian literary theories have been developing rapidly for more than a decade since the dissolution of the former USSR. Remarkable accomplishments have been made in both absorbing foreign achievements and reorganizing domestic resources. In today's Russia, literary theory courses are being reformed; dictionaries and anthologies are being revised; and theory textbooks are being updated. New ideas and trends have brewed and emerged. In a word, it is a process of getting rid of the stale and taking in the fresh; a process of "opening and conserving, deconstructing and reconstructing".

Key words: literary theory; Russia; deconstruct; reconstruct

在“文学理论何为”的追问仍然不绝于耳的今天，在“文学理论的边界”依然成为文论界当下时尚话题的今天，现代文论的重镇之一——俄罗斯文论界有没有什么值得关注的作为？

务实地思量：俄罗斯的“文学学”、“文学理论”的教学与研究有没有出现什么新的气象？在文学学探索取向上、在文学理论课程结构上有没有发生什么新的转向？务虚地考量：苏联解体以降，俄罗斯对国外文论的开放程度究竟有多大？对其本土的理论资源又持什么样的姿态？是不是在实现与过去、与旧体系的“彻底决裂”，是不是在实现同苏联时期占据主流地位、掌握话语权的那一流脉的“决然告别”，是不是也已为“全球化”浪潮所席卷而在谋求与西方的“全面接轨”？

这些年来，不论是在赴俄赴美访学期间，还是平日读书上网浏览，我们都时时留意俄罗斯文学理论园地的信息。通过对莫斯科和彼得堡几所著名高校、俄罗斯科学院世界文学研究所和俄罗斯文学研究所的多次走访，通过对“文学学引论”、“文学学原理”、“文学理论”、“理论诗学”这四种课程的教学大纲的对比性普查，通过对文论教学与研究第一线上耕耘的著名教授和学者的近距离访谈，对近年面世的不同类型的文论教材辞书的翻译和浏览——通过不懈的守望和持续的检阅，我们看到，重文化意识形态的“解译”、重语言艺术形态的“解析”以及在语言艺术形态与文化意识形态之间穿行的“解读”，作为当代文论的三大流脉，在今日俄罗斯文论界依然并行不悖，它们以互动互补、共存共生的方式共同参与文学理论建设。多声部、多形态、多取向这一文学理论的基本格局，并没有由于苏联国家解体而顿然消失，也没有由于苏联文化解构而被彻底颠覆。俄罗斯学术界、出版界对其国内本有但由于外力左右而被冷落的理论资源的开采发掘，在这十八年来并未由于经济休克或政局动荡而中断；对国外文论中各种不同流派、不同思潮、不同视界之名家名著名说的开放接纳，在这十八年里依然在以多方位的大视野展开。

我们看到，这十八年来，俄罗斯文论依然执著地从“本土资源的开采”和“域外成果的拿来”这种双重吸纳中获取养分。在今日俄罗斯，文学理论课程结构在调整在革新，文论辞书文选在修订在刷新，文论教材在编写在更新，新的学术理念和学术取向在酝酿在孕生——种种迹象表明，这是一种“解构”中的“建构”，一种“开放”中的“恪守”：在清理中建设，在对话中创新——此可谓今日俄罗斯文论气象的基本表征。

我们看到，这十八年来，在对于域外成果的多方吸纳和对于本土资源的深度开采这两个平台上，俄罗斯文论都在不断推进而颇有创获。

（一）

在俄罗斯，不论是科学院的文学研究所，还是高校的文学理论教研室，对于当代国外文学学的新思潮、新流派、新趋势，自“解冻”以来就一直在予以积极的跟踪。20世纪七八十年代，苏联就出版过当代国外文学学的综述概观或文献汇集的多种著作。苏联解体以来，这类研究和出版仍在俄罗斯继续展开。

苏联解体以降，俄罗斯学术界和出版界对国外文论的名家名说名著采取的是多方位的开放与接纳的态度。从相对保守的莫斯科大学的“文学学引论”和“文学理论”教学大纲所列的参考书目中，到最为开放的俄罗斯国立人文大学的“理论诗学”教程所列的推荐书目中，我们不仅可以看到早在20世纪七八十年代就译成俄文的法国文论家茨威坦·托多洛夫的符号学和诗学名篇，罗兰·巴特的《文选·符号学·诗学》，也可以看到90年代新译的罗兰·巴特的文论名著《S\Z》(1994)，朱莉娅·克里斯蒂娃的文论名篇《诗学的毁灭》(1994)和《巴赫金·话语·对话·长篇小说》(1995)，可以看到德国著名学者埃·卡西尔的《象征形式哲学》(1995)，汉斯·伽达默尔的《美的现实性》(1991)，格·沃弗林的《艺术史的基本概念》(1994)，也可以看到捷克文论家扬·穆卡若夫斯基的《美学与艺术理论研究》(1994)和《结构诗学》(1996)，可以看到波兰文论家叶·法内诺的《文学学引论》修订版(1991)，甚至可以看到西班牙著名学者胡·奥尔特加·加塞特的名著《美学·文化哲学》(1991)。至于美国文论家韦勒克和沃伦合著的《文学理论》(1978)，德国文论家米·威尔里的《普通文艺学》(1957)，波兰文论家格·马尔凯维奇的《文学学的基本课题》(1980)，则早已列入国立师范大学“文学学原理”这门课程最基本的必读书目。现代西方文论的名家名说，诸如伽达默尔的阐释学、巴特的“作者死亡说”、奥尔特加·加塞特的“精英艺术论”、雅斯贝斯的“艺术危机说”，等等，也已然成为莫斯科大学文学理论专题讨论课上大学生们研讨的议题。如今，《法国符号学文选》、《朱莉亚 ·克里斯蒂娃文选》、《罗兰·巴特文选》、翁伯特·艾科的《开放的作品》、《缺席的结构》、《文学森林中的六次漫步》，还有《雅克·德里达在莫斯科》、《沃尔夫冈·伊瑟尔在莫斯科》这样的著作，甚至罗兰·巴特的弟子——安托万·贡巴尼翁的《理论之魔》，已然是从事文论教学和研究的俄罗斯教授的案头书。

纵观这十八年来俄罗斯学术界和出版界对国外文论的接纳状况，不难看出俄罗斯学人的“拿来主义”有如下几个特点：

其一，多方位的大视野，很少“偏食”。不论是法、德、英、美这样一些文化大国，还是波兰、捷克、荷兰、丹麦这样一些并不以理论思想著称于世的文化小国，只要是有一定价值的文论著作，俄罗斯学人都以一视同仁的态度予以积极的接受，绝少限定某一方位的偏执。遗憾的是，俄罗斯学人对我们中国文论的接受，在最近这些年里势头有所减弱。但也不是一片空白，俄罗斯的东方学家和比较文学学者仍在以其独特的视角从事东西方诗学的比较性考察，例如塔·格里戈里耶娃的著作《道与逻各斯·文化的相遇》(1992)。

其二，学术文化积累保持其历史延续性，并不曾中断。俄罗斯学术界和出版界对国外尤其是西方文论之有规模的开采吸纳，并非始自苏联国家解体。早在“解冻”年代，苏联文论界与西方文论界之间的壁垒坚冰就已然被打破。还在20世纪50年代末60年代初，苏联学术界和出版界就已开始启动其对现代欧美文论的“拿来之旅”。自那时起，不论是科学院的文学研究所，还是高校的文学理论教研室，对于当代国外文学学的新思潮、新流派、新趋势，一直在予以积极的跟踪。在80年代，他们就出版过《70年代的国外文学学：思潮·倾向·问题》(1984)、《19世纪与20世纪国外美学与文学理论》(1987)这样的或是综述概观或是文献汇集的著作。苏联解体以来，这类跟踪仍在继续。《当代国外文学学：西欧诸国与美国：学说·学派·术语》于1996年在莫斯科问世，1999年再版。该书采用“小百科辞书”的形式，对当代西方最有影响的文学学学说之要旨作了一次比较系统的检视，对“解释学”、“现象学”、“神话学”，“结构主义”、“后结构主义”、“解构主义”、“新批评”、“叙事学”、“接受美学”等等作了简要的评点，对“解释循环”、“期待视野”、“文本间性”(“互文性”)、“延异”等等加以扼要的界说。2004年秋，系统整合俄罗斯学人对西方文论多年研究成果的《20世纪西方文学学大百科》在莫斯科面世。不知是不是巧合，就在媒体报道雅克·德里达(他也曾于1993年到莫斯科讲学)去世的那一天，在俄罗斯科学院社会科学信息中心举行了这部辞书的首发式。这部百科辞典，收入177个现代文论术语辞条、613位当代文论家辞条，囊括来自欧洲与美洲的18个国家，力图展示20世纪西方文学学的全景。55位俄罗斯学者联袂合作，对当代西方最有影响的文学学学人、学派与学说之精要作了一次系统的梳理，对其主要取向、基本范式、核心理念作了精到的评述，对这些学派学说的“关键词”也置于其生成语境之中加以精微的辨析。

这里且举一例。在“文本间性”这一辞条条目下，我们可以读到这样的文字：

> 文本间性（互文性）：法文 ERTEXTUALITE 英文 INTERTEXTUALLITY 俄文 ИН-ТЕРТЕКСТУАЛЬНОСТЬ——这是后结构主义理论家朱莉娅·克里斯蒂娃于 1967 年引入的一个术语，已经成为对后现代主义的艺术作品分析中一个基本的术语，它不仅被作为文学文本的分析工具，或者是文学存在之特点的描述工具（尽管它最初正是在这个领域出现的），而且用于已经获得“后现代主义感”之名称的当代人的那种世界感与自我感的界说。
>
> 克里斯蒂娃是在重新思考米·巴赫金的《语词艺术创作中的内容、材料、形式问题》（1924）一文的基础上，来建构自己的学说的，巴赫金在那里对文学存在的辩证法加以描述之际指出，除了向艺术家提供的现实，艺术家还要与在他之前和与他同时代的文学打交道，他与那些文学之间处于经常性的“对话”之中，这个对话被理解为作家同现有的那些文学形式之间的斗争。“对话”思想被克里斯蒂娃纯粹形式主义地接受了，被视为绝对地局限于文学领域，文本之间的对话，也就是互文性。克里斯蒂娃的这一术语之真正涵义，要置于雅克·德里达的符号术语的语境之中才能清楚，后者力图剥夺符号的指涉功能（语言符号与现实或想像的事物的关系）（参见“延异”与“踪迹”）。
>
> 在结构主义与后结构主义理论家的影响下（在文学学领域，首推 A. J. 格雷马斯、罗兰·巴特、雅克·拉康、米歇尔·福柯、雅克·德里达等人），——那些捍卫思维之泛语言性的理论家的影响下，人的意识被等同于文字书写的文本，文本被视为仿佛是唯一多少可以信赖的对人的意识加以铭写刻录的方式。由此，一切——文学、文化、社会、历史、人本身——均被视为文本。
>
> 认为历史与社会乃是那种可以作为文本来“解读”的东西这一主张，导致了将人类文化作整一的“互文本”来接受，而这一互文本则也似乎作为一种前文本——任何重新出现的文本的前文本——在起作用。将意识比喻成文本的一个重要的后果就是“互文式”消溶

人的主体性——将人的主权般的主体性消溶于诸种文本—意识之中——那些构成文化传统之“巨大互文本”的文本—意识之中。这样一来，任何一个文本的作者“变成互文游戏投射之虚空的空间”。克里斯蒂娃强调这一“游戏”的无意识性，捍卫文本的生产性——非人格化的“无个性的生产性”——这一主张，文本仿佛是绕过个体之有意识有意志的活动，自在自为地产生：“我们将发生于单一的文本内部的那种文本的相互交错，称之为互文性。对于在认知的主体，互文性——乃是这样的概念；它将是文本解读历史并被写入历史的那种方式的一个标识”（克里斯蒂娃：《诗歌语言的革命》，巴黎，1974年，第443页）。结果是文本被赋予实际上自主自律的存在与“解读”历史的能力。后来，在解构主义者那里，尤其是在保罗·德曼的笔下，这一思想成为一种老生常谈。

互文性学说紧密地相关于理论上的“主体之死”——由福柯引入的，与后来由巴特所宣布的“作者之死”（即作家之死），以及个体的文本之“死”，——消溶于或明显或隐在的征引之中的文本之死，而最终也就是读者之“死”，读者的“不可避免的征引性”意识那样的不稳定与不确定，一如构成读者的意识的那些引文之源头的寻找是那样的不可靠。在阅读过程中，作者、文本与读者这三者全都化成一个场——“文字写作之游戏的无边无际的场”。

对人的意识及其创作的“消解毁蚀”这一过程在后结构主义者所提出的各种不同的理论中都有反映，但是它作为当代“文学学范式”之被普遍认可的原则而被肯定，这一点首先还要归功于德里达的权威。

对主体的去中心化，对文本概念与文本本身之间界限的消灭，使符号同它所指涉的意义脱离开来——由德里达所实现的这一切，将整个交际归结为能指的自由游戏。这就产生了“文本之一般概念”（概括的文本观念，普适性的文本观念）的景观，在那里，一个个单一的无个性的文本彼此之间无穷无尽地相互征引，而且是立即对一切都立即征引，因为它们全加在一起也只是“总文本”的一部分，后者则吻合于总是已经“被文本化了”的现实与历史。

克里斯蒂娃的这一学说，在对它有利的后现代主义和解构主义的情绪氛围中，在各种极为不同取向的文学学家那里，很快获得广泛的认可与传播。它实际上既在理论的界面上，也在实践的界面上促成了后现代主义的"思想上最高使命"的实现:去"解构"批评产品与艺术产品之间的对立,同样还有主体与客体之间、自己与他者之间、写作与阅读之间等等之"古典式的"两项对立。可是,这一术语的具体内涵,取决于每一位学者在其研究中以其为指导的理论前提与哲学前提,而发生实质性的改变。对于所有人都共通的一个公理是:任何一个文本都是对先前的那些文本的"反应"。

罗兰·巴特对互文性和"互文"这两个概念给出了经典性的表达:"每一文本都是互文本;在该文本之中,其他的文本——先前文化的文本与周围文化的文本——以或多或少可以被辨认的形式而在种种不同的层面上出场:每一文本都是由一些旧的引文编织而成的新的织品。诸种文化代码、公式、韵律结构的、社会习语的片断,等等——它们全都被文本吞没,在文本中被移位,因为在文本之前与围绕着文本总是存在着语言。作为任何文本的一个不可缺少的前提性的条件,互文性不可能被归结为源头与影响问题;它是那些其出身很少可以揭示出来的匿名的表达式之共同的场域,那些无意识的引文或自动的引文——没有带引号就给出的引文之共同的场域"(巴特:《文本》,《通用大百科》第15卷,1973年,第78页)。

透过互文性的棱镜,世界呈现为巨大的文本,在这个文本中所有的一切都是什么时候曾经已然被说过的,新的东西要有可能也是根据万花筒的原理:一定元素的混合提供出新的组合。对于巴特,任何一个文本——乃是一种独特的"回音室"(巴特:《文本的快乐》,1973年,p.78)对于里法特尔,文本——乃是其他的文本的诸种预设之拼配(合唱)(里法特尔:*La syllpse intertexttuelle*, Poetique,1979. No. 40. pp. 446-501)因而,"文本性思想本身同互文性是不可分割的,并且是以它为基础的"(里法特尔:《诗歌符号学》,1978年,p.125)。对于M.格赖斯,互文性乃是总体而言的文化的构成部分,具体而言的文学活动的不可分割的标示:任何一种征引,不论它带有什么样的性质,一定要将作家引入那样一种文化语境的领域,用那种"文化之网"将它缠住,任何人都没有能耐从那个语境与那个网脱身溜开(*Intertextuality in Faulkher*, ed. by Gresset M., Polk M. Jackson, 1985, p.7)。

这样,文本性与互文性被理解成彼此相互决定的两个现象,这就会最终导致对"文本"概念——作为被清晰地显示出来的自主自律的现实的文本概念——就会被消灭。一如符号学家与文学学家施·格里维尔所言,“除去互文,也就不存在文本”(Grivel Ch. “Theses preparatoires sur les intertextes”, *Dialogizitas*, Hrsg. von Lachman R. Munchen ,1982. S. 237-249)。

可是,远不是所有的西方文学学家在自己的著作中采用互文性概念时都接受对它如此扩展开了的理解。交际—话语分析(叙述学)的代表们就认为,如此字面上恪守在其哲学维度上的互文性的原则,会使任何交际变得毫无意义。一些学者对互文性持更加狭义的与具体的诠释,将之理解为文本内话语之不同样式——叙事者关于人物的话语、一个人物关于另一个人物的话语——之互相作用;也就是说,他们感兴趣的巴赫金感兴趣的问题——“自己的”与“他人的”话语之相互作用。

与之类似地展开考察的还有法国研究者热拉尔·热奈特,他在自己的书《隐迹稿本:二级文学》(1982)提出文本之互相作用的不同类型之五分法的分类:其一,互文性,作为在一个文本里两个或更多的文本的“相随相伴”(引文、引用典故、抄袭等等);其二,副文本性,作为文本对其标题、跋、题词等等的关系;其三,元文本性,作为对自己的前文本的注解性的与常常是评论性的援引摘录;其四、超文本性,作为一个文本对另一个文本的嘲弄与讽拟;其五、原文本性,被理解为文本之体裁上的关联。之后,这位研究者将互文性的这些基本类别再分成无数的亚类与类型,而考察它们的互相关联,进而创建第一眼看上去是生动有力的但在分析实践中难以实现的结构。

一部集体撰写的论文集《互文性:形式与功能》(*Intertextualitat*, Tubingen,1985,373S)的编辑——德国研究者U. Broich,M. Pfister给自己提出这样的任务:阐明文学互文性的具体形式(借用、对题材与情节的改造、明显的与隐蔽的征引、翻译、抄袭、用典、改述、模仿、讽拟、改编成戏剧,改编成影视、援用题词、等等)。他们感兴趣的还有互文性之功能上的意义——带着什么样的目标、为了达到什么样的效果,作家们诉诸于自己同时代人与前辈的作品;这样一来,他们是在致力于将作为文学手法——作家们有意识地加以运用的文学手法的互文性,对立于后结构主义者们对互文性的理解——作为一种集体无意识的因子——在决定着艺术家的活动,外在于其意志、愿望与意识之活动——之因子。

互文性学说涉及非常广阔的问题圈。一方面,它可以被看成后结构主义理论上自我反思的一个副产品。另一方面——它产生于对涵盖20世纪下半叶的得到广泛流行的艺术实践——不仅是文学而且也还有其他的艺术样式——的批评反思的进程之中。对于这一艺术流脉——后现代主义——的创作者们而言,"征引型思维"乃是典型的。在对阿兰·罗伯-格里耶的创作加以界说时,B. Morrissette ("Post-modern generative fiction", *Critical Inquiry*, Chicago, 1975. Vol. 2, No. 2, pp. 281-314)就称他为"引用型文学"(p. 225)。

沉潜于文化之中直至完全溶化于其中,是可以采取最为不同的甚至是喜剧性形式的。譬如,法国作家雅克·里维埃在1979年出版过一部"引文—小说"《来自A的小姐》,全书由750则引文构成,借用了408个作者。要是来说出一个这一倾向的比较严肃的例子,那么,不能不指出"新小说家"米歇尔·布托1969年给杂志《Apc》作的一次访谈:"不存在个体的作品。个体的作品乃是一个纽结,它是在文化织品内部组构的,在文化织锦的怀抱中它感觉自己并不简单地是被沉潜的,而恰恰是在其中被呈现出来了。个体就其出身而言——充其量不过是这一文化织锦上的一根丝线。他的作品也的确是这样的——这总是集体的作品。这就是我何以感兴趣于征引的缘故"(Apc, 1969, No. 39, p. 2)。

互文性学说的意义远远超出当代文化进程之纯理论反思的框架,因为它回答了20世纪世界文化深刻的需求——这一进程带有其对精神整合的明显的或不明显的向往。互文性学说在艺术世界中获得了异乎寻常的流行,对于艺术实践本身,对于当代艺术家的自我意识产生了影响,这是任何其他的范畴都望尘莫及的。[1]

视界如此开阔、梳理如此精细的这样一种研究,自然不是一般的即时译述就能完成的,而是持之以恒经年累月的悉心探察的结晶。

正是这种持之以恒经年累月的悉心探察,使得今日俄罗斯学者在反思文学学境况时能作出言之有据的梳理,从而提出相当独到的见解。譬如,莫斯科大学教授尼·帕赫萨尼扬在《法兰西学界对当代文学学危机的评价》一文中指出,法兰西文论界自20世纪70年代就谈论起文学学的"危机"。这危机来自于文学史的挑战:首先体现在学者们感到有必要至少对文学史的四个方面加以根本性的重新考察:

> 其一是“文学”概念本身。1970年，埃斯卡皮(R. Escarpit)发表著名文章《“文学”术语的界定》，揭示出文学学研究对象本身的相对性、流变性——基于古希腊罗马时代、中世纪、近代等不同时期那些被归属于文学领域之物的差异而具有的相对性、流变性。对于这一初始性概念加以推敲的必要性，有机地产生于那种条件——用尧斯的话来说，就是文学史的名声越来越糟而“这一对象明显地从大学的讲坛上消失”。1987年，莫山(C. Moisan)发表了名为《什么是文学史》的著作，他以其著作的书名来提问，将文学学经受的方法论危机与知识论危机直接点出。……1989年，查提埃(R. Chartier)和儒霍(C. Jouhaud)在刊于《文本的阐释》论文集中的一篇文章中提出“是不是任何一种文本都具有文学性?”还只是一种修辞性的问题，那么，另一篇文章的作者莫利诺(J. Molino)则认为，在物理学、人类学、文学学中的情况是一样的，一如并没有什么夸克(一种假设的基本粒子)，并没有什么介子，也没有什么文本——所有这些客体其实都是对现实——在接受之外并不存在的现实——的设想。自然科学也好，历史抑或文学与艺术也好——它们全是在与象征性产品打交道。这样一来，就不可能去构建专门的文学史——什么特征也不存在。情况由于艺术文本的那些审美品质在这一类议论中并不被关注——其中也因为审美的内省能力已然被贬值——而愈发严重。其二是文学史的分期……其三是文学学分析之客体的构成……其四是已然形成的文本具体分析的实践……
>
> 总之，法兰西学者们，一如另一些西方文学学家，无论涉及当今文学史的哪一个方面，都是在谈论方法论与认识论。20世纪末叶所发生的人们已然习惯的知识结构的改变，认知之基础本身的改变，认知机制与认知功能的改变，在牵引着西方文学学家们要对方法论加以革新的执著欲望。[2]

毫无疑问，这样一种对国外同行探索轨迹的紧密跟踪与细致辨析，是俄罗斯学人多年坚持的传统。

目前，俄罗斯科学院世界文学研究所理论部的同仁正在将20世纪70年代就开始推出的八卷本西方文论述评系列《理论 · 学派 · 学说》重新整理出版。

看来，苏联国家的解体与苏联文化的解构，并没有中止俄罗斯学界这种一贯重视域外理论资源并多方吸纳的学术志业。社会政治经济生活的凄风苦雨，并没有使学术文化的薪火悄然熄灭。

(二)

学术薪火的传承与学术命脉的维系，仅仅依靠对域外成果的吸纳显然是不够的，本土资源的开采更是不可或缺。

其实，在苏联解体以降的这些年月里，俄罗斯学人并没有在向西方的"全面开放"中"数典忘祖"，并没有在"走向世界"的追求中忘却自身的根系。在文学理论这一人文学科中最为前沿因而也最易受制于外力左右的敏感地带，俄罗斯学术界和出版界也表现出不固步自封也不妄自菲薄的明智，一直坚持两个平台——域外成果之多方吸纳与本土资源之深度开采——同时作业。

俄罗斯文论之树在已经过去的这一百年里也确实结出了相当丰硕的成果，且不说有些小树未成材就遭遇雷闪电击而不幸夭折。还在苏联解体之前，俄罗斯学人就开始沉郁地反思：苏联文学学何以长期处于既漠视当代世界人文科学知识发展总体水平又疏远本国文学学优秀理论遗产的"自蔽"状态？《文学学引论》何以被简化为一些经典作家和启蒙主义、理性主义、革命民主主义取向的思想家们的言论汇编？《文学理论》何以被封闭于某一流脉某一学派一家之说的框架体系之中，而对异己的声音听而不闻、对他者的建树视而不见？苏联解体之后，俄罗斯学界进一步深化其早就开始的"理论考古"，对他们曾经拥有、后来由于不合时宜而被冷落甚至遭禁封的理论宝藏加以积极的发掘，对那些富有探索勇气和理论创见、但因其学术个性刚烈而在教条主义横行年月里遭到贴标签式的封喉甚或"武器的批判"的大学者的理论遗产加以系统的整理。

于是，"历史诗学"奠基人、但在20世纪40年代"反世界主义"运动中挨批的亚·魏谢洛夫斯基的代表作《历史诗学》得以再版；"理论诗学"创始人、但其理论取向与自称为"历史—具体的"主流话语不甚合拍，因而备受冷落的亚·波捷布尼亚的文论著作终于以《理论诗学》之名而被整理出版。

于是，自20世纪30年代就被扣上"形式主义分子"的恶名、被迫转入普希金研究的鲍·托马舍夫斯基的力作《文学理论·诗学》得以重印。这部苏联最早的文学理论教科书在20世纪20年代下半期30年代初曾连续六版，它以通俗的形态表述了现代文论中"解析"流脉的思想取向与最早成果:即以语言艺术形态为切入点,进入那种追求客观性与科学化的文学理论研究。

出于同样的背景,虽位居科学院院士但却背负"准形式主义分子"之前科的维·日尔蒙斯基的《文学学引论·讲稿》,终于由他的女儿整理出版。符·普罗普与米·巴赫金的著作,作为苏联学者为俄罗斯文学学赢得世界声誉的当代文论经典,不仅以单行本不断再版,多卷本文集甚至全集也在陆续问世。1993 年,尤·洛特曼逝世,"塔尔图学派"成为历史。这些年里,彼得堡、莫斯科有好几家出版社竞相推出《洛特曼文集》,系统地整理了这位杰出的语文学家、历史学家、文学理论家和文化理论家的遗产。另一些当代著名文学学家,如科学院院士德·利哈乔夫、米·加斯帕罗夫等人的多卷本文集,在作者还健在时也已经一本接一本地面世。

这样,苏联时期高等院校"文学学引论"、"文学理论"课程参考书目的结构如今已得到相当大的调整,不再是彼·尼古拉耶夫的《文学学引论》或格·波斯彼洛夫的《文学原理》"一花独放"了;不少教授呼吁:要让今天的大学生全面了解过去与现今最有影响的文学学学说、最具个性的文学学学者。苏联解体以来俄罗斯学界在"文学理论"课程结构上的调整,令人想起"解冻"岁月里苏联文论界对"季莫菲耶夫一统天下"的突破。20 世纪五六十年代之交,米·巴赫金、尤·洛特曼、莉·金兹堡等人著作的出版,标志着苏联文学学界开始从社会学反映论镜子说之单一的框架中走出来,进入多声部自由争鸣、多取向并存共生的新格局。解体承继并深化了自"解冻"而始有的开放氛围。

诚然,学术视野上的开放也不是"一刀切"式的那么整齐划一。对比莫斯科大学、国立师范大学、国立人文大学的文学理论课程教学大纲,还是能看出其开放程度上有些差别。不过尽管有激进与保守之分别,但都进入了大开放与大调整的革新状态。种种迹象表明,在今日俄罗斯学界,文学理论的研究与教学都在实现积极的自我调整与有力度的自我更新,远不是有些人想象的"社会学反映论的老一套",或有些人认定的"几十年如一日,没多少新看点",而是在自强不息地吐故纳新和与时俱进。

(三)

可以说,既重视对域外资源的多方位开放接纳,又重视对本土资源的系统性开采发掘,作为基本立场,使当代文论建设获得了"双维度"的大视界。这样一种大视界,为"解构"中的"建构"创造出必不可少的前提,为当代学者与前辈大师与域外同行的“对话”与“潜对话”建立了不可或缺的平台。在对已有的理论资源的深度清理中，着手文论建设，在不仅“跟着说”、“对着说”而且也能“接着说”、也能“有新说”这一有批判、也有继承的过程中，着手文论创新——这是近十八年来俄罗斯文论界不同的知识结构、不同的思想旨趣的学人们普遍共通的基本追求。

也正是得力于“双维度”的大视界，得力于在“解构”中有所“建构”的激情，当代俄罗斯学者们才有可能在对域外与本土文论资源的系统梳理中有所整合，在对不同流脉、不同取向的文论学说的全面开放中有所恪守。只有梳理没有整合，就谈不上理论的建构；只有开放而没有恪守，就谈不上理论的深化。

苏联解体以降这十八年来，来自文论教学与研究前沿的著名学者领衔教授的反思，高等院校文学学课程的改革，文学学教科书的更新，都一再表明：文学理论在今日俄罗斯正承受结构性调整。“兼容并蓄”而并不偏执于某一流脉、某一学派之取向的学术“开放”姿态，正在作为一种基本的学术立场而被学界认可。瓦·哈利泽夫在阐述其《文学理论》（莫斯科高校出版社，1999 年初版，2000、2002、2004 年再版）（中译本为《文学学导论》）这部教科书编写的指导思想时就明确声言：它定位于一种“兼容并蓄”的立场：“种种不同的、有时彼此不相容的学术思想与观念学说，在本书中得到对比与分析。将系统性与逻辑上的井然有序同反教条性与对话式的开放性结合起来——这是作者所竭力企及的目标。”[3]

这种“兼容并蓄”，体现于今日俄罗斯学界对其本土这样一些富于理论原创性但探索取向大相径庭的大学者集群的全面接纳：亚·魏谢洛夫斯基和亚·波捷布尼亚，维·什克洛夫斯基和尤·特尼扬诺夫，维·日尔蒙斯基和鲍·艾亨包姆，维·维诺格拉多夫和格·维诺库尔，维·佩列韦尔泽夫和格·波斯彼洛夫，亚·斯卡弗迪莫夫、亚·别列茨基、米·巴赫金、德·利哈乔夫、尤·洛特曼和谢·阿韦林采夫。

这种“兼容并蓄”，体现于今日俄罗斯学界对文学本质的“面面观”。例如，国立人文大学“理论诗学”课程教学大纲就将三种相异其趣的“文学本质说”并列而提：既讲“作为一门认知艺术的文学”，要学生明白“形象理论”；又讲“作为一门语言艺术的文学”，要学生们学习“文学符号学”；还讲“作为一门创作艺术的文学”，要学生了解“艺术形式问题”。这样一些对文学本质的多面界说，显然超越了先前只讲“文学是现实生活的反映”，或只讲“文学是语言的艺术”的偏执与片面。而当大学教授既向学生阐述每一种“文学本质说”的“真理性”，又向学生们指出它们各自的“局限性”之际，学生们所获得的就不仅仅是种种不同的“文学如是观”，而且更有观照文学时应有的开阔视界了。

自然，这种“兼容并蓄”并不是折衷主义。强调文学首先是一门艺术、首先是一种审美活动，这已是如今各种《文学学引论》、《文学学原理》的一个共识。在肯定文学是一门艺术，是一种审美活动这一界面上，也就是说，从文学的“艺术本质论”而不是从文学的“意识形态本性论”出发，再去讲“反映论”，讲“象征论”，讲“典型论”，再去讲“逼真性”、“假定性”、“虚拟性”，再去讲“形象”、“性格”、“符号”……诚然，文学只是诸艺术门类之中的一种，因而，还要从文学与其他艺术，诸如戏剧、电影、电视、绘画、音乐、雕塑等艺术的对比中，去探讨文学作为语言艺术的特质。其实，“文学学”的结构，正生成于语文学与语言学、艺术学的交融之中，正生成于描述诗学与结构诗学、历史诗学与理论诗学的交融之中。“文学学原理”意味着向文学“本位研究”的回归。

确认“文学是一门艺术”，说得更准确些，确认“文学首先是一门艺术”，其意义是深远的。既然文学是一门艺术，是一门以语言为媒介的艺术，那么“文学学”就应当优先关注语言艺术——语言创作艺术与语言解读艺术；而凝结这两者的载体——文学作品/文学文本，便是“文学学”要考察的核心客体。由此可以理解，最近十八年里，文学作品/文学文本的结构机制功能在今日俄罗斯何以成为高校的文学学教学十分推重的一个中心环节；由此可以理解，作品理论/文本理论研究在今日俄罗斯文论界何以得到了空前的青睐。

在对作品理论的青睐上，莫斯科高校出版社于 1999 年推出、2004 年修订再版的《文学学引论》简直令人刮目相看。这里甚至不再有“艺术的特征及其研究原则”，“作为一门艺术的文学及其类别”，“艺术内容、激情及其不同类型”，“艺术形式、风格、艺术言语、文学体裁”这样一些在不久前修订的《文学学引论》中还一直保留的论题，而已然是一部“文学作品理论专论”。该书编者也毫不讳言其学术“定位”。这部《文学学引论》的初版书名下有一个副标题——文学作品：基本概念与术语。新版撤去这一副标题，可是仍然声称其“主要的关切在理论诗学——关于文学作品的学问”[4]。该书系多年耕耘于文学理论教学园地的知名教授联手合作的成果。26 位学者对文学作品理论中的 45 个基本概念与术语作了较为系统而又简明的梳理、界说、阐释。进入这 45 个选项之中的，既有传统文论必不可少的“艺术形象”、“人物”、“情节”、“布局”、“肖像”、“风景”、“叙述”、“描写”、“诗”、“小说”，等等，又有现代文论词汇库中才有的“原型”、“接受者”、“符号”、“文本”、“视点”、“对话”、“时间与空间”、“作为艺术整体的文学作品”、“作品功能”，等等。

这样一种将论题聚焦于作品理论的《文学学引论》，是不是意味着对当代文论研究远离文学作品而迷醉于“泛文化化”之时尚的一种抗衡，是不是意味着对文学理论总要从文学与生活和社会与历史与意识形态的关系谈起这一“宏大叙事”之模式的一种厌腻？具体说来，是不是表明如今的文学学教授们对一版再版流行经年的格·波斯彼洛夫的《文学学引论》的一种更新？

耐人寻味的是，这部新编《文学学引论》的编写者——26 位在各个大学执教文学理论的教授，有一半都是苏联艺术社会学学派宿将、力主文学的“意识形态本性论”的代表人物格·波斯彼洛夫的门生。

更值得一提的是，波斯彼洛夫的同事瓦·哈利泽夫教授终于能坦率地指出，波斯彼洛夫主编的《文学学引论》[5]像其“前辈”一样，对原本意义上的诗学、对文学作品的构成及其解读原则是聚焦不够的。其中缺少对“文本”这一概念的讨论，也没有谈到文学作品整体上是什么，没有涉及文学的审美方面，论及阐释时也是匆匆掠过，没有论述读者与文学作品功能之实现的关系，对以形式论学派和结构主义视界解读作品的经验更是一字不提。也许，新编《文学学引论》之聚焦于作品理论，正是出于对波氏这种虽居主流、虽属权威其实缺失多多、很不到位的教科书的一种补正。编写者在该书序言中旗帜鲜明地指出，这部教学参考书着力揭示《文学学引论》这门课程的核心部分——文学作品理论的内涵，而这又是与大学课程新的教学大纲的要求相适应的。[6]可见，这部在体裁上接近于辞书形式的《文学学引论》，还不是几位杏坛同仁的别出心裁之举。事实上，45 个条目中有三分之一预先在杂志上刊出，以征求学界同行的讨论。后来辑成一书之前，可以说，也是经过一番推敲而定稿的。

聚焦于作品理论的新编《文学学引论》的面世，绝非偶然。最近十八年里，俄罗斯文论界对作品理论的研究确实是投入不小，成果多多。

如果说，对各种流脉文论思想“兼容并蓄”的姿态，体现出大开放的视界，那么，对文学作品理论的“重点投入”，便表现出一种在大开放中的恪守，一种对“文学学”本体的恪守，一种对“文学本位”立场的恪守。

何以言“恪守”？这是就文论话语的文化语境而言的。在苏联国家解体苏联文化解构之后，在摆脱了力主文学的“意识形态本性论”的主流话语的控制之后，在从偏执于“独断论”的教条主义的桎梏下解放出来之后，在对域外文化全面开放之后，俄罗斯文论界立即面临着从西方舶来的“解构主义”浪潮的冲击，面临着那种从确认文学文本意义有多种解读而走向否认文学文本有任何确定意义之“虚无主义”的冲击，面临着那种从不独尊某一种价值标准为绝对真理而走向放弃任何价值标准的真理性之“相对主义”的冲击，面临着那种从跨文化的视角拓展文学理论走向借助文学材料而径自发挥、沉醉于社会批判和文化批评、“替天行道”无所不及之“泛文化化”时尚的冲击。这些冲击关系到文学理论的学术命运。正是在这种文化语境中，苏联解体后不久，俄罗斯文论界就有一些学者开始在反思中倡导重建文学理论作为一门人文学科的知识框架，倡导深化“理论诗学”，对“理论诗学”的一些基本概念加以梳理、界说、整合，倡导对现代文论词汇库中的“关键词”加以深入的检视、讨论、确立。质言之，倡导以聚焦的方式来深化文学理论建设，既勇于敏锐地吸纳域外新知而不固步自封，也勇于坚守学科阵地而不盲目追潮跟风，以追求在“开放”中有所“恪守”，在“解构”中有所“建构”。

在笔者走访的俄罗斯文论界一些著名学者中，几乎普遍认为，文学理论的当务之急是反思自身的历史，清理最为核心的范畴。俄罗斯科学院世界文学研究所理论部主任亚·米哈伊洛夫在其生前撰写的最后一篇文章《关于当代文学理论的若干课题》中提出，文学理论这门人文学科到了该“反思自我”、该“对关键词加以历史的清理”的时候了。文学学作为一门人文学科所面临的首要任务是“应当研究自身的历史，而且应当是以迄今为止所不可能比拟的规模来做这件事”[7]。这位多年研究德国文论的著名学者倡导对“文体”和“性格”之观念的流变、对“内在形式”和“崇高”这样一些范畴的评价加以历史的清理；他本人就对“性格史”作过专门梳理；他的这一倡导，得到了他的同事们的响应。世界文学研究所理论部组织了关于“文学学现状”的问卷调查。其中的问题就有：文学学的界限（文学学对相邻学科的扩张与文学学家的自我限定）、“文化对话”与文化学的强暴、文学学的教学与研究，文学学是“纯科学”还是文学？总之，是把文学学作为一个课题在研究。世界文学研究所理论部这几年的一个大项目就是《20世纪文学理论总结与21世纪的前景》，计划出8卷；2003年已出2卷——《文学作品与艺术进程》、《艺术文本与文化语境》；即将出版的有《20世纪的文论学派：思想·方法论·学说》、《体裁理论的现代课题》、《20世纪的文学与现实》、《20世纪的文学神秘化与作者身份问题》，等等。

文论史反思与关键词的清理工作也在俄罗斯高校中展开。俄罗斯国立人文大学高级人文研究院的谢·森金教授在其2002年的一篇《理论札记》中写道："今天，最有价值的，倒不是革命性的学说，而宁可是在理论史方面有学识很在行的工作——进行总结，应对那些具有观念性的关联和根基加以梳理，将大师们的未尽之言说透，将大师们未曾点破的东西说穿。"[8]

（四）

这种在"解构"中有所"建构"的学术追求，经过俄罗斯学人这十八年来的努力，已经初见成果。尤其是在辞书、文选、教材这些文论教学与研究的基本建设上，已经进入新一轮收获季节。

俄罗斯科学院新编的长达1578页的《文学学百科辞典·概念与术语》于2001年在莫斯科问世。术语辞典乃学术路标。苏联时期，至少自"解冻"以降，文学学术语辞书编写与更新尤为活跃，几乎每十年就要刷新一次。距今最近的是于1987年出版的共有752页的《文学学百科辞典》。新版《文学学百科辞典》无疑是对这十八年尤其是苏联解体以来当代文学学概念与术语的一次全新的整理。

像文论术语辞典一样，文学理论文选也是文论教学与研究必不可少的工具书与参考书。苏联自20世纪70年代中期开始，试图以文学理论文选来克服过去对文学学学术史的片面认识和"因时制宜"的机会主义。那时，塔尔图大学就是通过文选而率先将俄罗斯形式论学派的文论文本列入教材的。如何面对文学学学术史的原生态，而不要因意识形态风云变幻对之作任意切割，这个问题在苏联解体之后更为迫切。莫斯科大学于1997年推出由彼·尼古拉耶夫主编的《文学学引论·文选》的修订版（前两版分别问世于1979、1988年）。新版文选表现出对于非社会学派的其他文论学派的思想的较大宽容，对于在文学学学术史上有建树的名家名说的更多尊重。

总体看来，在今日俄罗斯学界，超越"理论上的独白主义"，放弃门户之见，远离任何一种"流派性"的偏执，确认任何一种"一贯正确"的"绝对权威"不过是神话，确信任何一种"唯一救星式"的方法论已然不可逆转地成为过去——这已愈来愈成为投身于文学理论建设的学者们的共识。

至少,不再以“开天辟地者”或“真理终结者”自居,而是以开放的“对话式”的立场,多方位、有深度地吸纳各家各派文论学说的理论精华,平和地、有机地耦合不同流脉文论的思想成果——这已成为有志于文论教材革新的文学学家们孜孜以求的目标。

瓦连京·哈利泽夫所著的《文学理论》在这一追求中最有代表性。这不仅是因为波斯彼洛夫的《文学原理》由于未能对文学学学术史作多少客观而广泛的考察,对现代文论中许多重要论题、概念与术语不曾关注,在方法论上也有许多东西太陈旧,而确实难以适应教学与研究的需求,更是因为哈利泽夫的《文学理论》自有新人耳目之处。新编《文学理论》由导言和六个章节组成,分别论述“艺术本质”、“作为一门艺术的文学”、“文学功能”、“文学作品”、“文学类别与文学体裁”、“文学发展的规律性”,从结构框架上看似乎尚无什么破格之举,但细细读来,确有特色,确有亮点。其主要创新在于:

其一,在写作立场上终于走出流派斗争学派较量的思维定势,其学术视界是开放的,定位于“流派之外”而对各家各派“兼容并蓄”,显示出当代文论建设者应有的包容精神。

其二,这本面向大学生、研究生与高校教师的教科书,敢于针对高校文学理论教学实践与当代文学学已然达到的成就严重脱节的现状,对已有教科书中所缺失的但却是现代文论重要成果的一系列论题、概念与术语加以探讨,以其丰富的信息来提升文论教材的现代性水平。诸如“艺术中的非意图性”、“读者在作品中的在场”、“高雅文学与大众文学”、“文学经典与文学声誉的漂移”、“精英与反精英的艺术观与文学观”、“传统与非传统的阐释”、“人物的价值取向与行为形式”、“类别之间与类别之外的文学样式”,等等,均进入教科书之中。

其三,加大了文学本体研究的三大链环——作者、作品、读者理论的论述分量,尤其是充实了文学作品理论,显示出深化“理论诗学”的学术取向,对“理论诗学”一些关键词的主要涵义加以辨析与界说,这无疑有助于提高文学理论的科学性程度。譬如,在“文学接受·读者”这一节,就有“读者与作者”、“读者在作品中的在场·接受美学”、“现实的读者·文学的历史—功能研究”、“文学批评”、“大众读者”这五个层次。在“文本”这一节,则列出“作为语文学概念的文本”、“作为符号学和文化学概念的文本”、“后现代主义诸种学说中的文本”三小节。其观点新颖,具有自己的特色。[9]可以说,这样一种对“文本”概念与文本理论的多面观,是以往我们从俄文译介的《文学理论》、《文学原理》和《文学概论》中难以见到的,恐怕也是先前我们从英文译介的《文学批评理论》、《20 世纪西方文学批评理论》和《20 世纪文学批评》中绝少见到的。

(五)

着力于文学作品/文本理论,是瓦连京·哈利泽夫的《文学理论》的一大亮点。正是有了上述这些亮点,使这部《文学理论》颇受读者欢迎,在俄罗斯刚一面世就好评如潮,五年间连续四版。在俄罗斯刚一面世时就好评如潮。有评论认为这是一部“焕然一新的”、“很有分量的、核心的”教科书,一部“真正言之有据论之有理的教科书”,它“完全符合当代高等院校理论文学学这门课程之基础性的大纲、目标与任务”。有评论称赞,这是今日每一个高校文科教师、研究生以及每一个多少“有进取心”的大学生大概都想要将其摆上案头的那种好书。[10]如此备受欢迎,可以说是空前的;而在已然是多元化又市场化的今天,这种成功,更是耐人寻味。

那么,个中因由究竟是什么呢?在这里,我们不妨从以下几个方面略作探析:

其一,得力于天时。很多年里,在俄罗斯,文学学教科书的编写与使用或生产与消费处于一种严重的“脱节”状态。一方面,从教材的“生产”来看,不少作者都在尝试满足学生们对文学理论知识非意识形态化的需求:意识形态化的文学理论——这种文学理论把文学视为一种认识和意识形态,把文学的根本功能首先界定为认识作用、教育作用 、阶级斗争工具和为政治服务的工具。而文学自身最具有本质性的审美特性,被看成是从属性的东西。这种意识形态化的文学理论的关键词主要有:认识、形象、典型、意识形态、经济基础和上层建筑、阶级斗争和阶级性、党性、人民性、社会主义现实主义创作方法——这些已然遭遇大解构。大解构同时必须要有大建构。建构所必需的那种原则上系统的支点、框架和视界在哪里?不少人苦于缺少一种原则上系统的支点、框架和视界。在它们缺位的情形下,学界提供的只能是那种微观的研究:或是对一批最重要的文学学概念之具体的研究,如多人合著的词典型教科书《文学学引论·文学作品:基本概念与术语》(莫斯科,1999),或是很少定位于基础性的教学大纲,而在许多方面以作者个人的文学观为取向而建构的专著式的教科书, 如瓦·秋帕《艺术分析学·文学学分析导论》(莫斯科,2001)。

另一方面,从教材的消费来看,这些年在大学生手头广泛流传的是格·波斯彼洛夫的《文学理论》[11]和成书于20年代、于90年代重印的鲍·托马舍夫斯基的《文学理论》(1996、1999、2001)。波斯彼洛夫的那本教科书,以文学的认识功能为中心,以“思潮”与“流派”的更替为经纬,“具有极端概念化”的特点。其理论核心是文学的“意识形态本性论”;从理论范式上来看,属于那种着力于对文学作文化意识形态界面上的“解译”式文论。托马舍夫斯基的《文学理论》初版于1925年,它自称是亚里士多德的诗学意义上的文学理论,实际上乃是形式论学派文论之简约化的表述。它着力阐述文体修辞、诗歌节律和“主题”,倾心研究文学作品的建构方式,视文学为“以自身为目标而被固形的言语”,而执著于艺术言语——那种定位于表达本身的言语之形态的“解析”。它“沉于内而疏于外”、“精于微观结构而疏于宏观语境”、推重文学性而漠视文学场,具有“倾心于科学化”的特点,从理论范式上看,则属于那种着力于对文学作语言艺术形态界面上的“解析”的“小文论”。从理论视界上看,作为一本面向大学生的《文学理论》教程,波氏的教科书因其放眼于文学的发生与生成、演变与发展的“社会历史机制”而失之于“过泛”,托氏的教科书则因其专注于艺术语言的特质、功能、形态以及建构的“诗学艺术机制”失之于“过专”。

哈利泽夫这本教科书的问世,大大地改变了“文学理论”这门教程的生产与消费之间严重脱节的状况,甚至兼具比较到位的《文学学导论》的功能,有助于一年级大学生步入文学研究之门。至少该书第2、4、5章对于文学是一门艺术、文学作品、文学类别和文学体裁的论述,堪称是对此前广泛使用的波斯彼洛夫主编的《文学学引论》的一次刷新。

其二,得力于作者的首创性。哈利泽夫之所以能取得这一成功,自然更得力于他这些年在文学理论教材建设上不懈而执著的探索。在某种意义上真可以说,这是“十年磨一剑”。哈利泽夫从上个世纪90年代初就进入当代高校文论教材问题的思索:如何系统地阐述文学理论的基本层面而同时又避免那种偏爱甚或偏执——对这一或那一生硬的流派性的调性之自觉或不自觉的偏爱甚或偏执?哈氏这本教科书在方法上的立场是“协调性的”、兼容并蓄的,在这种立场上,“种种不同的、有时甚至是互不相容的学术理念学说观念都得到对比与分析”[12]。文学理论教科书终于被定位于“流派之外的文学学传统”,这一传统能避免“那些生硬的声明与被激进地宣扬的纲领”。这一定位,在俄罗斯的文学学学术史上、在文学理论教材编写史上,可以说,已是一种突破。

哈利泽夫这本教科书在立意上具有革故鼎新的追求。而从这本教材的使用效果来看,这一评价实不为过。在俄罗斯的一些大学里,使用哈氏这本教科书的教师与学生称该书“简约而不简单”:认为此书写得简约的是一些大学生们;而认为此书不简单的则是一些文学学家。之所以说“简约”,是由于该书主要的旨趣在于对文学学的一些关键词基本的涵义加以简明扼要的界说,而哈氏言说文学的话语风格是简约的,词汇是丰富的,文体明快,并不像当代同类的理论著作那么艰涩。之所以说“不简单”,是由于该书在教人一种“富有责任感的、极有分寸的、严谨的文学理论言说”,在这种言说中,独白性的、示威式的激情是不被允许的,也是不可能的。文学学的关键词(不是术语与概念)以及那些基本的、往往是彼此对立或者互不相容的涵义,乃是由作者在平静的、叙述性的讨论过程中解释的,而且通常也只是在这番叙述之后,它们才得到合乎逻辑的、不得不出场的、确切而简练的定义式的表述。一些最重要的概念,则是由易于接受而又易于记住的句子来表述的,他们不再需要从“学术性语言”转译成通用语言(这一点,最为成功地见之于该书在对“主题”、“神话”、“母题”、“作品世界”和“文本”这些概念的文学学涵义的界说上)。

这种“简约而不简单”的特点,构成这本教科书的“消费张力”:既适用于那种只以了解“在述说什么”为目标的一般的本科生,也适用于那些要一步思索“如何在述说”的研究生。换句话说,这本教科书既面向那类“但求得鱼”的懒惰者,也面向那类“更求得渔”的勤奋者。对后者来说,本书堪称为一本出色的指南——继续研究文学学的种种概念、学说,甚至是研究另一些文学学著作和文化学著作的指南。这种功能,一方面体现于本书每一节都有对于所涉论题之争鸣要点的有容量而又简练的概述,这一概述最大限度地展示出所述论题的探讨上的多元视角;另一方面则体现于该书附有丰富的书目索引信息,既指向经典又指向当代,既有专业的也有大人文的。

大人文的视野,将文学理论置于美学、社会史、文化学、价值哲学、符号学、语言学、交往理论、宗教学和神话学诸多学科的知识背景之中来阐述,充分吸纳当代人文学科的一些思想成果,是这本教科书的一大特色。第三版就增加了一些章节,用于阐述那些与其说是文学学专业意义上的不如说是大人文意义上的关键词——诸如“个性”、“世界图景”、“价值”、“文化”、“神话”。没有对这些关键词或多或少的概念,就无法想象一个诚实的职业文学学家的活动:这些关键词进入文学理论家的视野,乃是不可避免的。这种大人文的视野,在“文学”的内涵和外延都已发生了很大变化、文学理论的疆界已然大大拓展的今天,尤为必要。作者能有这一视野,分明是一种“与时俱进”的表现。

这种“与时俱进”的做法,也体现在作者本人对这本教科书文本结构的不断推敲和内容的不断修订上。比较该书的不同版本,就能深刻地体会到这一点。譬如,第三版就对“崇高”、“悲剧性”、“作者话语与非作者话语”、“科学描述与分析”、“作品的语境考量”这些小节加以扩充。第四版又对“神话与文学”、“艺术言语”这些节加以调整,在“文学的功能”这一章增加了“文学——精英——人民”这一节。而在第四版与第三版的仔细对比中,我们会发现不少局部性的、段落上的增删,包括观点上的变化,譬如在对巴赫金的一些文论思想的评价上,更加有余地有分寸,而及时地折射出学术界在巴赫金研究上的最新气象。

也正是兼容并蓄的立场和“与时俱进”的态度,充分吸收当代文学学的思想成果,成就了哈利泽夫这本教科书的一个最为重要的特色:不再是以作者个人的学说为印记、以作者个人的名字为标记,也不再以某一学派/理念相同的学者集群的思想为印记、以某一学派的旗帜为标记。也许有人会认为这是一个缺点——作者的学术个性失落了。这自然不无因由:先前的《文学理论》,要么是“社会学学派的”,要么是“形式论学派的”,要么是“科学院学派的”,锋芒毕露、旗帜鲜明。但我们认为,在教科书的界面上,作者个性的“淡出”恰恰是一个惠及读者的优点。作者个人一己的理念、学术、观点在教科书之中的“淡出”,是有助于如今已然是复数形态的文学理论之多声部的展示与检阅的。再说,作者的这一“淡出”,也不一定就意味着作者个性的“模糊”甚或“价值取向”的“含混”。

其实,作者有意识地定位于一种开放而包容的立场——对各种彼此对立的观点均予以极具分寸的、兼收并蓄的一一陈述,在很多情形下是“述而不作”,宁愿让读者自己去作判断;或者是对一些美学学说、艺术现象——譬如说,对于产生出“非古典型”“世界图景”的后尼采美学、后现代文学、非传统的阐释学——相当温和而谨慎地给出他自己的评价。这种姿态,并不是相对主义,而是作者在践行他对那种非此即彼的独白主义之自觉的超越,体现出作者对那种自居为真理占有者和终结者的“学霸作派”之陷阱的警觉。

总体看来,哈利泽夫并没有急于乐观地接受相对主义之狂欢般的喧闹,而这股喧闹是席卷了20世纪末的人文学科的整个世界的。细细品味,对于"古典型"的"世界图景"的缅怀,对于人格主义者价值取向的推重,对于以伦理上的普适共通性之牺牲为代价的唯美主义的拒弃——这样的一些洋溢于这本教科书字里行间的精神气息,一再表明作者在许多方面乃是同20世纪初俄罗斯的哲学—美学的传统血脉相连的。"如果说,传统阐释学所致力的目标在于将他者融化于自身,在于获得互相理解和契合,那么,'新'阐释学则更偏爱对它所考量的表述(话语)傲慢不屑、满心怀疑,也正因为如此,它有时会转变成对潜藏在意识深处的、深藏在内心的隐秘之物的偷窥,这在道德上并非是无可指责的。"[13]我们尽管可以不同意作者的这番评点,甚至由此可以断定作者更像是大开放时代里的一个保守主义者,但是,这种远非一味地追风弄潮,而是在开放中有所恪守的立场,应当说是一个文学理论家、一个人文学者应当具备的品格,更是一位《文学理论》教科书的作者必须具备的素养。

尽管许多论题或论题的不同界面还只是点到即止,但哈利泽夫这本新编《文学理论》不囿于一家一派而海纳百川的开放眼界,无意立一家之言而倾心于学科建设的学术选择,尤其是致力于文论的现代性水平和科学性程度之双向提升的学术取向,堪称是今日俄罗斯文论界在"开放"中有所"恪守"这一学术氛围的一个缩影、在"解构"中有所"建构"这一学术理念的一个结晶。

如果说,瓦·哈利泽夫的《文学理论》还是比较传统的大部头教科书,那么,今日俄罗斯也出现了一些篇幅不大、观点鲜明、带有导论性质的"文学理论"教材。不过80页的《艺术话语·文学理论导论》和总共192页的《艺术分析学·文学学分析导论》[14]就是近年颇为流行的两种。这两本教材的作者瓦列里·秋帕教授,是格·波斯彼洛夫与瓦·哈利泽夫的学生,又熟悉米·巴赫金和尤·洛特曼的学说,曾留学巴黎,在朱莉娅·克里斯蒂娃门下进修文论,在西伯利亚一大学多年主编《话语》,主攻"新修辞学",后被新建立的俄罗斯国立人文大学作为新锐人才引进莫斯科,现在是俄罗斯国立人文大学"理论诗学与历史诗学"教研室主任,是近十多年来在俄罗斯高校文学理论界十分活跃、富有创见的领衔学者。《艺术话语·文学理论导论》是作者给高校文科教师和研究生授课的讲稿,阐述"文学三性",即文学的符号性、文学的审美性、文学的交际性。具体展开路径是:作为派生符号系统的话语艺术——艺术文本的结构;作为情感投射的话语艺术——艺术性的样态;艺术书写的策略——艺术性的范式。这在理论视界上可谓别具一格。《艺术分析学·文学学分析导论》是这位教授为高校文论专业教师开设的讲座讲稿，它在文学作品分析上提供出一种具有独创性的方法学。作者将文学看成一种艺术现实，来探讨其在文本与意蕴之间的本体状态，致力于对文学作品加以多视角而言之有据的分析、多层次而具体入微的阐释。作者以俄罗斯文学经典作品为例来演绎自己的理论，在具体操作上深入浅出，努力克服文论教学常常高头讲章的毛病，深得学生和教师的欢迎。

瓦列里·秋帕的这两本篇幅不大的"文学学导论"，像瓦连京·哈利泽夫的大部头《文学理论》一样，同样可以作为今日俄罗斯文论在"开放"与"开采"中自我更新这一学术追求的一个印证。

（作者单位：黑龙江大学俄语语言文学研究中心/
中国社会科学院外国文学研究所）

注 释

〔1〕 伊·彼·伊里因：《文本间性》，《20 世纪西方文学学大百科》，E. A. 楚尔加诺娃主编，莫斯科：Intrada，2004 年，第 164—166 页。

〔2〕 尼·特·帕赫萨尼扬：《法兰西学界当代文学学危机的评价》，《迈入 21 世纪的文学学》，莫斯科大学出版社，1998 年，第 117—121 页。

〔3〕 瓦·叶·哈利泽夫：《文学学导论》，周启超、王加兴等译，北京大学出版社，2006 年，第 6 页。

〔4〕 莉·瓦·契尔涅茨主编：《文学学引论》，莫斯科高校出版社，2004 年，第 9 页。

〔5〕 格·尼·波斯彼洛夫主编：《文学学引论》，莫斯科高校出版社，1976 年初版；后来稍作增补，于 1983、1988 年两次再版；中译本为《文艺学引论》，邱榆若译，湖南文艺出版社，1987 年。

〔6〕 莉·瓦·契尔涅茨主编：《文学学引论》，莫斯科高校出版社，2004 年，第 5 页。

〔7〕 亚·维·米哈伊洛夫：《当代文学理论的若干问题》，《语境·1993》，莫斯科科学出版社，1996 年，第 12 页。

〔8〕 谢·尼·森金：《理论札记》，《新文学评论》，莫斯科新文学评论出版社，2002 年第 1 期。

〔9〕 瓦·叶·哈利泽夫：《文学学导论》，第 298—306 页。

〔10〕 参见《莫斯科大学学报·语文卷》2003 年第 5 期，第 205—209 页，莫斯科大学出版社，2003 年。

〔11〕 格·尼·波斯彼洛夫：《文学理论》，莫斯科高校出版社，1978 年。中译本为《文学原理》，王忠琪、徐京安、张秉真译，三联书店，1985 年。

〔12〕 瓦·叶·哈利泽夫:《文学理论》第四版,莫斯科高校出版社,2004年,第11页。

〔13〕 同上书,第133页。

〔14〕 瓦列里·秋帕:《艺术话语 ·文学理论导论》,特维尔大学出版社,2002年;瓦列里·秋帕:《艺术分析学·文学学分析引论》,俄罗斯国立人文大学出版社,2001年。这两本书的中译版权,已由北京大学出版社购得,列入周启超主编当代国外文论教材精品系列第2辑。

视觉文化介入文学史的方式及其影响

刘 琛

内容摘要：视觉文化的出现，对于印刷文化时期传统语言文化和艺术的冲击是巨大的。视觉文化的发展极大地影响了传统文学艺术的创作与接受，并可能衍生出一些新的艺术表现形式。毫无疑问，视觉文化已经介入到文学叙事的生成与生长，它还将消融并不断延展文学叙事的边界，并将使当代文学史的研究别开生面，为当代文学的发展拓展更大的空间，从而使得当代文学史呈现出更多的历史透视的可能性。视觉文化介入文学史的生成与发展的可能性是无穷尽的，它为我们展示了一个诱人的前景。文学史研究本来就应该是多元的，可以综合运用多种方法论，对文学的历史解释也同样应该是百花齐放的。大力推进文学史的视觉文化探索，对推进文学史的研究具有相当重要的积极意义。

关键词：视觉互涉　视觉文化　文学史　断章

Abstract: The emergence of visual culture has a profound impact on language, culture and art in their traditional sense in the age of printing. It not only influences the ways in which traditional literature and art are produced and received, but also brings into being some new art forms. Undoubtedly, visual culture has been involved in the origin and growth of literary narration. Continuing to dissolve and expand the boundaries of literary narration, it will widen the horizon for research on the history of contemporary literature and brings about broader historical perspectives. There are endless possibilities for the involvement of visual culture in the origin and development of literary history, which in turn presents to us an exciting prospect. Considering the variety of methodologies employed in the study of literary history, the exploration of visual culture as a perspective may play a significant role in the development of studies in this field.

Key words: intervisuality; visual culture; literary history; episode

传统的文学史研究，总是以文学作品——作者——意识形态环境——社会经济环境这样的逻辑线索展开。虽然当代文学研究越来越呈现出文化研究的走向，已经不再仅仅将孤立的文学作品看做文学史的核心，而且关于文学的边界问题、文学是否已经消亡等命题的讨论也的确触及到了当代文学研究和文学史研究的软肋，但是，在当代文化多元化和对话主义的背景下，视觉文化介入当代文学史的种种方式及其影响，却仍然没有引起文学理论界足够的重视。

我认为，视觉文化已经介入到文学叙事的生成和生长，它还将消融并不断延展文学叙事的边界，并且它将使当代文学史研究别开生面，为当代文学的发展拓展更大的空间，从而使得当代文学史呈现出更多的历史透视的可能性。本文正是从这一基点出发对之进行初步的理论探讨。

一、视觉文化介入文学史的方式

我们首先要关注的一个问题是，视觉文化是如何介入到文学史的生成中的？

在当代文化和文学研究领域，人们早已认识到视觉文化对传统的语言文化的影响和冲击，当代一些文化研究者用“读图时代”来概括总结人们对于当代文化特点的认知，认为人们对文学作品的认知和解读需要视觉的参与。这种看法和主张已经影响到了文学作品和文学类图书的出版和发行，在文学作品类的图书中，大量运用图片的做法就是这种看法的商业注脚。但是，视觉文化介入到文学史的发生和发展过程并不能简单地以“读图时代”这一名词加以解释。因为，视觉文化介入文学史的路径远非以图配文这样单一；其影响也绝不是简单地用“读图”辅佐甚而取代“读文”。

其实，视觉文化要介入到文学史的发生和发展过程中，影视改编是最初的也是最原始、最快捷和最容易实现的方式。

电影、电视作品的重要创作来源是根据文学作品改编。从传统的文学作品或者经典文学作品中寻找故事然后通过电影语言再次叙述这个故事，这已经是世界电影史上重要的电影创作手法和手段。早在1900年，法国人乔治·梅里爱就改编了安徒生著名的童话作品《灰姑娘》并获得了巨大的成功。世界电影史的发展也说明，一些经典的电影作品往往都来源于一个经典的文学文本，例如黑泽明的《罗生门》、科波拉的《教父》和《现代启示录》、斯皮尔伯格的《辛德勒的名单》都是文学的电影改编的成功案例，此外《乱世佳人》、《美国往事》、《法国中尉的女人》、《克莱默夫妇》、《走出非洲》、《甘泉玛侬》、《岸》、《阿甘正传》等影片也改编自经典或流行的小说作品。我国许多优秀的、在社会上具有较大影响的影片，大多改编自一些较为优秀的中篇小说，如《天云山传奇》根据鲁彦周的同名小说改编；《被爱情遗忘的角落》根据张弦的同名小说改编；《人到中年》根据谌容的同名小说改编；《红衣少女》根据铁凝的小说《没有纽扣的红衬衫》改编；《芙蓉镇》根据古华的同名长篇小说改编；《老井》根据郑义的同名小说改编；《秋菊打官司》根据陈源斌的小说《万家诉讼》改编；《我的父亲母亲》根据鲍十的中篇小说《纪念》改编；《生活秀》根据池莉的同名小说改编。此外还有《赤橙黄绿青蓝紫》、《牧马人》、《人生》、《高山下的花环》、《那五》、《野山》、《黑炮事件》、《良家妇女》、《红高粱》、《大红灯笼高高挂》、《菊豆》、《红粉》、《香魂女》、《顽主》、《永失我爱》、《阳光灿烂的日子》、《活着》、《幸福时光》、《鬼子来了》等等，都改编自文学作品。

文学史上的伟大作家如莎士比亚、雨果、小仲马、巴尔扎克、狄更斯、奥斯丁、托尔斯泰、海明威、高尔基、曹雪芹、施耐庵、鲁迅、老舍等人的作品都曾经反复地被搬上电影银幕和电视荧屏，而且有些作家颇受影视改编者的偏爱，他们有不止一部作品被改编成各种形式的影视作品。在当代文学史的发生发展中，这种现象更是常见，例如在中国当代文坛上，著名作家苏童、池莉、刘震云、余华等都有多部作品被改编成电影和电视剧。

二、影视改编是视觉文化对文学史断章似的解读

经由这种解读，视觉文化对文学史进行了一种影像的建构。

所谓“影视改编是视觉文化对文学史断章似的解读”，主要基于如下两个层面的考虑：

首先，影视改编只能选取文学史上浩如烟海的文学作品中极少数的特定对象加以阐释，被视觉文化用影视改编的方式再次呈现的文学作品，往往是文学史上各个时期具有代表性的作家的代表性作品，这就决定了视觉文化对于文学史的建构不是宏观把握，也不会预设一种先在的宏大历史观念，因此，通过影视改编建构起来的视觉文化文学史无法追求全面、完整，而只能从某个特定视角出发，例如，从某个具体的导演或者改编者的角度，来透视文学史的发生和发展。因此，可以说，影视改编对于文学作品有目的的选择和重新演绎，决定了视觉文化将文学史分割成“断章”来进行解读的行为。从一个层面来看，这样的解读是对于文学史的割裂，但是，从另外的层面来看，这样的解读又可以构成文学史研究的另外的线索，例如建立文学作品的影像史或者特定作家的作品影像史。

其次，影视改编对文学史的贡献并不仅仅是通过创作上的选材凸显了一部分文学作品和作家的文学价值，实际上，影视改编对文学作品的再次阐释，也是对文学史的一种建构，是建立在解读基础上的建构。

以文学作品中的文学形象为史，可视为视觉文化对文学史建构的一种尝试。因为影视改编不仅仅是将文学作品变成了视觉呈现，最重要的是，通过影视作品在观众中完成了的流通过程，同步完成对文学作品中文学形象的固化和定格，并且反过来影响影视作品的观众主动成为文学作品的读者，这样便对影视作品所阐释的文学形象产生阅读中的审美心理期待。

我们可以用一些文学名著改编的例子来具体阐释这一过程：中国古典文学作品四大名著——《水浒》、《西游记》、《三国演义》和《红楼梦》都塑造了若干性格特点鲜明、人物形象栩栩如生的典型人物，这些文学形象经由影视作品的改编，尤其是成功的影视作品改编，其特点被明显地具体化、模式化和固化了。

例如《红楼梦》中的林黛玉、王熙凤和贾母的形象，《水浒》中的潘金莲和王婆的形象，《西游记》中唐僧、孙悟空、猪八戒和沙僧的形象，《三国演义》中诸葛孔明和曹操的形象等，都是文学原著及其影视改编作品所着力刻画的人物形象。当这些文学形象与演员形象结合起来出现在电影屏幕或者电视荧屏上时，它们的某种规定性也被悄悄地制定出来。我们可以看到，演员六小龄童对于角色“孙悟空”的界定意义是如此巨大，以至于很难再找到其他演员重新演绎这一角色。“林黛玉”的历任扮演者在外形上也具有一定的继承性，因此，当新版的电视剧《红楼梦》海选演员时，几乎所有的评论都以前几任“林黛玉”为模板和参照系。这样的现象在其他成功的文学作品被成功地影视化之后也同样普遍存在。

而文学的语言特性，则决定了文学形象在审美空间拓展上的无限性。因为文学语言以描述性见长，这就决定了文学形象的呈现要经过读者的联想和想象。因此，同一个文学形象在不同的读者的联想和想象过程中往往产生千变万化的变体，这早已经是文学研究中的定论。而文学形象一旦被影视化，就会产生一种悖论：越是成功的影视化人物形象，越难以实现这个形象的文学性，亦即其文学形象的审美空间越发局限、审美衍生可能性越发微渺、审美接受越发模式化。由此，影视改编成功地将文学形象予以视觉固化，进而影响到观众（同时也是读者）和潜在的改编者对于文学作品的理解，限制了对于文学作品阐释的多样化。

因此，影视改编对于文学形象的作用或者说影响，不能只被看做是一个影视创作中的具体问题而加以研究，它同样是一个文学形象的变体衍生的文学问题，因而也必将是一个文学史所无法绕开的问题。

显然视觉文化对文学史的观照和把握集中在某些相对说来比较具体的作品或者文学形象上，在视觉文化视野中的文学史，往往是一些特定的文学史实，但对这些具体的文学史实所进行的反复和深入的影视改编，从各个不同的改编者的角度透视文学世界，就是一种个性化的阐释，它必将呈现出艺术阐释的具体性和多样性，也将影响到当代文学史的叙事方式的深入拓展。因而视觉文化通过影视改编所建立起来的文学史便带有视角主义的特征。不过，就视角主义所强调的是关注从不同视角对同一景观的多重审视这层意义上说，影视改编恰好可以为文学史提供对同一文学作品进行文字语言和视觉语言多重阐释的理论视野，而且应当注意的是，由于影视改编具有自己固有的技术等特性或者局限，其视觉语言的阐释内部往往是存在差异甚或颠覆的。

换言之，视觉文化对文学史构建的基本思路乃是小题大做。从断章进入，选取某个相对说来比较具体而又比较独特的视野来点观文学史，这无疑可以推进当代文学史的进步。

当然，影视改编必然对文学作品进行重构，而这种重构的消极意义不可否认，最为人诟病的是影视改编出于技术要求及编导的主观原因而对于文学文本的情节或结构的任意删减、增加或借他人杯酒浇自己块垒似的置换。例如王家卫的电影《东邪西毒》就是后者的典型代表。这部电影虽然改编自金庸的武侠小说，但它所呈现出来的武侠世界全然不同于小说家笔下的武侠世界，电影中的“东邪西毒”们都是王家卫风格的、为情所困的现代人，而不是金庸世界中生活在刀光剑影中快意恩仇的古典侠客形象。这样的改编，已经不是一般意义上对文本内容和情节结构的删减和增添，而是一种置换。

而电影《夜宴》对传统名著《哈姆雷特》、《满城尽带黄金甲》对中国话剧名篇《雷雨》的重构，显然也是一种置换，不过，这种置换仅仅是一种形式上的置换，例如《夜宴》将《哈姆雷特》、《满城尽带黄金甲》将《雷雨》的人物和生存年代置换为中国人和中国古代乱世。比起王家卫的《东邪西毒》，二者更应该被视作影视改编，《东邪西毒》则接近于创作了。虽然这种对经典文本极具个性的视觉叙述和解释可能为传统的文学读者所难以接受，但是毫无疑问，它也同时启示我们，视觉文化也许可以为个性化的文学史研究创造广阔的空间。因为这种个性的发现更接近于对文学作品的创造性解释，文学作品——尤其是经典文学作品的审美空间的极限也会不断被发现和开掘。这正是文学史研究的重要命题。

三、视觉文化对文学作品创作的影响

语言研究已经是文学史研究的重要方面，随着影视改编的发展，视觉文化介入文学史的生成和发展也已对文学作品的语言实践产生了巨大的影响，而且这些影响已经开始在文学史实践中显现和常见，一些当代文学作品的叙事方式越来越明晰地反映出传统文学对视觉思维的借鉴和运用。

当代文学一个很明显的特点是，文学作品越来越趋近影视的制作模式，文学创作中，越来越多地呈现出图像思维的特征——客观展示、空间感和运动感。

例如，视觉文化的冲击使小说由对时间逻辑关系的关注转为对空间场景变化的关注，当代文学逐渐呈现出一种更为明显的空间化倾向。因此，在当代文学作品中叙事往往以一个个空间场面的并置和拼贴代替传统叙事的连续性，追求一种情节上的破碎感。当代小说所表现出的这些空间化的特点无疑为它改编为电影提供了方便，因为空间化的情节设计和叙事结构能很好地适应电影空间场景转换的必然要求。

当代作家虹影的小说《K》的第一章，就是这样一个空间场景不断转换的例子。在这一章的开篇，作者首先交代了小说男主人公朱利安·贝尔(当然,在文中一开始并没有出现这个名字,而是以“他”来指代的,这一点也像极了电影的通常做法——让观众首先追随摄影镜头,然后发现事实真相)参加1937年7月西班牙战争的场景。即使在这一个小场景中,也包含了几个空间转换的场面:7月6日布鲁奈特战役——他躲过飞机追袭——7月18日他又一次躲过飞机——同时正在召开的马德里世界反法西斯大会——他被飞机炸弹炸伤的场景——英国医疗队救治场景——主治医师签死亡证明的场景——医生回忆中朱利安在家中的场景。

在这一系列场景的变化中,作者交代了主人公的死亡以及他的姓名、家世背景和可能拥有的生平,而这一切完全是用电影蒙太奇的手法、不断变换小说空间来表现的。在这一章中,有对战争场面的展示,有对同时召开的会议(表明主人公不是一个普通的战士)的介绍,有护士对死者(朱利安)的发现(侧面透露或者说预示小说的内容),有医生对死者遗物的检视和感叹(透露小说两年前的中国背景),有医生的回忆(交代朱利安的家世背景)。这些场景的交织,已经像一场电影的开场一样,在小说情节还没有正式展开之前,铺设了若干线索,或者说,通过这样一段蒙太奇般的文字,读者不是读出了一些情节,而是“看”到了一个即将展开的浪漫故事的线索。

例如下面一段描写“他”逃避飞机炸弹的场景:

> 笔直的小路太窄,无法曲折前行,两边田野太暴露,已来不及撤下伤员。他只能大踩油门,拼命加速,仔细辨听飞机的狂吼声,在俯冲到底最后的一刹那,他突然狠踩刹车,自己一埋头俯身在座位上。随着刹车的尖叫,两颗炸弹落在汽车的正前方,爆炸气浪几乎把车掀翻,弹片打烂了引擎。水箱破了,蒸汽带着嘘叫乱喷。

在以上这段描述中,作者描绘了小路、田野、主人公在驾驶室、炸弹爆炸、水箱破损等好几个画面,就像几个正、反打镜头的来回交叉变换,使读者的视线不断追随作者所刻画的场景,真切地体验到主人公在战争场景中的生存状态。

正如加缪所说:“因为我们的视线可以改变,所以我们同时可以处在许多世界里。实际上这就是电影的主要空间特性,电影通过将瞬间延伸为无限而完全淹没了时间概念:正反打镜头的技巧,就是这样,我们可以在小说中找到其有趣的对等形式。"[1]其实,我们此处使用当代作家虹影的作品,仅仅是希望能够说明问题。在文学创作中借鉴电影思维,尤其是借鉴蒙太奇的手法,已经是当代文学较为常见的现象了。如果要在具体的小说作品中寻找这样的例子,恐怕不胜枚举。

例如,中国当代学者徐巍指出:"多斯·帕索斯、斯坦贝克和罗伯-格里耶是利用他们的摄影机眼睛来完成小说的外部戏剧化,他们偏爱可见的动作和表面的描写,喜欢采用一种排斥对内心状态的深入分析和任何形式的主观评论的视点。海明威借助于第三人称视点的叙事灵活性来将电影中的交叉剪接技巧转化为文学蒙太奇。最明显的,莫过于乔伊斯、吴尔芙等意识流作家,借鉴了电影中镜头的切割、淡出淡入等手法,将内心独白和全能视角的交叉替换用文字图像表现出来,以一种视觉图像无法达到的心灵的内在真实改写了文学真实的定义。而福克纳以其时间感和笔下的同时性效果,实现了电影化的追求。"[2]因而,正如爱德华·茂莱所强调的那样,"电影显然对小说(包括长篇和短篇)有巨大的影响。如果要使电影化的想象在小说里成为一种正面的力量,就必须把它消解在本质上是文学的表现形式之中,消解在文学地'把握'生活的方式之中。换句话说,电影对小说的影响只有在这样的前提下才是有益的:即小说仍是真正的小说,而不是冒称小说的电影剧本"[3]。

其次,追求叙事中的运动感。正如爱德华·茂莱所指出的,"电影化视像促使小说充满运动主题,这种运动不是简单地从一点到另一点的移动,而是模糊而复杂的感知。借助主题的运动,客体也活动起来。通过摄影工具特有的动力性,运动可以与静止相关联,观众对这种超出日常视觉经验的感知倒也见怪不怪。由此产生了一种小说笔法,它不再忠实摹仿'一个固定不变的存在',而是力求把握事物间这种不断变化的波动关系。众所周知,世界的再现形式至今还严格取决于某个确定的视点,一个位置固定的观察者的视点。当这位观察者与他认为的被观察的物体同处一个运动世界时,他所体现的和用以界定物体的一整套稳定的参照体系便告瓦解:因为观察本身已经受到影响,享有注视客体特权的不同于客体的主体概念也随之受到损害"[4]。

《芙蓉镇》的作者古华则从读者对文学阅读的感受出发,指出当代文学作品对节奏和运动感追求的必然性,他认为,在当代科学文明突飞猛进的现代化社会背景下,人民的生活速度和节奏都明显地加快了。因此"人们越来越讲求效率和色彩。假若我们的文学作品还停留或效仿 17、

18世纪西方文学的那种缓慢的节奏、细致的刻画，今天的读者（特别是中青年读者）是会不耐烦的"[5]。高行健也指出："电影技术的发展对现代小说的读者的审美能力影响很大。现代读者在阅读文学作品的时候，往往不自觉的被由电影培养起来的审美习惯所左右。他们对冗长的环境描写和静态的叙述感到烦腻，希望文学作品多提供活的画面，也就是一个个相互连接的镜头。他们对无止境的、烦琐的心理分析也不耐烦，要求作者更为准确地抓住人物瞬间的精神活动。"[6]

除了对运动感的追求，一些电影化的手法和技巧，如平行剪辑、特写、淡入淡出等手法也开始运用到文学创作中来。"随着电影在20世纪成了最流行的艺术，在19世纪的许多小说里即已十分明显的偏重视觉效果的倾向，在当代小说里猛然增长了。蒙太奇、平行剪辑、快速剪接、快速场景变化、声音过渡、特写、叠印——这一切都开始被小说家在纸面上进行模仿。"[7]因此，视觉文化所呈现出来的视觉思维也越来越多地影响了传统文学的思维模式。

我们还可以看到，在视觉文化的冲击下，电影、电视、绘画等视觉文化的表达方式对当代文学的语言产生了影响和渗透，使文学作品尤其是小说语言呈现出对电影、电视、摄影、绘画等视觉文化策略的借鉴和综合，追求奇观展示、追求运动感的特点。当代小说语言越来越多地改变了传统语言艺术以叙事描写为主的模式，取而代之以一种客观物象的呈现，并进而追求视觉刻画上的逼真感。而且，作家在小说中开始避免使用夹叙夹议的写法，甚至传统的抒情手法也被省略了。文学艺术中开始出现了大量的模仿画面语言的写作，有意识地在小说中营造一种画面感、动态感，描摹生活中的色彩、声音等等，以达到客观呈现的效果。中国当代作家姚雪垠在谈及《李自成》的创作构思时指出自己受到了电影思维的影响："我吸收的不限于《红楼梦》和西洋小说的长处，还吸收了电影、戏剧手法。如刘宗敏跃马跳汉水，就吸收了电影手法"，"电影的画面美，对我有启发。写刘宗敏跃马渡汉水，我先在几个地方作了铺垫：万里无云，蓝天如水，碧绿的汉水，对岸的白沙滩，都是为了衬出白马，衬出马上的将军，使画面显得很美"。[8]

受当代视觉文化的影响，当代小说还尽力使用视觉造型动作来展现人物，而不是采用一些主观的感受或抽象的评论来表现人物。作家对人物的外貌往往不加刻画，完全通过其行动和语言来展现人物，极少心理描写。因此，在这些小说中，人物是以其特有的、自己的语言和动作来展现自己,而不夹杂作者主观的抒情和议论。因此,当代小说中若干栩栩如生的人物形象,是"自己"生动地展现在读者面前的。这种展现,与电影电视中人物角色的展示是很相近的。因为,视觉文化的观众的主动性总能被调集起来,通过自己的观察(当然这是一种被设计的主动观察)来获知、分析、辨别叙事中的人物角色,因此,在视觉文化的叙事展开中,观众是可以参与到叙事结构中来的。与此相适应,当代小说对视觉文化的借鉴已经使读者在某种程度上获得了观众的感受。

塞米利安说过:"技巧成熟的作家,总是力求在作品中创造出行动正在持续进行中的客观印象,有如银幕上的情景。"[9]当代作家冯骥才也曾谈到:"对于我的小说,往往至关重要的是一个独特又具体的画面。像《高女人和她的矮丈夫》——高女人死掉后,每逢下雨天气,矮丈夫依旧习惯地半举着伞……我写其他作品也是这样——习惯于把想象出来的变成可视的;环境的空间境象,全部历历在目,甚至有了光、影、色调,我才下笔,并且尽力用文字把它们描写出来,使人想到这画面。"[10]

应该指出,当代小说在追求语言描写的镜头感和画面感方面主要表现在对读者(对应于电影、电视等的观众角色)视线的追随,这种对视线的追随是用文字表现出来的对镜头的追随,本质上是对客观展示的追随。这种描写往往真实具体,完全浮现出现实世界生活的本来面貌和人物的本真形象,而尽量不掺杂作者任何的主观情绪或修饰。这样一来,我们可以发现,在电影、电视、网络视频的银幕、荧屏和界面中的镜头是对情景的视觉切分和组合,小说中由文字构成的叙述场景同样也是对一个具体视觉对象的符号投射,这种描述手段一旦得到强化和凝聚,那么由文字符号所构建出来的视觉意象就在读者的想象和联想下重新生成一连串清晰的画面形象,而这正是视觉文化的思维模式。

视觉文化对文学创作的影响也直接反映到文化出版方面。文化出版业对视觉思维的重视首先表现在影视同期书的现象上。例如电视剧《大雪无痕》、《红色康乃馨》、《大宅门》以及电影《幸福时光》等播映后,同名小说成了书店的畅销书。电影《手机》的全国票房突破了 4500 万人民币,创了冯小刚电影的最高纪录;与之相关,小说《手机》的发行量则超过 20 万册,也创了刘震云小说的最高纪录。

此外,近年来,一些出版商们紧紧抓住市场热点,把一些正在热映的电影和电视剧迅速改编为同名的小说,于是出现了一种新的现象——影视作品的小说化。如贺岁电影《一见钟情》、《天下无双》、电视连续剧《太平天国》等都推出了小说版。利用视觉文化作品的品牌效应,再形成小说与视觉文化的互动,在西方早已形成惯例,尤其在好莱坞更是极其自然的事,从《真实的谎言》到《泰坦尼克号》等等无不如此。所以这一现象的出现也标志着中国的文化产业在日趋成熟。但是剧本化小说或者说"剧本后小说"的文学水平往往大打折扣,它们一般仅仅成为了视觉文化的故事大概和内容说明,因而完全是一种满足视觉文化观众的需要而出现的消费性文化产品。

因此,在文艺创作过程中出现了影视"逆创作"的现象。影视作品不再或不主要依靠文学脚本的存在,而是先拍成影视作品,而后根据影视作品的内容编写小说,即出现了我们目前看到的所谓的"电影小说"和"电视小说"。因此在当代,视觉文化使用视觉影像占据文化传播的主导,小说的创作中也出现了完全满足视觉文化的需要,而对视觉效果亦步亦趋的潮流。甚至有些小说创作不惜放弃自身的独立性,而以追求大众化和娱乐化为目标,成为视觉文化的附庸,小说于是也仅仅沦落为了视觉文化的脚本。事实上,这类小说的特点在于:"肤浅的性格刻画,截头去尾的场面结构,跳切式的场面变换,旨在补充银幕画面的对白,无需花上千百个字便能在一个画面里阐明其主题。"[11]这些"电影小说"和"电视小说",必须首先满足视觉文化的需要,因而注重的是画面、故事和人物,节奏变化要追求快速,尽量使人物的心理以可视化的动作表现出来。这些小说已经失去了小说艺术原本意义上的追求,自然成为小说发展的末路了。于是小说变成视觉文化的一部分,或是视觉文化的剧情和内容大意,而一些作家就直接写视觉文化剧本而放弃了小说创作。这些作家只能是作为视觉文化编剧存在,而不是作为小说作家存在。

四、视觉文化影响读者对文学作品的阅读、解释和接受

从读者的阅读角度或接受角度来研究文学作品,是文学史研究的一个有效的角度。因为读者的阅读和接受过程反映了文本的文学价值、社会影响,读者的期待视野与审美情趣也可以从中得见。

德国文学理论家尧斯倡导了20世纪的一次重大文论转向——即接受美学和读者反应批评。他指出,读者、听者、观众的接受因素也是文学的一个维度,如果不重视文学的接受和影响之维,把文学事实局限在生产美学和再现美学封闭的圈子内,这样做便使文学丧失了一部分功能。

"只有作品的延续不再从生产主体思考,而是从消费主体思考,才能写出一部文学与艺术的历史,而文学史就是作品的接受史。"[12]因此,重视读者、听众、观众,才能真正实现文学作品的全部审美功能。

与尧斯所倡导的接受美学和读者反应批评相对应的,是当代文化生产中对于文化受众的接受反应的重视。例如,所谓"读图时代"所表征的现象就是在当今视觉传媒势头强劲的形势下印刷媒介为了生存和抗争,而不得不作出一种努力和妥协——图书报刊的"视觉化"。但是,"具有讽刺意义的是,为了迎合当代受众的习惯和口味,这种抗争却不得不采取一种向电视举手投降的姿势。在这种奇怪的机制下,电视对于现代人的读书生活的影响无形中被加倍:它一方面夺去了人们大量的阅读时间,另一方面又迫使印刷媒介也去模仿它的样式,让人们在本来已经大为减少的阅读时间里还是摆脱不掉电视的魔影"[13]。这一方面说明即使在视觉文化内部,电视等电子影像所表现的强大的影响力也还是构成了对于印刷文本的冲击,也从另外一方面说明电视等电子影像对于观众的反馈的接收是比较及时的。图书出版和报刊杂志之所以不断在对"视觉化"妥协,也同样是出于对文化大众审美接受的考虑。

因此,在当代文化生产中,图文并茂的要求,已经不再仅限于儿童启蒙类教育图书、科学普及类或艺术史类图书,而是几乎对所有图书的要求。传统的小说或散文类图书中也有插图,但是当代的插图已经可以当做另外一个阅读的文本,而不仅仅是小说内容的附庸。插图可能在内容和形式上与文学文本一点关系也没有,或者有关系,但是更像是参照文学内容而进行的另外一次创作。在这样的文本里,文学文本与图像文本可以并置或对话,甚至表现出一定的疏离与抗拒,更有甚者,削弱或解构了文学文本的意义。作家林白的小说《一个人的战争》的最新版本中,运用了大量后现代画家的作品,这些画面在表现小说对女性成长心理的辅助方面可能有一定作用,但是,如果脱离开小说,图像本身的意味也很丰富,这样插图本身就构成与小说文本并置的一个意义系统,而且这两个意义系统之间有着一定的距离,要理解这个图像文本如何解释小说文本,读者必须从小说文本中寻找意义以及小说文本的意象,在这个消弭审美距离的过程中,林白的小说文本更像是这些画面的"插图",小说充当了电视主持人或纪实电影的旁白语言,不断地打断我们对画面的审视和解读,指示我们该如何理解画面中那些晦涩但是耐人寻味的形式。

比起图文并茂类图书,图说类图书中图像的表现更像是一种独白,语言充当了图像的注脚。这在一些老照片和历史照片的展览中经常可以看到。文字指示了解读图像的途径,但是退隐到解读的背后。电视散文的制作类似于这种图说。散文作为文本的意义退到了后台,人们的情感意象通过结合了音乐的画面而激发。画面自己拥有的逻辑,带动了观众的解读,不时响起的画外音,将散文文本的语言转换为声音注脚。

虽然在影视发展初期,电影和电视剧往往从文学作品中寻找题材,影视作品的影响力在很大程度上需要借助被改编的文学母本的影响力,许多观众往往是出于对文学作品的喜爱而走进影院,但是现在,“文学名著不断被拍成电视连续剧,越来越多的人乐于通过看电视剧而不是阅读来了解这些名著。……小说家期待着电影导演的青睐。电影无疑捧红了一些作家,如今的法则是作家借电影来‘增势’,借图像的力量为文字壮胆”[14]!八九十年代以来,《红楼梦》、《水浒传》、《三国演义》、《西游记》、《封神演义》、《聊斋志异》、《桃花扇》、《西厢记》等古典文学名著纷纷被改编为电影和电视作品,引发了大众对古典文学作品的重新关注和热读。而像《围城》、《金粉世家》、《边城》、《子夜》、《月牙儿》、《啼笑姻缘》、《京华烟云》、《骆驼祥子》、《四世同堂》、《十八春》、《金锁记》等现代经典小说的影视改编,也激起了观众对钱锺书、沈从文、张恨水、林语堂、老舍、茅盾、张爱玲等作家的极大兴趣,使观众变成了读者——从对于影视作品的关注重新回到对小说语言文本的阅读过程中。在这样一个过程中,由于特定历史时期的政治文化背景给一些作家作品造成的影响,借助了视觉文化的力量而得到改变。例如当代读者对于张爱玲、沈从文、张恨水等作家及其作品的重新关注以及重新定位,就很能说明问题。

因此,从积极的意义上来说,视觉文化对经典文学文本的介入以影视改编的方式促进了语言文本的流通和传播,扩大了它们的影响,使得更多的受众能够接触并了解到这些对于当代读者来说有了一定时间距离的文学创作,甚至有可能加深对这些作品的理解(因为影视改编本身就是一种编导,也是演员对于文学作品的解读)。

五、视觉文化促使传统文学艺术转型,催生新的文学艺术样式

90年代初“新状态小说”的倡导者曾说:“作家在这个时代实际已经死亡,或者说作家已转化为小说家,而小说家亦可以有闲暇来关心自身的生存状态、心理状态、创作状态,他们不必以自己的写作去对应这个民族

的生存，一种摆脱政治文化干系的小说家正在诞生，他们可以议论政治、社会，但不需做社会的良知、生活的治疗者和灵魂的工程师，因此不必微言大义影射万千，不必向社会提供象征性的真理。他们有时间也有理由为自己写作了，这便是知识分子叙述人的诞生。”[15]

这个观点也可以说明后现代艺术转向内心和情绪的心理动因。银版照相技术的发明，使写实主义的绘画失去了优势甚至是阵地，因为画笔再精致的描绘，对于摄影来说，都是瞬间可得。而且，随着数码合成技术的发展，图像的不完美还可以得到精确的修正，因此，就反映现实来说，传统的绘画艺术形式的衰退也是必然的。但是，这种艺术形式的退役也解放了画家。因为绘画不必再承担描摹现实和反映现实的功能，画家可以转向自己的内心和自我，放弃写实，转而表现内心，甚至表现为一种游戏。在这个转化的过程中，一些新的艺术形式可能被催生出来。像西方的超现实主义绘画、神奇现实主义绘画和怪诞现实主义绘画都不再描绘现实世界，在这些流派的画家的笔下，观众看到的是他们的哲学观念，是想象，是梦呓。

我们完全可以期待，在当代视觉文化的语境中，视觉文化对于催生新的情感表达方式和审美接受方式可能施加的积极影响。虽然一方面，视觉文化可能抑制、压缩了语言文字叙事的空间，使当代文学和文化的创作方面表现出某种对传统的背离，使人们的审美接受表现出消费和快餐文化的特点，但是，就像我们上文中所提到的，一些表征情感的图像符号如电子邮件中的表意符号——表示笑脸的“:)”、表示愁眉苦脸的“:(”——等等被创造出来，并在当代文化中广泛存在和流传。这种存在和流传已经在改变人们表达情感的模式，使人们的表达更为简洁和直接，同时，这又必将影响审美接受的方式，使之趋近于后工业时代的快捷和表面化。

中国学者王宁在《批评：图像时代的境遇》中提出的“语像写作”[16]，对于我们研究视觉文化催生新的文学形式很有启发意义。王宁指出，语像写作有别于传统的摄影文学写作，因为后者只是将图像当做附加的插图，而语像写作中的图像占据了文本的主导地位和意义的中心，因此体现出明显的后现代性。

此外，视觉互涉是视觉文化催生新的文学形式的主要推动力。

“视觉互涉”(intervisuality)的概念，是当代文化研究学者米尔佐夫提出的，他用这个概念来描述当代诸种视觉形式以及视觉媒介之间的混合状态。视觉互涉包括视觉媒介的文本互涉、视觉与非视觉媒介的相互依赖以及在观看者、技术、观看对象和支持这些变化的新基础设施之间构成的界面。这一点主要体现在电脑网络中，因为网络越来越体现出结合对电影、电视以及照片等视觉媒介形式的包容趋势。

视觉互涉很容易使我们与“互文性”这个概念建立联系。“互文性”主要是指一种文本间性。这个概念也脱胎于巴赫金的“对话”理论，是由法国学者克里斯蒂娃所提出的。从广义上说，一切文本都是一种互文本。不过，在视觉文化的空间中，视觉互涉和互文本、互文性的特点体现得特别突出。

电影或电视作品的文学改编，从广义上来说，已经是一种文本互涉的创作。但是，不仅如此，影视改编对于视觉文化的互文性的贡献还在于，当这些文学作品后来又被广告、漫画、FLASH 或者网络贴图改编时，提供了一种源文本，并因此呈现出一种纷繁复杂的视觉互涉的审美状态，体现出当代文化强烈的复调特点。

例如金庸武侠小说的影视改编作品，由于这些作品本身数量很多，它们可以构成一个庞大的互文本系列。像《射雕英雄传》、《天龙八部》、《神雕侠侣》、《雪山飞狐》、《笑傲江湖》等作品，已经屡次被翻拍。在这些拍就的作品中，有些作品因为小说文本就比较长，所以电影改编的时候，只能突出某一部分情节。那么，在这样的小说被重新翻拍成电影之后，即使不是同一班影视制作班底，也可能选取小说中没有被涉及或没有被突出的部分翻拍，而且在内容上会有承接。除了影视作品要考虑到观众求新的审美欣赏原因外，这些影视作品能够构成一个互文性的系列也是一个重要原因。

另外，大量的电影或电视剧不仅从过去的影片风格、类型和各种符号中获取元素，而且也从其他媒介方式比如音乐电视、广告甚至电脑游戏中获取元素。比如好莱坞大片《古墓丽影》就是根据同名电脑游戏改拍而成的；再如近期的电视连续剧《粉红女郎》就是改变自朱德庸的漫画，片中的表演充满夸张和讽刺等漫画特征。媒介之间也互相融合，报纸以电子版的方式出现在网络中，电视也有专门的读报节目（如香港凤凰卫视中文台的“有报天天读”栏目等等）。

出于对影视文本的互文性的追求，一种“戏拟”的艺术形式出现了。但是，由于“戏拟”带来了很多问题，有些牵涉到知识产权问题，因此，戏拟的作品大多数在网络上匿名发表。

从积极的意义上说,“戏拟”是对原来的作品的一种解构性模仿,并通过这种模仿,讥刺源文本的荒谬和可笑之处。这体现了一种来自民间的笑的力量。例如网民胡戈将电影《无极》的一些镜头掐头去尾,加上了一些其他元素,改编成一部著名的网络短片《一个馒头引发的血案》。而一位游戏迷将《无极》的剧情和台词融入知名的电脑游戏《帝国时代》的截图中,共103张画面,利用游戏《帝国时代》的截图将《无极》的剧情再一次“无厘头”地演绎。故事演绎到最后完全被作者天马行空的思维“妖魔化”,比如大将军光明成了“鲜花内裤”的主人。虽然这种做法引起了广泛的争议,甚至在网络上还掀起了论战,但是,《一个馒头引发的血案》等所谓“恶搞”的网络图像作品对《无极》的颠覆,是一种针对文艺批评过程中独白思维的特殊的文艺对话,这种做法反映了文艺评论可能出现的新态势。

针对这一点,约书亚·梅罗维茨指出:“尽管印刷常常被看成不过是书写的‘机械化’,但是蔡特认为,这种变化引起了文学风格概念的改变,形成了新的‘著作权’和知识产权的观念,促进了民族主义感情的生长,并且改变了词语和思想的精神交流。”[17]可见,技术的发展不仅仅是媒介方式的改变,它完全有可能引起艺术风格的改变。

由于技术的迅速发展,“戏拟”这种做法已经在影视制作的很多方面体现出来。在美国著名的搞笑系列影片《惊声尖笑4》中,对《世界大战》、《星球大战3》、《电锯惊魂》、《咒怨》等以前的热门影片进行大规模的戏拟;香港电影也一向有戏仿的传统,《大话西游》戏拟《重庆森林》、《东成西就》戏仿《东邪西毒》,“恶搞”早就已经是世界影视界乃至网络上非常普遍的一种艺术方式,“恶搞”之中充满了来自民间的智慧,甚至更加反映出民间的声音。在美国,好的“恶搞”作品也会成为影视经典,譬如《惊声尖笑》系列,将各部恐怖片的情节重新解构成一个搞笑故事,其中体现出强烈的幽默和荒诞效果。

伴随着当代视觉文化的不断发展,视觉文化的审美空间可能更为宽广,人们的审美体验可能更加复杂。另外,演员也可以构成某种互文本。这是因为,演员的外貌、言谈举止和气质,在影视作品中都可以视为一种形式因素。而这种形式因素是很难在其他影视作品中完全被改变的。著名导演陈凯歌启用了一些带有喜剧色彩和谐趣色彩的小品演员参与《荆轲刺秦王》这部电影中的拍摄,事实证明这种做法是失败的。因为人们无法理解一个葛优版的荆轲,也无法理解潘长江这样的小品演员对这样一个严肃主题的参与。因为这些演员身上已经强烈地带有其他影视文本的谐趣特点，而这些谐趣特点必定会损害一个宏大的历史主题。

因此，当“不恰当”的角色出现时，一种强烈的复调意味产生了。虽然编导力图阐释的是另外的一种意义，但是，属于作品本身的意义会呈现出来。

六、视觉文化影响文学作品的翻译与世界性流通

文学作品的翻译及其在全世界的传播与流通是文学史的重要组成部分。尤其在当代，文学处于全球化语境之中，文学作品可以借助已经与视觉文化建立的密切关系，获得其全球性的影响扩展，另一方面又可以深入到文化底蕴的层面上，借由这种影响扩展的过程达到文化传播、文化交流、文化翻译、文化互动的目的。而视觉文化正是文化翻译的一种走向。

王宁指出，文学的翻译，最终应该走向一种文化翻译。文化翻译的实现，可能有多种途径，但是当代视觉文化的迅猛发展使我们确信，在表现层面上，视觉文化可以承担视觉翻译这样一种基本的文化翻译走向。[18]人类学家对原始岩画的研究表明，世界各地的岩画在表现上存在着一些共同的特点。“令人吃惊的是，岩画是以大体平均的数量分布在各个大陆，以大体相同的方式呈现着。这里所说的‘大体相同的方式’，是指它们有着大体相同的内容、大体相同的类型。”[19]

这些大体相同的类型主要包括三种视觉表达的符号形式：

图画型：是可以辨认的现实的形象，动物或人物。

表意型：表现为符号或一组相互关联的符号。有圆圈、箭形、树枝形、棒状、树形、十字形、蘑菇形、星形或蛇形、唇形、“之”字形图样，有男性或女性的生殖器的图样等等。这些图形的意义，存在于它们所要传达的通常的观念中。

情感型：这些作品看起来既不是表现实际的事物，也不是去描绘什么符号。它们的出现是一种狂热的精力的发泄，可能是为了表现对生与死的感觉、爱与憎的狂热，但也可以理解为表现某种征兆，或别的很敏锐的知觉。比起露天的岩画来，情感型的作品更多地出现在洞窟艺术或小型艺术品中。[20]

而更加让人惊奇的是，澳大利亚莫拉河岩画和法国多尔多涅地区岩画有着几乎完全相同的内容，都是四足动物和女性生殖器围绕着许多示

意性的符号。[21]人类学家的研究表明,人类的思维模式是相同的。即使各个地区、民族的文化不同,但是视觉语言却具有通约性。这反映了文化内部的思维、尤其是情感逻辑的大体一致。而且随着视觉文化的前进,一些约定俗成的符号的使用,视觉符号背后的意义更加普泛,更加易于辨识。

我们现在已经有了一些基本的公共场所、公用事业的辨识符号系统,如机场、商店、影院、街道和公路这样一些公共区域的指示系统。因为,“人与人之间的交流,总是要有约定俗成的东西,否则相互之间就无法沟通。也就是说只有遵循社会的规范和约束,你所说的东西才会被人们所理解,交流也才会成为可能”[22]。

但是,和原始社会不同的是,人类又走过了几千年的历程,文化心理和文化习俗的发展,已经使我们的交流有了各自相对的壁垒。斯图尔特·霍尔指出:“我们能够交往是因为我们共享很大程度上相同的概念图并因此用差不多相像的方法理解和解释世界。这就是当我们说我们属于‘相同的文化’时,这句话的真正意思。由于我们以大致相似的方法解释世界,我们能够建立一种可分享的诸意义的文化,并因而构造一个我们共同居住于其中的社会的世界。这就是文化有时被定义为‘共享的意义或共享的概念图’的原因。”[23]霍尔进一步指出,一个共享的概念图还不够,人们还必须共享语言,才能表征和交流各种意义与概念,他指出:“我们共享的概念图必须被翻译成一种通用语言,以使我们能将我们的诸概念与观点同一定的书写语词、讲话的声音或视觉形象联系起来。”[24]

因此,文化翻译应该是一种最好的概念图解。视觉文化对文化翻译会起到多大的作用呢?这个问题还有待于进一步的研究,但是,已经有学者指出:“所有的图像都被卷入了全球的流通。西方的战争影片和牛仔影片中的作为个体的英雄成为了人们醉心崇拜的偶像,在非洲及亚洲文化中同样取得了极大的成功。在德国,许多欣欣向荣的影像发行人引进了大量没有字幕的香港动作片和战争片。显然,这些影片的观众是不懂中文的,但尽管具有这样的不足,他们仍然和其他地区的观众连成一体,形成庞大的国际互联网影迷社区。”[25]

在翻译的内部,涉及形式的很多问题,视觉文化都有它解决的办法。正像上文引述中提出的,战争、功夫、武打、牛仔等类型的形式,在视觉文化的语言中是易于识别的。即使没有字幕,这些形式所代表的仇恨、愤怒、勇敢、牺牲、正义、罪恶、激情等等抽象的概念也可以被读解。不仅如此,不同文化中某些“意象”或“意境”,对于语言翻译来说,是极其困难的,但是对于视觉传达来说,难度要小得多。像中国传统诗歌中,一些形容自然景物的词语如“月亮”、“梧桐”、“杜鹃”、“夕阳”、“松”、“竹”、“梅”等等,如果只是寻找到外语中对等的词,那么从语言的表层形式上来说,是解决了翻译的问题,但是这些词语背后的寓意,可能反而会局限或破坏,因为在翻译接受方的文化里,这些意象也许很普通,也许有别的文化寓意。但是如果转换成视觉翻译的方式,意象可能以一种整体被认知,因而个别意象就会融于这种整体认知,反而会得到比较准确的理解。

例如在李安执导的《卧虎藏龙》中,慕容白和玉娇龙在竹林比剑一幕,以及俞秀莲深夜追击玉娇龙一幕,都是为中西方观众所激赏的。前者,慕容白衣衫飘飘的潇洒剑客形象,和他目光里的淡然镇定,结合脚下轻轻摇曳的竹枝、背后那一大片浓浓的竹林的青色,将中国传统文学中描绘的大侠的风范极其完美地表现了出来。即使西方观众不知道“竹”作为一个文学意象往往与气节、品质相关联,但是“竹”的形象与慕容白的形象至少是融为一体的一个画面。后者,二人上下追逐的脚步,配合急促紧张的鼓点,将武术的精髓表现得眼花缭乱,煞是好看。

不过,我在此并不是简单地将视觉当做语言翻译的替代品,就像语言有它的局限一样,视觉文化也有它明确的局限。“只要我们考虑一下一幅卡通画或一幅羊的抽象画,这一论点就最清楚不过了,在这类画中,我们需要一种非常复杂的概念系统和共享的语言系统,来确保我们都以相同的方法在‘读’那符号。尽管如此,我们可以发现自己对那是否的确是羊的一幅图片仍感疑惑。当符号与指称的关系模糊不清时,意义就开始从我们这里滑脱和逃逸,进入不确定中。意义不再清晰地由一个人传递到另一个人。”〔26〕

但是,2008 年在世界范围内火爆异常的卡通片《功夫熊猫》是一个文化互动的绝佳案例。它虽然是西方电影工业的作品,却吸收了中国传统文化的精髓,并成功地将这些中国文化特有的元素,用一种世界性的叙事方式完美地表达出来。很多学者都已经指出,这部卡通片用活了中国文化的意象和符号,其卖点其实也只是综合地将中国武侠片的一些形式因素如武打明星李小龙、成龙等人在武打片中所使用的武打套路重新演绎了一遍而已,并没有更多艺术上的创新性。但是,重要的是,它反馈了西方观众对中国传统文化的理解,而所有的这些理解都是建立在视觉文化对中国传统文化成功的译介基础上的。这也启示我们,视觉文化对于意蕴丰富的文学作品的译介,要长于一般的、单纯的语言翻译。

而且,在视觉文化的表达中,文字语言或者声音(有时是口头语言,有时是音乐或其他声音)的提示有时可以起到非常关键的作用,没有文字语言、口头语言和声音的交融,图像的生命力也是有缺憾的。在电影艺术发展的过程中,一旦解决了配音的问题,默片就立刻失去了市场,这就是一个很好的例子。因此,任何翻译,它的最终解决之道都应该是综合的文化翻译。

但是,就像我们谈到视觉文化时经常会忽略声音的作用一样,我们也经常忘记图像的作用。实际上,我们的文化是一个多元文化,也是立体的文化,因此,提出视觉文化作为文化翻译的一种走向,实际上只是提出一种可能。

就像文化研究学者霍尔所说的,“各种符号被组织到各种语言中,并且,正是各种普通语言的存在使我们能将我们的诸思想(概念)翻译为语词、声音或形象,然后以一种语言的方式加以操作,用它们向别人传达诸意义并传达诸思想。记住,‘语言’一词在此是以一种非常概括和广义的方式被使用的。很明显,一种特有的语言的书写系统或口语系统两者都是‘语言’。但是,各种视觉形象,当它们被用于表达意义时,不管它们是用手、机器、电子、数码还是某些其他手段生产出来的,也都是如此”[27]。

因此,一种综合运用各种表达手段的翻译,从广义上讲,就应该是一种文化翻译。这有赖于人类的继续进步和表达手段的不断完善。也只有综合进口语文化、印刷文化和视觉文化的整体特点,视觉文化才能成为一种真正的广义叙事。

潘诺夫斯基指出:“人是惟一能在身后留下记录的动物,因为他是惟一能够制造产品的动物,其产品能‘使心灵回想起’一种不同于物质存在的概念。”[28] 文化实际上正是这样一种“产品”,因为人类拥有文化,因此,人类就有别于动物。潘诺夫斯基指出,其他动物“虽然也可以使用记号和制造结构,但是,它们使用记号而不能领悟其含义的关系,它们制造了结构却不能认识结构之间的关系”[29]。

事实上,在人类的不同发展时期,人们不断地制造了各种各样的“记录”,也在制造和传播这些记录的同时,不断地发展、完善着制造的手段和方式,人们的文化传递与文化接受因而便呈现出不同的演进风貌。因此,也就不难理解,在人类的不同文化时期,占据主导地位的艺术样式也是各领风骚几多年。从马克思辩证唯物主义和历史唯物主义的角度出发，任何一种艺术样式的产生只是人类在特定的历史时期内凭借自己的能力，为了满足自己精神世界的需要而创造出来的。随着人类社会和文化的发展，其艺术样式也必然存在着一种自然的循环和交替过程。作为人类文化结晶的文学艺术也应该有其产生、发展、高潮、衰落、灭亡的发展过程，不可能是永恒的。本雅明指出，在人类艺术活动中，“艺术生产关系也一般地决定于艺术生产力即‘技巧’，当艺术生产关系与艺术生产力发生矛盾时，阻碍艺术生产力发展时，就会出现技术革命，新的艺术技巧（技艺）就会产生，打破旧的艺术生产关系，把艺术向前推进”[30]。在某种意义上讲，这种文化艺术变化交替的自然规律是必然的。

以中国文学发展史来看，在人类的口语文化时期，诗歌无疑是最主要的文化形式和“记录”方式。从鲁迅所指出的“吭育吭育”歌开始，诗歌从没有文字的音节、韵律开始，到四言、五言、七言，到“长短句”、长篇歌赋，经历了从简陋的口头流传时期到格律谨严的全盛时期。

诗歌在中国古代文化中的作用是十分巨大的，从“多识于鸟兽草木之名”的知识普及，到“兴观群怨”的社会作用，诗歌在孔子那里被赋予了“迩之事父，远之事君”的责任。而曹丕更进一步提出，诗文乃“经国之大业，不朽之盛事”。诗歌作为一种人们“记录”形式本身的发展，也被赋予了众多的社会功能。例如中国从“雅”和“颂”开始历代都有的庙堂诗文，对当时主流意识形态的传播起到了重大的作用。因此，在这样的文化传承的背景下，白居易倡导“新乐府运动”，提出“诗歌合为时而作”的主张，其实质就不仅仅是对诗歌作为一种文化形式的修改，而是赋予诗歌以很强的载道功能，希望藉诗歌的改革来推动政治风气的变化。

但是随着人类社会的发展，不断地有新的文学形式产生、繁荣起来。词、曲、杂剧、小说，作为人们表达感情、记录历史、铭刻记忆的不同形式，都获得了一段时期的发展空间，它们所承担的社会功能都出现了从不被寄予众望到逐渐强大又走向逐渐减小的过程，其社会影响力也经历了萌芽、上升到逐渐下降的发展曲线。

事实上，小说作为印刷文化的代表性文艺样式也经历了一次从产生、发展到高潮的变迁过程。中国最早对小说的论述，大概出现在班固的《汉书·艺文志》中，所谓“小说家者流，盖出于稗官，街谈巷语，道听途说者之所造也”，“是以君子弗为也，然亦弗灭也，闾里小知者之所及，亦使缀而不忘，如或一言可采，此亦刍荛狂夫之议也”。可见，中国小说最早来自民间，在口语文化时代，它只是一种小道，不为诗歌等正统文学所重视，于是更多地成为人们交流和传播信息的工具和茶余饭后娱乐的手段。

中国小说到了唐代，开始完善成熟，当时传奇的作者大量涌现，小说的面貌有所改观，读者群也迅速扩大。鲁迅先生在《中国小说史略》中谈到："小说亦如诗，至唐代而一变……而尤显者乃在是时则始有意为小说。"[31]当然小说在当时的繁盛与文学自身的发展和市民阶层的扩大有很大的关系。到了宋代，作为民间"说话"艺术产物的话本小说适应于市民阶层文化生活的需要而发展繁荣起来，于是为了满足听众的娱乐要求而对市民的思想行为和审美趣味的认同，就对小说的发展形成了很大的影响。至明代，随着印刷业逐渐兴盛，书籍出版日渐增多，大大提升了小说的通俗地位，小说以其通俗性、娱乐性面向市民，影响力日益增大。

至清末民初，西方列强用坚船利炮所带来的现代文明的传播和近代民族工商业的发展，以及市民阶层的迅速崛起和报章、杂志、出版业的迅猛发展，使小说作为一种文学形式更加普及和广泛，其社会功能也大大增加。由于在唤醒民众、传播新知和新思想方面，小说比历史上已经产生的各种叙事体裁都具有更大的魅力，因而被上升为一种政治工具、社会工具，梁启超在《论小说与群治之关系》一文中指出："欲新一国之民，不可不新一国之小说。故欲新道德，必新小说；欲新宗教，必新小说；欲新政治，必新小说；欲新风俗，必新小说；欲新学艺，必新小说，乃至欲新人心，欲新人格，必新小说。何以故？小说有不可思议之力支配人道故。"[32]于是"小说界革命"的呼声将小说一下从以往的"小道"提升为"大道"。

而进入 20 世纪之后，电影的出现开始时为许多文学家所不屑和轻视。弗朗茨·卡夫卡认为，"电影干扰一个人的视象，运动的速度和画面的快速变换迫使人们连续不断地看下去。画面并不进入人的意识。电影使眼睛变得千篇一律，而在此之前，它是无拘无束的"。尽管电影在发展初期更多地被当做一种低级的娱乐方式，但电影尤其是电视的出现与迅猛发展却以不可阻挡的势头，宣告着视觉文化的来临。文学的衰微已经成为不争的事实。因此，20 世纪 90 年代以来，伴随着电影、电视和电脑网络的繁荣，在视觉文化的冲击下，传统文学走向衰落也就变得无可厚非了。毫无疑问，传统文学在视觉时代所承担的社会功能日渐减少，这已经成为一个无可回避的事实。

当然，任何时候，一种刚出世的新体裁也不会取消和替代原来已有的体裁，新体裁只能补充旧体裁，只能扩大原有体裁的范围。在新旧艺术样式相互替代的过程中，也包含着扬弃，即艺术样式彼此间的相互吸收。视觉文化的出现，对于印刷文化时期传统的语言文化和艺术的冲击是巨大的。视觉文化的发展极大地影响了传统的文学艺术的创作与接受，并可能衍生出一些新的艺术表现形式，从这个角度来看，视觉文化对于人类文化的进步可能产生的积极意义，还在演进之中，有待时日的检验。

但是毫无疑问，视觉文化介入文学史的生成与发展的可能性是无穷尽的，它为我们展示了一个诱人的前景。文学史研究本来就应该是多元的，可以综合运用多种方法论，对文学的历史解释也同样应该是百花齐放的。大力推进文学史的视觉文化探索，对推进文学史的研究具有相当重要的积极意义。

（作者单位：北京师范大学艺术与传媒学院）

注　释

〔1〕 让·玛·克莱尔克著，张新木译，崔君衍校：《小说与电影语言模式：空间的再现》，《世界电影》1997年6期。

〔2〕 徐巍：《视觉文化语境中的八、九十年代小说创作》，2005年，中国国家图书馆博士文库。

〔3〕 爱德华·茂莱：《电影化的想象——作家和电影》，中国电影出版社，1989年。

〔4〕 让·玛·克莱尔克，张新木译，崔君衍校：《小说与电影语言模式：空间的再现》，《世界电影》1997年6期。

〔5〕 彭华生、钱光培编：《新时期作家谈创作》，人民文学出版社，1983年，第222页。

〔6〕 高行健：《现代小说技巧初探》，花城出版社，1981年，77页。

〔7〕 爱德华·茂莱：《电影化的想象——作家和电影》，中国电影出版社，1989年，第4页。

〔8〕 姚雪垠：《谈〈李自成〉的若干创作思想》（下），《文艺理论研究》1984年第2期。

〔9〕 塞米利安：《现代小说美学》，陕西人民出版社，1987年，第9页。

〔10〕 冯骥才：《创作的体验》，《文艺研究》1983年2期。

〔11〕 参见爱德华·茂莱：《电影化的想象——作家和电影》，中国电影出版社，1989年，第306页。

〔12〕 姚斯：《接受美学与接受理论》，辽宁人民出版社，1987年，第23页。

〔13〕 苗棣、范钟离：《电视文化学》，北京广播学院出版社，1997年，第212页。

〔14〕 周宪：《视觉文化语境中的电影》，《电影艺术》2001年第2期。

〔15〕 孙绍振、南帆、王炳银：《未来的文化空间》，福建人民出版社，1987年，第8页。

〔16〕 王宁：《批评：图像时代的境遇》，《清华美术》第2卷，清华大学出版社，2006年。

〔17〕 约书亚·梅罗维茨:《消失的地域:电子媒介对社会行为的影响》,萧志军译,清华大学出版社,2002 年,第 15 页。

〔18〕 关于当代翻译以及翻译研究中的“文化转向”问题的讨论,参阅王宁:《翻译的文化建构和文化研究的翻译学转向》,《中国翻译》2005 年第 6 期,第 5—9 页。

〔19〕 陈兆复:《岩画——人类早期的视觉表达》,《视觉表达 2002》,邓启耀主编,云南人民出版社,2003 年,第 36 页。

〔20〕 同上书,第 34 页。

〔21〕 同上书,第 37 页。

〔22〕 同上书,第 38 页。

〔23〕 斯图尔特·霍尔编,徐亮、陆兴华译:《表征——文化意象与意指实践》,商务印书馆,2003 年,第 18 页。

〔24〕 同上。

〔25〕 芭芭拉:《超越民族志电影:视觉人类学近期的争论和目前的话题》,《视觉表达 2002》,邓启耀主编,云南人民出版社,2003 年,第 13 页。

〔26〕 斯图尔特·霍尔编,徐亮、陆兴华译:《表征——文化意象与意指实践》,商务印书馆,2003 年,第 19 页。

〔27〕 同上书,第 18 页。

〔28〕 E. 潘诺夫斯基:《视觉艺术的含义》,傅志强译,辽宁人民出版社,1987 年,第 6 页。

〔29〕 同上。

〔30〕 朱立元主编:《现代西方美学史》,上海文艺出版社,1996 年,第 734—735 页。

〔31〕 鲁迅:《鲁迅全集》第九卷,人民文学出版社,1981 年,第 70 页。

〔32〕 梁启超:《梁启超全集》第四卷,北京出版社,1999 年,第 884 页。

当代西方文论大家研究

阅读的伦理:希利斯·米勒批评理论探幽

郭艳娟

内容提要:本文试图以"阅读"概念作为考察美国当代著名文学理论家J.希利斯·米勒批评理论的基点,把"从阅读的不可能性到阅读的伦理"当做理解其充满异质性特征的批评理论的一条线索。米勒认为阅读是在做事,是人生中关涉伦理与义务的一种行动,能够促成其他事的发生。在米勒看来,文本不可能同时被两种不能调和的方式阐释,因而是不可读的。由此,米勒从理论意义上论证了文本的不可读性,即阅读的不可能性。解构主义退潮之后米勒转向伦理问题的研究,指出从认识论意义上获得文本全部意义的不可能,并借用卡夫卡《城堡》中约瑟夫·K的寓言来证明阅读的困难;转而从与阅读的认识论维度作比较的角度来讨论阅读的伦理学维度,讨论阅读是一种做事。在德里达和德曼的帮助下,米勒应用并转换奥斯汀的述行观念,并把这个观念与伦理相连接。在《文学中的言语行为》(2001)一书中,他把讨论文学研究与"文学中的言语行动"在"探究伦理的和政治的责任中的作用"作为焦点。从这种意义上说,米勒整个言语行为理论的研究与实践都是其伦理转折的注脚。国内多数研究者倾向于把米勒在伦理阶段的工作归入他言语行为理论研究的框架之下,这是不妥的,因为"阅读的伦理问题"的提出与讨论才是原初的、具有开创性的东西。伴随着米勒的观念从"阅读的不可能性"到"阅读的伦理"的转移,他的批评理论的关键词也相应地从"解构"转向"修辞性阅读"。米勒认为,他的伦理批评就是要将对文学的修辞性研究结合进入对文学的历史、社会和意识形态等维度的研究中,也就是说,他从来就没有偏离过他的“修辞性阅读”。
关键词：阅读　异质性　伦理转向　言语行为理论　修辞性阅读

Abstract: In this article, the concept of reading is considered as a starting point from which to look into J. Hillis Miller's critical theory, and the idea "from the impossibility of reading to the ethics of reading" as a clue to understand his critical theory characterized by heterogeneous features. To Miller, reading is, as writing does, an act which is related to the ethics and responsibility. It can make some new things happen too. To him, a literary text can not be read in two incompatible ways, so it is undecidable. Miller reasons the unreadablility of text in a theoretical sense, which is the impossibility of reading. After the fall of Deconstruction, Miller turned to studies of ethics. In discussing the parable of Joseph K in Kafka's *The Castle*, Miller points out that it is impossible to get all the meanings of a text epistemologically. He compares reading's ethical dimension to its epistemological dimension, and reaches a conclusion that the ethics of reading means reading is to do something. With the help of Derrida and De Man, Miller used and transformed the idea of "performative", and connected it to ethics. In his *Speech Acts in Literature* he focuses on the role of literary study in the investigation of ethical and political commitment, the role of speech acts in literature. All Miller's work on speech act theory can be regarded as a footnote to his ethical turn. Comparing his work on speech act theory, his turn to ethics is more originating. Along with his idea transforming from the impossibility of reading to the ethics of reading, the keywords of his critical theory should change from deconstruction to a rhetorical reading. Miller holds that his ethical criticism is to incorporate the rhetorical study of literature into the study of the historical, social, and ideological dimension of literature. That means he has never moved his focus away from rhetorical reading.

Key words: reading; heterogeneity; ethical turn; speech-act theory; rhetorical reading

在五十余年的学术道路上，希利斯·米勒（J. Hillis Miller）总是尝试着从更新颖的角度梳理并调整自己的思想，重新总结和认识自己。在他吸收营养的源泉中除了德里达和德曼等理论家外,还有亨利·詹姆斯和卡夫卡等这样的作家。米勒数次在不同的场合和语境中回到亨利·詹姆斯的《金碗》序言中去,并得到启示。亨利·詹姆斯说:"整个人生的行为是由那些已做过的事构成的,而这些已做过的事又促成其他的事。"[1]写作的行动被詹姆斯称作是"人生行为"(conduct of life)中有特权的一部分;相应地,米勒认为阅读的行动也是人生行为的一部分,也就是说它也是一件与行为和责任(conduct and responsibility)相关的伦理的事。阅读也会促成其他的事发生。如此,米勒在詹姆斯的帮助下,确立了这一信念:作为一位文学批评家,最基本的要义就是阅读,就像作家的标签是"写作"一样,批评家的标签则是"阅读"。

虽然米勒认为,将自己阅读某首诗或小说所得到的发现,也即一些从来没有人说过的话写在纸上,是一种快乐[2],可以从中获得一种批评的愉悦,因为这也是写作行动的一种形式,但他更强调自己是一名读者。他在1990年接受单德兴访谈时说:"就我目前的变化,我希望这主要是因为我在学习如何成为一名好的读者"[3],如果一定要说自己经历过诸多转变与演变,那都是缘于自己想成为一个伟大的读者。2004年米勒从加州大学厄湾分校退休,那年他接受了朱利安·沃弗雷(Julian Wolfreys)的访谈,回答的唯一一个问题就是"为什么选择文学"。米勒着重谈了自己在欧柏林学院从物理学专业转到文学专业的决定,但在"学术自述"中,他说自己转专业的行动更主要地体现为一种"职业的体验",而在这之前,他已经懂得了很多关于文学的知识。事实上,米勒与文学的联系不是起始于他1945年从物理学转向文学专业的时候,而是从他一学会阅读就开始了。他在"学术自述"中说,自己5岁就已经能独立地读《爱丽斯漫游奇境记》、喜爱《柳林的风》;《瑞士家庭鲁滨逊》是他10岁时的最爱。他总是沉浸在书海中,妈妈不得不劝他放下书本到外面去玩耍。但现在,米勒并没有意识到自己学会阅读的那一刻就已经要承担起连自己也完全不知道的义务。他说书架上的书并不是被动地放在那里的,它们大声呼喊着:"读我!"米勒感到一种必须做某事的紧迫,这种"完全不知道的义务"变成了自己的一种命运,使他永远生活在负债的状态中。因为学会了阅读,自己不得不承担起一种阅读的命运。

在从伦理学层面总结自己与阅读的关系时,米勒做了一个比喻。他借用卡夫卡小说《审判》中的第一句话来解释自己与阅读的关系:"一学会了阅读,我就已经注定要承担起一种自己也完全不知道的义务。在这一点上，我就像约瑟夫·K在晴朗的一天没有做任何错事而被逮捕了。”[4]米勒在论述卡夫卡《审判》的第一句话所蕴含的伦理命题时说，伦理的行动是自由的，同时又是对一种绝对命令（a categorical imperative）的回应，是必需的。这种矛盾自康德对伦理的思考就开始了。这种伦理主题常在文学作品中被戏剧化地表现。卡夫卡的《审判》的第一句话是：“一定是什么人说了关于约瑟夫·K的谎话，因为他没有做任何错事就在一个晴朗的早晨被逮捕了。”由此，这篇小说变成了这样的问题，即约瑟夫·K是否做了错事，是不是因为他违反了一个不仅他一开始不知道而且他也没有可能直接地面对或阅读的确定的成文法，而要被处死。米勒说，包含在《审判》文本中的这个“在法的面前”的寓言，戏剧化地展现了服从一个既看不见却又至高无上掌控一切的法则的情境。[5]这个比喻的奇妙之处在于，它连接的两者都是被一种莫名而强大的力量突然支配了自己。米勒将文学世界中的约瑟夫·K带到自己的现实世界中，或者说他自己进入了约瑟夫·K的窘境。反正就是身不由己，不得不如此，但却不知道原因。另外，有趣的是比喻的两个喻体之间在形式上也有某种相似性，米勒的名称可以简写为“Joseph H. M”，而《审判》中的主人公的名字是“Joseph K”。从某种意义上，米勒就是约瑟夫·K。

以上的简略分析使我们意识到“阅读”这个概念对于理解米勒批评理论的重要价值，它不仅构成米勒从事文学研究的一种伦理意义上的使命，而且通过它我们可以获得从整体意义上理解米勒批评理论的线索：从“阅读的不可能性”到“阅读的伦理”，即阅读是一种做事。这条线索启示我们认识到，米勒在解构主义退潮后向伦理问题研究的转向构成了他批评道路上最具深远意义的一次转折，整个言语行为理论阶段不过是这一转折的注脚。

一、米勒批评理论异质性特征探索

在翻阅美国前总统富兰克林·罗斯福（Franklin D. Roosevelt，1882—1945）的传记时，笔者无意中发现将罗斯福半生困顿在轮椅里的疾病是脊髓灰质炎，这是一种非常严重而危险的疾病，而这和米勒年轻时得的那种导致他右臂麻痹的疾病是一样的。难怪米勒说自己很幸运，它对自己的生活没有构成大的妨碍，在锻炼了几个星期用左手练习写字之后他又重新返回哈佛研究院读书。但是，米勒说这种严重的疾病还是给自己的生活带来了不小的影响:“它当然对我的生活有影响。我的妻子给我极大的帮助。她鼓励我坚定自己早已有过的想法,那就是无论你做什么,你都应该全身心地投入,要做到世界的前列。”[6]

米勒选择了研究文学和教授文学作为自己的职业,并坚持了一生。他强调自己大学二年级时从物理学转换到文学专业这件事是“一次真正的职业决定”,“我当时就知道在这个世界上我最需要的将是阅读文学、教文学和围绕文学而写作。在某种程度上,它取代了我对科学的兴趣”。[7]米勒也多次谈起父亲对自己的影响,他的父亲 J. 希利斯 · 米勒(1899—1953)是一位非常成功的学术管理者,曾经做到佛罗里达大学的校长。“我父亲是个著名的大学管理者这一事实,使我暗自发誓这辈子坚决不做行政管理工作。我曾经有过多次机会,但都被我回绝了。我要有自己独立的事业,而不是与他竞争。”[8]

从某种意义上说,米勒五十多年来对文学研究和理论探索的坚持本身起源于他自己不屈服于命运的坚定信念。他要选择自己最喜欢的事,并全身心地去做,做到最好。因为要做到世界的最前沿,所以他必须顺应时代的潮流。米勒从不固步自封,而是有意地改变自己。米勒认为在任何领域,最有趣的工作是那些包含着交叉领域的工作,他说:“任何领域真正有趣的工作都包含交叉领域,它在某种意义上向权威挑战。在我生命那个阶段的严重疾病加强了我对这个观点的认识。”[9]

(一)“画像”与反画像

米勒写作的相当一部分是回应别人对他的评论,最典型的例子莫过于上世纪 70 年代米勒与艾布拉姆斯的论战了。艾布拉姆斯称米勒是“解构的天使”(a deconstructive angel)。显然,米勒对这一称谓并不满意。他说:“‘解构的天使’根本不是一种赞誉,却正是相反。我们有一种毒蘑菇,名字叫做‘破坏的天使’(a destroying angel)。天使既可能是善良的又可能是解构的。”[10]米勒写了《作为寄主的批评家》予以回应。

在某种意义上,评论毕竟是对米勒的批评与理论的梳理概括、认识和理解。有意思的是,米勒用画像(portrait)这个词来统称外界对自己的种种评论。米勒在回应文森特 · 利奇的《侧面的舞蹈:J. 希利斯 · 米勒的解构主义批评》(1980)时说:“他几乎搜索尽了我过去十年发表的论文,甚至是那些隐藏在非常不明显的地方的文章也被网罗起来。他从这些文章中选取引文,并组合在一起,做成了我作为批评者目前所处位置的一幅清晰的素描或者经济的画像”。[11]

无论是艾布拉姆斯与米勒之间的这种不同辈的学人在学术观点上交锋较量的论战文章,还是比米勒晚一辈的文森特·利奇总结他的文学批评由意识批评向解构主义演变的综述文章,米勒都认为它们有对自己画像的意味。甚至从朱利安·沃弗雷编辑的《J. 希利斯·米勒读本》(2005)中,米勒也发现沃弗雷为自己勾勒的一幅“隐含的画像”:“我发现极其有趣的是,我从中看出对我的一幅隐含的画像,是他在这个读本里做出的选择产生的。”[12]

从某种意义上,米勒是个有些苛刻并且不容易被取悦的被画像人。他说:“没有人会觉得自己的画像与自己完全相像,无论它比被画的人还要多么地好看,也无论它是多么仔细地从他的侧面中裁出一个剪影”[13];正是由此原因,米勒对自己画像的态度是耐人寻味的。他对不同画像的态度大致分为两种。

第一种是对于那种不像、甚至有些变形了的画像,米勒是不满意的,他要对错误的评论进行辩解。例如对于乔纳森·罗斯伯格(Jonathan Loesberg)的文章《从维多利亚式的意识到一种阅读的伦理:J. 希利斯·米勒的批评》(1993),米勒很不高兴地说这篇评论有些讣告的味道,像是一篇为死人写的哀悼文。“既然我还没有死,现在任何关于我写作的评论都只能是暂时的。”[14]罗斯伯格声称“解构主义已经死亡”的观点米勒认为为时过早。米勒希望它是不恰切的述行性话语,不会产生施行效果。米勒认为罗斯伯格的论述没有考虑进去他最新出版的书《图示》(1992)和《霍桑与历史》(1991),而它们是罗斯伯格的研究应该覆盖到的。

第二种是对于那种相对而言很像的画像,米勒会认为那是对自己盖棺论定的墓志铭,将意味着自己再也没有新的变化了。米勒的态度是逃避这种评论,他一定要写出一些相异的东西,溢出评论者理论预设的边界条件,让它无法解释,最终归于无效。米勒的著作《黑洞》是与西班牙学者曼努埃尔·阿森西关于自己的评论著作《J. 希利斯·米勒,或来回往返的阅读》以一种特殊的形式捆绑在一起出版的,但即使是这种被米勒认可的评论,他仍旧不太服气,“我并不愿意像期待的那样,完全地认可那个画像中的自己,即使我必须说那大概是我”。接着,他解释了自己为什么不愿意屈服于这种画像的原因:“对于我而言,生活似乎意味着变化。我想显示自己始终都处于将要变化的状态中。”[15]

从米勒在关于自己的评论中读出自己的“画像”以及他对画像的态

度上，我们可以窥见米勒有些矛盾的内在心理：一方面，他渴望被理解，期待着评论者的关注和评论，也就是说期待得到画像；另一方面，当他发现画像中的自己被扭曲变形时，他要反抗；但对于与自己相像、太接近的画像他又会感到另一种意义上的压迫感。米勒不愿意就此被盖棺论定，潜藏的含义是对新的文学理论再也不能作出自己的反应，因此他要努力挣脱评论对他的束缚，也就是说，米勒又是反画像的。

米勒反画像的原因，首先是因为他曾说过，任何批评都源自一种理论预设，那就是“文学研究的特征之一就是它必须以理论预设为基础，无论是素朴的还是错综复杂的”[16]。比如他说自己的《阅读的伦理》在谈论阅读伦理的问题上对康德、德曼以及亨利·詹姆斯等几位作者的选择就不是单纯的，要选择那些将阅读行动作为隐含的主题或放置在重要位置上的文本；也就是说这种有意的选择本身已意味着一种判断。评论者对米勒的判断可能让画像中的米勒扭曲变形了，或者根本就是理解错了，米勒就非常反对，批评对方误读了自己，没有读他最新的著作，没有包括进他最新的研究成果和改变。米勒极其反感那些不读他的书而是按照想当然的想法批评攻击他的人。

其次，是因为米勒拒绝被简化，这与他自身对待文学作品的批评态度是一致的。在选择文学研究作为自己的职业时，米勒一方面说要“以一种类科学的方式解释文学、并理解它”[17]，另一方面又说“它是一种神召，意指试图对文学陌生性作出屈服，而不能过多地解释为去面对它”[18]。这种具有悖论意味的关于文学研究的观点其实体现了米勒对文学的研究态度，他要解释文学，但并不主张用理论的工具以纯粹认识论式的方式对文学作品驯化或征服。

米勒曾说过怪异性（strangeness）是文学作品最重要的特征之一，而有些文学研究的主要功能之一就是掩盖这种怪异性。[19]米勒举自己小时候阅读的《瑞士家庭鲁滨逊》中的故事为例，鲁滨逊一家遇到荒岛上的野生动物，总是要么驯化它们，要么杀死它们，而这与将文学作品的怪异性概括、遮掩、简化是同一个道理。因此，米勒反对以概括遮掩文学作品怪异性的研究，希望发现并还原文学作品中真正存在的问题，呈现一部文学作品真正的怪异，甚至要“抓住文学本身的某种真正的、不可驯服的野性的东西”[20]。

同理，米勒也希望自己的文学批评的丰富性和复杂性不被评论者过于简单化地认识和判断。立意求变是贯穿在米勒学术生涯中的重要特征之一,其文学批评不是单一的,而是多层面的,甚至是异质性的,即包含着一种互相矛盾的具有悖论意义的特征。对于即使是很像的"画像",米勒也会感到不自在,因为太像,他感到无处藏身,于是就要千方百计写出不一样的东西,让对方的评论不能概括和解释新的自己,让它失效。但实质上,我们应该认识到完全一致的画像是根本不存在的,因为米勒说自己的批评是不可预测的,就像他说如果事先已经知晓结论的批评就不值得去作,具体的批评过程中充满了不可预测的事情。

由对"画像"和反画像的分析,我们发现米勒不是轻易地接受他人对自己的评论,这启示我们不应简单而片面地认识他,更不要试图一下子总结他。米勒在谈论一个问题时往往加入种种限定;另外,他的悖论式思考问题的方式,使他提出的某个问题可能只是他要谈论的某个较复杂问题的一个方面,不能拿它当做他的主要论点,更不能把它作为最后的结论。这个论点可能是具有反讽意义的,但我们应该尽可能更复杂地思考米勒提出的问题及其观点。

(二)由"阅读的非逻辑"的悖论结构所想起的

在《论文学》中,米勒说文学的秘密在于它所具有的仅以词语就能创造一个想象世界的能力,而这一认识是他 10 岁时阅读《瑞士家庭鲁滨逊》的经验引导他得到的。米勒用"魔法"这个词来命名书页上的词语在被当做文学来阅读时所具有的打开一个虚拟现实的力量,他认为词语是通向想象世界的窗户。在谈论如何阅读文学的问题时,他将自己的这一阅读方式与 65 年之后重读此书的方式进行比较,并建议在阅读行动中将这两种阅读模式结合起来,并称这种阅读方法为"阅读的非逻辑"(the aporia of reading)。

米勒把自己童年时的阅读方法称为"天真的方式"(the innocent way),把经过几十年的阅读训练之后再重读这本书采用的方法称为"去神秘化的方式"(the demystified way)。这两种阅读方式在特征上几乎是完全对立的,现列图表示:

	阅读方式	借用观点	速 度	特 征	方法	目 的	动 机
10岁第一次阅读《瑞士家庭鲁滨逊》	天真的方式	康德:“阅读的癫狂”和柯勒律治“情愿把不信搁置起来”	快的 Allegro	完全沉浸在文字创造的世界里;内心的剧场		屈服于文学语言、词语的魔力	回应书的乞灵,掌握芝麻开门的咒语
75岁重读此书	去神秘化的方式	尼采	慢的 Lento	怀疑的	修辞性阅读或慢的阅读	展示文学魔力产生的内在机制	追询表现为“文学的真实”的真理

我们不妨作这样的总结:米勒的所谓“天真的”阅读方式即是以一种天真的轻信态度,快速地阅读。作品不依赖书页中的词语,而是以一种奇怪的方式在读者内心以想象的剧场的形式活跃起来。每部作品都开启一个非凡的世界,这个世界非阅读的方式不能到达。读者对书页中文字的神奇力量作出屈服,没有怀疑、保留和质询,用柯勒律治的话说就是“情愿把不信搁置起来”。米勒还强调阅读就像一个处在恋爱状态中的人,必须投入精神、情感,甚至是体力的能量,回应站在书架上或拿在手中的书的“读我”的命令;掌握芝麻开门的咒语,相信开篇第一句的乞灵,进入那个非凡的想象世界,进入康德说的阅读的“癫狂”状态。

“去神秘化的”阅读方式与“天真的阅读”完全相反,它将对文学神秘的好奇搁置起来,而是以怀疑的态度探索文学魔力产生的内在机制,并将其展示出来。“它关注的不是作品打开的新世界,而是这世界是如何打开的。”它的特征是慢,米勒说好的阅读是慢的阅读,借用尼采的观点就是:“当我向自己设想一个完美读者时,我总是想到一个具有勇气和好奇心的怪物,他也是灵活的、狡猾的、谨慎的,是一个天生的冒险家和发现者。”[21]米勒承认虽然自己正在写作的《论文学》是对文学魔力的礼赞,但它依然是一个解构的范本。

这两种方法几乎处于决然对立的矛盾状态,试想在同一个阅读行动中如何能够做到既完全相信文学的魔力,通过快速地阅读进入并沉浸在那个虚拟现实里,而又要以怀疑的态度来解开这种魔力的神秘,将文本魔力的产生机制展示出来呢？但米勒说阅读的行动对这两种阅读方式都需要，他把这两种矛盾的阅读方式结合起来，有意地建构一个悖论结构——“阅读的非逻辑”，我们此时已隐约地感觉到米勒是从哲学的层面来探讨如何阅读的问题。他在乎的不再是阅读行动实践意义上的可操作性，而是最大限度地凸显阅读问题的理论实质。

通过米勒处理问题的另一个例子，我们可以发现他文学批评的另一个特点。米勒2005年8月在深圳接受生安锋访谈时，谈到作为学者的自己如何平衡在家庭与事业之间矛盾的问题。对于这个相当生活化的问题，米勒的回答并不简单。他说家庭是极为重要的，他很爱自己的妻子和孩子，对家庭负有责任和义务，但为了履行职业的责任，他不得不常常离家外出去全世界讲学；即使在家里的时间也可能是整日地工作，不得不忽略家庭。米勒把自己对文学研究的职责和对家庭的责任之间的冲突状态用德里达自造的一个词“不负责任化”(irresponsibilisation)来概括，也就是说“为了履行一种职责，你就背叛了另一种同样重要、同样苛求的责任。在我看来，这种冲突是伦理生活和决定的一种基本特征”[22]。我们发现米勒使用的“不负责任化”这个富有哲学意味的词，概括了他在事业与家庭冲突问题上时时感到的为难状态——这个词表现了两种矛盾，并能在其中表明自己的立场。由此看来，米勒进行批评的理论探索时注重课题内部的冲突状态，突出其悖论性、异质性和复杂性。

我们还可以看到一点，米勒说《论文学》是礼赞文学的魔力，但它也是在解构文学的神奇，让它失去效用，就像评论者在《论文学》的“介绍”中说的：“虽然米勒对那种‘天真的阅读’怀有留恋，但他告诫我们要在批评的脉络里反思这些天真的世界。”[23]也就是说，米勒承认从整体意义上《论文学》具有这样一种由矛盾观点建构成的悖论特征。《论文学》的书评作者大卫·格罗斯（David S. Gross）说米勒在这本书中使用了很多关键性的悖论或矛盾，比如在第一页就指出，文学的终结即将来临，文学是任何时候任何地方的文化的特征(即只要人类存在文学就不会消失)。[24]米勒说：“如今，所有关于‘文学’的严肃反思，都要以这两个相互矛盾的论断为前提。”[25]由此看来，通过建立悖论式的结构来从哲学层面上探讨文学以及文学批评的一般问题是米勒文学批评的一个特征，或者说是他思考和解决问题的一个策略。这种哲学意味不是停留在表面地引用或藉以使用哲学家或理论家的宏大的理论预设，而是体现在他处理问题的思路和策略上：将一个复杂的充满异质因素的问题的矛盾层面紧凑地集结成一个悖论的困境,并用一个最精练的词或短语来概括它,甚至在没有现成的词语时就新造一个词来代替它。这也启示我们在阅读和理解米勒的文学批评时,不能只从问题的一个层面进行,比如当我们读到他宣称文学的终结即将来临的观点时,感到恐慌和忧虑而要与他展开论争,但其实这是由于我们没有能够从整体意义上理解他的批评的特点,从而忽略了这只是他在当今时代探讨文学的一般性问题的一个方面。

由以上对米勒善于建构悖论式结构来探讨复杂问题的理论实质的分析中,我们也认识到米勒自身的文学批评与理论探索实践的异质性,也就是说其中充满了矛盾、对立、悖论、冲突和异质性的因素。这并不仅仅表现为米勒在思考具体的问题时,在不同的阶段对问题的认识有变化而产生的局部调整,而是更突出地表现为他五十余年的阅读训练与理论实践中形成的思维方式的独特性,或者说,他看待文学的眼光本身就是特殊的。

米勒尤其擅长探讨文学世界自身的复杂性。他曾经在与王逢振的谈话中说:"在大学本科时我学过物理。在物理学中,我们预想自然是非常复杂的,对于文学作品,我们应该做同样的预想。"[26]也就是说,文学研究,尤其是哲学意义上的、理论层面的研究,不能是一厢情愿、自以为是的。这也是文学理论家们所共有的观点,伊格尔顿曾说过,阅读文学理论的困难,并不亚于"读懂一本生物学或化学工程学的教科书"[27]。米勒也说过,作为一种批评方法的"修辞性阅读",需要批评者有"一双锐利的眼睛,仍然需要逐字逐页地阅读,这里没有任何轻松的工作"[28],这并不是易学易记的功课。米勒说德里达解放了自己的思想,教给他认识一部充满矛盾的作品也可以是伟大的。他重视那些文本中出现的不协调和不一致的细节,想解释它们会在那里出现的原因。他又说自己与在霍普金斯大学相处十九年的亲密同事新批评家厄尔·塞曼争论不休的原因,是塞曼坚持认为作品的有机性特点,即优秀作品先验地具有一个明显的明确的意义,而文本的所有部分与细节无一不是在为构成这种意义而体现价值的。因此,塞曼拒绝讨论没有完成的作品。

(三) 关于米勒"悖论式"理论思维方式的思考

米勒所谓"悖论式"的理论思考方式,即两种相矛盾的思考方式不可分离地联结在一起(inseparably linked),提示我们认识他的文学批评所具有的异质性特点,也就是不能片面地对它作同质(homogeneous)的阅读,要充分认识并认可其矛盾之处,因为不这样,我们就无法解释这一情况:随着研究的深入我们会遇到在同一个问题上出现的明显对立。我们会越来越感到羁绊重重,因此在做结论时会发现自己总在说反话。这种情形就像米勒在《解构解构主义者》里分析吕德尔(Joseph N. Riddle)时所说的,“事实上,吕德尔的书可能具有了不起的价值,在于它明显的无意识中表明了诗歌、哲学和批评的语言的不可简约的异质性”。但因为吕德尔并没有充分认识到作为自己研究对象的诗篇里存在的矛盾,他就只能自相矛盾。“(吕德尔)没能充分认识到他讨论的文本中的矛盾,结果就是他跟自己相抵触。”〔29〕也就是说,不能自觉地、清醒地认识到批评对象的异质性,即使是无意识中对它有所揭示,也会使自己陷入批评的困境。

对于米勒的批评和理论的异质性问题,我们联想起萨拉·拉沃尔(Sarah N. Lawall)在《意识批评家》(*Critics of Consciousness*, 1968)中对米勒的评论。拉沃尔说米勒的背景与乔治·布莱相同,那就是都与宗教立场相连。米勒在其著作《上帝的退隐》(*The Disappearance of God*, 1963)中选择了五位维多利亚作家,强调他们的神学体验对其自身的重要性,并决定了其他所有的东西。由此,拉沃尔评论说:“如果对所有这些作家来说神学体验是‘最重要的’,那么它对批评者而言也是最重要的。定义不明的边界之间有某种互动(reciprocal)的联系。”〔30〕也就是说,米勒之所以选择讨论作家的神学体验,因为他认为它们对这些作家最重要,那么,他也认同这一观点,即神学体验对他来说也是最重要的。同理,我们可以说,既然米勒在《解构解构主义者》里“承认任何文本中必然的异质性”,声称伟大的文学文本都是“自我解构”的〔31〕,那么他自己的批评和理论也就不可避免地具有同样的特点。

可以说,希利斯·米勒批评理论中的异质性特征最突出地表现在他不同时期所采用的不同的理论范式或理论预设,这也使研究者通常根据其批评理论依次划分为新批评、现象学意识批评、解构主义、伦理批评和言语行为理论等时期。对于诸多理论范式中的每一种,米勒都付出了多年的探索和钻研,经过了从建构理论预设到具体的文学作品批评实践的过程。他认为这些不同时期的理论预设是自己批评理论中的一个个断裂(discontinity),这从他对研究者乔纳森·罗斯伯格评论的反驳中可以发现。

罗斯伯格在《维多利亚研究》(*Victorian Studies*)1993年秋季号上发表文章《从维多利亚式的意识到一种阅读的伦理学:J.希利斯·米勒的

批评》指出:“我认为(米勒)在批评接受上的转向遮掩了他写作上更大的统一性(unity)。我将要论证他表面上的解构主义转折,起因于他对维多利亚时期文学与文化的阐释,和批评者常在他的方法论中发现的矛盾;这种矛盾来源于他的计划重心更多地是勾画哲学和伦理的观点,而不是讨论某种阐释的方法论。”[32]他试图在米勒从现象学意识批评向解构主义批评的转折中寻找某种所谓的“被遮掩”的统一性。米勒以否定的态度回应了这位批评者:“罗斯伯格以牺牲我写作中的变化为代价,强调在其中存在着一种延续性,这在我看起来似乎是彻底的不延续性。从我相信意识的起源性的重要性,到认识修辞性语言和述行性语言的重要性,这是如此的一个断裂,尽管罗斯伯格在其间发现了联系。受雅克·德里达和保罗·德曼著作的启示,我后来的著作受言语行为理论的影响又是那样的断裂。在我早期的作品中,我并没有一个词汇或者概念用来有说服力地证明语言的建构性理论。”[33]显然,米勒非常强调自己对修辞性语言和述行性语言的重视。

在对米勒不同时期所采用的理论预设考察的基础上,我们发现他提出关于阅读的伦理问题,并把它与言语行为理论结合的工作被认为是最突出的。而从阅读的不可能到阅读的伦理,即阅读是一种做事,是从整体意义上理解他的批评理论的一条线索。这不仅是他从德曼和德里达的理论思想获得启示和汲取营养的结果,是向解构主义深处的探索,也是解构主义在面临困境时所作出的绝处逢生式的努力。

二、从阅读的不可能性到阅读的伦理

(一)由文本的异质性论证阅读的不可能性

米勒认为:“解构主义不是读者或批评者藉以对文本做什么事的东西,而是阅读的行动发现文本对自身已经做的事情。”[34]解构主义不是批评者从外部对一段文字进行拆解的解构。伟大的文本都是自行解构的,这具有客观性,或者说是文本中的客观因素造成的。解构主义有一个前提,那就是任何文本都包含多于一种严格的持续不变的阅读可能性,但是任何一种阅读都可能被文本内的其他因素给摧毁,也就是必须承认文本的异质性。

米勒在《解构解构主义者》一文中说:“文本的异质性体现在它同时

说两种完全不能协调的事情,或是它说的事情能够被两种不能调和的方式阐释。"[35]而在共时性意义上,"人不能两次跨过同一条河流",也就是说文本不能同时被两种不能调和的方式阐释,因而是不可读的。在同一篇文章中,米勒提到亚里士多德曾断言的"非矛盾法则":"'A是A':A不能同时既是A,又不是非A",它是所有逻辑性话语最明显的原则和基础。"非矛盾法则"也可以论证文本不可能同时被两种不可调和的方式阐释。文本的异质性意味着文本的不可读,决定了阅读的不可能性,即文本会自行解构。米勒继续论述道:"文本的'不可读性'不仅是读者在阅读时的痛苦体验,他的失败在于不能将文本简约成一个均一的解读",而且"将这种文本的不可简约性以元语言陈述的形式作为文本的主题"。[36]米勒在此断言:"伟大的文学作品很可能超越他的批评者。他们已经在前面了。他们已经清楚地预测到批评者可以企及的任何解构。"但批评者仍有自己的作用,他们对文本在不同的情况下对自身施行的解构的行动进行认同。

由此,米勒从理论意义上论证了文本的不可读性,即阅读的不可能性。而在解构主义退潮之后米勒转向伦理问题的研究则进一步从认识论意义上论证了获得文本全部意义的不可能性,但是阅读行动中的伦理却时刻导向一种行动。

(二)对"阅读的伦理"问题的提出

米勒在其著作《阅读的伦理》(*The Ethics of Reading*, 1987)中对"阅读的伦理问题"的提出和讨论,一方面是对当时学术界对解构主义文学批评的攻击的反击,那些观点认为,解构主义是一种"虚无主义和任意武断"[37]的批评方式,认为解构主义者摧毁了文学研究和解释的基础,对文学文本任意作出解释;另一方面是试图解释在德曼的《阅读的寓言》中出现的"伦理"(ethical)这个词,并因此"呈现阅读的伦理在当代文学理论中的一个显著的例子"[38],实际上讨论了阅读伦理问题在哲学意义上的生成史。在实践的意义上,米勒以《阅读的伦理》及其续篇《皮格马利翁的诸种变体》(*Versions of Pygmalion*, 1990)转向伦理问题,"不是转离解构批评,而是进一步探究解构批评的潜能"[39],被特里·伊格尔顿认为是解构主义的"温和的转弯","后结构主义,好像是意识到了这一点,于是开始温和地转向伦理问题"[40];同时米勒又以其理论阐述和细致而具体的文学批评实例建立了一种"'阅读的伦理'的修辞学模式"[41],从而开辟了美国文学伦理学批评的新领域,“从解构主义立场探讨文学伦理学批评方面做得卓有成效的当推美国学者希利斯·米勒”[42]。本节以下的内容将着重探讨“阅读的伦理”问题的观念起源、产生的现实语境、“阅读行动中的伦理时刻”的定义和对它的理解等问题。

(三)“阅读的伦理”:观念的起源

《阅读的伦理》几乎是米勒的书中最短的,但却被纽约大学英文系教授德里克·阿特里奇看做是他最重要的著作之一。[43]这本书首先作为讲演的形式,由他于1985年5月在加州大学厄湾分校以“韦勒克图书馆系列讲座”(Wellek Library Lectures)的形式发表。

首先,德里克·阿特里奇指出,德曼在《阅读的寓言》(*Allegories of Reading*, 1979)中使用过“伦理”这个词,它成为几年之后米勒作韦勒克图书馆系列讲座的研究起点之一。米勒的《阅读的伦理》最初的观念起源于德曼,这个观点在马丁·麦克格维仑(Martin McQuillan)的著作《保罗·德曼》中也得到证实:“J.希利斯·米勒的《阅读的伦理》写于德曼的战时新闻写作被发现之前,它有效地证明了伦理的问题与德曼修辞学分析是同样极为重要的。米勒从德曼的《阅读的寓言》中的一段话建构起自己的观点。”[44]这段出自德曼的话是:“寓言永远具有伦理的意味,伦理的(ethical)这个术语表示两个独特的价值系统的结构冲突。在这个意义上,伦理学与一个主体的(受抑制或自由的)意志无关,也没有更强烈的理由与主体间的关系有关。在伦理范畴是语言学的和非主体的程度上,伦理范畴是命令(即是一个范畴而不是一个价值)。道德是同一个语言疑惑的变形。语言疑惑产生了诸如‘人’、‘爱情’或‘自我’这些概念,因而道德不是这些概念的原因和结果。向伦理语调的过渡不是由超自然的命令引起的,而是语言混乱的指称(因而不可靠的)形式。伦理学(或许人们应当说伦理性)是语言混乱中的一种离题的方式。”[45]也就是说,阅读的伦理是语言自身的力量产生的一种结果。

麦克格维仑强调,米勒的“阅读的伦理学”研究开始于德曼早年从事新闻写作的经历被发现之前,这是颇有意味的。因为,德曼在去世之后被发现他在二战期间为一些与法西斯合作的比利时报纸撰写过亲德国的反犹太人的文章[46],人们对他本人及其所代表的解构主义文学批评进行攻击,指责它们是虚无主义等等。米勒认为,阅读的伦理学就是要反击这种攻击,以证明解构主义是关心伦理的。事实上,米勒早在上个世纪70年代末就已经从德曼《阅读的寓言》中得到启示,并开始研究阅读的伦理问题了。

1980年,米勒曾经在回应文森特·利奇对他的评论文章中提到自己正在思考的“阅读的伦理”问题。米勒预言解构主义对美国大学的改变将是巨大的,它将具体地表现为对大学教学的风格与内容、课程的构成、课程的科目、系科的种类上,表明了英文系、比较文学系、外国语言系将面临吸收消化新的文学研究方法的主要任务;而且会对教师学生和批评者的心理产生影响,他们或因对文学的态度不同而产生矛盾,抵制理论,对过去文学批评的意义的“确定性”仍然留恋,或新的阐释策略给他们带来令人兴奋的洞见……但所有这些反应,米勒认为“与其说外化成了不同群体间的教师和批评者们之间的争吵,不如说已经在个别的教师或批评者心里内化为一种自我冲突”。也就是说,作为一种文学研究新方法的解构主义在被美国大学尤其是英文系、比较文学系和外国语言系采用时,人们有的表现出对使用新的阐释策略而获得洞见的欣喜,有的却对旧的“确定性”怀有留恋,表现出抵制理论的倾向。这表现为存在于教师或批评者内心中的冲突,即在清楚地说出一个既定作品的意思的认识论责任,与对于学生、同事和他(她)身为其中一部分的整个文学研究体制的伦理责任之间的分裂的忠诚(a divided loyalty)。米勒想通过自己所谓“阅读的伦理”来思考教师或批评者内心里的这种冲突,进而得出结论。他认为在这种情况下,对于所教授或写作的文本的认识论的义务应该占优先的位置。比如教一首诗,如果他(她)没有首先让自己顺应书页中的词语,就不可能作出伦理的判断或施行伦理的行动,但是一旦它发生了,伦理的运行就已经必然地发生了。在文学研究中有一个语言的命令(a linguistic imperative),它迫使批评者或教师重复异质性,即拒绝一种独白单一的阅读,这在任何一部文学作品中都是显见的。[47]

如此看来,米勒起初思考“阅读的伦理”问题时,想解决的其实是解构主义批评方法在美国大学用于具体的文学批评实践的接受问题。他想通过“阅读的伦理”来证明,正是一种源于文学作品中语言内部的命令迫使批评者认识到异质性在任何文学作品中的存在,而这样的时刻正是阅读的伦理时刻。

其次,米勒的“阅读的伦理”观念也得到亨利·詹姆斯的启示。阅读是一种行动,真正的阅读并不总是发生。“真正的阅读,我认为当它发生的时候它主要的特点是愉悦,阅读的愉悦。”[48]他认为,作为作家的亨利·詹姆斯在《金碗》的序言中说,写作是“人生行为”的一部分;并且他将“人生行为”定义为已经做完的事,它们也会促成其他的事。在这种意义上,作为批评家的米勒仿照亨利·詹姆斯,将阅读也称作是“生命行为”的一部分,并认为阅读也必然会促成其他事情的发生。人生主要的是做事,做事并不浅尝辄止于最初的行动,而是继续导致其他的事发生与完成,以及无休止的结果的链条。

(四)“阅读的伦理”问题产生的现实语境

在“阅读的伦理问题”产生的现实语境问题上,米勒认为应该直面那些攻击德曼的著作是“虚无主义”的言论,他们认为解构主义削弱了所有人文主义研究的价值,使作品的阐释变成任意地强加给文本以意义的自由嬉戏。但米勒论证道,德曼真正的观点与此截然相反。这些攻击言论中最突出的是老一辈批评家勒内·韦勒克。米勒后来曾提到过这段历史:“1983 年,韦勒克在一家保守派杂志《新标准》(*The New Criterion*)上发表了题为‘文学研究被毁掉了’的文章。他在其中断言,文学理论新的发展趋向正在摧毁文学研究,具体来说,就是他的耶鲁大学同事,所谓的耶鲁黑手党在破坏文学研究。我有幸也被他列为其中。”[49]那么,韦勒克的批评究竟是怎样的呢?

韦勒克 1948 年与沃伦(Austin Warren)出版了《文学理论》,他颇为自豪地称这本书是英语里第一个使用“文学理论”标题的,并认为作为“文学的科学”的文学研究按照理论、实用性批评、文学史三个主要分支顺畅地进行;但是文学理论新的发展趋势正在试图从内部来摧毁文学研究大厦。他们不仅在某些学术圈内已经获得成功,谋取到许多学术杂志的支持,并影响了很多学生,似乎要影响整个美国了。而引起这种文学理论新的发展趋势的就是哲学家德里达,他的观点受到一些文学批评家和学生们的欢迎,因为它给他们“任意的编织、排列隐喻,排列双关语,纯粹的语言游戏”的观点签发通行证;他的方法不幸被那些“既不聪明又缺少学识”的人广泛地模仿后,就构成了对知识和真理的概念的解构。而被点名的这些理论方法的实践者是 J. 希利斯·米勒、保罗·德曼和德里达;并且,他还声称自己不能同意乔纳森·卡勒的观点。

在韦勒克眼里,新理论的观点首先是人们居住在“语言的牢笼”里,与现实没有关系。文本之外别无他物,每个文本都只指涉另一个文本,从而忽视了文本与政治、司法、宗教、哲学,甚至是想象和诗学这些“真正地形成人们的生活与历史的进程”的关系。他们发现了一个古老而简单的真理,那就是“词语不是东西”(that words are not things)。其次,新的趋向要“废弃文本的权威,拒绝整个作为追寻一个文本真正的意义的阐释的古老事业”,而拒绝准确的阐释却是因为他们赞同误读的观点。如此一来,文学失去了它的意义,文学不谈人们的心灵、爱与死,拒绝自我;这种理论把语言看成“一个自由漂浮的符号系统”,走向完全的怀疑主义,并最终导致虚无主义。总之,它们将毁坏、“解构”所有的文学研究、中断传统,拆毁多少代学者们努力建立起来的大厦。[50]

韦勒克对解构主义的批评(虽然他在文中多处以文学理论的新发展、新趋势来代指解构主义)给人一种拥有至上权威、居高临下的印象,似乎“文学理论”是由他开端的,而新近的理论发展趋势给文学研究带来的影响和破坏,不仅侵犯了他,而且他也应该为此负责似的。也因此,他的批评文章不仅没有使用一条注释,而且对德里达和德曼的批评也是极度的概括,总之,“显示不出一点儿曾仔细地阅读过要质疑的文本的迹象”[51],米勒称它是“没有确实根据的指控”和“盲目的攻击”。之所以说“没有确实根据”,是因为韦勒克根本没有认真阅读德曼或其他解构主义批评者的著作就妄加评论;说“盲目的攻击”是因为新的文学研究趋势使他们感受到威胁,因此“情愿抛弃学术精确性的传统和责任而盲目地攻击在他们看来并不试图去理解的对象”[52]。由此我们可以感到美国文学批评理论界学派之间竞争的激烈程度,尤其是新生与保守力量之间的对峙和抗衡。新生事物想要争取生存的空间,获得认可和肯定、在批评实践中被利用和发展的权力,势必要经受各种权威力量的质疑和考验,这是必然要发生的。而解构主义作为一种哲学理论来到美国,对当时的文学批评思想的冲击极大,因此它在被转变为一种具体可操作的批评方法论而落地生根时,受到的质疑和批评也格外地猛烈。作为“耶鲁批评家”的“发言人”[53],米勒从不惧怕任何形式的指控和攻击,他曾坦言:“我的确介意被人以错误的方式呈现,但不介意别人在深思熟虑后表达与我不同的意见。”[54]因此,对待不同种类的批评,米勒的态度也相应地发生了变化。

对于以韦勒克为代表的老一辈学者“没有确实根据的指控”和“盲目的攻击”,米勒分析说:“也许这些观点仅仅是那些从未费神阅读过德曼著作的人相互传递的陈词滥调。”[55]他们并不试图去理解,继而也不愿费神去仔细阅读解构主义批评者的著作,因此他们的指控和攻击是不负责任的,完全是傲慢与偏见的结果。相比而言,70年代曾与自己论战过的艾布拉姆斯的批评要审慎得多。米勒在评价艾布拉姆斯对自己的批评时说:“艾布拉姆斯花了很大功夫读了德里达和我的作品。他的文章相当重要,那是一个不同体系的学者批评家所能做的最为严肃、最为详尽的努力之一,企图同所谓的解构主义达成协议。”[56]从某种意义上说,艾布拉姆斯可以称为米勒或解构主义的“敌友”;他的观点,是可以与之不同,并可以讨论的;他是在认真阅读并深思熟虑之后表达出不同的意见,米勒对这种负责任的批评充满了敬意。

总起来说,米勒提出并讨论“阅读的伦理”问题,即证明“在阅读的行动中存在着一个必然的伦理时刻”,一方面要对文本内的不可拒绝的要求进行回应,这是必然的;另一方面它又是自由的,我必须为我的回应及其产生的结果负责。从某种意义上说也是探讨负责任的阅读与批评的问题。联系到米勒直面韦勒克为首的老一辈批评家对解构主义的指控和攻击的现实语境,很明显,“阅读的伦理”问题的提出具有不言而喻的反讽意味。

(五)“阅读行动中的伦理时刻”及其理解

米勒认为,在“在阅读的行动中必然地有一个伦理的时刻,它既不是认知的、不是政治的、不是社会学的、也不是人与人之间关系的,而完全独立地是伦理的”[57]。他继续解释说:“阅读行动中的伦理时刻”面向两个方向:一方面,它是对什么事的回应,对它负责,响应它,尊重它。在任何一个伦理时刻,都有一个祈使性的力量(imperative),那就是“我必须做什么”。我必须这样做,而不能那样做。但如果不是必要的,不是基于某种“必须”,例如对一个文学文本按自己的意愿给它确定意义,那就不是伦理的。另一方面,阅读中的伦理时刻导致了一个行动。它进入社会、制度和政治的领域,例如通过教师在课堂上讲课或者批评者写的评论。[58]米勒首先从与阅读的认识论维度作比较的意义上,提出阅读的伦理维度问题。他认为,阅读不仅仅是一个认识论意义上的事情,阅读不仅仅是一个认知的、获得正确意义的过程,而且,在“阅读的伦理”语境中的“阅读”的概念不是狭义上的捧起一本书来读并弄懂它的意思,而是作为“批判地阐释世界和组成它的文本的方式”[59]。阅读也是一个伦理的行动,它的伦理维度认为,阅读也是一件关涉到伦理的行为和责任的事情。

通常,阅读的伦理维度被认为从属于认识论意义上的、认知的行动的阅读。可以说,米勒探讨阅读的伦理问题就是对这样一种观点的反动。米勒认为,认识论意义上的阅读其实几乎是不可能实现的。他借用卡夫卡的《城堡》中约瑟夫·K的寓言来解释阅读行动的困难。当K最终有机会面对那个可以解释一切的权威,终于有可能进入城堡的时候,他却累得睡着了。他太疲倦了,以至于没法追随一个特定故事所引导的所有思想的路径,没法检验从故事中引发的所有结论。[60]换句话说,即从认知的角度和认识论的意义上试图通过阅读而获得一个文学文本所包含的全部正确意义的努力往往是徒劳的,既无法实现,也是不可能的。王逢振曾撰文讨论阅读的伦理问题,他说阅读的伦理并不致力于使人们从作品中获得知识为基础,"不要使文学作品内部主题的戏剧性表现,成为真实世界中道德判断和行为的基础。这种道德判断是脱离常规的,因为它不是合乎逻辑地以人们从作品获得的知识为基础——那种知识是'理解'无法理解和无法阅读的情况"[61]。"阅读的伦理"启示研究者不要仅仅从认识论的角度思考阅读,只把它看做是一个认知的、获得正确意义的过程,而应当把阅读看成是一个行动,对书页上词语的要求作出反应。

如何理解米勒所说对文本的伦理回应是必需的,而且又是自由的呢?首先我们尝试着从理论意义上来理解阅读行动中的伦理时刻回应的必需性,它是对一个绝对命令(categorical demand)的必然的回应。康德的《道德形而上学的奠基》(1785)讨论了这个问题,他提出一种绝对的命令,它的有效是无条件的。"唯一真正的道德行为是这样的行为——在这样的行为中,执行这样的命令完全不顾忌其它的后果。道德律是一种绝对的命令,一种直言律令。它之所以有效是无条件的、绝对的"。[62]也就是说,阅读的伦理体现于对文本的不可拒绝的命令的回应,是绝对的,你只能这样,而不能那样。

阿特里奇说:"对文本的回应既是必须的,是从它是对一个不可拒绝的命令的回应的意义上说的;又是自由的,是从我必须为我的回应,以及我的阅读行动可能引起的人际关系的、制度的、社会的、政治的或历史的结果承担责任。"在对文本的伦理回应又是自由的这个问题上,阿特里奇提出对阅读的文本进行回应与梦游的区别,对前者他要负责任,对后者则不需要负责,他认识到对自己选择做的事才需要负责(in the case that I chose to do it)。由此,他说"责任需要选择的自由。接受责任意味着承认一个自由的行为者在做他曾经做过的事"[63],也就是说,伦理隐含在我为自由选择的行动而承担的责任中。

如果用一句话来概括解构主义当时受到的批评,那就是“虚无主义和任意武断”。当时的美国文学批评趋势正经历着巨大的转向,研究者纷纷转向历史、文化批评、政治和伦理,按1986年曾去加州大学厄湾分校访学而对此有切身体会的王逢振的话说:“这种情况无需详细描述,只要看看美国文学学术会议的发言题目,翻翻期刊杂志的目录,注意一下批评著作的标题,人们就会发现大量‘历史’、‘政治’、‘社会’或‘文化’之类的词汇。”[64]文学研究的总体趋势表现为离开以语言为基础的文学的内部研究,而转向历史、政治、文化等文学的外部研究。米勒对此的观点是:“然而我还是认为,在文学研究中返回历史、政治和伦理的唯一正确的途径是通过文本自身,通过对书页上语词积极主动地读解”,认为尝试从文学作品中的政治、社会和历史内容来解释它们很可能是“模糊而投机性的”。[65]也就是说,米勒转向研究阅读的伦理问题,即文学与历史的关系问题,他要“将对文学的修辞研究结合进入对文学的历史、社会和意识形态维度的研究中去”[66],因此建立了一种阅读的伦理的修辞性模式,驳斥认为解构主义是一种虚无主义、脱离历史与政治的不公正的指责。“米勒的书是第一部论证解构主义的伦理学与文学批评之间具有至关重要的相关性的著作。对于米勒而言,阅读的伦理正是与文本真理的最终不能得到性最不能分离的。阅读包含对伦理命令的回应。但这种命令根源于语言法则本身,这种语言法则认为文本具有无限的可阐释性,没有阅读可以包括文本所有的秘密。具有悖论意味的是,阅读的伦理因此忠实于文本的命令,我们背叛它并因此而对阅读的失败或阅读的不可能性本身承担伦理的见证。”[67]批评者认为,解构主义将对文本的阐释变成任意而武断地强迫它接受意义的自由嬉戏,米勒认为这样的批评是不公正的。“对米乐(勒)而言,阅读从来就不是一个彻底自由或可以为所欲为的行为,因此,任意诠释文本的行为并不符合伦理。阅读伦理显然必须建立在某种反应以及此反应所连带的责任上。米乐(勒)此说当然旨在矫正视听,澄清某些论者视解构主义为虚无主义之不当。”[68]

米勒在加州大学厄湾分校英文和比较文学系的同事克伦·劳伦斯(Karen Lawrence)评价说:“米勒是一位传奇性的批评者、教师和导师,但也许他最具特色的成就是他关于阅读是一种与智性并重的伦理的行动的工作。他相信阅读文学可以使我们互相与对方回应并负责。换句话说,文学使某事发生。”[69]朱利安·沃弗雷也评论道:“他者和伦理回应不仅仅是文学层面的事。”[70]这些评论都在强调米勒的伦理批评工作的重要价值。

从上世纪70年代末开始包括整个80年代,也就是在解构主义落潮之后从耶鲁转到加州厄湾分校的十余年间,米勒的工作最集中的体现是《阅读的伦理》这本书,以及它的批评实践续篇《皮格马利翁的诸种变体》。虽然“阅读的伦理问题”的讨论还是尝试性的,但是它代表着米勒批评道路上一个不容忽视的转折点,他的批评从此进入了伦理的阶段。国内多数研究者倾向于把米勒在伦理阶段的工作归入他的言语行为理论的框架下,事实上这有些本末倒置。“阅读的伦理问题”的提出和讨论才是原初的、具有开创性意义的。因为在德里达和德曼的帮助下,米勒应用并转换奥斯汀的述行观念,并把这个观念连接上伦理,“我要把阅读中的伦理时刻看作导致某种方式的言语行动,而非导致知识的陈述”[71]。他把言语行动的观念拓展到文学批评当中,讨论文学研究和“文学中的言语行动”在“探究伦理的和政治的责任中的作用”。[72]在下一节中,本文将讨论米勒对于德里达对奥斯汀言语行为理论批判的关注。

三、关于德里达对奥斯汀批判的研究及理论阐述

进入上世纪90年代以后,米勒虽然仍旧保持着对当时新的批评理论的浓厚兴趣,通过证明新的理论与解构批评可以融合,使自己表现出与时俱进的包容性与活力,但他主要的理论兴趣与其时“美国批评界的主张兴趣并不一致”,逐渐转向“美国的媒体都深谙的言语行为理论”。[73]此时的米勒已经不再身先立卒于美国文学理论的最前沿,而是关注起上世纪70时代德里达向J. L. 奥斯汀进行理论挑战因而引起奥斯汀的门生约翰·塞尔的回应与论战的一段旧案。其实,哈贝马斯、德里达、利奥塔等哲学家对奥斯汀的言语行为理论都曾有过论述;但只有德里达的关注侧重于从哲学的角度来研究文学。

就其整体而言,米勒关于言语行为理论所做的理论研究一方面是梳理并总结德里达和德曼对言语行为理论的理论论述,继承并发展他们的理论成果;另一方面他要通过研读奥斯汀而获得自己对这位语言哲学家的独特的、有创新性的阅读体验,从而更新自己关于文学的观念。

(一) J. L. 奥斯汀的《如何以言行事》及其主要概念

言语行为理论起源的文本是英国哲学家、牛津大学教授J. L. 奥斯汀

(1911—1960)的《如何以言行事》,最初是1955年由奥斯汀在哈佛大学以“威廉·詹姆斯讲座”的系列演讲形式发表的;在他去世后他的学生厄姆森将他的讲演笔记整理成书出版。米勒认为它是“英—美分析性或‘普通语言’学派最重要的哲学著作之一”[74],它充满了令人惊奇的机智、聪明,甚至使人忘记它其实是非常复杂的。此外,奥斯汀还在英国BBC电台以“述行性话语”为题集中地介绍过言语行为理论,哥特堡出版社据此于1959年10月发行了一盘以“Performatives”为名的录音磁带,其内容被整理后以“述行性话语”为题收入奥斯汀的另一部遗著《哲学论稿》里。这个BBC讲话是《如何以言行事》整个第一部分精致的简写版,使用的词语和引证的例子也都出于其中,米勒说“如果想快速了解奥斯汀的学说是什么,那么它正是你要读的东西”[75]。奥斯汀的学说经过了其门徒美国语言哲学家约翰·塞尔的发展演变成言语行为理论。

J. L. 奥斯汀在《如何以言行事》的开篇就提出哲学家坚持一种假定实在是太久了,那就是认为一个陈述的重要性只能是描述某些事情的状态,或证实某个事实:它必须或是对或是错的,即必须有真假值。哲学家和语法学家认为一个对事实的陈述应该是能够被“证实”的,这就导致许多陈述被称作是“伪陈述”,否则就被认为没有意义。奥斯汀认为这种传统哲学上的困惑和混乱都是由一个误解造成的,应当继续提问:是否这些明显的伪陈述真的就是“陈述”。奥斯汀举具体的例子说明:“假如在婚礼仪式的过程中,我说‘我愿意(接受这个女人为我合法婚姻的妻子)’;或假如我惹你伤心了,我说‘我向你道歉’;或我手里拿着香槟,说‘我将这艘船命名为伊丽莎白女王号’;或者我说‘我以六便士向你打赌,明天会下雨’……所有这些情况,如果认为我说的这些事情是实现这些行动的报告那是荒谬的,它们无疑已经完成了。结婚、道歉、给船命名、打赌,这些事情已经完成了。说我做的事,我事实上完成了这些行动。”这些话语满足了以下条件:A 它们根本既不描述,也不报告或证实任何事情,它们不是“对的或错的”;并且,B 这些句子部分地是做某个行动,不能被描述成在说什么事情。在适合的情境里,不是描述我在做的,而是我在做它。“如果一个人用这类的话语,我们说他正在做什么,而不仅仅说他正在说什么。”[76]由此看来,“所谓的‘毫无意义的’‘伪陈述’本来就不是用来作陈述,它们的意义在于以言行事”[77]。在此辨析的基础上,奥斯汀将这类实际上施行它所描述的行为的话语命名为“述行性话语”(performative utterance,也被译为“施事话语”),用“述愿性话语”(constative utterance,也被译为"记述话语")概括那种有所指涉、有真假值的陈述。"performative"来源于perform,"做、实行",综合了动词"做"和名词"行为"的含义,它"显示发出话语也就是实现了一个行为,而不是通常地被认为仅仅是说了什么"[78]。米勒评论说:"这种观点看似简单、直接,但却是哲学思想中的一个革命性观念。"[79]但是,奥斯汀审慎、谦虚和严格的学术态度使他对自己革命性的观点进行了保守性的调整,他不再着迷于述行/述愿的区分,因为他发现这种区分方法最终并不能对特殊话语进行泾渭分明的语言性分析,所有的述愿性话语也施行行为,而述行性话语也传递了信息。

因此,他对语力的程度进行区别,从完整的言语行为中抽象出三种行为:完成一个说话行为就是一个非语内表现行为(Locutionary acts);行言内之事的言语行为(Illocutionary acts),它在说话本身中做某种事;收言外之果的言语行为(Perlocutionary acts),它通过说话来造成一个结果:我可以做到用我的话来说服、劝告或恐吓你。[80]其中,行言内之事的言语行为与述行性话语的功能相当。这种区分"使语言学者可以不必仅在大脑的实验室里探究抽象意义上的语言的施行,而是在人际关系间真实而互动的言语情境里进行"[81]。

总之,提出"述行性话语"这个概念是J.L.奥斯汀的创造。他将陈述句分成述谓句与施事句,前者涉及的是"言有所述",属于逻辑—语义问题,有真假值;后者关注的是"言有所为",没有真假值,只有适切不适切、愉悦不愉悦的问题。他用述行性话语/述愿性话语取代了传统语言哲学家一直坚持的真陈述/伪陈述的二元对立,"它取代了旧的关于语言的逻辑—实证主义观点,这种观点假定唯一有意义的陈述是那些描述世界上的事情状态的陈述,而所有其他种类的陈述都不真实,是'伪陈述'"[82]。正如上述内容所言,奥斯汀从日常语言入手研究哲学问题,"推翻了以逻辑—语义的真值性为语言理解中心的观点"[83],即推翻了真陈述—伪陈述之间的对立,提出了述愿性和述行性这一对概念范畴,创造出述行性概念,指出有些话语不是描述事件,其本身就是做事,即以言行事,这带来了哲学传统的一场决定性的和革新性的革命。

(二)奥斯汀建立另一种等级制及其与文学的相遇

这是奥斯汀在"如何以言行事"的开端就提出的观点,而作为整体的论述,他的目标"不仅是得到清晰的述行性话语行为的定义,而且要清楚地辨别使言语行为恰切施行的各种条件"[84];换言之,"J. L. 奥斯汀提出了于今以'言语—行为'理论著称的语言理论,其目的在于确定使言语在不同场合有意义的种种成规"[85]。但奥斯汀很快就发现述行性话语在施行时存在着各种失败的可能性,并不总是能够成功地以言行事。在舞台上演员表演说的台词、诗中引用的话、自言自语,这些形式的语言用法都被奥斯汀认为是对正常语言用法的不严肃的使用,它们寄生于正常的语言用法之上,是不严肃的、寄生性的、苍白的、空洞的。米勒分析说,寄生其实是依赖的意思;苍白的,表层含义是不让芦笋受到日晒以防止它变绿,意味着被剥夺了力量与生命的事物。由此,奥斯汀又建立起另一种形式的"严肃的/寄生性"的等级制。这些对述行性话语的不严肃的、寄生性的、苍白的、空洞的使用其实就是文学。米勒总结道:"奥斯汀把文学以及舞台上的独白和言语说成是'寄生于'正常言语行为之上的。文学是'不严肃的'、'不恰当的'。"[86]

有评论者认为奥斯汀不知道如何处理"修辞性语言和诗性语言"[87],他在《如何以言行事》中的一个脚注里说:"我们不能总是提及它,但必须记在心上。当我们使用话语作为行动的时候,在表演、小说、诗、引用和背诵中出现的语言苍白的可能性。"那么,为什么驱逐文学对于奥斯汀想要提出的学说那么必要?并且,"为什么他仿佛是被一种不可抗拒的必然性(所驱使),如此频繁而又忧虑不安地返回这个论题?"

奥斯汀希望述行性话语都能够愉悦、成功、恰切地施行,而在面对失败的例子时他遇上了文学。因此这种相遇对于奥斯汀来说是极其不情愿的,他以一种深深的厌恶诅咒文学,并要将它驱逐出自己讨论的范围。奥斯汀一而再、再而三地回到这个话题,以至于米勒用了一个比喻来形容他:一方面奥斯汀像个一时间还没有成功地掌握魔法配方的巫师的徒弟,却希望自己的咒语能够驱邪伏魔;另一方面他所厌恶的文学却总在他意想不到的地方汩汩而生。[88]文学使奥斯汀的论述羁绊丛生,但米勒却指出奥斯汀使用的例子其实就是文学,他本人则是了不起的运用词语做事的大师。因此,在探讨使述行话语恰切施行的规约性条件的过程中,奥斯汀与文学的相遇仍然是一种美丽的相遇,就像是法国诗人洛特雷阿蒙在《马尔多罗之歌》中写到的"像一架缝纫机和一把雨伞在解剖台上的偶然相遇"[89]。为什么这样说呢?因为"越是相异的物体,他们相遇的光亮越是强烈"。

据 J. L. 奥斯汀的同事回忆,他最大的特点是"热爱精确、事实信息、严格的分析、可检验的结论、把东西装配在一起而后又把它们拆开的能力,而憎恶含混、模糊、抽象、借助隐喻或修辞或行话或形而上学的幻想对问题的回避"[90],而这几乎与"关注语言的修辞性维度,关注修辞格在文学作品中的功能"[91]的米勒背道而驰。米勒当然不认为使用修辞是在回避什么问题,他指称为"修辞性阅读"的解构批评就是要探究语言的别异性及其魔幻机制的奥秘。既然如此,那么为什么奥斯汀这样注重理性、明晰的哲学家在米勒的眼中却一步步使自己陷入困境呢?顾曰国在《如何以言行事》"导读"中解释说:奥斯汀是一位严谨的学者,在哲学问题上作出了重大的突破;但他非常审慎地给自己的论证不断地限定条件,到了最后越来越怀疑自己,以至于慢慢地收回自己的结论去了。那么,米勒是怎样确立并解决问题的呢?米勒认为奥斯汀在《如何以言行事》中所作的讨论集中在获得一种清楚而且确实的方式将述行性话语从述愿性话语中区分出来,但这项计划却陷入了困境,并且是通过符合逻辑的步骤而渐渐陷入困境的。[92]

米勒通过奥斯汀使用的例子都是文学的来完成对他的解构,证明哲学家在逻辑推理式的论证过程中总倾向于标榜理性、明晰、透明这一切都与文学无关;但事实上,这只不过是他们的自以为是而已。他们的论证过程中离不开对叙述的使用,而这正契合米勒在《作为寄主的批评家》一文中阐述的观点:"概念性表述一定含有比喻;概念与比喻之间的纠结一定含有故事、叙事或神话。解构要探讨的就是比喻、概念和叙述的纠葛和渗透背后的含义。所以说解构是一门修辞学。"[93]

(三)德里达对奥斯汀的批判和推翻其等级制

最初,德里达讨论奥斯汀言语行为理论的《签名、事件、语境》(Signature Event Context)是1971年他向在加拿大蒙特利尔举行的关于语言哲学的国际会议提交的论文。"这个论题听起来是技术性的、枯燥的,但是德里达却把它改造成一个令人振奋的智性探险,因为他在最不可能的语言学的角落,追求着逻各斯中心主义的预设。"[94]值得关注的是,在此文中德里达提出了"可重复性"这个概念。那么,这个概念的含义、词源性分析和理论根源是怎样的呢?

"Iterability",即"可重复性",又被译成"可复述性"[95],是德里达一系列自造的词中的一个,如延异 différance。它指重复中的差异,含义是一个给定的句子可以在许多有差异的语境中发挥不同的作用。在《签名、事件、语境》中，德里达从词源学意义上解释说："iter，可能来自 itara，在梵语中是他者的意思。"[96]用签名的例子来解释，签名首先必须是可辨认、可重复的，但它相对于自身却永远都是他者，总会有差异，就像世界上不会有两片完全相同的树叶。不过，签名却可以在无数不同的语境中发挥作用。

德里达指出语言的"可重复性"的特点是他从对"书写"（writing）的哲学阐释中引申出来的。那么，"可重复性"概念产生的理论根源是什么呢？

> 在《签名、事件、语境》中，德里达指出了书写的三个特点：
>
> 1. 一个书写的符号是一个记号，该记号不仅可以在将其从特定语境中放送出去的主体缺场时重复，也可以在特定的接受者缺场时重复。
>
> 2. 这个书写的符号能够突破它自己"真实的语境"，能够在不同的语境中被阅读，不管它的作者的意图是什么。任何一串符号都可以"嫁接"到另一个语境中的话语里（譬如在引文里）。
>
> 3. 这个书写的符号在两个意义上受制于"分隔"（espacement）：首先，它与一个特定链条中的其他符号相分离；其次，它与"当下的参照"相分离（这就是说，它只能指射那些并不实际在场的事物）。[97]

概括地说，德里达通过对"书写"进行哲学阐释而指出语言的"可重复性"，并认为"可重复性"是语言比它对语境的依附更重要的特点。最重要的是这样两个特点：说话主体的意图不在场和可重复性。

我们以王国维在《人间词话》中对晏殊、欧阳修、辛弃疾三位大词人词句的引用作为例子来解释"可重复性"的含义。王国维在《人间词话》中写道：

> 古今之成大事业、大学问者，必经过三种之境界："昨夜西风凋碧树。独上高楼，望尽天涯路"，此第一境也。"衣带渐宽终不悔，为伊消得人憔悴"，此第二境也。"众里寻他千百度，回头蓦见，那人正在灯火阑珊处"，此第三境也。此等语皆非大词人不能道。然遽以此意解释诸词，恐晏欧诸公所不许也。[98]

王国维依次引用宋代大词人晏殊、欧阳修、辛弃疾描写离愁别恨的词句，组合构成古今成就大事业和大学问的人所必须经历的三种境界。原词主要抒发词人内心的各种情感，但这里其词句已经脱离原先的语境，在几百年之后王国维的新语境里重新发挥了作用，显现出另外崭新的意义。连王国维也承认这样的引用恐怕是它们的作者不允许的，“然遽以此意解释诸词，恐晏欧诸公所不许也”。但这种重复性的引用使词句得以突破原词描写情感的局限，以一种带有叙事意味的形式形象地摹写了不容易直接说明确指的求索的三种境界，显得格调高远。它们突破了原先被创造时的语境，被引用（嫁接）到新语境中的话语里，产生的新意义与原先作者的意图发生了变化，产生了差异，产生出新的意义。它们作为符号序列都是能够与原来的语境断裂，并可以被引用和在新的语境中发挥作用的。乔纳森·卡勒总结道：“在新的情况下被重复的可能性对语言的本质是很重要的；任何一种不能以‘非严肃的’方式重复的东西都不能被称为语言，而只是一些不能脱离某个场合的标记。具有重复的可能性正是语言的根本，而述行语言尤其如此。”[99]也就是说，“可重复性”是语言的一种基本特征。

那么，德里达是如何利用“可重复性”作为推翻奥斯汀等级制的杠杆的呢？首先从米勒分析这个概念的三个特征说起。

米勒分析“可重复性”的三个特点时说：第一，奥斯汀对恰切的述行语言和不恰切的述行语言的区分失败了。奥斯汀发现了这种在整体的述行性话语中区分出不恰切述行话语的失败的可能性，他进一步讨论问题，希望搭建一种理想化的理论模式，再逐渐结合边缘的一些例子，最终想要建立一种能够决定述行性话语是否有效的语境。这种语境被德里达称为“饱和语境”。奥斯汀作出区分的行为本身的意思是树立成规，或者说是确定理论的“边界条件”。他花了很多时间来分析失败的例子，但这样做的目的是为了排除它们，而这正是德里达对奥斯汀产生兴趣的核心。德里达说这种饱和语境永远不会饱和，也就是说奥斯汀将永远不会获得一个纯粹的能够决定述行性话语是否有效的语境。

第二，“可重复性”是使不严肃的述行话语发生的理论基础。德里达认为这种排除是无法做到的，这些所谓的失败了的述行性话语与正常的述行语言有着某些共同的特征，比如可以被引用、说话主体意识的不在场等。德里达认为那种严肃的、一次性的话语根本不存在。一个严肃的述行性话语除非是个可重复的符号序列，否则它将不会发生。比如牧师在教堂里说"我宣布你们成为夫妻",这句话就像一句套话一样已经被无数次重复使用过;但它在无数的有差别的和不可耗尽的语境中能够发挥作用。

第三,对主体的意识和意图的依赖是不可能的。奥斯汀所谓的严肃、成功、恰切、愉悦的述行话语要求说话主体的意识全部地和现时地在场,假定"言语行为传达了说话者全部的在场的意图";他忽视了这样一个事实,"即任何言语行为都必须能够在接受者、甚至是发出者不在场的情况下发挥作用"。[100]在这里,德里达找到了奥斯汀论述中的漏洞,德里达说在奥斯汀所举的结婚、给船只命名、开会这些仪式化很强的述行性话语的语境里,"真正发生作用依赖的不是说话主体的自发性或意图,而是引述和语境"[101]。德里达说意图永远不会完全地在场,语境永远不能被完美地定义。就此,奥斯汀想给自己的理论建立一个理想化的模式,然后再结合边缘性的例子,随着意识到每个例子都是不纯的或者是寄生性的而成为德里达与塞尔辩论的转折点。

我们可以尝试着讨论这个问题。米勒对这个问题作了总结:"德里达对奥斯汀和塞尔的责备在于他们没有认识到既然不纯粹性总是可能的,那么这种可能性就不能被搁置在一旁。"[102]即既然这种不纯粹性是存在的,就不能忽视它,避而不谈,应将对任何言语行为或其他话语的分析也都考虑在内。还有就是失败的可能性,或者说是例子的不纯正性这一结构性的因素,是不可避免的同时也无法排除掉的,因此不能被搁置一旁不予考虑。寄生性和失败的风险实际上是述行性话语的可能性状况。总之,奥斯汀的"如何以言行事"的论述是个以逻辑的步骤而渐渐陷入困境的过程,他想要建立一个纯而又纯的理论的边界条件,即被德里达称为"饱合语境"。但这种尝试被德里达和米勒认为是不可能的。德里达和米勒对奥斯汀的指责首先是他们的讨论建立在一种从属关系之上,不严肃的对严肃的,不纯粹的对纯粹的。

奥斯汀在具体摸着石头过河的实践中失败了(一系列术语的增值),而德里达则是通过建构"可重复性"的模型,在理论上论证了奥斯汀的尝试失败的必然。德里达要证明,想获得纯粹性语境是不可能实现的。米勒说根本没有那样完全"严肃"的述行性话语存在,作为唯一独特的东西只是在现实中发生一次的事件。不正常的可能性是正常性固有的一部分。[103]米勒指出,即使是那些正常的、在严肃的语境里恰切地施行了的述行性话语,其实也是一种重复,"婚礼如果不是重复的那就不是运用词语做事的方式了”，并进而说，“‘正常的’和‘严肃的’言语行为不能用来搁置或事先贬低‘非严肃’话语的价值”。[104]

(四) 德里达对奥斯汀批判的哲学内涵

华莱士·马丁说：“虽然文学热爱者可能会被奥斯汀对待小说的态度所伤害，但是富有创造力的理论家却发现他的思想暗示着定义文学的新方法。”[105]柏拉图认为，关于床的“床之所以为床”的理式，才是床的真实体[106]，画家的床距离真实的床、“理式”的床隔了两层。诗人可以做的仅是模仿，而言语行为理论给人们的启示是文学可能仅仅就是对一次话语行为的模仿，它可能是空洞的等级关系。如果文学是对现实的模仿，它与理式便隔了两层；如果文学是对一次话语行为的模仿，它可能是空洞的、寄生性的、苍白的和不纯粹的。由此，我们说如果借鉴奥斯汀的言语行为理论对文学进行定义，文学依然是不纯粹的，所以我们可以说奥斯汀在《如何以言行事》中对文学的诅咒和驱逐其实重演了柏拉图“要把诗驱逐出理想国”的一幕，他们同样在论证着哲学与文学的对立。

德里达利用“可重复性”的概念就是要推翻这种哲学第一性、文学第二性的对立，它论证说，这种不纯粹性是必然发生的，所谓的纯粹性是必然不能实现的。“可重复性的概念对于思考任何想象的原初的或是独特的时刻，或者更准确地说是任何那种情况的纯粹性的不可能性具有深刻而根本的含义。”[107]这样一种概念挑战了普遍意义上的概念、同一性和概念性这些观念。

(五) 概念的发展：从“可重复性”到“完全的他者”

“可重复性”概念在德里达那里继续得到发展。米勒说：“‘可重复性’在德里达那里后来发展成‘完全的他者’(wholly other)”[108]，即说话人发现自己的话表达出来的意思与自己的意图完全脱离关系，至少前者不能把握后者，就像一个植物的荚在开裂的时候爆散开来的种子一样的关系。米勒说，奥斯汀常常对自己正在说着的话失去了掌控，并且无意中至少看起来是无意中说完全另一件事情。[109]陈永国在探讨这个问题时指出：“米勒发展了德里达的文学的言语行为理论……读者在建构文学文本的过程中，重要的不是聚焦于文本的‘言语’本身，理解其真正的意思，而是它的潜在意义，试图把它重构成新的东西，结果必然是言语向行为的转化，虚构空间向现实空间的转化，也即文学向社会的转化；通过伦理的和政治的阅读过程,这种转化会改变人们的观念和行为,改变他们的生活方式,从而导致新事物的出现。这种文学批评不再把语言看作能指的聚合,不再聚焦于文本的结构和形式的分析,而着重于文学语言如何改造世界、改造人的世界观进而创造新的社会生活范式的方式。"[110]这也许正是米勒探讨这一问题的意义所在。

实际上,"完全的他者"不纯粹是文学意义上的概念,它表现为一种文学语言或者是诗性语言通过影响读者而对外部世界和社会发生作用,而至于这种作用究竟是怎样发生的,则是无法事先预测的。米勒说"完全的他者"是德里达给他影响最大的一个概念,这具有很深的意味,对于他认识阅读伦理的观点,即阅读是一种做事也具有启示。他试图把言语行动的观念拓展到文学批评中,并讨论文学研究与"文学中的言语行动"在"探究伦理的和政治的责任中的作用"。

米勒的理论思想的发展大致可以这样来概括:首先是从一开始屈服于文学的魔力,想要以类科学的方式解释文学语言的怪异性;接着是从理论意义上认识到文本的异质性即文本的不可读性,认识到仅从认识论层面发现并解释文学中真正问题的局限性;第三,米勒在上世纪70年代末80年代初转向探讨阅读的伦理问题。当时外界对解构主义的攻击和指责等外部因素也促使米勒向解构主义的深处挖掘,认识到从伦理意义上探索阅读行动是一种做事,而且也是源于其文学批评探索自身内部的要求。第四,进入90年代以来,米勒研究讲究"词语做事"、"语言使某事发生"的言语行为理论。他一方面要"回头去读奥斯汀",同时也要"为了自己的目的而据用、转化他的观念",即"不能完全得到奥斯汀授权的新事情"[111],从而"把阅读中的伦理时刻看作导致某种方式的言语行动,而非导致知识的陈述",并把阅读的伦理与言语行为理论连接起来。

从这种意义上说,米勒整个言语行为理论的研究与实践都是其伦理转折的注脚。也可以说,伦理转向是米勒文学批评与理论探索历程中意义最深远的一次转折。

(六)德里达的解构计划在美国得到了实现

惟其如此,米勒通过自己的批评理论所包含的对伦理和政治的潜在影响,最终实现了德里达的解构主义哲学的政治梦想。

解构主义从法国到美国的"理论旅行"被伊格尔顿比喻成"不寻常的法国葡萄酒经不起旅行而变了味儿"。这在某种意义上可以理解为伊格尔顿对解构主义旅行到美国并被"本土化"的一种批评。他认为在德里达的一些英美追随者手中,"解构已经被还原为一种狭窄地集中于文本的探究方式","这一大胆的、粉碎一切偶像的思想形式变得很容易为一种形式主义的范式所吸收"。[112]解构主义转化为集中于探究文本的狭隘的方式,成为象牙塔内苍白无力的形式主义,这也是米勒在《阅读的伦理》中列举过的解构主义所受到的不公正的指责之一。

但事实上,伊格尔顿为之扼腕叹息的德里达"政治性、历史性和对于制度的影响性的"计划在美国得到了实现。虽然,解构主义落潮之后,所谓的"耶鲁学派"如鸟兽散,但米勒仍然坚持解构主义的信念,即使他会改换方式。从伦理阶段开始,米勒的批评道路已不再局限于纯粹的文学研究,他多次指出,德曼、德里达,以及包括他本人的研究从未远离过对历史和政治问题的关注。

(七)米勒对修辞批评立场的坚守

从事探究文学研究在伦理的和政治的责任中的作用,并不等于说,米勒就此偏离了真正的文学研究,把文学批评应用于讨论作品中的伦理价值,成为讨论政治的工具,这是米勒坚决否认的。事实上,米勒坚持这种与外界现实的沟通的力量来自于文学语言本身,是由文学语言本身引发而来的,更具体地说,是通过语言的修辞力量实现的,用一句话概括,就是"(米勒)从文学的角度来考察当代的社会现实"[113]。

就像德里达将"可重复性"概念发展成"完全的他者"一样,米勒将"解构"概念发展成"修辞性阅读"。在米勒那里,"解构批评"与"修辞性阅读"几乎是同义词,但这其中隐含着米勒对解构主义观点的一种变迁。文本的异质性在理论意义上决定了文本的不可读性,文本是自行解构的,批评者的任务只是认同文本对自身施行的解构。从伦理层面来理解阅读行动,米勒认识到,仅仅从认知的角度和认识论的意义上试图通过阅读而获得对文本所包含的全部正确意义的努力是徒劳的,也是不可能的。他认为,在阅读的伦理时刻发生的时候,文本要求读者回应它。这是一种命令,也是一种自由。而这种命令是由文本的语言发出的,是语言本身内在的修辞的力量。其实米勒早年所接受的新批评训练已经使他意识到诗性的语言或者修辞对认知性理解的解构。

解构主义落潮之后,很多人都说解构主义已经死亡,但米勒坚持认为,那些关于解构主义死亡的公开声明其实可以被理解成它仍具有持续生命力的信号。米勒从未改变自己对修辞性阅读的坚持。虽然米勒说过,不同时期所采取的理论预设是自己批评道路上的一个个断裂,但在考察他整个理论思想发展脉络的基础上,我们仍然能够感受到,伦理转向是他批评道路上最具深远意义的转折,真正超越了所谓新批评、现象学批评、解构主义等"方法"和"学派"标签对米勒的束缚。

韦恩·布思说:"一些人认为,一旦一个批评流派变得不时髦了,它就死亡了。但是,好的批评永远不会死亡。它走入地下,以后又会复活。"〔114〕保尔·戈登肯定了米勒对解构主义和文学研究的坚守:"米勒多卷本的重要著作为确保解构主义和普遍意义上文学研究的生存做出了诸多贡献。"〔115〕确实,米勒从未改变对文学与文学研究在新的全球化和电信时代的生存地位的捍卫,他也因此奠定了自己在美国当代文学批评理论界的牢固地位。

总之,如果说米勒的批评道路像是一个巨大的汉字"之"字,那么其所谓向解构主义深处的探索,即转向研究伦理问题的研究则是他"之"字形批评道路上的转折点。米勒所选择和经历的不同的理论范式,或可以说是他批评道路上一个个断裂,但他的伦理转向却是真正具有深远意义的转折。

(作者单位:北京语言大学比较文学研究所)

注　释

〔1〕 Henry James, "Preface to 'The Golden Bowl'", see Henry James, *The Art of the Novel: Critical Prefaces*, New York & London: Charles Scribner's Sons, Ltd., 1962, p. 347.

〔2〕 生安锋:《批评的愉悦、解构者的责任与学术自由——米勒访谈》,《国外理论动态》2007年第1期,第49页。

〔3〕 "'A Form of Parabasis': An Interview with J. Hillis Miller", see J. Hillis Miller, *New Starts: Performative Topographies in Literature and Criticism*, Taipei: The Institute of European and American Studies, Academia Sinica, 1993, p. 114.

〔4〕 J. Hillis Miller, *Versions of Pygmalion*, Cambridge, MA: Harvard University Press, 1990, p. 20.

〔5〕 Ibid., p. 17.

〔6〕 Imre Salusinszky, *Criticism in Society*, New York & London: Methuen, 1987, p. 237.

〔7〕 J. 希利斯 · 米勒:《我与半个世纪以来的美国文学批评——J. 希利斯 · 米勒学术自述》,见其《土著与数码冲浪者——米勒中国演讲集》,易晓明编,长春:吉林人民出版社,2004 年,第 162 页。

〔8〕 Sheng Anfeng, "A Call for Literary Studies: An Interview with J. Hillis Miller", *Foreign Literature Studies*, 6 (2006), pp. 11-12.

〔9〕 Salusinszky, *Criticism in Society*, 1987, p. 237.

〔10〕 引自米勒 2006 年 12 月 19 日的电子邮件,其中他对"解构的天使"作了简短的解释。"'Deconstructive angel' is not praise at all, but the reverse. We have a poisonous mushroom called a 'destroying angel'. Angels can be destructive as well as benign."

〔11〕 J. Hillis Miller, "Theory and Practice: Response to Vincent Leitch", *Critical Inquiry*, Vol. 6, No. 4 (Summer 1980), p. 609.

〔12〕 "Perface: J. Hillis Miller and Julian Wolfreys", see Julian Wolfreys, ed. *The J. Hillis Miller Reader*, Stanford, California: Stanford University Press, 2005, p. viii.

〔13〕 J. Hillis Miller, "Theory and Practice: Response to Vincent Leitch", *Critical Inquiry*, Vol. 6, No. 4 (Summer 1980), p. 609.

〔14〕 J. Hillis Miller, "Response to Jonathan Loesberg", *Victorian Studies* (Autumn 1993), p. 123.

〔15〕 J. Hillis Miller / Manuel Asensi, *Black Holes / J. Hillis Miller; or, Boustrophedonic Reading*, Stanford, Cal: Stanford University Press, 1999, p. xi.

〔16〕 Robert Moynihan, *A Recent Imagining*, Hamden, Connecticut: The Shoe String Press, Inc., 1986, p. 106.

〔17〕 Julian Wolfreys, "Why Literature? A Profession: An Interview with J. Hillis Miller", see Julian Wolfreys, ed. *The J. Hillis Miller Reader*, p. 405.

〔18〕 J. 希利斯 · 米勒:《我与半个世纪以来的美国文学批评》,第 162 页。

〔19〕 J. Hillis Miller, *On Literature*, London & New York: Routledge, 2002, p. 33.

〔20〕 生安锋:《批评的愉悦、解构者的责任与学术自由——米勒访谈》,第 49 页。

〔21〕 J. 希利斯 · 米勒:《文学死了吗?》,秦立彦译,广西师范大学出版社,2007 年,第 178 页。

〔22〕 Sheng Anfeng, "A Call for Literary Studies: An Interview with J. Hillis Miller", *Foreign Literature Studies*, 6 (2006), p. 12.

〔23〕 J. Hillis Miller, *On Literature*, 介绍页。

〔24〕 David S. Gross, "Review of *On Literature*", *World Literature Today*, Oct-Dec 2003, Vol. 77, Nos. 3/4, p. 157.

〔25〕 J. 希利斯 · 米勒:《文学死了吗?》,第 7 页。

〔26〕 王逢振:《"耶鲁四人帮"之一:希利斯 · 米勒》,《外国文学》1987 年第 11 期,

第 81 页。
〔27〕 “第二版序”,见特雷·伊格尔顿:《二十世纪西方文学理论》,伍晓明译,北京大学出版社,2007 年,第 4 页。
〔28〕 金惠敏:《永远的修辞性阅读——关于解构主义与文化研究的访谈—对话》,《外国文学评论》2001 年第 1 期,第 141 页。
〔29〕 J. Hillis Miller, "Deconstructing the Deconstructers", *Diacritics*, Vol. 5, No. 2 (Summer, 1975), pp. 30-31.
〔30〕 Sarah N Lawall, *Critics of Consciousness*, Cambridge, Massachusetts: Harvard University Press, 1968, p. 201.
〔31〕 Miller, "Deconstructing the Deconstructers", *Diacritics*, Vol. 5, No. 2 (Summer, 1975), p. 31.
〔32〕 Jonathan Loesberg, "From Victorian Consciousness to an Ethics of Reading: The Criticism of J. Hillis Miller", *Victorian Studies* (Autumn 1993), p. 100.
〔33〕 J. Hillis Miller, "Response to Jonathan Loesberg", *Victorian Studies* (Autumn 1993), p. 123.
〔34〕 J. Hillis Miller, "Introduction", see Robert Moynihan, "Interview with Paul de Man," *The Yale Review*, Vol. 73, No. 4 (Summer 1984), p. 576.
〔35〕 J. Hillis Miller, "Deconstructing the Deconstructers", *Diacritics*, Vol. 5, No. 2 (Summer, 1975), p. 30.
〔36〕 Ibid., p. 31.
〔37〕 Gerhard Joseph, "Review of '*The Ethics of Reading*'", *The Journal of Aesthetics and Art Criticism*, Vol. 46, No. 2 (Winter, 1987), p. 313.
〔38〕 J. Hillis Miller, *The Ethics of Reading*, New York: Columbia University Press, 1987, p. 44.
〔39〕 单德兴:《米乐访谈录》,见米乐:《跨越边界:翻译·文学·批评》,单德兴编译,台北书林出版有限公司,1995 年,第 144 页。
〔40〕 特雷·伊格尔顿:《二十世纪西方文学理论》,第 233 页。
〔41〕 Groden Michael, Martin Kreiswirth, and Imre Szeman, *The Johns Hopkins Guide to Literary Theory & Criticism*, 2nd ed, Baltimore, Maryland: The Johns Hopkins University Press, 2005, p. 656.
〔42〕 刘英:《回归抑或转向:后现代语境下的美国文学伦理学批评》,《南开学报》(哲社版)2006 年第 5 期,第 95 页。
〔43〕 Derek Attridge, "Miller's Tale", see Julian Wolfreys, ed. *The J. Hillis Miller Reader*, p. 79.
〔44〕 Martin McQuillan, *Paul de Man*, London: Routledge, 2001, p. 124.
〔45〕 保尔·德·曼:《阅读的寓言——卢梭、尼采、里尔克和普鲁斯特的比喻语

言》,沈勇译,天津人民出版社,2007 年,第 219 页。

〔46〕 特雷·伊格尔顿:《二十世纪西方文学理论》,第 228 页。

〔47〕 J. Hillis Miller, "Theory and Practice: Response to Vincent Leitch", *Critical Inquiry*, Vol. 6, No. 4 (Summer 1980), p. 613.

〔48〕 J. Hillis Miller, *Theory Now and Then*, Hertfordshire: Harvester Wheatsheaf, 1991, p. 296.

〔49〕《比较文学的(语言)危机》,见 J. 希利斯·米勒:《土著与数码冲浪者——米勒中国演讲集》,第 74 页。

〔50〕 René Wellek, "Destroying Literary Studies", *The New Criterion* (December 1983), pp. 1-8.

〔51〕 Christopher Norris, *Paul de Man: Deconstruction and the critique of aesthetic ideology*, New York & London: Routlege, 1988, p. 102.

〔52〕 Miller, *Theory Now and Then*, p. 186.

〔53〕 Vincent B. Leitch, *Deconstructive Criticism: An Advanced Introduction*, New York: Columbia University Press, 1983, p. 45.

〔54〕 单德兴:《米乐访谈录》,见米乐:《跨越边界:翻译·文学·批评》,第 133 页。

〔55〕 Miller, *The Ethics of Reading*, p. 42.

〔56〕 J. 希利斯·米勒:《重申解构主义》,郭英剑等译,中国社会科学出版社,1998 年,第 270 页。

〔57〕 Miller, *The Ethics of Reading*, p. 1.

〔58〕 Ibid., p. 4.

〔59〕 McQuillan, *Paul de Man*, p. 126.

〔60〕 Miller, *The Ethics of Reading*, p. 3.

〔61〕 王逢振:《比喻和阅读的行为及阅读的道德》,见《外国文学研究集刊》(第 15 辑),中国社会科学出版社,1993 年,第 85 页。

〔62〕〔德〕文德尔班:《哲学史教程》(下卷),罗达仁译,商务印书馆,1997 年,第 758 页。

〔63〕 Attridge, "Miller's Tale", see Julian Wolfreys, ed. *The J. Hillis Miller Reader*, p. 80.

〔64〕 王逢振:《"耶鲁四人帮"之一:希利斯·米勒》,第 82 页。

〔65〕 Miller, *The Ethics of Reading*, p. 5.

〔66〕 Ibid., p. 7.

〔67〕 Groden Michael, et al., *The Johns Hopkins Guide to Literary Theory & Criticism*, pp. 289-290.

〔68〕 李有成:《阅读伦理的政治》,《中外文学》第 20 卷第 4 期(1991 年 9 月),第 89 页。

〔69〕 See http://today.uci.edu/news/release_detail.asp? key = 1417.

〔70〕 "Introduction", see Julian Wolfreys, ed. *The J. Hillis Miller Reader*, p. 10.

〔71〕 单德兴:《〈图示〉的图示:访米勒谈文化批评》,见米乐:《跨越边界:翻译·文学·批评》,第 166 页。

〔72〕 J. Hillis Miller, *Speech Acts in Literature*, Stanford, Cal: Stanford University Press, 2001, p. 64.

〔73〕 金惠敏等:《理论旅行:对话录》,《中华读书报》2000 年 12 月 25 日。

〔74〕 J. Hillis Miller, "Performativity as Performance/Performativity as Speech Act: Derrida's Special Theory of Performativity", *The South Atlantic Quarterly*, Vol. 106, No. 2 (Spring 2007), p. 226.

〔75〕 Miller, *Speech Acts in Literature*, p. 220.

〔76〕 "Performative Utterances", see J. L. Austin, *Philosophical Papers*, 3rd ed, edited by J. O. Urmson and G. J. Warnock, Oxford: Oxford University Press, 1979, p. 235.

〔77〕 J. L. Austin, *How to Do Things with Words*, 外语教学与研究出版社, 2002. p. 25.

〔78〕 Ibid., pp. 6-7.

〔79〕 Miller, "Performativity as Performance/Performativity as Speech Act: Derrida's Special Theory of Performativity", *The South Atlantic Quarterly*, Vol. 106, No. 2 (Spring 2007), p. 226.

〔80〕 特雷·伊格尔顿:《二十世纪西方文学理论》,第 115 页。

〔81〕 "Speech Acts", see Groden Michael, et al., *The Johns Hopkins Guide to Literary Theory & Criticism*, p. 877.

〔82〕 Raman Selden, et al., *A Reader's Guide to Contemporary Literary Theory*, 4th ed, 外语教学与研究出版社, 2004 年, p. 174.

〔83〕 张旭春:《德里达对奥斯汀言语行为理论的解构》,《国外文学》1998 年第 3 期,第 3 页。

〔84〕 Miller, *Speech Acts in Literature*, pp. 17-18.

〔85〕 华莱士·马丁:《当代叙事学》,伍晓明译,北京大学出版社,1990 年,第 231 页。

〔86〕 J. 希利斯·米勒:《德里达与文学》,陈永国译,见金惠敏主编:《差异》(第 2 辑),河南大学出版社年,2004 年,第 83 页。

〔87〕 "Speech Acts", see Groden Michael, et al., *The Johns Hopkins Guide to Literary Theory & Criticism*, p. 878.

〔88〕 Miller, *Speech Acts in Literature*, p. 40.

〔89〕 洛特雷阿蒙:《洛特雷阿蒙作品全集》,车槿山译,东方出版社,2001 年,第 190 页。

〔90〕 伊赛亚·柏林:《奥斯汀和牛津哲学的早期阶段》,见杨玉成:《奥斯汀:语言现象学与哲学》,商务印书馆,2002 年,第 240 页。

〔91〕 金惠敏:《永远的修辞性阅读——关于解构主义与文化研究的访谈—对话》,第 138 页。

〔92〕 J. Hillis Miller, *Speech Acts in Literature*, p. 3.

〔93〕 "The Critic as Host", see J. Hillis Miller, *Theory Now and Then*, Hertfordshire: Harvester Wheatsheaf, 1991, p. 148. 译文采用朱刚编著:《二十世纪西方文论》,北京大学出版社,2006 年,第 322 页。

〔94〕 Christina Howells, *Derrida: Deconstruction from Phenomenology to Ethics*, Cambridge, UK: Polity Press, 1999, p. 64.

〔95〕 张旭春:《德里达对奥斯汀言语行为理论的解构》,第 6 页。

〔96〕 "Signature Event Context", see Jacques Derrida, *Limited Inc.*, Evanston, Illinois: Northwestern U. P., 1988, p. 7.

〔97〕 拉曼·塞尔登等:《当代文学理论导读》(第 5 版),刘象愚译,北京:北京大学出版社,2006 年,第 203—204 页。

〔98〕 王国维:《王国维文学论著三种》,商务印书馆,2001 年,第 35 页。

〔99〕 乔纳森·卡勒:《文学理论入门》,李平译,译林出版社,2008 年,第 103 页。

〔100〕 Groden Michael, et al., *The Johns Hopkins Guide to Literary Theory & Criticism*, p. 879.

〔101〕 Howells, *Derrida: Deconstruction from Phenomenology to Ethics*, 1999, p. 66.

〔102〕 Miller, *Speech Acts in Literature*, p. 80.

〔103〕 Miller, "Performativity as Performance/Performativity as Speech Act: Derrida's Special Theory of Performativity", *The South Atlantic Quarterly*, Vol. 106, No. 2 (Spring 2007), p. 230.

〔104〕 J. 希利斯·米勒:《德里达与文学》,陈永国译,第 83 页。

〔105〕 华莱士·马丁:《当代叙事学》,伍晓明译,第 231 页。

〔106〕 柏拉图:《文艺对话集》,朱光潜译,人民文学出版社,2000 年,第 70 页。

〔107〕 Julian Wolfreys, *Critical Keywords in Literary and Cultural Theory*, Palgrave Macmillan, 2004, p. 124.

〔108〕 Miller, *Speech Acts in Literature*, p. 84.

〔109〕 Ibid., p. 67.

〔110〕 陈永国:《德里达与解构策略》,《文艺研究》2007 年第 8 期,第 36 页。

〔111〕 单德兴:《〈图示〉的图示:访米勒谈文化批评》,见《跨越边界:翻译·文学·批评》,第 167 页。

〔112〕 特雷·伊格尔顿:《二十世纪西方文学理论》,伍晓明译,第 228 页。

〔113〕 王宁:《马克思主义与解构理论:批判性思考》,见《文学理论前沿》(第五辑),北京大学出版社,2008 年,第 184 页。

〔114〕 韦恩·C. 布思:《当代美国文学理论》,程锡麟译,《外国文学评论》1990 年第

1 期,第 135 页。

〔115〕 Paul Gordon,"Miller,J. Hillis",see *The Johns Hopkins Guide to Literary Theory & Criticism*,p. 657.

乔纳森·卡勒批评理论探幽*

吴建设

内容提要:乔纳森·卡勒是美国当代最有影响的文学理论阐释者之一。本文在立足卡勒的所有著作、重要论文、前言(如给燕卜荪等)的基础上,结合国内外文论界著名学者对卡勒的评论,试图分析卡勒"如何说"与"为何说",而非"说了什么"。由此,本文首先分析了卡勒批评的切入点、目标、方式与态度,试图着重把握卡勒的基本学术批评思路;其次通过他与其他批评家(詹姆逊、斯各尔斯、诺里斯、利奇、伊格尔顿)的比较,突出介绍了卡勒在"三次转型思考"中所表现出的良好应对;再次,将卡勒与詹姆逊、米勒进行比较,探讨了卡勒的理论批评及文学研究的特色;最后结合卡勒批评研究的实绩,讨论了他的理论贡献以及将来可能的走向。相对来说,在卡勒的批评理论和学术生涯中,他能把文学理论、文化批评及文学研究有效地相互结合起来,而这三者在中国恰恰是相互分割的。虽然卡勒的选择不一定就是中国批评界的最佳选择,但作者仍然希望:对卡勒及其批评理论的系统研究也许会在某种程度上对中国的批评界有所启示。

关键词:乔纳森·卡勒　诗学　理论　文学性

Abstract: Jonathan Culler is one of the most influential interpreters of literary theory in contemporary America. This article, based on the study of all

* 作者谨衷心地感谢王宁教授、陈永国教授、王逢振教授、罗选民教授、周小仪教授、宁一中教授、曹莉教授、生安锋副教授等诸位老师在本文构思及写作中提出的批评、建设性的指导和建议。

Culler's works, selected articles and numerous prefaces (e. g., for Empson), and the ready made researches by those celebrated scholars both in China and in the West, is intended to explore the following issues: "How Culler says" and "Why he says so" rather than "What he says". Accordingly, first, it intends to formulate a framework to describe his colorful journey of literary study and criticism, by illustrating his starting points, objectives, modes of analysis and attitudes in or towards literary study and criticism. And then, it further highlights Culler's sophisticated maneuvering practices in his three transformations in thinking, by comparing Culler with such critics as Fredric Jameson, Robert Scholes, Christopher Norris, Vincent Leitch and Terry Eagleton. Furthermore, the author compares Culler with Fredric Jameson and J. Hillis Miller, to detect the underlying characteristics featured in Culler's studies. Finally, it discusses Culler's theoretical contributions and possible trends in his literary studies and criticism with reference to his critical practices. Generally speaking, Culler has integrated literary theory, cultural criticism and literary study into his critical practices in an efficient way. But in contrast, these three studies are clearly separated in the Chinese contexts. Though Culler's critical practice does not necessarily justify itself for Chinese criticism, the author still hopes that a systematic study on Culler and his critical theory may, to some extent, contribute a bit to literary studies and criticism in China.

Key words: Jonathan Culler; poetics; theory; the literary

毫无疑问,乔纳森·戴特·卡勒(Jonathan Dwight Culler,1944—)是美国当代最有影响的文学理论阐释者之一,即使是那些认为他没有什么创见的人也这么认为。他自1977年起就在康奈尔大学任教,在著名学者艾布拉姆斯(M. H. Abrams)于1982年退休后,"1916级"讲座教授的职位就由卡勒继任至今,他被誉为"对康奈尔大学人文学科研究影响最大的人"[1]。确实,他的一系列头衔十分显赫:自1972年起任《新文学历史》(*New Literary History*)顾问编委,1978年至1981年任《现代语言协会会刊》(*PMLA*)编委,自1974年起任《双重批评家》(*Diacritics*)编委,一并出任该刊主编,1979年起任《今日诗学》(*Poetics Today*)等刊物编委。他曾于1999年至2001年当选美国比较文学协会(ACLA)主席,2001年当选美国艺术与科学院(AAAS)院士,2006年当选美国哲学协会

(APS)会员。

乔纳森·卡勒曾被《文学传记词典》描绘为这样一位大学教授:他借助自身的经验,历史性地刻写了自己所处时代的理论研究与新批评之间的差异。[2]事实上,他的重要影响也确实主要体现在(文学)批评理论的学术争论与批评上,他的相关著述与评论对我们理解结构主义、解构主义和文化研究都甚为重要。在另一方面,尤金·奥布赖恩(Eugene O'Brien)却如此评论卡勒的著述:"卡勒试图传播那些对一般读者而言较为复杂的概念或较为生僻的术语,但同时也不把当下理论争议简单化。他将这两种困难的做法结合了起来。"[3]以上对卡勒文学批评生涯的总结分别有其不同的侧重点:前者强调卡勒理论立场的不断变异;后者则着重指出卡勒的著述缺乏独创性,多为对某种理论立场的精确阐释。在某种程度上,上述两类评论确实道出了卡勒在多数文学评论家及学者眼中的印象。但正如卡勒自己在论述时尽量避免将复杂概念简单化一样,就卡勒的整体贡献而言,上述两种评价显然有将卡勒"简单化"的倾向。首先,它抹杀了卡勒就结构主义诗学、解构主义和文化研究而发出的独特的、多元化的声音;其次,它忽略了卡勒针对叙事学、理论、施为性、语言学种种理论问题所提出的诸多精辟见解;最后,它也未能注意到卡勒批评思想发展历程中亦存在着固定不变的锚点。有鉴于此,本论文试图在某种程度上部分修正上述这种"主流"看法,并进而对卡勒进行某种多元解读。

追寻批评的锚点

卡勒成长于新批评笼罩下的美国,早年在英法留学后转向结构主义,历经解构主义和文化研究,在世纪之交又开始关注"后理论时期"的"理论中的文学性"[4]。可以看出,他几次的思想转型都与文学批评思潮大背景息息相关。比如,他对"结构主义诗学"的眷恋主要源于对巴特《S/Z》、《文本的愉悦》、"真实效果"(Reality Effect)的理解[5],对伊瑟尔、费什读者反应理论的阅读;而德里达、德曼、女性主义、卡纳普和迈克尔斯(Knapp & Michaels)的论述对他的解构主义和文化研究兴趣亦有着举足轻重的影响[6];而2000年朱迪斯·巴特勒等编著的《理论何所在》、2003年伊格尔顿出版的《理论之后》以及斯皮瓦克的《学科之死》也鞭策他更多地思考"后理论时代"该何去何从。尽管文学理论潮涨潮落,但卡勒并非总是随波逐流。在对文学理论和文化研究的探索中,他总是立足于自身固有的理念。他凭籍以下四种诉求,来应对新批评之后、文学思潮之中千变万化、错综复杂的局面:以“批评之批评”为切入点,以“诗学”为目标,借助“理论旅行”,回归于“非政治化”。

切入点:批评之批评

“批评之批评”的主要表现形式为对“批评家”的批评。在一定程度上说来,与其他文学理论家相比,卡勒可与伊格尔顿相提并论,跻身最热衷于“批评”批评家的批评家之列。法国结构主义者(特别是罗兰·巴特)[7]、索绪尔、德里达、德曼[8]是当然的幕上之宾,这个名单还包括利法特尔、费什、艾布拉姆斯、燕卜荪、巴什拉(Gaston Bachelard)[9]等其他批评家。他似乎对介绍、评点众多批评家乐此不疲。在专著(《索绪尔》、《罗兰·巴特》)中,卡勒将索绪尔和巴特都视为结构主义代言人。在《结构主义诗学》中,巴特对《流行体系》以及《S/Z》的分析、列维-施特劳斯对神话的分析、雅各布森的诗学分析、格雷马斯的结构语义学、托多洛夫的“逼真性”、热奈特的诗歌本质、利法特尔的叙事学、俄国形式主义对小说的研究、克里斯蒂娃的“生成文本”(geno-text)、太卡尔团体(卡勒也将德里达归于其中)都是卡勒的探讨对象。此外隐约可见的还有艾略特的“非个性化”[10]、伊瑟尔的“现象学阅读”[11]、托多洛夫的“阅读理论”[12]、费什的“熟稔读者”(informed reader)[13]。卡勒的结构主义“诗学”实际上成了批评家们跨越时空、跨越地域的绝佳会晤场所。但卡勒在此并非是为了一一介绍所有结构主义或形式主义批评流派。恰恰相反,雅各布森、格雷马斯、托多洛夫甚至写《流行体系》的巴特都成为卡勒“结构主义诗学”的排斥对象,只有写《S/Z》的巴特才是卡勒建立“结构主义诗学”的精神领袖。他的依据只有两条:(1)是“直接”还是“间接”地运用语言学模式?(2)是将语言学视为某种“发现程序”(discovery procedure)(即提供了具体方法)还是视为某种“总体模式”(general framework)(即仅指明对象性质、假设所处地位、评估手法)?[14]卡勒认为:间接地运用语言学模式,将语言学视为提供了某种“总体模式”,才是“结构主义诗学”的应有之义(即卡勒所谓“诗学之于文学,正如语言学之于语言”)。由此,卡勒建立的“结构主义诗学”打上了巴特的明显烙印。其目标正如巴特认为的那样:诗学并不关注作品本身,而是关注其智性。结构主义诗学的任务,就是让那些产生文学效果的潜在体系显现出来。它不是解释学传统那种提倡作品解释的“内容科学”,而是内容条件的科学,亦即形式的科学。

当卡勒将目光转向"符号学"(它是卡勒"结构主义诗学"的延续与拓展)时,利法特尔的"诗歌符号学"、费什的"读者反应理论"和艾布拉姆斯的"镜与灯"就成为卡勒阐释自己理论观点的绝佳舞台。这次他的区分标准是"阐释"与"诗学"。他批评了利法特尔的"诗歌符号学"受到阐释的诱惑。[15]在分析费什的《自我消费的产品》和《因罪生奇》后,卡勒认为有雄辩的证据表明:费什所讨论的是规约问题,而非其宣称的对文本自然的、创造性的、经验的转译(transcription)。[16]卡勒对艾布拉姆斯的"批评"略有不同。卡勒敏锐地指出:艾布拉姆斯的一些分析是对浪漫主义理论进行解构的开端。"镜"阶段的诱惑在于它对整体性的把握并自视为统一的整体。在超越"镜"阶段后,整体性不复存在,身体与自我碎片化。[17]这已明显是解构式阅读了(卡勒自己也承认),但此时的卡勒仍作如下辩解:他要考察解构所解放出来的文学意义对符号学的影响。他认为解构并非拒斥结构主义批评与符号学。解构阅读揭示的文学语言矛盾之处,对符号学来说,正是其基本方法论进行区分(语言/言语、系统/事件、共时/历时、能指/所指、隐喻/转喻)的结果。

而德里达和德曼的引力还是无可抗拒。但卡勒在介绍他们及解构主义对理论与批评的影响时,并非一脸虔诚。在1982年的《论解构:结构主义之后的理论与批评》中,卡勒声明:他写此书并非"为了介绍不熟悉的问题、方法与原则,而是要介入到一场热烈但却迷雾重重的辩论中来。本书的目的是描述最近理论写作中最富有活力、最为重要的内容,并对那些经常不易理解的问题作出阐释"[18]。卡勒强调:解构主义阅读的结论明显是分裂性的、自相矛盾的、任意性的或不确定的,但这并非它的主旨所在。相反,它的成就在于对文本中逻辑的梳理和剖析。由此,它的目标并非是揭示特定作品的意义,而是探索阅读与写作中重复出现的作用力和结构(forces and structures)。[19]至此,我们可以清楚地注意到:经卡勒"批评"后的德里达,已经历了一种"理论的旅行",解构主义批评被赋予了类似"诗学"的形式化目标。德曼深为卡勒推崇。卡勒总结到,德曼著作的最大特点是修辞性阅读。这不仅意味着对文本中修辞格的研究,也是对语言中修辞性力量(它们不能被改写或简化为语法式代码)的探讨。进言之,德曼的作品提出了文学批评中有关语言的地位与运作的哲学问题,语言意义的定位及其与认知的关系,并从哲学角度思考如何用美学范畴将知识与行动、认识论与伦理关联起来。[20]卡勒对德曼的"批评"实际上认可了解构的批评策略,但却也再次重申了文学批评的目标不应是"阐释"。

卡勒对燕卜荪和巴什拉的"批评"则彰显了他要超越文学文本,开始借助解构主义来探究非文学文本中的"修辞结构"、"语法"、"文本逻辑"、"形式机制"。卡勒如此评价燕卜荪:《复杂单词的结构》对意义与语境、文学与社会及历史关系种种争论作出了特殊贡献,与今天有很大的相关性。它对华兹华斯"序曲"中"sense"的讨论与德里达对柏拉图的"药"、马拉美的"处女膜"、卢梭的"增补"的处理异曲同工。燕卜荪巧妙地显示,语言如何受到修辞结构的实质性影响。同时,他也作出了最为重要的认知假设。他说,复杂的单词有着像句子语法那样的内在语法。这正是那些解构批评作品所追寻的问题:探索卢梭的"增补、许诺、借口"、柏拉图的"药"、康德的"附录"(parergon)、华兹华斯的"外观"(face)及其他词中的语法。单词被证明不再是工具,而是机器。它具有复杂的内部结构,经常能产生其使用者不能预测到的后果。[21]而针对巴什拉,卡勒则认为,若把巴什拉的科学研究与文学研究结合起来是很困难的,因为巴什拉以最纯粹、最极端的形式来对待科学与诗歌,他在这两方面的努力是互补性的。他把心理分析作为一种分析意象而非作者的方式,引入文学研究。他将诗人的任务定义为释放那种存在于我们自身的"幻想元素"(matter that would dream)。而这种释放工具就是意象。巴什拉似乎还想把握住其中的"形式机制"。[22]卡勒在对燕卜荪和巴什拉的"批评"中,分别探讨了词语中"语法"与意象的"形式机制"。由此,解构主义在这里已不再被视为局限于文学研究的一种批评策略,它已经成为卡勒进行文化研究的"理论"。总而言之,卡勒对批评家的"批评"更多地是对自己的"结构主义诗学"立场和"解构主义批评"立场的再次阐述。在这两种立场之间,卡勒保持着自己的连续性:对形式的追寻和对实体的拒斥。

"批评之批评"的另一形式是对"理论"之批评。自《符号的追寻》起,卡勒就不再拘泥于结构主义抑或解构主义。卡勒强调,文学理论应是对文学本质问题的研究:其形式、其组成以及其关系。文学理论不是解决阐释问题的方法,而应被视为有关文学语言的本质或表征或文类或叙事或修辞这些主题或问题的研究。对文学与哲学、文学与心理分析此类话语的互动研究,并非是利用其他批评理论来解释文学。刚好相反,文学为其他类学科所涉及的问题提供了一种不同的视角,来揭示该学科之中的修辞结构与角力以及它们的文本性。这可被视为是卡勒后来"理论"的雏型。此后,在 1982 年《论解构》中,卡勒响应理查德·罗蒂(Richard Rorty)的说法[23],名正言顺地提出了“理论”这个概念。他声称,这个领域并非“文学理论”,因为它们并非只为文学而设。它也不属于“哲学”,因为它包括索绪尔、马克思、弗洛伊德、高夫曼(Goffman)、拉康、黑格尔、尼采以及伽达默尔,是否有利于阐释而非是衡量这些“理论”的标尺。它们是一种模糊的混合体。[24]在《符号构形》中,卡勒进一步指明了“理论”的动向:第一,批评家所从事的领域在扩大,其注意力延伸到新的对象、新的文本类型。在这些新型的文学研究中,研究的交集并非落在戏剧、诗歌和小说经典,而是出于对意指机制的关注。它可以在各种宽泛的文本范围内被研究。而第二种倾向则源于批评政治化的愿望。一方面,它牵涉到对文学作品本身的政治维度、它在推动变革方面所扮演的角色、对权威的颠覆、对社会力量的包容等诸多兴趣;另一方面,批评政治化的愿望也催生了对批评本身的体制及意识形态维度的兴趣。而所有这些研究的公分母则是,批评的制度语境(institutional context)。卡勒同时强调了“理论”的“动态”特征:批评所指现象是具有社会构建意义的符号及形式,它所思考的不是语境,而是符号的构造,即符号是如何由各种话语实践、制度框架、价值观、符号机制铸成的。在《文学理论》中,卡勒总结了“理论”的本质以及功能与特点。他指出,多数人将文学理论视为一系列批评“流派”:“理论”成为一些你争我斗的派别,各种理论立场与认同也似乎各不相同。卡勒认为上述这些思潮有着一些共同特点:“理论”兴趣所在、力量所聚就在于对常识发起了广泛挑战,并探究意义如何成形及身份如何构建。他随后总结了“理论”的四个特点,介绍了文学的五种可能本质及功能,并探讨了文学与文化研究的关系。应该说,这是卡勒对“理论”较为完整全面的“批评”。在其最近的著作《理论中的文学性》中,面对后理论时代“理论”的肆虐,卡勒大声疾呼,不要幻想埋没文学性。他指出:在不同的话语中,自有不同类型的文学性在运作。他由此再次确认了文学性的中心地位。[25]理论之“批评”标志着卡勒的学术思想逐渐走向成熟。自此,批评或“理论”自身的规律与功能、现状与未来便成为卡勒的关注点。

目标:诗学

“诗学”的探寻并非卡勒独创。在结构主义时代,自雅各布森在前人的基础上提出“语言六功能模型”并突出详细解释诗学功能的运作后,

"诗学"问题已不再是抽象的思辨问题。在当时的英美文学批评界,燕卜荪试图在《含混的七种类型》中说明,阅读诗篇时一个合格读者的大脑是如何运作的。弗莱则走得更远,主张文学研究应走向规范和科学体系。在《批评的解剖》中,他把探求文学原型及置换规律视为文学批评科学化的主要内容。而费什也宣称文学理论的任务是,它必须列出读者反应的条件和参数。在当时的法国批评界,托多洛夫的"阅读理论"指出了三种传统的批评方式——投射、评论、诗学,并进而提倡以"阅读"(将文学作品视为一个系统来研究其各部分的关联)作为文学研究的目标。这个目标可以与两种不同的批评立场相联系:"阐释"与"描述"。前者指以一个文本代替另一文本,即寻找隐藏的意义[26];而后者则指与"文体学"(stylistics)相类似的东西(如雅各布森和列维-施特劳斯对《猫》的分析)。巴特除提出"文学科学"这个概念外,还在《S/Z》中对巴尔扎克的小说《萨拉辛》进行了代码分析,他意在批评巴尔扎克的"现实"总是来自某些事先业已存在的代码。热奈特则综合各家之长:他的修辞观突出了读者的自身意识,他认为与阅读过程相关的"系统"比文本所指向的"文化代码"更为重要。由此,在《追忆逝水年华》的研究中,他选择的是形式意义上的普鲁斯特,而非社会学意义上的普鲁斯特。[27]相应地,他将叙事话语分成三个层面:故事(描述内容)、话语(描述本身)和叙事(描述呈现方式)。

在上述这种大环境下,生在美国、留学英伦、专攻法国文学的卡勒对"诗学"的热衷就不出意外了。而遍览卡勒的所有著作,他只在《论解构》、《索绪尔》中未将"诗学"列入索引,在其他所有著作中[28],"诗学"总领有一席之地,它制约着卡勒全部论述的主旨。在卡勒对结构主义"诗学"的总体构建中,我们首先必须了解语言学背景对他的显著影响。索绪尔的语言学理论区别了"语言"与"言语"、"能指"与"所指"、"组合"与"聚合(联想)"、"共时"与"历时"这几对二元关系。而卡勒的"诗学"框架在某种程度上是上述理论的重演。几种"自然化"方式对"规约"与"规约文本"的区分效仿了"能指"与"所指"的区分[29],更为重要的是,它由此强调了规约的自足性(一如语言系统的自足性),它与文本及外部事实(即实际的生活世界)无涉。应该注意的是,卡勒在这里作了一个巧妙的修正。因为卡勒对"能指"(规约)与"所指"(规约文本)的研究只能得出文学中的"集体意识"与"系统"(它与卡勒在后期提及的"文学性"较为接近[30]),而非文学读者的"集体意识"和"系统"(即卡勒所谓的"规约”)。最终卡勒借助“读者反应理论”完成了这种修正,即加入“读者”这个新的维度。这样,有意或无意地,卡勒便套用了皮尔斯(Peirce)的符号理论框架:符号不再是由“能指”与“所指”构成,而是由“表征项”(Representamen)、“对象”(Object)、“解释项”(Interpretant)三项组成。卡勒这里只是借用了皮尔斯的“解释项”(卡勒所谓的“读者解释”),却仍是索绪尔式的“能指/所指”。[31]

卡勒的“文学能力”虽看似与乔姆斯基大有关联,但从卡勒把乔姆斯基的“能力/表现”与索绪尔的“语言/言语”这对区分混为一谈来看[32],卡勒对乔姆斯基的理论了解得并不深入,兴趣也不太大。[33]费什所强调的是理想读者的“文学能力”才更靠近乔姆斯基的“能力”概念,而卡勒“文学能力”的样板则是索绪尔的“语言”。因而,我们可以注意到,卡勒不断地解释,“文学能力”并非声称:具备此种能力的读者只能得出一个众所接受的解释。因为他如同索绪尔关注“语言”一样,关注的是文学中的“集体意识”和“系统”,而非文学中理想化或个人化的“能力”。同样,卡勒的各种抒情诗及小说的具体规约依然与“组合”、“聚合”密不可分。“情节”与“主题”规约只不过是组合关系在时间和意义维度的投射;而“人物”和“代码”的概念则分别是聚合关系在功能与形式维度的投射。当然,与索绪尔构建的语言学相同,卡勒结构主义“诗学”也是典型的“共时”诗学,“历时”的演变与外部的影响被逐出了卡勒的“诗学”王国。综观卡勒的结构主义“诗学”,其中结构主义语言学的影响根深蒂固。但这种影响并非是语言学的简单套用,正如他自己所言,语言学仅仅为文学提供了某种类比模式。“它只是借鉴了语言学所寻求的方法清晰性,而拒斥了词汇的借用。”[34]

若要理解卡勒为何对“诗学”倡议情有独钟,我们似乎还应了解一下维若妮卡·福雷斯特-汤姆逊[35]在《诗歌巧技》(*Poetic Artifice*)中的观点。在这本书中,作者并非要介绍最新的诗歌技巧,而是对诗歌整体进行了理论的读解。她试图揭示那些让诗歌从古至今、从传统到现代生衍不息的潜在特征。而这本书也非全篇宏观巨制,作者将自身的思考融入当代英国的现代性争论和对诗歌理解与阅读本质的精确分析中。从批评的角度来看,维若妮卡对阅读的分析极具洞见,她聚焦于诗歌阅读的实际程序,以此反对阐释型批评的坏习惯——它们常常阐释诗歌的文本多样性,却失却了其中的愉悦之处。她反对那种将诗歌简化为“内容”、潜在“主题”的阐释型阅读。如此一来,诗歌中借用的语言选择、词语搭配及形式变得毫不相关,也无法理解。她认为,诗歌并非散文,不像散文那样传达信息,因而也不应像散文那样被读解。相应地,她提出了"自然化"(naturalisation)、"扩展"(expansion)这样的批评术语来分析诗歌中的命名。"以现实世界的直接指称来判断诗歌的真理,这是表现不佳的'自然化'。在此种阅读下,所有诗歌都成为对世界的评价、意外插曲和描述。经验语言就已是全部的、本身自足的、准确的语言。"[36]维若妮卡在其开篇就说得很清楚:她写作的目的是要"探讨诗歌最为典型、也是最难以捉摸的特征:所有让诗歌不同于散文的韵律、音位、文字以及逻辑技巧。这些我们可以统称为'诗歌巧技'。如果散文类似于一般言语的'自然'语言,那么诗歌即使欲模仿一般言语的选词与停顿也肯定是人为的。……诗歌不仅使用那些在散文看来稀奇古怪、不合时宜的技巧,它还依赖那些仅适用诗歌阅读与写作的规约"[37]。可以看出:维若妮卡的核心主张,亦即找出诗歌中的"规约",这个术语我们当然很熟悉。暂且不论谁是阅读"规约"的始作俑者,卡勒与维若妮卡的学术著述如此一致,至少可以在一定程度上说明卡勒的"诗学"提议并非仅仅是一时的热情。[38]就他目前的著述来看,"诗学"更像是一种终生的承诺。[39]

总之,追寻卡勒的"诗学"历程,我们可以发现,在理论层面,卡勒一直保留着自己的"诗学"概念。无论是《福楼拜:不确定性的运用》,还是《理论中的文学性》,卡勒都未放弃他的形式化"诗学"理想;在实践层面,他一步一步从具体的"诗学"诉求("结构主义诗学")滑向抽象的、形而上的、动态的"诗学"("理论中的文学性")。而与之同时,可以察觉的是,曾在其思想体系中占重要地位的"读者"离卡勒也是渐行渐远。这样,作为一位有着结构主义思想的"诗学"推崇者,在很大程度上卡勒的影响和知名度却更多地得助于他对德里达、德曼关于解构理论的阐释。对卡勒来说,这也是一件无可奈何之事。

方式:"理论旅行"

赛义德的"理论旅行"概念建立在这样一个设问基础上:假设一种理论或一个观念作为特定历史环境的产物出现了,当它在不同的环境和新的理由下被重新使用时,甚而在更为不同的环境中被再次使用时,会发生什么情况呢?他以卢卡契为例提出:一种思想观念、学说在流传和迁移过程中必然会出现强调、意义转化、改造和越界的现象。[40]显然,赛义德指的是"某种"理论的旅行。但若以卡勒在写作中对理论的不同态度作一观照,似乎在他个人身上也能找到这种“理论旅行”的足迹。赛义德用“起点”、“途径”、“条件”、“改造”来描述“理论旅行”四个阶段的形态。我们参考赛义德的旅行“要素”将卡勒的写作方式作了如下区分:拼装、嫁接、挪用。其中“拼装”指源理论仍被借用到同一目标领域,而“嫁接”指源理论未加变动地被借用到另一目标领域,“挪用”则指源理论被借用到另一目标领域,但经过重大的框架性修改。这三种方式并不像它们的“后现代”姐妹那样关注整体与部分之间的关联,而仅是关注“理论”的源领域与目标领域之间的联系。此外,这三种方式还存在着从简单到复杂的递进关系。

卡勒的“结构主义诗学”即是一种“拼装”的结果。卡勒自己也承认:“在《结构主义诗学》中,我聚焦于法国结构主义作品,特别是罗兰·巴特、热奈特和托多洛夫。但在同时也吸收了俄国形式主义者的研究结果,特别是雅各布森、什克洛夫斯基以及列宁格勒诗词语言学社(Opojaz)、鲍里斯·埃亨鲍姆(Boris Eichenbaum)、尤里·蒂尼亚诺夫(Youri Tynianov)。”[41]而在《论解构》一书的《前言》中,卡勒更是清楚地声明:“《结构主义诗学》着手全面审查了众多批评与理论论述,将最有价值的建议与成就挑选出来,将它们介绍给那些对欧洲大陆批评了无兴趣的英美读者。”[42]“结构主义诗学”背后明显有着巴特、热奈特、托多洛夫和利法特尔的影子。卡勒的“结构主义诗学”以这些法国结构主义与形式主义为“起点”,经过他的诠释到达美国后,迎合了美国批评界对“新批评”的厌倦,也成为理解“解构主义”的先导。但在同时,法国“结构主义”中固有的“决定论”、“去主体”、激进“政治”这些社会政治因素都被卡勒过滤掉,“改造”成了一种温和的文学批评模式。在另一方面,卡勒还在写作中进行另一类型的“拼装”:他总是试图将众多已发表的论文圈在一本著作中,并在此种论文集前提出某种理论性框架,试图让众多不同时期写就的论文统一于某个主题。如《符号的追寻》中的“符号学阅读”的构建、《符号构形》中的“符号构造机制”、《理论中的文学性》中的“文学性”。如此做法本身无可厚非(不管卡勒的论述本身被读者接受的效果如何),但其事后顺便构建某种“理论”或提出某种宏大“思路”的做法,总会让读者心生“难以自圆其说”之感。更为重要的是:卡勒并不会就自己新出炉的“理论”进一步阐述,最多只是在内容衔接上花些工夫。因而,卡勒按此种拼装方式而集成的论文集,虽被赋予了统一的主题,却反过来影响了作者对他其他重要观念的注意,在削足适履的同时,埋没了更多重要的思想。这正如哈芬(Geoffrey Galt Harpham)评论卡勒的《符号构形》所说:"本书由众多已完成的论文组成,多数是应邀之作或应景之作,虽然卡勒想让它们自成一体,但它们实在无法凑成一部经典。其结果是:《符号构形》在风格上与组织条理上都呈现多极性。在其中,卡勒将自己多元化,变身为历史学家、解构主义者、文化研究学者、为先前伟大批评家歌功颂德者、关注边缘现象的急先锋以及'叙事危机'的揭露者。卡勒还作为多元主义的样板,挺身而出,提出反对宗教的立场。作为一个风向标,《符号构形》透射出文学理论批评所陷入的不能辨认自我、无中心任务、无主导方法、无立场的状态。"[43]

"嫁接"是卡勒从"解构主义"中解读出来的一条重要文本原则。在《论解构》中,卡勒认为解构并非如它在美国那样被视为一种"意义的自由游戏",更确切地说,它是一种"嫁接"。意义由嫁接过程而产生,言语行为(speech acts)是一种嫁接物。他提出解构主义的嫁接方式有以下六种:捆绑式(binding,将两种话语并置在一起)、添加式(adding)、让渡式(transferring)、增补式(supplementing)、旧词新用式(paleonymics)、联接式(linking)。[44]在卡勒的介绍中,以上种种嫁接方式只限于文本内部。但卡勒不仅将"嫁接"运用于文学文本,还推而广之,将它应用于其他各种不同类型的文本中。在诸如《呼语》在抒情诗中的形式与意义、《镜与灯》中艾布拉姆斯对柯特律治使用植物隐喻的评价、叙事中的"故事"(系列事件)与"话语"(事件的陈述)的区分、隐喻与借喻之间关系的摇摆与逆转这些研究中,虽然卡勒仍遵循着《论解构》中所指明的"嫁接"范式,但他对"法律中解构"与"文学研究中解构"之间关联的考察、对"旅游中寻找真实性"这个主题的分析、对"临时用品、耐耗品及垃圾"这个符号范畴的解读,已经是利用解构主义在分析非文学性文本了。[45]卡勒有关解构、文化研究的一些主要论文,基本上都是将解构主义巧妙地"嫁接"到各种类型的文本之上。最终这种"嫁接"思想升华为"理论"。卡勒认为:改变批评的主要事件就是始自20世纪60年代的各种各样的理论视角和话语。其带来的必然结果是,文学研究领域扩大到此前远离文学的众多对象上。虽然美国的批评之前也从马克思主义和精神分析学那里借用过理论,但它们都是一种还原论,忽视了文学语言的复杂性,仅仅将其视为一种征兆。而在20世纪60年代后期、70年代初期发挥影响的欧洲哲学和精神分析思想则有所不同。它们自身进行了长足的思考,并为文学意指的复杂性分析提供了更加丰富的概念框架。它们不是将文学还原为某种非文学,这些来自人类学、精神分析、史学等不同领域的理论思想在非文学现象中发掘其中固有的"文学性"。虽然自弗莱起许多批评家就公开抨击借用来自其他学科的理论框架与范畴,但其结果并非如他们所担心的那样,批评为语言学、哲学、精神分析所取代,而是最终形成了某种松散的、混杂的跨学科性。[46]由此"嫁接"方式以"理论"的"跨学科性"这个概念在卡勒的著述中常态化,成为"理论"之身的一个重要特征。

"挪用"方式在这里区分于前述的"拼装"方式和"嫁接"方式,它仅指源理论经过重大的框架性修改被借用到另一目标领域。就卡勒而言,不同于詹姆逊在《语言的牢笼》中对"共时/历时"的挪用以及在《政治无意识》中对但丁四重意义的挪用[47],他在《理论中的文学性》"挪用"了雅各布森的"文学性"概念[48]。罗曼·雅各布森1921年提出了这样的问题:"文学科学的对象并非文学,而是'文学性',即使一部既定作品成为文学作品的特性。"[49]形式主义者埃亨鲍姆将之功能化:"文学科学的宗旨,应当是研究文学作品特有的、区别于其他任何作品的特征。"[50]那么找出文学作品足以在散文和诗歌方面同时具有普遍意义的特征,就成为确定"文学性"的关键。在此方面的努力可见于什克洛夫斯基的"区别于(日常的)散文体语言"以及穆卡若夫斯基的"前景化"。但卡勒的"文学性"(literary)显然在很大程度上不同于雅各布森的"文学性"(literariness)。其差别在于,虽然它们都不限于文学领域,卡勒的"文学性"是在"理论"之中,意在"与文学相关",可被视为一种非本质主义的"文学性";而雅各布森的"文学性"则寄寓"文本"之中,志在"文学之本质",是典型的本质主义"文学性"。显然,经过解构主义洗礼的卡勒,当然观察到,对于俄国形式主义和法国结构主义来说,文学中的"文学性"是分析的目标所在:是什么让话语具有文学性?它们是如何运作的?它们的形式主义倾向自然而然指向建立"诗学"这个系统工程。但正如德曼所指出的那样,这个工程不是没有困难的。德曼在《抵抗理论》及《符号学与修辞学》中指出:试图对文学意义所依附的规则及规约进行归纳,只会混淆文本的修辞维度。后者需要的是解释,不是语法化模式的解码。这种将不确定的修辞结构转译为类似语法的规则及规约的做法,实际上是对阅读的抵制。有鉴于此,卡勒进而指出:理论中文学的淡出是时至最近才出现的现象。而面对理论的抵制,则使我们反问自己:众多形形色色的理论话语所作出的解释,是将其聚焦落在不同议题上呢,还是对文学及话语实践的一些中心问题作出了新的解释?[51]鉴于我们不可避免地处于理论之中并面对理论的抵制，卡勒建议发掘理论中的文学成分，并通过理论中的一些作品来加深我们对一系列文学理论概念的理解。

总而言之，卡勒的写作与论述方式阶段式地从“拼装”方式发展到“挪用”方式。这种“理论旅行”不仅体现了卡勒学术思想的日臻成熟，也从侧面表明了文学理论界对来自其他领域的源理论日益严重的依赖。随着文学理论和其他学科理论方法的相互渗透，它在一定程度上也透射出文学理论在学科自足性上的某种潜在危机，现今理论界要回应挑战显然已感到力不从心。

态度：非政治化

除了以上所述特征外，卡勒学术思想历程中的另一个典型特征是他的非政治化。虽然非政治化是美国众多文学理论家的默认立场，但卡勒的法国结构主义背景、对解构主义的诠释以及身为文化研究的践行者这几重背景还是让卡勒的沉默引起不少人的注意。卡勒自己对文学政治化的表态则在《符号构形》中较为系统，也较为清晰。[52]在这本书中，卡勒将“‘批评政治化’视为当代文学研究中的主导趋势。他多次提到如何让文学批评负责任地参与政治话语，而在同时不会为了政治实用主义立场而牺牲其创新精巧性”[53]。但同时卡勒也认为：政治批评可以采取多种形式，它取决于个人对其所欲介入文化和机制的分析。我们可以继续争论这种或那种理论模式的终极政治影响，但这并非为了确立一种政治批评。我们应去探究该模式本身。[54]从卡勒对批评的功能、形式与对象的观点不难判断，即使在其“文化研究”阶段，卡勒对批评的“政治化”仍是持某种中立的态度。对“批评的政治潜力如何”的怀疑、对伊格尔顿历史批评模式的负面评价、对福柯式研究“方法”与“histories”的考察都可以察觉卡勒在当时“拭目以待”的态度。尽管他在对“现代旅游”和“垃圾”的文化批评实践中曾试图采取某种西方马克思主义批评立场，但这仅是卡勒著述中空前绝后的少数几次大胆的“军事演习”。无论此前还是此后，虽然卡勒“并不认为文学批评能够或应该非意识形态化（因为这须取决于我们假定什么是最有意思或最重要）”[55]，但他始终与政治保持着距离，而将所有论述落在“智性”这个安全岛上。在《结构主义诗学》中，卡勒舍弃詹姆逊在结构主义介绍中提及的“上层建筑或意识形态的研究”、斯各尔斯的“结构主义想象”，仅以“文学能力”、“诗学”为结构主义批评的旨归，从而使得结构主义对于美国传统批评而言“在意识形态上是安全的"[56];而在《符号的追寻》和《论解构》中,他将解构主义视为一种新的阅读方式,他一改诺里斯对解构主义的政治意义的重视[57],将解构主义的核心归结为"文本中的逻辑",并进而宣称:"正如德里达在分析《学院的冲突》时所言,因为解构主义从来不仅仅关心所指内容,而更关注话语的条件与假设、探索的框架,所以它涉及到制约我们实践、能力、行为的制度性结构。因而,解构分析具有潜在的激进制度性影响(如对文学与哲学、意识与潜意识、男性与女性、阅读与误读这些对立的解构),但这些影响常常过于遥远且无法估量,并不能替代那些直接的批判性、政治性行动,解构仅与它们间接地相联系"[58];在《文学理论:简介》和最近的论文集《理论中的文学性》中,面对政治化日益明显且纷繁芜杂的马克思主义理论、女性主义理论、后殖民理论等种种理论思潮,对理论中的"文学性"的寻求成为其最新的目标。虽然政治化与美学化之间的关系仍是仁者见仁,智者见智[59],但卡勒似乎已经有了结论:总是非政治化。总的看来,卡勒倾向于将文学理论的自主性和政治性对立起来(实际上我们很难对它们作出二元化区分),潜在地认为,只有非政治化才能保证文学理论知识生产的自主性。但是詹姆逊、伊格尔顿的学术批评经历似乎表明,政治化与非政治化只是基于不同批评体系对文学分析的不同预设,更多的区别在于它们对社会干预程度的大小、干预的范畴有所不同。值得思考的是:文学理论的自主性是否应以它对社会干预的范畴大小或多少为衡量标准,而且是否更应注意文学理论在其深度与广度上的挖掘?

三次转型思考

正如文森特·利奇(Vincent B. Leitch)在2005年所指出的:"理论"是其时代的一部分。[60]他认为,在20世纪前半叶"大公司+大劳工+大政府"的凯恩斯时代,高等教育蓬勃发展、大众传媒出现、先锋式现代主义与强权政党/核心家庭结合,当时的"新批评"与之琴瑟相谐;而在20世纪后期"小政府+去调控+去工会化"的政府模式下,各类多元综合大学(multiversity)盛行、新自由资本主义崛起、媒体扩张、众多新改良主义社会运动出现、一夫一妻制弹性化,"后结构主义"都与之心意相通;而近年来美国高等教育日益重组、全球化不断加深,其社会特征是:政府解体、劳工无法保障、商务跨国流动、脆弱的单亲家庭不断涌现、媒体并购扩张、大众文化全天候传播且无所不在、全球化(英美、法语区、西班牙区、汉语区)文学出现,文化研究则与之极为匹配。理论由此反映了时代,它在批评、忽略或拒斥时代的同时,对各种力量的角力作出回应。利奇指出,最近,当代理论中先锋主义的“流派”(schools-and-movements)范式被后冷战时期的“茎状”(rhizomatous)研究模式所代替,它同时凸显了这样三种力量:(1)知识与研究迅速去学科化;(2)学科领域最大自治性这个启蒙时代的目标土崩瓦解;(3)所有研究领域“缝隙市场化”(niche marketization,亦译“利基市场化”),各种学科都为扬名、为资助和为合法性而展开新达尔文式的你争我斗,以图生存与将来。但“理论”从“高端理论”到“后一理论”再前进到“通俗理论”,该进程表明“理论”并非岌岌可危,而是相反,它以新螺旋型的前进路线来应对时代和地域变化,它与客观世界脉络相连、与时代社会交融相通,具有批评性、机遇性,是一个善变的精灵。

正是在此背景下,我们分析了卡勒关于文学理论的三次重大转型的思考。但不同于利奇将理论分为“新批评”、“后结构主义”和“文化研究”这三阶段[61],根据卡勒本人的论述焦点和所处时代,我们将他的学术思想历程分为以下三次重大转型:第一次是“结构主义诗学”阶段。在此阶段,卡勒对文学批评的“本体论”问题进行思考,他建议抛弃“解释学”的阐释,提倡以结构主义“诗学”取而代之。第二次是“解构主义”阶段。在此阶段,卡勒研究了“文学研究的生存问题”。在该阶段前期,他通过对解构主义所提出的关键问题进行解析,指出解构主义并非是虚无主义,并不会导致文学研究的没落与死亡。而在此阶段后期,他把重心逐渐放在文化研究上,讨论了文学研究与文化研究之间的关系,并再次探讨了文学研究的出路问题。第三次是“后理论时代”阶段。“文学理论研究的未来”成为卡勒的关注点。“理论”之中留下什么?“理论”之后往何处去?卡勒沿此方向展开自己的试探性摸索。在此有必要着重指出:本文以下将不具体描述卡勒转型思考的细枝末节,而更多地只是指出卡勒面对纷繁芜杂的文学批评局面时所表现出的良好应对。

“结构主义诗学”的诞生

在此阶段,卡勒的理论论述完成了从“阅读理论”到“结构主义诗学”再到“符号学”的发展和演变。借此,卡勒对文学批评的本体论进行了反思。此后,对“文本阐释”的否定和对“诗学”的执著成为卡勒学术思想的主旋律。

卡勒早在对福楼拜小说的分析中，就提出了阅读的目的并不在于解释文本，而应理解阅读"规约"问题，他倡议一种"阅读理论"（Theory of Reading）。对此，伯恩海默（Charles Bernheimer）有很好的阐述："卡勒的兴趣并不在于为福楼拜小说提供一种完整解释，他也不认为这种完整性是可能的、甚或是必要的。相反，他聚焦于文本与读者之间的互动，阐释了福楼拜小说中拒斥、消解传统解释程序的种种技巧。"[62]此后，在《结构主义诗学》中，卡勒直截了当地提出了"诗学"这个概念作为文学批评的本体，呼吁放弃对文本的"阐释"。即使在出版《论解构》之前一年，卡勒面对自己的"诗学"概念并不受人欢迎这种局面，仍进而提出了"符号学"概念，在"规约"、"解释运作"这些"诗学"对象之外增加了"意指机制的模式"，并对当时勃然兴起的解构主义进行了符号学解读。

在结构主义定义及其地位上，卡勒与詹姆逊、斯各尔斯的看法有明显不同。詹姆逊及斯各尔斯眼中的结构主义是起源于语言学的某种哲学派别，甚或是一种新的范式。它或是意图将马克思主义招安（詹姆逊的看法），或是与马克思主义并驾齐驱（斯各尔斯的观点）。由此，它面向的是整个现代科学。而卡勒则一如其后来远离哲学与宏观，将结构主义从哲学、范式这种高高的云端掀下，遵循巴特的建议，以其实用主义的眼光，从微观着手，仅仅视结构主义为一种文学批评模式，进而将其限定为"法国理论家与实践者的论述"（詹姆逊和斯各尔斯意义上的"结构主义"，卡勒多用"语言学"〔linguistics〕取而代之）。因而，对詹姆逊和斯各尔斯而言，"结构主义"是一种元语言，而结构主义文学批评仅是它在文学领域的一种应用[63]；而卡勒则不然，"结构主义"诗学与"语言学模式"诗学是截然不同的东西，他提倡的是前者（即《结构主义诗学》第二部分）。因而雅各布森、格雷马斯、写《流行体系》的巴特、托多洛夫都属于"语言学模式"诗学范畴，亦即为卡勒所拒斥的诗学（即《结构主义诗学》第一部分）。由此，詹姆逊和斯各尔斯的结构主义批评只相当于卡勒的"语言学模式"诗学。这是我们在分析卡勒"诗学"概念时应特别加以注意的。

在结构主义批评的立场、范围和个人态度上，詹姆逊将形式主义批评与结构主义批评绝对区分开来。他的依据是研究对象的不同，即是研究整体文学系统（语言）还是个人作品（言语）。而斯各尔斯的区分则关心研究方法的客观性。虽然他区分了形式主义批评和结构主义批评，但更倾向于将形式化研究方法都归于结构主义门下，连弗莱和他自己也都被包括在内。而卡勒则对形式主义批评与结构主义批评未作区分。显然他更关注它们的研究对象是否都是“潜在的规约体系”,因为这才是他的主旨所在。在个人态度上,虽然三者都认为语言学模式运用于文学研究自有其可能性,但都有着一定程度的保留。詹姆逊认为这种语言学模式的套用应慎重,“其决定权最终应落在我们今天所处的所谓现代国家社会生活的具体本质上”。为此他着重从共时和历时的角度分析了结构主义批评与社会、历史维度之间的种种关联。而斯各尔斯则认为,语言学模式的套用虽给诗学研究颇多启发,但只能采取间接方式,不能指望语言学模式解决一切诗学解释问题。他更多地介绍了结构主义批评对叙事学的系统研究,认为结构主义批评会对克服语言学的缺点有所帮助。卡勒则更多地强调了要间接地套用语言学的一般模式。他着力区分了语言学模式“诗学”和结构主义“诗学”。雅各布森、格雷马斯、写《流行体系》的巴特、托多洛夫都成为抛弃的对象,而“文学能力”、“规约”、“自然化”则成为他所提倡的“结构主义诗学”目标。

在结构主义批评的独特性和局限性上,很明显,历史、主体、外在世界、决定论是结构主义备受责难的几个要素。詹姆逊的指责更多是站在历史和外在世界(社会)的角度,对语言学模式共时思维的局限进行了批判。对于结构主义中主体的消失,他在此书中虽着墨不多,但亦是持某种批评态度。[64]而斯各尔斯则关心结构主义如何处理外在世界的问题。对主体问题,他这样认为:解释,不管多么主观,必须以作品外的事物来证明自身。因而解释学对意义的“复原”不过是批评家对其进行探索过程的描述罢了。相反,结构主义则寻求建立文学自身的系统模式,它欲为文学研究确立一个尽可能科学的基础(但这并不意味着文学研究中没有个人及主体的地位)。[65]显然,他对结构主义更多的是期待。而卡勒则旗帜鲜明地提出,要“拒绝将思考的主体成为解释之源”,呼吁将研究的对象从“言语”(个人作品)转向“语言”(听众所接受、保存并流传的部分)。由此文学界的任务就不是去阐释单个作品的意义,正如语言学家的任务不是去研究单个句子然后告知我们意义那样,而应是将作品视为文学体系的显现,以阐明这种体系的规约是如何让作品产生意义的。而在另一方面,若将语言与单个作品或一组作品类比,对作品的分析就不再是达到目的的一种手段,而是目的本身了。由此卡勒认为,文学研究不是去生产关于《李尔王》的另一种解释,而是推进对一种话语模式和某种机制运作与规约的理解。

针对德里达和解构,从詹姆逊和卡勒的评论中(斯各尔斯对此仅仅一笔带过),不难知道詹姆逊关注的是结构主义寓言式的方法论、伦理立场上的虚伪性以及体系上的自我矛盾。他认为批判结构主义的突破点应从其软肋“历时维度”出发。卡勒则仅仅关注德里达的理论对阅读过程的影响,认为其攻击对象是阅读中运作的规约。他们虽然都注意到德里达的理论有着与结构主义截然不同的立场,但两者对解构主义的理解都过于个人化,未能抓住德里达的要旨所在。卡勒在2007年的一次访谈中坦陈:“我在1968年夏读到德里达的作品,当时读的是《论文字学》,他论及语言学与文学研究的关系。他对索绪尔作品的批判让我大开眼界,我在《结构主义诗学》中简略讨论了他及其他人的作品,但我当时理解得不是很好。还好没犯什么离谱的错误。”[66]应该注意到,虽然解构和德里达在当时对卡勒而言远远没有后来那样重要,但在此阶段的后期,卡勒面对其时批评理论的风云变幻表现出一定的矛盾心态。他在《符号的追寻》中提到:“这些论文所揭示的是:解构主义并未像某些‘后结构主义者’所言,‘拒斥’结构主义与符号学。”[67]在这里,他仍试图坚持高举“诗学”的大旗,但正如他自己所承认的那样,德里达的论述击碎了他对理性的信仰。[68]由此他陷入了一种中庸状态,调和了新批评、结构主义和解构主义的立场,以图将各种对立的理论视角统一起来。这样,在《符号的追寻》中出现了对意指过程要“掌握”、“构建”、“控制”的论述,但在同时,他也声称存在一种“扰乱”、“增补”、“置换”,并甚而承认“综合之不可能”。可以认为,卡勒在这里仍是鼓励读者将解构主义视为对结构主义的反应,而结构主义本身则是对新批评的拒绝。

在分析卡勒的论述被美国接受的原因时,伦特里奇亚(Frank Lentricchia)列出以下几个方面:“在卡勒解释之前,结构主义从来不被认为会对文学学科有所影响。但在此它被全面转换为一种具有全局意义的文学方法论。……卡勒的著作实际上单独主导并构成了我们对结构主义的了解,这不是因为他的作品明显比其他人更为准确,而是因为他对结构主义的调和是基于美国传统批评家所看重的、容易识别的智性原则之上。……他软化了结构主义的影响,介绍了一些批评性的、多有争议的概念。”首先,通过将乔姆斯基的“能力”和“表现”与之相提并论,他让我们更容易把握索绪尔的核心区分:“语言”与“言语”;其次,对于敏感的“主体”问题,卡勒并非如巴特那样宣称作者的死亡,而是把布莱等支持的笛卡尔式“我思”以及存在主义现象学中的“主体”,不动声色地转移到读者无法控制的一系列规则上来，欧陆结构主义者那种让人不痛快的“决定论”，就在某种程度上被折射，但却未被否认；再次，卡勒注意到结构主义的一个主要矛盾之处：文化被定位成多样的、异质的，而神话和叙事结构的语法却是统一的，有鉴于此，卡勒的分析沿着统一的西方文化这样一种假设推进；最后，卡勒宣称语言学并未为文学作品的解释提供一种方法，这就等于告知英语国家的批评家们：结构主义的主体概念框架可被完全忽略不计。由此，结构主义两条重要原则——（1）自我是文化体系铸成的主体间性建构，个人对此没有控制权；（2）文本是某一无形空间，其形状由结构模式的阅读塑造而成——在卡勒的著述中就有些含糊不清了。[69]

但我们还应注意到：无论在“诗学”目标上，还是他的结构主义立场，卡勒的阐释总是会被误解。因而卡勒在1982年《论解构：结构主义之后的理论与批评》中也委屈地承认：“《结构主义诗学》着手全面审查了众多批评与理论论述，将最有价值的建议与成就挑选出来，将它们介绍给那些对欧洲大陆批评了无兴趣的英美观众。”[70] 总之，卡勒的著述是要建立“诗学”这样一个理性目标，它将文学描述为某种体制而非一系列散乱的作品。在这样做的同时，他受到了当代语言学与经典结构主义论述的深刻影响。但是，非理性化的德里达对批评界的压力日益增强，同时解构主义实践日益推广，迫使卡勒为自己的诗学辩护。他不仅要反对传统的人文主义批评家（主要是新批评），还要面对后人文主义反对的声音。

走近解构主义

德里达应是除巴特、索绪尔之外，对卡勒影响最大的人。在1982年的《论解构》和1988年的《符号构形》中，“嫁接”与“文本逻辑”这种卡勒式的解构思想成为理解卡勒此段时间著述的关键词。[71] 此外，卡勒的文化研究受到了克里斯蒂娃的“生成文本”（geno-text）[72] 概念的很大影响，她推动着卡勒从静态的“诗学”观发展到动态的“诗学”观。[73] 在从解构主义前进到文化研究这个过程中，文学研究的生存问题（解构主义是否会威胁或代替文学研究）成为卡勒的关注点。

20世纪80年代初，面对解构主义的崛起，学者中既有歌颂的声音，又有枕戈待旦的斗士。文学批评到底是遇上了生存危机还是幸逢机遇？这也正是伦特里奇亚以及众多文学批评家面对解构主义时的心态：“历史抑或深渊”?[74]卡勒在2007年底的一次访谈中提到,在当时,由于解构主义首先是以现象学批评者身份出现,而在有些情况下,它批评了结构主义,他由此开始阅读、讨论德里达及后结构主义。[75]卡勒上述话语十分耐人寻味。我们可以认为,卡勒并非是因为解构主义独领风骚就“弃暗投明”,“它批评了结构主义”才是卡勒阅读解构的可能直接动因。这也是为什么倡议“阅读理论”、提出“结构主义诗学”、倡导“符号学”的卡勒,即使在近期的著述中,还常常为结构主义诗学未竟事业扼腕长叹[76]的原因所在。以《论解构》一书声名远扬的卡勒,也从不自视为一位解构主义者。他从未像美国实用主义哲学家理查德·罗蒂那样旗帜鲜明地标榜自己是一个“反本质主义者”[77],或如米勒那样将自己置于“神秘(uncanny)批评家”阵营[78]。但在另一方面,与伦特里奇亚及伊格尔顿对解构的质疑与担心不同,卡勒坚信,解构只是一种非正统的、艰深的文学理论,不会把文学研究引向“孤芳自赏、虚无主义及文化无关论”(narcissism, nihilism and cultural irrelevance)。[79]

由此可见,卡勒对解构主义的立场并非清楚明白、一览无遗,确实有他的模糊之处。卡勒2007年在回顾这段解构历程时承认,当时德里达及其他的理论论述对英语系产生了挑战,它们提出新的问题和新的阅读方式,常常又极其晦涩,如果你抵抗它们,自己就成为反动分子和落伍分子。他说:“今天我很同情当时希望这种新理论远远消失的那批人。因为到了我现在的年龄,我也不热心去尝试复杂的新理论话语。但在另一方面,那些右翼团体企图将解构及其它形式的理论标记为对西方文化的破坏、对西方文明的颠覆,我总是对此感到迷惑不解,在某种程度上还感到他们有点言不由衷。正是德里达而非他人让文学系的学生与老师重拾起柏拉图和康德,他让我们探究那些我们自以为精通的经典哲学文本,这种对西方文化经典文本的再审视让人文学科重新有了活力。他对文学作品所作分析并非拆除了文学的假面具,而是对文学之精美、文学中丰富的修辞和想像的一种礼赞。右翼声称那些读了德里达及解构的学生会弃绝文学,这被证明是错误的论调。恰恰相反,了解解构的学生对文学与哲学文本的兴趣更浓,当然,它所涉及的问题已经有所不同了。”[80]

因而,我们可以认为,卡勒当时更多地是站在文学研究的立场来解读解构主义,试图探究解构主义与文学研究之间的关联。上述这种半超然立场(迷惑于它对文本机制的揭示,却难以苟同其阐释学方向,可被视为“置身其中的旁观者”)在1981年对“符号学”的论述中、有关文化研究的论述中、有关编著中都有较为明显的体现。由此,在《论解构》以及后来《符号构形》中,卡勒都把目标转向文本中的逻辑以及文化/文学文本中的意指机制。正如卡勒在《论解构》中所解释的那样,解构主义的核心不是米勒所谓的那种"如临深渊般的两难"结果,而应是对文本中逻辑的分析。[81]但尽管卡勒在《论解构》中大谈特谈解构主义颠覆"形而上对立"的论证方式、意义如何被重复而语境如何被重新构筑(reinscribe)以及意义嫁接过程,但似乎这种形式化的阐释并未受到读者的重视:"两难"(aporia)与"振荡"仍是批评家在文本中所苦苦寻觅的目标。

对于什么是解构主义,同时引介解构主义的诺里斯(C. Norris)更多把关注放在哲学角度的解读上。对于其与文学研究的关系,除以美国批评界为例作资介绍外,他并未具体涉及;卡勒则抛开相关的哲学顾虑,完全从阅读的角度切入,将重点落在解构与文学研究的关系上。对于解构主义的核心,两者都强调了解构主义逻辑所显示出的作用,但卡勒把这种逻辑定义为文本逻辑,对之进行了详细分析,并从各种角度阐明了"解构"即"建构"的要旨;而诺里斯则突出了"延异"、"增补"、"两难"等要点,更多是浮光掠影式的,他更关注解构的历史成长以及与其他哲学派别的差异。两者对于解构与结构主义的关系,几乎是众口一词:都认为伦特里奇亚将解构划为后结构主义较为不当。但诺里斯认为解构是结构主义的继续,是一种推进;而卡勒比较了结构主义与解构的相似点后,认为解构虽然是对结构主义的批判,却也与结构主义享有相似的目标。至于解构主义与文学/批评的关系,诺里斯认为解构的要点就在于它取消了两者之间的区分,并未刻意注意解构在文学批评中的运作,只是特别给巴特以较大关注;而卡勒则将巴特请出解构的天堂,只是对解构的文本逻辑进行了具体分析,并辟专章详细论述解构与文学批评的关联。而就解构主义批评模式而言,诺里斯将解构主义在美国的批评模式分为两种:一种是德里达式、文本性或非政治性,以耶鲁和霍普金斯大学为代表;另一派则将文本带回到"世俗的"或政治维度,以赛义德为代表。[82]卡勒则认为需从四个方面来把握解构主义批评模式:(1)对等级对立的分解(如迈克尔斯);(2)将事件叙述与阅读、写作联系起来,拒绝审美的目标(refuse to make aesthetic richness an end),提出阅读问题,寻找进退两难(double bind)的结构(如约翰逊);(3)如何细读(如德曼);(4)先前阅读扮演了何种角色(如米勒)。在此,诺里斯将巴特式模式与德里达—德曼式模式并列,虽将注意力放在德里达身上,但巴特也不时被提及;而卡勒则在详细列举德里达的解构策略后,以四种不同的关注点为出发点,具体区分了纷繁杂乱的解构主义批评模式。最后,关于解构主义的政治性,诺里斯将德里达及其大部分追随者的态度判为无政治性,独自突出了赛义德的政治参与性,并由此强调了解构的逻辑(虽然在其二版后记中,诺里斯对此有所保留);但卡勒显得较为谨慎,认为解构的制度性影响是直接的,但在当时较难作出评价。总体来说,对于解构,诺里斯明显较为赞同解构主义方向。诺里斯认为:解构主义确实引导了文学批评走向独立,由直觉型走向学科型。并使之在内容上哲学化和社会化,在方法上理性化和多元化。而卡勒则对解构主义有明显的保留。与诺里斯将解构与结构、哲学与文学批评、解释与批评等混同起来的倾向不同,卡勒在各种批评理论中析出阅读中读者经验、在解构主义中析出文本逻辑、在解构批评中析出其四点特征。在《论解构》的开篇,卡勒曾宣称这是《结构主义诗学》的一本续集。确实,在《论解构》中,解构像结构主义一样,被视为是对话语中“结构性决定因素”(structural determinants)的考察,德里达的分析则“特别关注各种话语中重复出现的规则性”(regularities)。[83]卡勒指出,解构主义并非是一种引导我们去认可意义的自由游戏(如布思〔Wayne Booth〕和哈特曼所认为的那样)。他认为:后结构主义不同于结构主义的地方在于:结构主义试图将自身定位于文化实践之外以描述其规则和标准;而后结构主义则显示,在不同的领域,结构主义的分析陷于其所分析的过程和机制之中,它的标志性特征是使语言与元语言的区分分崩离析。[84]

卡勒在《结构主义诗学》和《论解构》中的立场连续性为众多批评家所注意[85],而他对解构的清晰解读也让许多学者称赞不已[86],与此同时,卡勒在《符号构形》中的政治化立场也令人瞩目[87]。总而言之,卡勒与德曼、芭芭拉·约翰逊一起,使解构成为激动人心的批评方法,并使之成为一种可操作的实践。他使得德里达那深邃却极为捉摸不定、谜语般的论述(关于弗洛伊德、奥斯汀等)得以清晰。因而在很多方面,都是对解构最权威的描述。更为重要的是:经由卡勒的阅读,文学理论界对文学研究的生存最终不再恐慌或害怕(如70年代赫希、艾布拉姆斯等),对解构的攻击蜕变成一种抱怨的声音。此外,我们还应注意到:卡勒是一个有着结构主义思想的解构主义阐释者,但他的影响和知名度在很大程度上的确得助于对德里达理论的阐释。这个现象很好地证明了卡勒对解构的看法:两难和摇摆不定的结论并非是解构所追求的终极目标,那种位于解构中的结构性的要素(文本的逻辑)才是解构理论的意义所在。当卡勒

“解构原本是结构性的”阐释为越来越多的人所接受时,其声名鹊起自是意料之中。

理论中的文学性

卡勒的“文学性”(literary)概念是对雅各布森“literariness”的一种挪用,也是卡勒对“理论”漫长思索过程中的一个产物。早在《符号构形》中它就以“literariness”显形,彰显于《文学理论:简介》中,最后集中表述于《理论中的文学性》的“文学性”(literary)。[88] 卡勒借此指出后理论时期“理论”的出路与未来。

自 20 世纪 90 年代始,关于理论末日、理论死亡或理论之后的评论不绝于耳。[89] 术语“后理论”(post-theory)则较早可见于两本论文集《后—理论:重构电影研究》[90] 和《后—理论:批评新动向》。[91] 两本论文集因所在学科不同,取向亦有很大不同。在前一本论文集中,“理论之后”是一种重构过程,电影研究可以回归其正轨;而在后一本论文集中,“理论的死亡”打开了新的理论方向。但不管怎样,正如利奇所言:“哀叹理论末日本身就是一种姿态,亦是对理论的某种定义。”“关于理论逝去的声音事实上早即有之,这可见于理论的经典启蒙阶段(以弗莱的《批评的解剖》为高峰)、此后新思潮/新流派超越形式主义时、再后来法国后结构主义超越美国形式主义时、而后则是文化研究将后结构主义取而代之时。……理论的哀伤既表达了对先前时光的依恋,也是对不确定未来的担心,亦是对美好前景的期待。”[92] 王宁也认为,近期文学和文化理论界以及比较文学界受到的严峻挑战来自两位在学术界享有盛誉的学术大师:特里·伊格尔顿和斯皮瓦克(G. C. Spivak)。[93] 在他看来,伊格尔顿曾经是当代文学理论的积极鼓吹者,并以其专著《文学理论导论》而蜚声世界文论界,但他却在专著《理论之后》(2003)中哀叹道:“文化理论的黄金时代早已过去”。王宁还注意到,斯皮瓦克亦在 2003 年宣称比较文学死了,但她所说的“死亡”其实是另一种形式的新生。她认为:传统的与文化研究相结合的比较文学已经“死亡”,她要倡导的是一种“新比较文学”,即把比较文学同地域研究(Area Studies)结合起来,其目的是:“比较文学与地域研究合作不仅能够养育南半球各民族的文学,而且能够培植无数土著语言的写作,而按照原先的规划,这些土著语言是将要消失的。”王宁将此阶段称为“后理论时代”(Post-Theoretic Era)。他认为,“后理论时代”的西方理论思潮仍有着清晰的发展走向，但理论本身的功能已经发生了变化，纯粹侧重形式的文学理论已经无可挽回地进入了衰落状态，文学理论已经与文化理论融为一体，用于解释全球化时代的各种文化现象。[94]还有许多其他学者认为：“后理论时代”实际上是一场“理论大战”。其特征不在于文学解释者与持其他观点者之间的争议，而更多是不同解释阵营或解释方法之间的内部残杀。不管是解构、马克思主义、非裔美国批评、抑或其他，各种解释模式为获取最强势、最普及的地位而战，胜者会凭借其创新型阅读而得以发表于众多杂志。在这个多元理论盛行的时代，批评理论的未来在哪里？这是文学/文化批评界众多学者所思索的问题，也是卡勒意图解决的难题。

卡勒将“后—理论”看做一种假定“宏大理论”死亡之后的理论。按照卡纳普和迈克尔斯的观点，理论论辩毫无结果，因而理论毫无用处，应该结束。[95]但正如很多评论者所言，对理论的这种抵制性论说显然是理论的一种现象，它引发了很多枝蔓横生的回应，而这些回应本身也是理论的一些现象。就此卡勒认为：这种状况就是“后—理论”，即由理论之死诸问题激活的一些理论讨论。[96]在后理论时代，“理论”已被认为不可避免是跨学科的[97]，哲学、语言学、人类学、政治或社会理论、历史、心理分析、性别研究、电影理论诸如此类，都受到文学及文化研究的青睐。因为它们使人们以一种新视野去思考事物，理论由此成为与常识对立的东西。在此基础上，理论推崇非文学性并因而导致文学研究的衰亡。面临“理论”的跨学科性及其“政治热情”[98]，自然不难理解为什么文学理论最近在文学研究“理论”中所扮演的角色越来越轻微。而且，当我们阅读更多福柯、德里达、拉康时，就很少会阅读文学作品本身了。如此，“理论”所推崇的非文学性会导致我们远离文学与文学价值的研究。

对于上述现状，众多学者自然了如指掌。但由此产生的问题则在于：在斯皮瓦克宣称“比较文学死了”，纪洛里（John Guillory）断言“文学死了”，卡纳普与迈克尔斯贩卖“理论死了”的这个“后理论”时代，文学和文化研究的出路何在？在此方面的著述虽有《理论之后》（Eagleton，2003）、《理论之后的存在》（Payne & Schad，2003）、《理论的余声》（Butler et al.，2000）、《理论之后的阅读》（Cunningham，2002）、《不妨理论》（Leitch，2003）等，但一如既往，卡勒的《理论中的文学性》无疑是其中声音更为清晰的一个。他认为：“理论话语无论来自何方，其一般目的应是让我们觉察各种话语中运作的文学性，并由此确定它在研究中的中心位置。……对语言、欲望、权力、身体等等的关注已使人们忽略文学及文学研究中特有的理论问题。""需纠正对(文学性)的忽视,把'理论'带给文学,并把'理论'中的文学性发掘出来,使文学与'理论'不再互不相干。"[99]

以下我们来看一下卡勒与利奇、伊格尔顿的不同立场。对于什么是"理论",利奇明显将诗学、解释当做"理论"的一个分支,认为"理论"即是众多解释模式的集合;而"理论"对伊格尔顿而言就是我们对所处社会所作种种假定解释的一种反思;卡勒则旗帜鲜明地反对"理论"转向不同议题以开拓新型解释,认为"理论"应抛弃对主题的解释,回归到"文学性",也就是广义的"诗学"这个中心点。针对文学理论的发展过程,三位学者的看法虽大同,却存小异。他们都认为当代文学理论的发展应划为三个时期,但在三个时期的具体时间和具体特征上意见稍有不同。卡勒采用了一种开放性和自传性的叙述手法,当然伊格尔顿和卡勒还是站得更靠近一些,其分别只是各自站在欧陆与美国立场上的不同。80 年代被视为一个鲜明的切分点,在此前,"新批评"在美国(短暂一阵结构主义)、"结构主义"在欧陆是主流;而在此后十到二十年,则是解构主义(卡勒的立场)、后现代文化理论(伊格尔顿的立场)的黄金时间;在世纪之交前后,文化研究或可说"后理论时代"开始登场。总体来说,卡勒的判断与利奇、伊格尔顿以及其他主流看法并无太多差异,特别是对解构主义的逝去亦与其他学者意见一致。但其中值得注意的是,他对文化研究的否定态度明显不同于利奇的赞成和伊格尔顿的含混。至于文学理论研究的目的与出路,利奇在对新批评、后结构主义及文化研究三种主要批评范式进行比较与对比后,对理论的当下及未来作了展望。他认为,大学的义务不仅是研究当代文化话语,给予它和历史文本研究相当的支持和声望,还应鼓励新学科与新院系的创建。这与文化研究的崛起息息相关,因为文化研究对当代大众文化的学术探讨,以其预测性和尖锐性,以一种代表性的、新型的艺术与娱乐方式超越旧有形式,反映了后现代社会风云变幻的场景。[100]他对文化批评理论的未来作出如下展望:(1)大学教授仍应是学科型学者;(2)跨学科学术研究,包括文化研究不会改变现存的学科分类;(3)大学仍应是生存在一个规训型社会内的"学科型机构";(4)跨学科这个概念正在经历着一次再概念化的过程。他最后重申,他赞同跨学科的研究,特别是当今的文化研究。只是并不希望终结学科体制,也不希望为了追求协调一致(它将是破坏性的),将散乱的学科及部门统一起来。[101]而伊格尔顿则在总结文化理论的得失后指出："许多对理论的反对或是错误的、或是较微不足道的，对其应进行一次更为毁灭性的打击。现有的文化理论许诺要处理几个基本问题，但总的来说并未能做到。对于道德与形而上学，它唯有惭愧；对于爱、生态、宗教与革命，它窘迫不安；对于邪恶，它大都无言以对；对于死亡与苦难，它沉默寡言；对于本质、普适性与万物之始源，它独断专行；而对于真理、客观性与无私，它显得浅薄无知。而以上种种，无论以何种方式衡量，都是人类赖以生存的众多支撑点。……而（此时）我们面对这些基本问题却无话可说或几乎无可言说。"[102]他因而提议要修正以上种种缺陷，摆脱后现代主义的"小型叙事"（little narratives）。他认为文化理论若要与踌躇满志的全球历史啮合，它必须拥有自身支撑资源，在深度与规模上与其所面临的局势不相伯仲。它不能仅仅止于讲述相同的阶级、种族与性别的叙事（虽然这些也不可或缺），而需要在准备万全的情况下去冒险，打破较为沉闷的正统观念，探索新的话题，特别是那些至今一直被毫无理由地束之高阁的话题。有鉴于此，他尝试探讨了有关真理、美德、客观性、道德、革命、始源、原教旨主义、死亡、邪恶与虚无（non-being）问题。[103]卡勒认为，正如德曼所指出的，理论本身即是对理论的抵制。他继而声明，不论倡导还是抵制理论，我们都无可改变地处于理论之中。而对理论的抵制，则使我们反问自己：众多形形色色的理论话语所作出的解释，是将其聚焦落在不同议题上呢，还是对文学及话语实践的一些中心问题作出了新的解释？[104]鉴于我们不可避免地将处于理论之中并面对理论的抵制，卡勒建议发掘理论中的文学成分，并通过一些理论作品来加深我们对一系列文学理论概念的理解。通过分析安德森的《想象的共同体》，他试图挖掘作品中有关小说的断言以及这些断言与叙事技巧的关系；他还审视了诸如文本、符号、解释、施为性及全知视角这些理论概念对文学研究的意义；通过分析作品可读性与思想表达之间的关系、批评的发展历程、文化研究和比较文学的现状，他从写作实践这个宽泛的角度重新评估了它们与文学研究的关系。同时他对最近理论话语对文学性理论化形式进行了考察，并对辛普森（David Simpson）在《学术后现代与文学规则》（*The Academic Postmodern and the Rule of Literature*）中提出的"文学无所不在"的观点加以分析。[105]卡勒呼吁，正如辛普森所述，理论中留下的只有"文学性"，各个学科的话语都正开始关心其自身定位、自身立场与其系统的建构性问题。[106]以上三位学者较为明显的相同点是：不同于卡宁汉姆（Valentine

Cunningham)在《理论之后阅读》中对理论的绝对抵制[107],理论被认为是必须坚持的。虽然审视角度略有不同,但他们并未对文学理论研究的跨学科性提出质疑。而对于理论的政治性,仅伊格尔顿一如既往地大声疾呼,利奇则显得漠然,而卡勒虽不置一词,但其对众多理论中"文学性"的探寻,暗含着一种较为否定的态度。因为在他看来,"诗学"本身,而非文本解释,才应是我们的关注所在。就文学理论研究发展方向而言,他们也是各执一词。利奇期待文化研究的深入,并期待更多独立学科的出现;伊格尔顿建议对一些重要基本理论概念展开探讨,而不仅仅满足于"小型叙事";卡勒则呼吁理论回归到"文学性"这个中心点,抛弃"新颖性"这个目标,纠正对"文学性"的忽视,把"理论"带给文学,并把"理论"中的文学性发掘出来,使文学与"理论"不再互不相干。三人中,利奇倾向建议保持现状;伊格尔顿趋向于建议将文学、哲学与社会理论混合,这是其大力弘扬的"文化理论"的一个较为合理的发展;而卡勒则建议对现有理论进行分离——"文学性的"与"非文学性的",借此明确指出了文学理论研究的努力方向。

卡勒在2007年这样反思道:"过去还有一个科目,叫文学理论,它研究文学的本质与功能、文学体裁的种类与特征,诸如此类。今天所谓'理论'经常对上述问题毫无兴趣(而我的看法与之相反),只是关注其它政治、哲学、语言学及伦理问题、关注意义、身份、权力、及各种话语实践的政治意义。'理论'由此成为一种跨学科的产物,其最明显的特征是:它是源自另一学科,但却在文学研究领域大行其道的话语。这让理论难以被定义,因为我们不太清楚为什么某些社会学、历史学或哲学的思想可被视为理论,而其它却不行。理论由此是跨学科型、自我反思型、思辨型的。理论提供了看待文化现象的新方式,它们通常来自某类特定的研究。被视为理论的是那些让人耳目一新的、大长见识的换位思考。"[108]那么,这样一个"后理论时代"会往何处去?卡勒为我们指出了理论中的"文学性"这个方向,但同时利奇式的"文化研究"、伊格尔顿式的"基本理论问题探讨"以及其他建议也都是备选的另样可能。文学研究向何处去,仍是尚需众多学者思考的问题。而从以上三位学者的分析来判断,在目前显然也很难有一个明确的答案。但至少,卡勒清晰的声音会引发学者们对后理论时代更为理智的反思与探讨。这应该说是卡勒的思考和研究的意义和价值所在。

理论中的文学与比较文学的危机

为了更加清晰地揭示卡勒文学批评和研究的特色之处，以下我们将卡勒与詹姆逊、希利斯·米勒的文学/文化批评立场进行简略对比，借此探讨卡勒的不同之处。就文学/文化理论而言，詹姆逊的辩证性批评应是一种反思性思考，它既要对范畴和方法进行反思，同时还要进行具体的分析和研究；它也是一种相关性、历史化的思考，将研究对象投射到具体的历史环境之中；它同时亦是一种乌托邦式的思考，将目前所在的现实与可能的替代方案相比较，在文学、哲学与其他文化文本中找到乌托邦式的希望；它还是一种总体化、综合性思考，为文化研究提供了一种系统的框架，也为辩证批评的运作提供了一种历史理论。[109]而米勒的解构式批评"也和罗兰·巴特的批评文字相近似，往往居于批评性评论和理论阐述之间，他的理论特色就在于通过具体事例来阐明一种理论立场"[110]。卡勒的结构式批评则是"诗学"到"文学性"、"解构式嫁接"到"理论"、批评到"元批评"的一次组合式转型。我们以下就他们在研究定位、目标、方法和趋势上的明显不同进行具体的讨论。

定位:文学批评抑或文化批评

詹姆逊从文学批评前行到文化批评。尽管詹姆逊本人在《政治无意识》一书的前言中提出了"文化研究"的主张，但《政治无意识》的主体部分所借助的依然是对巴尔扎克、吉辛、康拉德等文学文本的阐释，可以认为，《政治无意识》并未脱离文学批评的范畴。不过"文化研究"的提出，已经表明詹姆逊不甘囿于文学文本的藩篱，而欲将批评对象由文学文本扩展至文化文本的企图。所以《政治无意识》既是詹姆逊文学批评的一部带有总结性的著作，同时也预示了詹姆逊从文学批评向文化批评的转型。在1985年在北京大学的自我介绍中，詹姆逊本人不认为自己专属于文学研究，而应是一个"文化批评家"，"注意的是世界范围内的后现代主义文化的发展"。詹姆逊的这一道白概括了他的学术兴趣的转移：出版《政治无意识》之后，他的视野转入了"寓言"的研究，开始了对后工业社会的总体性观察。

而希利斯·米勒曾在《全球化时代文学研究还会继续存在吗?》中指出："新的电信时代正在通过改变文学存在的前提和共生因素（concomitants)而把它引向终结……文学研究的时代已经过去了。再也不会出现这样一个时代:为了文学自身目的,撇开理论或者政治方面的思考而单纯去研究文学。那样做不合时宜。"[111]值得注意的是,米勒的声明固然没有明确提出"文学终结"的看法,却也没有明显的证据证明文化研究时代的到来。从他对文学研究的情有独钟以及于此中获得了"非同一般的乐趣"来看,"文学研究从来就没有正当时的时候,无论是在过去、现在,还是将来。……文学研究的时代已经过去,但是,它会继续存在,就像它一如既往的那样"[112]。他认为这是自然得出的结论,只不过他在此种思考的基础上提出了新的文学研究的方向。[113]这种把文学研究与全球化、新技术对文学研究的影响结合起来的思考,在他最近的论文中有明确的表述。[114]不可忽视的是,与之同时,米勒也逐渐迈向了泛文化批评的文学研究。

而卡勒研究的出发基点都是文学研究,文化研究则被视为一种歧途。他的结构主义诗学目标是读者在阅读文本时表现出的文学能力与运作中的解释规约。他对解构的讨论,否定了那种认为解构主义会给文学研究带来毁灭的观点,建议可将解构主义视为一种阅读的策略,对如何开展解构主义文学批评提出了自己的思路。而在此后的文化研究中,卡勒视自己在此方面的努力为一种失误,并进而在《文学理论:简介》中介绍了文学批评如何借助文化研究来发展自己。而此后,他就一直宣扬自己的"理论中的文学性"(该种观点已在《符号构形》和《文学理论:简介》中稍有涉及,但未加详细阐述),认为目前的研究应该回归到"文学性"这个中心点。

目标:阐释抑或诗学

詹姆逊的研究目标在《政治无意识》中有很好的阐释。正如他自己所说的那样:"马克思主义批评的框架不应被视为是其它解释方法(如伦理的、精神分析的、神话批评的、符号学的、结构的以及神学的)的简单代替。……那些方法的权威在于它们与部分社会生活中这种或那种局部法则、或复杂而又不断涌现的文化上层建筑的子系统忠实地吻合。而马克思主义遵循一种更为真实的辩证传统,被视为是不可超越的视域(untranscendable horizon)。它包含了那些明显相互敌对、不可通约的批评方法,而赋予它们在自身领域无可怀疑的有效性。"[115]由此可以看出,詹姆逊的目标不是以特定方法来阐释特定文本,而更多关注解释本身,即关注文本是如何通过调和(mediation)来实现意识形态和乌托邦两个功能。按詹姆逊自己的说法,即是"形式意识形态"。在詹姆逊的具体阐释过程中,最终落脚点是对文本中乌托邦欲望的揭示。詹姆逊乌托邦思想的核心是政治无意识[116],它是被压抑的乌托邦欲望,而阐释的任务就是找到这种最初的乌托邦的欲望。

而米勒则基于德里达和德曼的解构主义阐释学思想,认为文学批评的任务不再是全力寻找一部小说文本的统一结构,探求它的本义,揭示它思想和艺术奥秘的构成,以最终回到它本身,恢复它的本来面目,而是去深刻揭示它的复杂多样性,展露出它与表层结构矛盾的内隐层面,以最后开发出新的结构,并建构新的话语文本。所以对特定文本的解构主义的阅读无法一次完成,必然永远向前推移。所以米勒的目标是这种无尽的"求异"解构阅读。[117]米勒认为文学批评能让他"异常快乐",他这样描述自己的文学批评过程:"在特定情况下,我感到自己抓住了那篇诗歌或小说,把它写下来就让人快乐。……最近我一直在写关于卡夫卡的文章,是关于他的未竟之作、最后一本大部头小说《城堡》。理解这部小说并写出些让人信服的东西相当具有挑战性。这种尝试就是乐趣。"[118]阐释应是研究的目标,这对米勒来说,是确凿无疑的。

卡勒的目标则泛化为"诗学"、"文学符号学"、"文本逻辑"、"符号机制"、"理论中文学性",他对形式的关注可谓从一而终,总体可被誉为泛义的"诗学"。在所有批评家中,他始终明确坚持巴特式"诗学"与"阐释"之分。虽然阐释在美国文学批评界大行其道,卡勒对此也多次哀叹自己"诗学"理想的失败,但他始终将"阐释"视为末端,而坚持自己形式化的"诗学"目标。这在近期尤其见于他对预设与互文性的分析上、与艾柯关于"过度诠释"的辩论中以及对文化研究三种可能方向的理解上。

方法:批评抑或元批评

在詹姆逊的文学/文化批评理论中,乌托邦与意识形态一起构成了他的马克思主义阐释学的双重视角。在詹姆逊看来,只有认识到文本的意识形态和乌托邦的双重功能,马克思主义文学思想的革命性才可能在当代资本主义世界的政治实践中得到体现。意识形态是马克思主义的否定阐释学,乌托邦是肯定阐释学,肯定阐释学与否定阐释学并不是两种不同的分析方法,而是马克思主义阐释学中相互补充、相互统一的两个方面。因此,"马克思主义的否定阐释学,马克思主义实践的正统的意识形态分析，在对实际作品的解读和阐释中，应与马克思主义的肯定阐释学或对相同的意识形态文化文本的乌托邦冲动的破译同时进行”。我们可以看出：在詹姆逊的马克思主义阐释学中，意识形态与乌托邦是一种辩证的、共生的关系。两者缺一不可，它们共同构成了詹姆逊的批评话语的总体性视角。[119]詹姆逊认为，为此目的，以马克思主义批评作为了解文学与文化文本的绝对语义的先决条件应遵循三个同心圆框架：政治历史（狭义的，指即时发生的事件）、社会、历史（广义的，指按生产方式的先后、各种人类社会构成〔human social formations〕的承继而排列的历史，包括史前与将来的历史）。[120]由以上介绍可知，詹姆逊所介绍的批评模式可以视为一种“元评论”模式。它不是要承担直接的解释任务，而是致力于阐发问题本身所据以存在的种种条件。他由此将共时与历时、总体性与历史化辩证地结合起来。[121]应该说，这种思想在詹姆逊的《元评论》(1971)中就早有宣告。詹姆逊宣称，传统意义上的那种“连贯、确定和普遍有效的文学理论”或批评已经衰落，取而代之，文学“评论”本身现在应该成为“元评论”——“不是一种正面的、直接的解决或决定，而是对问题本身存在的真正条件的一种评论”。这样，批评理论就成为通常意义上的理论的理论，或批评的批评，也就是“元评论”，“每一种评论必须同时也是一种评论之评论”。对于注重历史视角的詹姆逊来说，“元评论”意味着返回到批评的“历史环境”中去，“因此真正的解释使注意力回到历史本身，既回到作品的历史环境，也回到评论家的历史环境”。[122]

米勒则认为自己在某种程度上如果不是实证主义者，就是一个经验主义者。他认为文学作品的看法应能够证实或相反能够证伪。在他看来，文学批评应去证明关于一个文学作品的假设是对的还是错的，这通过引用与对引用的理解来实现。[123]换言之，文学作品对于米勒来说就是在页码上的词语，它向各种解读和阐释开放。[124]他这样介绍自己的文学批评方法：“通常我结束阅读后，会记下某些要点（至少是那些我认为重要的段落），它们会分成两部分：一些是典型母题或主题的事例，是常规或传统阅读中的支撑段落；另外一些则是那些似乎与总体框架格格不入的段落，它们有意思是因为它们异常而不太适宜。……对我的挑战是把它们都以某种方式安置好（甚至有时要说明它们如何不‘合群’），以解释为什么它们会被放在那儿。”[125]具体来说，米勒的解构主义批评同时集结了“‘单义’和‘拆解’两种阅读，都是‘坐在食物旁边’的同桌食客，兼主人与客人、寄主与寄食者为一身”，“它是既否定又肯定的矛盾行为”。一方面它是一种“单义”阅读，即紧紧追随作者的思路，探讨作者赋予作品的显在统一性或其本义；另一方面它又是“拆解”阅读，即发掘作品中作者未意识到的、由语言符号的修辞性赋予作品的暗藏的逻辑悖论或引申义，借之开发出新的结构。在它那里，“一方面‘明显的或单义的阅读’常常包含着潜藏于它内部的、作为它自身一部分的、以寄食者身份出现的‘拆解’的阅读。另一方面，‘拆解’阅读绝对无法从它执意挑战的形而上学批评中摆脱出来”，它是一种集二者为一体的批评，既能全面跟踪文本的显在结构，又能深刻开掘文本的隐含结构。[126]而不同于詹姆逊和卡勒对理论的推崇，米勒认为理论的价值在于以最好的方式来描述特定的文学作品。他对抽象意义的文学理论兴趣不大，因为他认为文学理论的论述似乎是放之四海而皆准的，但它们实际上来自于特定时间、特定语言、特定文化中具有特定功能的特定文学作品。若假设亚里士多德或德曼的理论阐述对任何地方、任何时间内的所有文学作品都有效，这就会大有问题。而若将它们运用到非西方作品的阅读中，则更是问题重重。[127]由此可见米勒对元批评的保留态度和对阐释的推崇。

在卡勒的著述中，他所依赖的批评模式主要有以下几类：(1)寻找解释规约、文本的运作机制或文化机制，如“结构主义诗学”及他解构主义式的文化研究。(2)对大学中体系和机制进行分析，这散见于《符号追寻》和《符号构形》这两本论文集中。(3)对其他众多批评家评头论足，这多见于《结构主义诗学》、《论解构》及三本论文集中。(4)对“理论”的宏观分析，这是卡勒自《论解构》开始的兴趣所在。显然，第一类批评模式还不满足詹姆逊“批评之批评”的定义，而后三类批评模式则属于元批评，只不过它们出发的角度各自不同。

趋势：现代性抑或文学性

詹姆逊认为存在于后现代时期的马克思主义应该与后现代时期的资本主义的基本特征相一致。这是一种文化马克思主义，研究重点是商品异化和消费主义。但在最近，詹姆逊却提出，现代性正在复活，并没有像后现代所想象的那样已被彻底制服了。其原因有两个方面：一是这样可以使学科体制获得某种谱系学的认同；二是应考虑现代化的兴起及后发国家的现代化努力。[128]现代化虽受到了批判，但现代性却使人们相信了这样一种幻象：即西方拥有某种别人没有的东西，因此它对这些后发国家而言仍是一种值得向往的理想。那么，詹姆逊所理解的现代性到底是什么呢？他提出了关于现代性概念的四点提纲："1. 我们必须把现代性概念历史化、阶段化。2 现代性不是一个概念，而是一个叙事范畴。3. 一种拒绝叙事的手段就是坚持从主体性的角度看问题（它的题旨是主体性是不能够被再现出来的）。只有现代性的历史境遇才能够获得叙事形式。4. 任何有说服力的现代性'理论'都必须认真对待后现代性和现代性的断裂这个假设。"[129]显然，现代性成为詹姆逊前进的标杆。

米勒则在最近指出，"文学理论现在的形态就是由互相矛盾的两个方面组成的。首先，传统意义上的文学、文学理论还是有效的，而另一方面，与此形成矛盾的，是新的文学理论，即适应我们所说的新形态文学的理论"。他所谓的新形态文学"越来越成为一种混合体。这个混合体是由一系列的媒介发挥作用的，这些媒介除了语言之外，还包括电视、电影、网络、电脑游戏，诸如此类的东西。它们可以说是与语言不同的另一类媒介"。他强调说："我在这里要用的词不是'Literature'（文学），而是'Literarity'（文学性），也就是说，除了传统文字形成的文学之外，还有使用词语和各种不同符号形成的一种具有文学性的东西。"[130]在这里，米勒突出了"文学性"概念，并赋予"文学性"以全新的意义。传统意义的文学将被一种以"词语和各种不同符号的媒体"组成的新混合体代替，成为"新形态的文学"，这是"新的文学理论"研究的对象。

无独有偶，卡勒认为理论的研究方向也是"理论中的文学性"（the literary in theory）。他借用雅各布森的"Literariness"这个概念声明，我们的研究方向应是"理论"中所有与文学相关联的部分。不应抛弃文学研究，反而应包含非文学现象中的文学因素。在《理论中的文学性》中，他不仅以"文学性"统领这部论文集的核心，更是进而宣称他的下一部研究著作将是"抒情诗诗学"。抛开众多学者的"回家"情结不谈，卡勒的建议更多表明了他以下态度："新颖性"不应代替"文学性"成为评价文学批评与研究优劣的标准。

结论：前进中的卡勒

作为本文讨论的结束语，我们结合"理论"的现状和卡勒的文学理论、文学批评及研究实践，试图说明卡勒对文学理论批评的贡献以及他可能的前进方向。同时我们希望对卡勒的批评道路的探讨也会对中国的文学批评家有所启示，因为在目前的中国批评家中，我们很难找到一个类似卡勒式的博学多才同时又机智犀利的批评家或研究者，这说明中国当下的文学理论和文学批评以及文学研究是相互分割的：语言犀利的批评家往往缺乏厚重的理论，致力于理论探讨的理论家又缺乏与国际同行进行对话和交流的能力，而专注于文学文本研究的学者又缺乏相应的影响力。这三者恰恰在卡勒的批评理论和学术生涯中是结合得比较好的。

卡勒的理论贡献及研究方向

米勒曾经这样提起卡勒：卡勒总是被视为解释文学理论的最佳人选，他对理论能做到既不简化，亦无偏见。[131]这样的声明虽然确凿无疑，但却把卡勒的成就一笔带过了。在理论的迷宫中，如果需要一位向导时，卡勒的著作无疑是理想的出发点。因为它们不仅对相关的议题介绍周详，还严肃地讨论了“理论转向”中那些基本的东西。那么，卡勒的学术批评思想又有着怎样的理论贡献呢？以下我们分别从“新颖性”问题、“文学效果”问题、“文学性”问题这三方面入手，介绍卡勒对文学理论、文学批评与研究的主要贡献，并同时探讨他在将来的可能研究方向。

研究标准：“深度”还是“新颖性”

文学研究似乎位于哲学与历史两极之间的某个位置。但不同于哲学与历史对意义的迷恋，到目前为止，文学研究至少已在文学的研究对象（如作者—文本—读者）、创造方式（如摹仿论—戏拟论—再现论）、所虚拟的现实（如阶级—民族—性别—全球化）、语言使用方式（修辞—文本逻辑—意识形态）、元语言（批评之批评）这方方面面轮流走过了一遍。此外，我们还应该承认，与同属语言范围的语言学研究相比，林林总总的文学研究范式之间的界限并不清晰。虽然韦勒克和沃伦讨论了文学“外部”的研究考察文学在生产过程中与诸多外在因素的关系问题，而文学的“内部”研究则以文本为基础探讨文学的技术与审美问题，但这种效法语言学研究的分类早已在“理论”的泛滥中难觅踪影，这在很大程度上当然是因为文学生产的复杂性，因为它不仅涉及意义的生产，还会涉及“意识形态”的生产以及“乌托邦”的生产。在另一方面，文学研究的价值判断标准也难辞其咎，它过于求新、求异、欲“弑父”而自立。由此带来的必然后果则是：文学研究较少寻求水滴石穿似的深邃，在某种意义上俨然成为思想的玩物和情绪的宣泄工具。而其表现形式是：各种流派你方唱罢我登场，各领风骚三五年。

由此,我们似乎应该反思,研究本身的判断标准是什么?“新颖性”还是“深度”?对于大多数学者或杂志主编来说,这似乎不是一个问题:“深度”当然优先于“新颖性”。《新文学历史》也如此广而告之:本刊欢迎两类文章:其一是针对文学的理论性文章,它应聚焦于文学理论的本质、文学的目的、文学史、阅读过程、阐释学、语言学与文学之间的关联、文学变化、文学价值、文学阶段的界定与运用、风格/规约与体裁的演变;其二是来自其他学科、有助解释或定义文学史与文学研究问题的文章。[132] 但事实上,“求新”与“求异”已经日益成为判断一个文学研究成果能否出版并产生影响的首要标准,这很大程度是因为研究范围的拓宽显然比研究问题的掘深要容易得多、对作品的阐释显然比挖掘其中的“诗学”要方便得多。但在另一方面,人文学科独特的思辨色彩、可验证性较差也是一个主要的原因。

回顾卡勒的学术批评生涯,我们发现,在结构主义诗学阶段,他就呼吁要关注“诗学”本身,而非作品“阐释”;在解构主义阶段,他就呼吁要寻找“文本中的逻辑”,而非那种“处于两难境地的结论”;现在,他又建议守住“理论中的文学性”。我们应注意到:随着时代的不同,卡勒的“诗学”建议越来越泛化,但这应与文学研究范围的扩大不无联系,一个简单针对文学文本的提议就显得益发力不从心;而就文学研究目的而言,卡勒明显着眼于文本中普遍性和深度的内容,而非具体文本,这与中国批评界目前类似“新批评”的现状刚好截然相反[133];此外,卡勒似乎还建议:“新颖性”并不应成为文学研究的价值判断标准,文学研究的目标并不在于不断扩大研究范围,对“文学性”的深度研究才是它的职责所在。这可能也是卡勒宣称他的下一部作品将是《抒情诗诗学》的潜在动因。应该说,有意无意之中,卡勒在其文学理论、文学批评和研究实践中,始终坚守“深度”标准,坚决地反对所谓“新颖性”。[134]

有鉴于目前的理论研究状况,卡勒建议抛弃“新颖性”、守住“文学性”的信条显得尤为重要。只有这样,我们在一次次的文学/文化研究危机或比较文学危机来临时,才可以像物理学、哲学、语言学那样,借之来完成对原有范式的改进,或推动新范式代替旧范式。这样,对意义的生产方式、对意识形态生产方式或对乌托邦生产方式的考察可以在部分程度上得到保留,而不总是被全盘否定,推倒重来。

研究对象:"文学效果"

文学理论、文学批评与研究的对象是什么?"标准答案"已由《新文学史》在上面给出,自不用赘述。但卡勒还给出了另一种答案:对文学效果(literary effect)的考察。

卡勒在《结构主义诗学》中就敏锐地觉察到,语言学分析并不是发现文本模式的工具,而是可以从思考诗学语言的效果着手,去构思一些假设来解释这些效果。仅仅声明在文学文本中存在大量平等关系及重复模式无济于事,亦毫无说服力。只有从诗歌的效果着手,试图发现语法结构是如何营造出这些效果的,我们才可能避免那种把语法分析视为一种解释方法这样的错误。可以认为:在语言的诗学功能分析中,诗学效果才是需要解释的内容。[135]从诗学观点看,需要解释的与其说是文本,不如说是阅读与解释文本的可能、文学效果与文学交际的可能。结构主义诗学的任务,正如巴特所言,应该让那些产生文学效果的潜在体系显现出来。而在《符号的追寻》中,他亦注意到,戴维森(Donald Davidson)不同于其他的隐喻研究学者,将隐喻视为"语言"的一部分,是对结构的研究;他认为隐喻属于"言语",是对效果、反应的研究。在《论解构》中,卡勒声明解构的要旨在于,在我们寻求解释的过程中,意义似乎既是我们所体会到的语义效果,也是一种对文本属性的自我感悟。进而,在《符号构形》中,卡勒提议建立书写语言学:它将会密切关注书写的结构、策略与效果。在1992年,卡勒在谈到弗莱反对将文本意图的阐释视为文学研究的目标时建议:对弗莱来说(也许也是对我们来说),它的替代对象应是诗学,它要描述的是让文学作品产生效果的规约与策略。[136]即使在最近出版的《理论的文学性》中,就叙事学中"全知视角"这个概念,卡勒依然声称:与其以一个术语(Olympian narrator)替代另一个术语(Omniscience),我们倒不如从另一个方向来审视:人们试图用"全知视角"这个概念来描述的效果是什么?基于这种思考卡勒重新分析了"全知视角"的四种效果。[137]

应该承认:卡勒虽然给予了"文学效果"以特别的关注[138],但在很大程度上,他的出发点是将其视为某种研究"诗学"的手段。然而他从"文学效果"的角度来分析"全知视角"时,他就很好地把握住"文学创造虚拟现实"的核心概念:虚构性。这样,以"文学效果"为研究目标显然可以进而把叙事学的"话语"概念予以进一步的澄清。总体看来,虽然卡勒并非在有意倡导文学研究向巴特的"真实效果"靠近,但无疑,他以"文学效果”为对象的批评与研究实践会给文学理论、文学批评与研究以极好的启示。

研究方向:“文学性”

当学者们都在讨论文学批评与研究的出路何在时,卡勒建议转向“理论”中的“文学性”。虽然卡勒并未指出如何具体操作,但从他对理论、关键观点与实践的梳理中,我们仍可这样把握卡勒的建议:(1)从研究方法上说,我们可以把目光投向不同形式文本、不同语境、不同理论范式甚至不同学科领域的文本。这里的“不同形式文本”可指从以前的文学文本,再到当下的文化文本;从之前的书面文本,再到现在的口头文本、图形文本;从长期以来的纸版文本,到如今的电子文本、博客文本;甚至从我们所习惯的延时文本,到正在发展中的即时文本、用户自由编辑的文本。而“不同语境的文本”可指那些预设着不同的“意旨前提”的文本,如“新批评”预设一种封闭和统一的文本;“后结构主义”预设一种延异性和修辞性文本;而文化研究则预设一种或阶级、或种族、或性别诸如此类的文本。如《红楼梦》可以是曹家的一段家谱(文本意义),可以是宝黛之间的悲欢离合(主题意义),可以是阶级斗争,也可以是民族寓言(社会意义);而闪烁其中的,还有人性、生死和真善美(超文本意义)。(2)从研究目标来看,我们仍应坚持沿着“诗学”深度追寻。“新颖性”或“社会干预程度”不应成为判断文学批评和研究优劣的标准,更不应成为文学批评和研究的绝对标准,由此才能把握住“文学创造虚拟现实”的核心概念。因而,文学本质、文学目的、文学史、文学变化、文学价值、文学阶段、文学风格与体裁、文学阅读过程、文学效果、文学与各种学科之间的关联都可成为卡勒广义“诗学”的研究对象。

由以上分析来看,卡勒再次选择《抒情诗诗学》作为研究方向并非偶然,这不仅表明了他坚守“诗学”研究和“非政治化”研究的态度,还说明了他对“新颖性”诉求的拒斥。可以期待,卡勒的抒情诗诗学不会再以“非个性化”、“连贯性或总体性期待”、“主题意义”、“理解中的抵抗和复归”或“词语结构”、“事件”来结束。相应地,“文学效果”可能会成为卡勒“文学性”探索中的最新对象。

卡勒对中国批评界的启示

卡勒曾在《立足比较》中这样表达过自己的迷惑不解:“为什么浩浩

荡荡的美国学者和知识分子大军自身并未生产出科恩(Kohn)、霍布斯鲍姆(Hobsbawm)、伊利·凯多尔利(Elie Kedourie)、欧内斯特·盖尔纳(Ernest Gellner)、安东尼·史密斯(Smith)那样的民族理论?"他从中得出的可能推测则是:"当然总会可能的是,恢宏的理论从来就不是美国人的习惯。"[139]这种疑问似乎不仅适应于当时的卡勒,也较符合当前中国的研究现状。

总体看来,当代中国文学理论研究现状有以下几个特点。首先,在目前,几乎所有的研究范式已被我们拿来实践过一遍。现在的批评界与卡勒都面临着相似的境况:没有新的理论范式可供借鉴了。其次,中国学者一般不区分非西方背景的理论与欧美理论,所有上述理论都被视为西方理论;同时也不太区分理论产生的时代背景与意识形态,多数被视为不同方法论而同时引入中国。众多西方理论在不同程度上遵照中国的文化和政治环境被挪用(这正如易卜生在中国被建构为革命的思想家而非戏剧家一样)。[140]这种颠覆性的引进也为张隆溪、陈小眉、赵毅衡、徐贲所承认。[141]当西方理论被输入到中国的语境后,理论的文化意义经过转化,便呈现出新的意义。它已不同于原来的理论或甚至与原来的理论相对立。再次,它们在中国多数是被视为解释文本的策略,去除了其中的政治、社会批判或反思的意义。其形式、美学上的特征在文本解释中得到了强调,但各种理论的历史背景或与中国现状契合,或背道而驰。最后,由于在与西方不平等的文化交往、单向的文化输入中,出现了文化身份危机,理论的"中国特色"越来越得到强调。而面对任何非大陆学者的批评,"中国性"(Chineseness)也会被用来作为抵制、防御的武器。它可能会发展成某种本土民族主义。[142]

那么中国的文学批评与研究的未来前景将会是怎样的呢?王宁指出:当代西方理论进入了一个"后理论时代"。"后理论时代"的西方理论思潮仍有着清晰的发展走向,但理论本身的功能已经发生了变化,纯粹的侧重形式的文学理论已经无可挽回地进入了衰落的状态,文学理论已经与文化理论融为一体,用于解释全球化时代的各种文化现象。[143]盛宁也指出:持续多年的"西方文论热"使国内人文学界实现了与20世纪60年代以后国际学术的接轨,至少取得了三方面的收获:认识范式的转型、认识假设的改变和认识(批评)方法的更新。但近年来的一系列动向表明:20世纪80年代在美国文坛持续的所谓"理论鼎盛"时期已经过去,美国学界现在又开始对理论热所造成的文学的衰落和教育领域人文价值观的滑坡现象进行质疑和批判。因此,中国的文学理论研究应从中吸取教训,对二十年来所引进吸纳的西方文学理论再作一番剥析和扬弃,这样才能使我们的理论研究提高到一个新的水平。我们的理论研究也应该进入一个更为成熟的阶段,应该摆脱别人提问、我们跟在后面进行思考那样一个蹒跚学步的阶段。我们或可作出三个选择:返回经典、深化实践、该放手则放手。〔144〕申丹和周小仪则倾向于理查森(Brian Richardson)的结论:在主流批评范式(后结构主义)开始末落,新的批评范式(至少是另一个)开始崛起时,叙事理论极有可能会占据文学研究的中心位置。〔145〕曹顺庆早些时候亦提到:难道除了走向"泛文化"或退回"文学本身",我们就没有别的选择了吗?非也!"大道如青天","跨文化"的比较文学研究,就是一条从危机走向转机的通天大道,是一条将全球比较文学界推向又一新阶段的坦途。它既不走向以比较文化取代比较文学的"泛文化",又不退回保守和封闭的"文学中心论"。我们不应当反对文化研究介入于文学之中,而应当将比较文学与文化研究相结合。这种结合,是以文学研究为根本目的,以文化研究为重要手段,以比较文化来深化比较文学研究。〔146〕

显然,在当代中国学者当中,面对"后理论"时代目不暇接的理论思潮,他们也并未达成一致共识。如果想了解卡勒的文学批评与研究实践会对中国的批评界有何启示,我们可以试着让他回答以下三个问题:

1. 在将来,现有各理论研究范式中何种范式会发挥重要作用?
2. 何种理论能够适应不断变幻的学术、历史、政治、文化观念?
3. 会出现何种新的理论范式?

卡勒对这三者的回答应该依然还是:动态的"诗学"。就第一个问题而言,它实际上不可避免地牵涉到文艺与"政治"、"美学"之间的复杂关系〔147〕,这也即是"政治干预程度大小"是否应是判断某种理论范式优劣的依据。若按照詹姆逊的标准,他历来主张从政治社会和历史的角度来阅读艺术作品,但却决不认为这是着眼点。相反,他认为人们应该从审美开始,关注纯粹的美学和形式的问题,然后在这些分析的终点与政治相遇。他以布莱希特的作品为例说明,如果在其作品中你一开始碰到的是政治,那么在结尾你所面对的就一定是审美;而如果你一开始看到的是审美,那么你后面遇到的一定是政治。詹姆逊认为这种分析的韵律更令人满意。詹姆逊承认,这使得他的立场在某些人看来颇为暧昧,因为他们急不可待地要求政治信号,而他却更愿意穿越种种形式的、美学的问题而最后达致某种政治的判断。[148]应该说,不同于詹姆逊在此问题上的解构式立场,卡勒的"诗学"建议完全落在美学这一端,坚持认为对"诗学"的深度耕耘才是文学理论、文学批评与研究的康庄大道。而就第二个问题与第三个问题而言,卡勒显然认为:只有"诗学"才是不断变幻的学术、历史、政治、文化观念中最恒定不变的;任何一门理论范式,也只有具有如此特征,才可以成为支撑起一门学科研究的基础。但在另一方面,这并非声明"诗学"就此一成不变,它应该是动态发展的:它并非是"规定性"的,而应是"描述性"的。也就是说,我们并非按规定的"文学性"在现有作品、理论、文化实践中搜寻"文学性"内容;恰恰相反,我们应该去寻找那些让这些作品、理论、文化实践具有文学效果的可能规约与条件(而它们多数会是以前我们所未知晓的)。

如此看来,也许卡勒的出路可视为中国文学/文化批评界的一种可能的出路。

(作者单位:北京第二外国语学院英语系)

注　释

〔1〕 Jonathan Culler and Paul Sawyer, "On Taking Thought as Far as It Can Go, A Conversation with Jonathan Culler", *English at Cornell* (*English department's newsletter*), (fall 2007).

〔2〕 *Dictionary of Literary Biography*, Gale (Detroit, MI), Volume 67: *Modern American Critics since 1955*, 1988, Volume 246: *Twentieth-Century American Cultural Theorists*, 2001.

〔3〕 Contemporary Authors Online, Gale. Reproduced in *Biography Resource Center*. Farmington Hills, Mich.: Gale, 2008, (Document Number: H1000022225) http://galenet.galegroup.com/servlet/BioRC.

〔4〕 卡勒的三次转型可详见以下讨论。在2000年及2007年的《理论中的文学性》中,卡勒重申了让理论回归"文学性"之必要,并在2007年同名论文集中公开声称自己不应在1992年鼓吹种族、性别、身份、能动性的研究而忽略了文学理论,同时以1997年的《文学理论:简介》为例来证明自己向文学理论的再次转向。参见 Jonathan Culler, *Literary Theory: A Very Short Introduction* (LT). Oxford & New York: Oxford University Press, 1997; Jonathan Culler, *The Literary in Theory* (*LTh*), Stanford: Stanford University Press, 2007, p. 5。

〔5〕 参见 Jonathan Culler, *Structuralist Poetics: Structuralism, Linguistics, and the*

Study of Literature (*SP*), London: Routledge & Kegan Paul, 1975; Jonathan Culler, *On Deconstruction: Theory and Criticism after Structuralism* (*OD*), Ithaca, N. Y.: Cornell University Press, 1988, pp. 3-24; Culler, *LTh*, 2007, pp. 222-239。

〔6〕 参见 Culler, *OD*, 1982; Jonathan Culler, *Framing the Sign: Criticism and Its Institutions* (*FSi*), Norman: University of Oklahoma Press, 1988。

〔7〕 参见 Culler, SP, 1975 与 Jonathan Culler, *Barthes* (*RB*), London: Fontana, 1983。

〔8〕 三者分别参见 Jonathan Culler, *Saussure* (*FS*). Hassocks, U. K.: Harvester, 1976; Culler, *SP*, 1975 和 Culler, *OD*, 1982; Culler, FSi, 1988 与 Culler, *LTh*, 2007。

〔9〕 对前三学者的评论参见 Jonathan Culler, *The Pursuit of Signs: Semiotics, Literature, Deconstruction* (*PS*), London: Routledge & Kegan Paul, 1981; 对后二学者的评论参见 Culler, *FSi*, 1988。

〔10〕 参见 Thomas Stearns Eliot, "Tradition and Individual Talent", in *The Sacred Wood, Essays on Poetry and Criticism*, London: Metheun & Co. Ltd., 1934。卡勒并未在参考书目中将之列入,但在抒情诗诗学的四种规约中,"非个性化"名列榜首。

〔11〕 伊瑟尔 1972 年在《新文学史》上发表《阅读过程:现象学方法》,指出:"阅读过程中,构成读者与文本之间联系的基础有三个重要方面,期待与回顾过程(anticipation and retrospection)、文本作为有生命力的事件徐徐展开过程以及最终形成的逼真印象。任何'有生命力事件'应在或大或小程度上保持其开放性。在阅读中,这迫使读者不断寻求一致性,因为只有这样他才能对情形进行总体把握并能够理解不熟悉的内容。但一致性的建立本身是一个变化着的过程,在此过程中,我们不断被迫作出选择,而这些选择又作用于那些被排斥的可能性(它们与所建立一致性模式有所冲突)。这就让读者陷于他自己所造成的文本'完形'中。"(Wolfgang Iser, 1972, p. 296)"期待"、"徐徐展开"、"逼真"、"一致性"这些关键词也是卡勒结构主义诗学的关键词。

〔12〕 托多洛夫 1970 年 10 月在《新法兰西评论》发表"Comment lire",提出三种传统的文学研究方法,他称之为"投射"(projection)(指沿着作者、社会或其他相关兴趣点来穿透文本)、"评介"(commentary)(是"投射"的补充,前者穿透或超越文本,而它只是留在文本之内,如"细读")、"诗学"(poetics)(探讨特定作品中显现出来的一般原则)。而托多洛夫则提倡"阅读"(reading)(将文学作品视为一个系统,寻求将其各部分之间的联系予以澄清)。参见 Tzvetan Todorov, 1970, pp. 129-143。

〔13〕 卡勒的参考书目并未列出费什 1970 年发表在《新文学史》上的《读者之文学,感受文体学》。费什在上述文章中介绍了乔姆斯基的"语言能力"和沃德霍(Wardhaugh)的"语义能力"概念后,接着论述道:"谁是读者?明显的是,我的读者是一种构建,一种理想或理想化读者;某种类似沃德霍的'成熟读者'或

弥尔顿的‘适当’读者,或以我自己的术语来说,是‘熟稔’读者,他应(1)具有使用文本所采用语言的足够能力;(2)全面掌握一个成熟听众在理解时所必须的语义知识;(3)具备‘文学’能力(literary competence)。也就是说,他有足够的读者经验来内化文学话语的特性(从修辞直到整个体裁)。”(Stanley Fish,1970,p. 145)而卡勒的解释则与费什存在惊人的一致。卡勒认为:任何接触文本的人,都怀着对文学话语运作的潜在理解。如果没有这种理解,完全不懂文学、对阅读小说的规约一无所知的人,面对诗歌就只会不知所措。因为他缺乏那种复杂的“文学能力”。他并不具备内化的语法以使他能将语言序列转换成文学结构与意义。为了识别各种层次的连贯性,并让它们在“寻找文学”的主题或主旨下首尾一致,我们就必须具备诗歌阅读规约的能力。(Culler, *SP*, 1975,p. 114)

〔14〕 参见 Culler, *SP*, 1975,p. 256。

〔15〕 他认为:利法特尔的“诗歌符号学”本质上要描述读者对文本的加工与理解。阅读由此被分成两个阶段,在初始或“探索”阅读阶段,读者主要按指称方式理解语言符号;而在遇到“不合语法”处时,就要进行“追溯”或“解释”阅读,由此从“模仿阶段”进入“符号指号阶段”。卡勒指出,从“模仿阶段”到“符号指号阶段”是文本所强迫的,但读者可能不会进行如此的过程转换。虽然所有阐释都依赖互文性、文化性符码,但差异在于,有些阐释过程利用这些符码来重新确立一个第二级的新指称;而有些阐释过程却主要将修辞指向符码自身。卡勒由此批评利法特尔的诗歌符号学也受到阐释的诱惑,其本身成为一种发生学。详见 Culler, *PS*, 1981,pp. 80-99。

〔16〕 卡勒认为:费什在《自我消费的产品》与《因罪生奇》中,既对传统的批评任务进行了完美而优雅的演绎,又对传统描述性与解释性批评作出强烈的、印象深刻的抨击。费什似乎宣称文学理论的任务就是,它必须列出读者反应的条件与参数。这就必须通过考察让其成为可能的规约与标准来解释此种反应。但这却并非费什的结论。对于“读者是如何创造意义的”,他没有作出总体的答复。这在卡勒看来,明显是一种闪避的策略。费什在宣布批评进入以读者为中心的新时代,坚持意义与价值不在文本本身,而在阅读活动后,转身却告诉我们大家不需要探索这个活动涉及什么。详见 Culler, *PS*, 1981,pp. 119-131。

〔17〕 Culler, *PS*, 1981,pp. 155-168.

〔18〕 参见 Culler, *OD*, 1982,p. 7。

〔19〕 Ibid. ,pp. 259-260。

〔20〕 以上一段关于德曼的论述可参见 Culler, *FSi*, 1988,pp. 107-135。

〔21〕 Culler, *FSi*, 1988,pp. 85-95.

〔22〕 Culler, *FSi*, 1988,pp. 96-106.

〔23〕 罗蒂认为:从歌德、麦考雷(Macaulay)、卡莱尔(Carlyle)、爱默生时代开始,就出现了一种新型写作,它既非对文学作品的短长的评价,也非对智性历史、道德哲学、认识论、社会预言的议论。它是所有这些混合在一起的新文类。见 Richard Rorty,《专业化哲学与超验文化》,1976,pp. 763-764,转引自 Culler, *OD*, 1982,p. 8。

〔24〕 参见 Culler, *OD*, 1982,p. 8。

〔25〕 参见 Jonathan Culler,2000,pp. 273(收入 Judith Butler,John Guillory,Kendall Thomas eds, *What's Left of Theory*? London:Routledge,2000);Culler, *LTi*, 2007, p. 5。卡勒此种观点最初可隐约见于《符号构形》,参见 Culler, *FSi*, 1988, pp. 15-17,简略表述于《文学理论:简介》,参见 Culler, *LTh*, 1997,p. 18。

〔26〕 托多洛夫认为这是个人判断的问题。任何复杂一点的文学作品都不会有一个"正确"的阅读。"阅读"所做的不过是不同作者挑选他所认为最重要的部分。

〔27〕 他通过追踪隐喻与借代的差异,引领我们深入到作品的结构与主题。

〔28〕 在第一本著作《福楼拜:不确定性的运用》中,"诗学"多以"规约"、"阅读"这个条目出现。

〔29〕 卡勒认为:通过"规约",我们才能理解文本。而"规约文本"若去除"规约",即为"自然文本"。参见 Culler, *SP*, 1975,pp. 131-140。

〔30〕 值得注意的是,卡勒后期的"文学性"不限指文学文本,而是泛指"理论"。可参见 Culler, *LTh*, 2007。

〔31〕 因为皮尔斯符号体系中的"表征项"与"对象"分别为独立的符号实体,而卡勒在结构主义"诗学"中所阐述的"规约"与"规约文本"并未将两种文本视为相互独立的实体,而仍是一个整体,"规约文本"只是"规约 + 自然文本"而已。

〔32〕 可参见 Culler, *SP*, 1975,pp. 9-10。索绪尔强调了"语言"的社会性与集体性,受到涂尔干(又译:杜克海姆)社会学及"无意识"概念的影响;而乔姆斯基的"能力"则强调"理想化的个人"。

〔33〕 乔姆斯基在卡勒的作品中鲜有提及。

〔34〕 Culler, *PS*, 1981,p. 257.

〔35〕 诗人(1947—1975),与卡勒相识于剑桥大学,后来与卡勒结婚,1974 年离婚。

〔36〕 Veronica Forrest-Thomson, *Poetic Artifice:A Theory of Twentieth-Century Poetry*, Manchester University Press,1978.

〔37〕 Ibid. ,pp. ix.

〔38〕 就如他对抒情诗情有独钟一样。在 1975 年,卡勒研究了抒情诗"诗学",1997 年又谈及抒情诗诗学,参见 Culler, *LT*, 1997,pp. 71-82;而在十年后的 2007 年,卡勒仍声称下一步专著将是《抒情诗理论化》,参见 Culler, *LTh*, 2007, p. 14。

〔39〕 事实上,卡勒在后来的论述中(如 Culler, *OD*, 1982;Culler, *LT*, 1997;Culler, *LTh*, 2007),几次提到"诗学"概念时,只承认那是一个失败的尝试,但从来没有说过放弃。相反,在最近(如 Culler, *LTh*, 2007),在一段沉寂后,"诗学"似乎又被重新立为他奋斗的目标。

〔40〕 参见 Edward Said,"Traveling Theory", *Raritan*, 1(3)(Winter 1982),pp. 41-67以及 Edward Said,"Traveling Theory Reconsidered",in *Reflections on Exile and Other Essays* ,Cambridge,Mass:Harvard University Press,2000,pp. 436-452。

〔41〕 Culler, *Lth*, 2007,p. 6.

〔42〕 Culler, *OD*, 1982,p. 7.

〔43〕 Geoffrey G. Harpham,"The Future and Literary Theory",review-essay of Jonathan Culler, *Framing the Sign*, Oklahoma University Press,1988;Ellen Rooney, *Seductive Reasoning* Cornell University Press, 1989; Ralph Cohen, ed. , *The Future of Literary Theory*, Routledge,1989, *Modern Philology*, 89. 1 (1991), pp. 8-24.

〔44〕 Culler, *OD*, 1982,pp. 134-142.

〔45〕 这点卡勒自己也加以确认(Ibid. ,p. xvi)。

〔46〕 Culler, *FSi*, 1988,pp. 15-40.

〔47〕 详细可参见陈永国:《文化的政治阐释学:后现代语境中的詹姆逊》,中国社会科学出版社,2000 年,第 197—200 页。

〔48〕 在 1988 年的《符号构形》中,卡勒就采用了"literariness"来表达他在 2000 年与 2007 强调的"literary"这样类似的观点,可参见 Culler, *FSi*, 1988,p. 15。鉴于其他众多学者(如赛义德、英加登、格林布拉特)也都谈及"文学性"问题,本文不就此引申展开。

〔49〕 参见 Roman Jakobson, *Questions de poetique* (*Problems of Poetics*), Paris,du Seuil,1974。

〔50〕 Boris Eikhenbaum,"The Theory of the Formal Method"(1926),In Lee T. Lemon and Marion J. Reis,Eds. *Russian Formalist Criticism*:*Four Essays*, Lincoln,Nebraska:University of Nebraska Press,1965.

〔51〕 Culler, *LTh*, 2007,pp. 10-42.

〔52〕 在《论解构》中仅略有提及。参见 Culler, *OD*, 1982,pp. 156-179,pp. 172-175,pp. 238-241。但卡勒的主导意见仍是:解构主义的政治影响在一段时间内未能为我们所知。

〔53〕 Julia Saville," Review on *Framing the Sign*",*MLN*, 104(5)(1989),pp. 1183-1186.

〔54〕 Culler, *FSi*, 1988,pp. 69-70.

〔55〕 Jonathan Culler,"Knowing or Creating? A Response to Barbara Olson", *Narrative*,

14(3) (2006a), pp. 347-348.

〔56〕 Frank Lentricchia, *After the New Criticism*, Chicago: The University of Chicago Press, 1980, p. 104.

〔57〕 参见 Christopher Norris, *Deconstruction: Theory and Practice*, New York: Methuen & Co. Ltd, 1982。

〔58〕 Culler, *OD*, 1982, pp. 142-179.

〔59〕 可参见 Kumar, 1999 在此方面的精彩总结与讨论。

〔60〕 参见 Vincent B. Leitch, "Theory Ends", *Profession*, 2005, pp. 122-128。

〔61〕 在文学批评家与研究学者中,这种阶段划分本身就存在争议。另可参见 Terry Eagleton, *After Theory*, New York: Basic Books, 2003; Culler, *LTh*, 2007。

〔62〕 Charles Bernheimer, "Review: La Ironie des Idées reçues", *Novel: A Forum on Fiction*, Vol. 9, No. 2 (Winter 1976), pp. 189-192.

〔63〕 这种态度在他们各自的标题中亦显而易见。詹姆逊分别把形式主义文学批评与结构主义文学批评称为"formalist projection"和"structuralist projection",而斯各尔斯的书名则是"Structualism in Literature"。

〔64〕 这种态度亦潜在见于《政治无意识》。他在开篇写道:"本书力图说明文学文本的政治解释的优先性。它并非将政治视角当作一种补充的方法,也并非是当今其它解释方法(如心理分析、神话批评、文体学、伦理学、结构主义)的替代品,而是视其为所有阅读、所有解释绝对的起点。"参见 Frederic Jameson, *The Political Unconscious*, New York: Cornell University Press, 1981, p. 17。

〔65〕 Scholes, 1974, pp. 7-12.

〔66〕 Culler and Sawyer, 2007.

〔67〕 Culler, *PS*, 1981, p. x.

〔68〕 Jonathan Culler, "Structuralism and Grammatology", *boundary* 2, 8(1) (1979a), pp. 75-85.

〔69〕 Lentriccia, 1980, pp. 104-107.

〔70〕 Culler, *OD*, 1982, p. 7.

〔71〕 从《论解构》中的"嫁接"(graft)与"文本逻辑"到《符号构形》中的"理论"与"文化机制"(culture mechanism),这其中的继承与发展清晰可辨。

〔72〕 事实上最先区分 geno 与 pheno 的应是苏姆扬(Shaumyan)。但他将前者定义为"语言中共性的"(universal),而后者定义为"语言中特有的"(language specific)。可参见他 70 年代前后发表的论著,如 Sebastian K. Shaumyan, Structural Linguistics, Moscow: Nauka, 1965。

〔73〕 这从卡勒书名的变迁——从《符号的追寻》(Pursuit of Signs)到《符号构形》(Framing Signs)就可略见一斑。

〔74〕 Lentricchia, 1980.

〔75〕 Culler and Sawyer, 2007.

〔76〕 参见 Culler, *LT*, 1997, pp. 61-63; Culler, 2007, pp. 1-19。

〔77〕 Richard Rorty, "The Pragmatist's Progress", in *Stefan Collini, ed. Interpretation and Overinterpretation* (by Umberto Eco et al.), Cambridge: Cambridge UP, 1992, pp. 89-108.

〔78〕 Miller, 1976b.

〔79〕 Culler, *OD*, 1982.

〔80〕 Culler & Sawyer, 2007.

〔81〕 Culler, *OD*, 1982, pp. 259-260.

〔82〕 Norris, 1982, pp. 90-115.

〔83〕 Ibid, p. 221.

〔84〕 Culler, *FSi*, 1988, pp. 139-152.

〔85〕 如 Marshal Brown, "Review *on On Deconstruction*", *Modern Language Quarterly*, 44 (1983), pp. 327-30; S. F. R., "Review on *On Deconstruction*", *Comparative Literature*, 36(3) (Summer 1984), pp. 263-268.

〔86〕 如 William E. Cain, "Review on On Deconstruction", *College English*, 46(8) (Dec. 1984), pp. 811-820; Henry Staten, "Review on *On Deconstruction*, *MLN* (French Issue)", 100(4) (Sep. 1985), pp. 871-877.

〔87〕 Saville, 1989, pp. 1183-1186.

〔88〕 Culler, 2000, pp. 273-292; Culler, *LTh*, 2007.

〔89〕 这种说法最早可见 1982 年由卡纳普和迈克尔斯(Knapp & Michaels)所著文章《抵抗理论》。亦可参见麦克奎兰等(McQuillan et al. 1999)、巴特勒等(Butler et al. 2000)、卡宁汉姆(Cunningham 2002)、佩恩等(Payne et al. 2003)、伊格尔顿(2003)、斯皮瓦克(2003)、利奇(Leitch 2003)的著述。

〔90〕 David Bordwell and Noël Carroll, eds. *Post-Theory: Reconstructing Film Studies*, Madison: University of Wisconsin Press, 1996.

〔91〕 Martin McQuillan, Graeme Macdonald, Stephen Thomson, and Robin Purves, eds. *Post-Theory: New Directions in Criticism* Edinburgh: Edinburgh University Press, 1999.

〔92〕 Leitch, 2005, pp. 122-128.

〔93〕 参见王宁:《中国比较文学学科的全球本土化发展历程及走向》,《学术月刊》2006 年第 12 期。

〔94〕 Wang Ning, "Contemporary Theories Revisited: Theoretical Trends in the 'Post-theoretic Era' and Cultural Construction", *National Central University Journal of Humanities*, 32 (October 2007), pp. 1-34.

〔95〕 Steven Knapp and Walter B. Michaels, "Against Theory", *Critical Inquiry*, 8

(1981-1982), pp. 723-42.

〔96〕 Culler, *LTh*, 2007, pp. 1-3.

〔97〕 在《文学理论:简介》中,卡勒归纳出当今理论的四种特征:1. 跨学科性(它跨越所在学科,对其他学科产生影响);2. 分析性与推理性(它试图从性、语言、写作、意义或主体中发掘出其内涵);3. 批评性(它是对常识与所谓自然的批评);4. 反思性(它是思维的思维。它对我们在日常交流、文学和其他话语实践中所使用的范畴提出质疑)。可参见 Culler, *LT*, 1997, p. 15,亦可参见 Mieke Bal, *Traveling Concepts in the Humanities: A Rough Guide*, Toronto: University of Toronto Press, 2002。

〔98〕 卡勒对理论的归纳还是有意或无意地淡化了文学及文化研究中近几年涌动的一个重要特点,就是"理论"对政治主题及对正义、自由与平等的积极政治参与所展示的极大兴趣("跨学科性"或"批评性"似乎不能涵盖所述这点)。虽然一些学者也持不同意见,他们认为文学研究应该远离社会科学与社会理论。但是当"理论"越来越积极加入诸如种族、性与性别、殖民空间、全球化间隙(interstitial)文化空间等社会问题的探讨,学者们更多地以富有洞察力的方法解读那些与我们集体生活息息相关的社会与政治文本,或文本分析开始关注文化与意义生产的社会与文化语境,"理论"的"政治"转向应值得好好审视。

〔99〕 Culler, *LTh*, 2007, p. 5.

〔100〕 Leitch, 2003, pp. 4-15.

〔101〕 Ibid, pp. 163-171.

〔102〕 Eagleton, 2003, pp. 101-102.

〔103〕 Ibid., pp. 103-222.

〔104〕 Culler, *LTh*, 2007, pp. 73-96.

〔105〕 他呼吁我们应找回文学中的"文学性",从实际文学作品中去理解后现代状况在何种意义上实际是文学运作延伸的结果。

〔106〕 Culler, *LTh*, 2007, pp. 5-42.

〔107〕 卡宁汉姆认为理论造成"一种模式,各人通用"的局面,虽然我们不否认理论的指导作用,但应提倡一种得体(tact)的阅读。可参见 Cunningham, 2002。

〔108〕 Culler & Sawyer, 2007.

〔109〕 Douglas Kellner, *Fredric Jameson*, (1998), http://www.uta.edu/huma/illuminations/kell19.htm.

〔110〕 王宁:《希利斯·米勒和他的解构批评》,《南方文坛》2001 年第 1 期。

〔111〕 J. 希利斯·米勒:《全球化时代文学研究还会继续存在吗?》,《文学评论》2001 年第 1 期。

〔112〕 参见生安锋:《对文学研究的呼唤:J. 希利斯·米勒访谈录》,《外国文学研

究》2006 年第 6 期,第 1—12 页。

〔113〕 参见周玉宁:《我对文学的未来是有安全感的:希利斯·米勒访谈录》,《文艺报》2004 年 6 月 24 日。

〔114〕 Miller,2007.

〔115〕 Jameson,1981,pp. 9-17.

〔116〕 根据詹姆逊的政治无意识理论,所有的文本都被看做是一定的社会集团或阶级集体以各种遏制策略投射其意识形态的愿望或幻想的场所。这是因为,历史是缺场的,无法再现,我们只能通过文本去接近它、认识它,而这只有依靠政治无意识才能完成,因为它挖掘出了被掩盖的现实,从而使我们看到了一个总体的历史。

〔117〕 J. Hillis Miller,"Ariadne's Thread:Repetition and the Nnarrative Line", *Critical Inquiry*, 3(1) (1976a),pp. 57-77;J. Hillis Miller, *Fiction and Repetition:Seven English Novels*, Oxford:Blackwell,1982.

〔118〕 参见生安锋,2006。

〔119〕 参见 Jameson,1981。

〔120〕 Jameson,1981,p. 75. 详细内容可参见陈永国,2000,第 149—154 页。

〔121〕 Phillip Wegner,"Periodizing Jameson,or,Notes towards a Cultural Logic of Globalization", in Caren Irr and Ian Buchanan, eds, *On Jameson:From Postmodernism to Globalization*, New York: State of University of New York Press,2006,p. 243.

〔122〕 〔美〕詹姆逊:《元评论》,见《快感:文化与政治》,王逢振等译,中国社会科学出版社,1998 年,第 3—4 页。

〔123〕 参见生安锋,2006。

〔124〕 Miller,1982.

〔125〕 参见生安锋,2006。

〔126〕 以上引用参见 J. Hillis Miller,"The Critic as Host", *Critical Inquiry*, 3 (1977),pp. 439-447.

〔127〕 参见生安锋,2006。

〔128〕 参见詹姆逊 2002 年 7 月 28 日在华东师范大学发表的题为"现代性的幽灵"的演讲,并可参见《社会科学报》2002 年 9 月 19 日、11 月 7 日、12 月 26 日关于詹姆逊的讨论。

〔129〕 〔美〕詹姆逊:《现代性的神话》,《上海文学》2002 年第 10 期。

〔130〕 参见周玉宁,2004。

〔131〕 参见《文学理论:简介》的封底。

〔132〕 *New Literary History* Editoral Office,retrieved Oct. 6th,2008,http://www. press. jhu. edu/journals/new_literary_history/guidelines. html.

〔133〕 申丹和周小仪认为:"直到今天,新批评仍是文学作品教学与解释中最为广泛运用的方式。"参见 Dan Shen and Xiaoyi Zhou,"Western Literary Theories in China: Reception, Influence and Resistance", *Comparative Critical Studies*, 3 (1—2) (2006), p. 141。

〔134〕 在他的解构主义阶段后期,亦即从事文化研究那段时期,他显然为"新颖性"所吸引,他对此曾明确表示后悔。参见 Culler, *LTh*, 2007。

〔135〕 Culler, *SP*, 1975, pp. 55-74.

〔136〕 Culler, 1992, p. 115; Culler, *LTh*, 2007, pp. 173-174.

〔137〕 Culler, *LTh*, 2007, pp. 183-201.

〔138〕 虽然雅各布森、巴特、格雷马斯也都分别从形式、语义多种不同角度对此表达了关注,但应该承认:巴特对"真实效果"的讨论对卡勒影响最大。

〔139〕 Culler, *GC*, 2003, p. 238.

〔140〕 可参见 Wang Ning, "Postmodernizing Ibsen: Toward a New Interpretation of the Fin-de-Siecle", in Maria Deppermann, et al. eds. *Ibsen im europaiscben Spannungsfeld zwischen Naturalismus und Symbolismus*, Frankfurt and Main: Peter Lang, 1998, pp. 295-307。

〔141〕 Longxi Zhang, "Western Theory and Chinese Reality", *Critical Inquiry*, 19(1) (1992), pp. 105-130; Xiao Mei Chen, *Occidentalism: A Theory of Counter-Discourse in Post-Mao China*, Oxford: Oxford University Press, 1995; 赵毅衡:《"后学"与中国新保守主义》,《二十一世纪》(香港出版)1995 年第 27 期;徐贲:《"第三世界批评"在当今中国的处境》,《二十一世纪》(香港出版)1995 年第 27 期。

〔142〕 按照汪晖、雷颐的论述,它有"华夏中心主义"和"现代民族主义"两种形式。可参见汪晖、张天蔚:《文化批判理论与当代中国民族主义问题》,《战略与管理》1994 年第 4 期;雷颐:《现代的"华夏中心观"与"民族主义"》,载萧旁编:《中国如何面对西方》,香港明镜出版社,1997 年,第 49—50 页。

〔143〕 王宁:《"后理论时代"西方理论思潮的走向》,《外国文学》2005 年第 3 期。

〔144〕 参阅盛宁:《对"理论热"消退后美国文学研究的思考》,《文艺研究》2002 年第 6 期;《"理论热"的消退与文学理论研究的出路》,《南京大学学报(哲社版)》2007 年第 1 期。

〔145〕 Shen and Zhou, 2006, p. 145.

〔146〕 曹顺庆:《是泛文化,还是跨文化——世纪之交比较文学研究的战略性转变》,《社会科学战线》1997 年第 1 期。

〔147〕 相关评论可参见 Theodor Adorno, Walter Benjamin, Ernst Bloch, Bertolt Brecht and Georg Lukacs, *Aesthetics and Politics* (*Radical Thinkers*), London: Verso, 2007, (1986).

〔148〕 詹姆逊,1997,第 7 页。

当代中国文论大家研究

王元化与《文心雕龙创作论》研究

方　铭

内容提要：王元化的《文心雕龙创作论》出版以后，受到国内外《文心雕龙》研究界的高度赞扬，被认为是20世纪70年代后期中国大陆出版的第一部研究《文心雕龙》文学理论的高水平学术专著。本文认为，如果就王元化对《文心雕龙》创作论理论体系的阐释而言，这个评价无疑是有一定道理的。《文心雕龙创作论》的贡献主要体现在作者自觉地运用马克思主义文学理论，并适当地结合了西方文论，对《文心雕龙》中某些重要的创作理论问题进行了细致的梳理。但实际上，作者所标榜的“古今结合、中外结合、文史哲结合”的“综合研究法”，既不是他首创的研究方法，也不是从他开始才运用到《文心雕龙》中的。尽管如此，作者将其运用在《文心雕龙》中，却有着重要的示范意义。《文心雕龙创作论》出版之后，类似风格的著作才先后出现。王元化的研究，虽然大部分观点都影响深远，但也不能说毫无瑕疵。如有把复杂问题简单化、绝对化，把简单问题复杂化的倾向，也有把文学问题政治化、哲学化的倾向，有些观点则明显地矛盾。当然，这些都是历史的局限，同时也是我们在今天的研究中应该注意的。

关键词：文心雕龙　王元化　文心雕龙创作论

Abstract: Wang Yuanhua's book *On Carving a Dragon with a Literary Mind* has been highly praised after its publication. It is viewed as the first high-quality academic work in this field published in China's mainland in the late 1970s. This article holds that it has full reason to think so if it points to

Wang's interpretation of the creative theoretical system inherent in the Chinese classic. The main contribution of Wang's book lies in that it carefully analyzes, from a Marxist standpoint, in combination with some Western theories, some important issues concerning creative theory discussed in the classic. But in fact, Wang's assumed methodology of "combining ancient with present, Chinese with Western and literary with historical and philosophical" is not his initiative method, nor did he start to apply it to the study of *Carving a Dragon*. Despite all the above, to the author, Wang's use of the above mentioned methodology in the study of *Carving a Dragon* is of paradigmatic significance. Although many of Wang's ideas are of far-reaching significance, the book still has some flaws, such as reducing the complicated to simplistic and absolute, and deducing the simplistic to complicated and the literary to political and philosophical, etc. There are also some contradictions in the book. All these are marked with historical limitations, which should be taken into consideration by today's researchers in their further studies.

Key words: *Carving a Dragon with a Lierary Mind*; Wang Yuanhua; *On Carving a Dragon with a Literary Mind*

一、王元化先生的生平回顾

2008年5月,著名的文学理论家、《文心雕龙》研究专家王元化先生在上海去世,享年88岁。王元化是湖北江陵人,1920年生于湖北武昌,出身于一个信仰基督教的知识分子家庭。其父王芳荃,又名王维周,是中国早期进行英语教育的专家之一。

王芳荃于清光绪六年(1880年)出生在湖北沙市,家境清贫,后来得到教会资助,就读于上海圣约翰学院,1902年毕业后,先后在湖北宜昌、江苏如皋教书。王芳荃于1906年在湖北与桂月华结婚,后携新婚妻子受聘于日本东京志成学校从事英文教学,1910年回国任教于武昌文华大学。1911年,清政府用美国退还的庚子赔款开办清华学堂,主要进行出国留学人员的英语培训。王芳荃是第一批清华学堂的英文教师。1912年清华学堂更名为清华学校,1913年,清华学校派王芳荃赴美国芝加哥大学学习教育学,1915年回国,继续担任清华学校教师。1925年清华学校设立大学部,同年开办研究院(国学门),1928 年更名为"国立清华大学"。1928 年后,王芳荃任教于东北大学。东北沦陷,王芳荃随东北大学内迁入关,曾任交通大学北京铁路管理学院英文教授。"七七事变"后,王芳荃先后到达上海、汉口,1937 年底,交通大学北京铁路管理学院与唐山工程学院合并,在湖南湘潭复课。武汉沦陷后,长沙战火连绵,王芳荃和学校师生奔波于湘、桂、黔数月,于 1939 年初在贵州福泉复课。1944 年王芳荃随学校再迁至四川璧山。抗战结束后,学校复迁北平,王芳荃在校任教。1949 年平津战役时,学校领导南迁,王芳荃成立了交通大学北京铁路管理学院院务维持委员会,迎接中国共产党和解放军进城,属于有功人员。1949 年后,北京铁路管理学院改名北方交通大学,1958 年,王芳荃退休后居上海,据说还经常参加活动,为工农兵讲解英语,1975 年在上海去世,享年 95 岁。

有资料说王元化一岁时随母亲移居清华,其时间大约应该是 1921 年。王元化在他的回忆录里说,他父亲曾经与梁启超、陈寅恪、王国维、赵元任等住在一起。曾经看到有人在纪念王元化先生的文章中说王芳荃与陈寅恪、王国维、赵元任为清华国学研究院的四大导师之一,这显然是没有根据的。据我们今天所知,清华国学研究院于 1925 年 9 月成立,于 1929 年撤销。研究院聘请著名学者王国维、梁启超、陈寅恪、赵元任为研究教授,另有讲师李济和助理教授赵万里、浦江清等人。王芳荃虽然是清华学堂的元老,但是他的所长在英文教学,虽然他曾经翻译过《孟子》,但于国学,未必可以称为专家。

清华国学研究院开办四年,王国维在清华国学研究院有两年时间。1925 年的时候,王元化应该有六周岁,到 1928 年王芳荃离开,王元化应该已经九周岁了。

不过,王元化在清华园短暂的居住经历,使他在朦胧的记忆中,留下了广大师生对清华国学研究院诸导师无比崇敬的印象。当时的清华学校一般的老师都是以教授语言技能为专长,新成立的大学部礼聘来的国学院导师,自然会唤起众多中学生的仰慕。而王元化在离开清华的时候,最多也只能算是个小学生。公开的资料没有证据说明他有在境外系统学习的经历,但乃父美国留学生的背景,以及长期从事的英语教学活动,使王元化对西洋学术也会有天然的亲近感。这也就是王元化的学术代表作《文心雕龙创作论》后来有机会与季羡林的《中印文化关系史论集》、钱锺书的《管锥编》和《谈艺录》等一同获得比较文学图书荣誉奖的机缘。

严格说来，王元化在退休之前，并不能算是一个纯粹的学者。但是，他的官员生涯一度坎坷，给他提供了一个学术的舞台，因此，即使他在经历坎坷后重新平步青云，却仍然与学术界有着千丝万缕的联系。这种双重身份，无疑给他带来了极大的学术发展空间和学术荣誉。

1935 年，大约十多岁的时候，他便积极投身中国共产党领导的“一二·九运动”，并曾参加过中国共产党的一些外围组织，1938 年加入中国共产党，并在上海等地以文艺工作者的身份从事地下活动，曾任中共上海地下文委委员、代书记，主编《奔流》文艺丛刊。抗战胜利后，曾任国立北平铁道管理学院讲师，1949 年后，历任中国作家协会上海分会党组成员、上海新文艺出版社副社长、总编辑，上海文艺工作委员会文学处处长，并在震旦大学、复旦大学兼职。1955 年成为胡风分子受到冲击，失去了领导职务。1960 年到上海作协文学研究所工作。而 60 年代和“文革”时期，显然并不是一个可以从事学术活动的时期。

1979 年后，王元化曾经当选为中国共产党第十二大代表，并出任中共上海市委宣传部部长。此外，他还担任过中国作家协会和上海分会会员，中国大百科全书出版社上海分社（筹备组）领导小组成员，上海文联党组成员，作协理论批评委员会委员，上海社会科学院学术委员会委员、文学研究所特约研究员，国际笔会上海中心副主席，作家协会理事，上海古籍规划领导小组组长，并一度出任中国作家协会顾问，编辑和出版了《新启蒙》和《学术集林》等集刊，在思想界和学术界有着广泛的影响。

王元化虽然只是华东师范大学的兼职教授，但是，他却曾经出任过对博士点和博士导师有审批权力的国务院学位委员会中国语言文学学科评议组第一届、第二届评议组成员，华东师范大学博士生导师。

据有关王元化的生平资料介绍，从 1979 到 1990 年，王元化先后出版了《文心雕龙创作论》（1979 年初版，1983 年增补版），《向着真实》（1982 年重版）、《文学风格论》（译文集，1983）、《王元化文学评论选》（1983），《文学沉思录》（1983）、《文化发展八议》（1988）、《传统与反传统》（1990）、《思辨短简》（1990）等著作。1990 年以后，又先后出版了《文心雕龙讲疏》（1992）、《清园夜读》（1993）、《思辨随笔》（1994）、《清园论学集》（1994）、《读黑格尔》（1997）、《清园近思录》（1998）、《谈文短简》（1998）、《九十年代反思录》（2000）等。后来，有关方面还把王元化的各种文章集结在一起，出版了十卷本《王元化文集》。

二、《文心雕龙创作论》的主要内容

据说，王元化的《文心雕龙》研究开始于 1966 年的“文化大革命”时期，代表性的著作是《文心雕龙创作论》。该书 1979 年由上海古籍出版社初版，1984 年出版了第二版，第二版与第一版相比，除了文字由简体改为繁体以外，内容也有很大增删。1992 年，作者又把该书更名为《文心雕龙讲疏》出版。

王元化的《文心雕龙讲疏》虽然出版最晚，但与《文心雕龙创作论》相比，只是增加了四篇会议讲话，以及两篇序文，并对《文心雕龙创作论》的几篇附录作了删削而已。

1984 年版的《文心雕龙创作论》，分为上篇和下篇：上篇包括《刘勰的身世与士庶区别问题》、《〈灭惑论〉与刘勰的前后期思想变化》、《刘勰的文学起源论与文学创作论》三篇论文；下篇则是《文心雕龙创作论八说》。

《刘勰的身世与士庶区别问题》一文，作者提出刘勰出身于家道中落的贫寒庶族，而不是出身于代表大地主阶级的士族。

《〈灭惑论〉与刘勰的前后期思想变化》认为《灭惑论》是刘勰入梁后的作品，以该作品为界，刘勰的思想可以分为前后两个时期，前期是儒家思想，后期是玄、佛思想。

《刘勰的文学起源论与文学创作论》认为刘勰的宇宙构成论受《易传》的影响，文学起源论以“心”为核心，创作论则强调“心”、“物”关系。

下篇的《〈文心雕龙〉创作论八说释义》包括正文八篇，附记二十一篇。

王元化的第一说是《释〈物色篇〉心物交融说——关于创作活动的主客关系》，该文认为刘勰关于创作活动主客体关系的观点是“心物交融”。该说有三篇附录，第一篇《心物交融说“物”字解》认为物包括外物和自然景物。第二篇《王国维的境界说与龚自珍的出入说》认为刘勰的思想体系是客观唯心主义的，因此，刘勰的心物交融说没有辨明主客，所以有导向唯心主义的契机。第三篇《审美主客关系札记》介绍了黑格尔的审美主客关系观点，认为黑格尔是最早强调人的主观能动性的。

第二说《释〈神思篇〉杼轴献功说——关于艺术想象》认为刘勰的《神思》是说想象问题的，并指出陆机是最早谈论想象问题的理论家。该说有四篇附录，第一篇《刘勰想象论的局限性》认为刘勰片面夸大了想象具有突破感觉经验局限的性能，又认为刘勰强调“伊挚不能言鼎，轮扁不能语斤”是不可知论的糟粕。第二篇《“志气”和“辞令”在想象中的作用》认为志气是情志气质，泛指思想感情。第三篇《玄学言意之辨撮要》认为刘勰没有受玄学言意关系的影响，认为言是可尽意的。第四篇《刘勰的虚静说》认为刘勰的虚静与荀子有关，而与庄子无关。

第三说《释〈体性篇〉才性说——关于风格：作家的创作个性》认为《体性篇》是中国最早论述风格的专著，“体”指文体，“性”指才性。该说有两篇附录，第一篇《刘勰风格论补述》对《文心雕龙》中《通变》、《定势》、《时序》各篇所讨论的风格问题的观点进行了分析，如认为《定势篇》体势指文章风格的客观因素，而体性则指文章风格的主观因素；分析了《时序篇》关于时代风格的问题；分析了《通变篇》文体风格问题等。第二篇《风格的主观因素和客观因素》则介绍了德国理论家维克纳格的风格理论。

第四说《释〈比兴〉篇拟容取心说——关于意象：表象与概念的综合》认为“诗人比兴，拟容取心”是刘勰艺术形象问题的要旨和精髓。该说有两篇附录，第一篇《“离方遁圆”补释》认为“离方遁圆”是说形象问题，与文体规律无关。第二篇《刘勰的譬喻说与歌德的意蕴说》认为刘勰的譬喻说夹杂有主观色彩，而歌德的意蕴说则没有夹杂主观色彩。第三篇《关于“由抽象上升到具体”的一点说明》介绍马克思主义的“由抽象到具体的”观点。《释〈比兴〉篇拟容取心说——关于意象：表象与概念的综合》发表以后，学术界多有不同意见，作者又作了《再释〈比兴篇〉拟容取心说》，作为附录的第四篇，认为对朱熹关于比兴的观点需要检讨。

第五说《释〈情采〉篇情志说——关于情志：思想与感情的互相渗透》认为“情”可归入感性范畴，“志”则可归入理性范畴，《情采篇》体现了情志关系的互相补充渗透。该说有两篇附录，第一篇《〈辨骚〉篇应归入〈文心雕龙〉总论》认为，把《辨骚篇》当做《文心雕龙》的文体论是错误的，而应该纳入《文心雕龙》总论之中。第二篇《文学创作的思想和感情》对自康德以来，包括鲍申葵（今天多译为鲍桑葵）和克罗齐的“资产阶级文艺理论家”“散布”的“反理性主张”进行了批判。[1]

第六说《释〈镕裁〉篇三准说——关于创作过程的三个步骤》分析了刘勰所论述的创作的“设情”、“酌事”、“撮辞”三步骤。该说有两篇附录，第一篇《思意言关系兼释〈文心雕龙〉体例》认为“思”是情志，“意”是意象，“言”是文辞，包括有《神思》所谓“密则无际”的正常状态和“疏则千里"的非正常状态,与《镕裁》的三准可以联系在一起。第二篇《文学创作过程》介绍了别林斯基和黑格尔等人关于创作过程的论述。

第七说《释〈附会〉篇杂而不越说——关于艺术结构的整体与部分》认为,《附会篇》是刘勰论述艺术结构问题的专文,"杂而不越"的观点体现了艺术作品是"单一"和"杂多"的统一,就是"约"和"博"的统一,首尾一贯,表里一致。该说有两篇附录,第一篇《文学创作中的必然性和偶然性》通过对马克思主义文论和西方文论的分析,认为文学创作中存在必然性和偶然性问题。第二篇《整体与部分和部分与部分》介绍了黑格尔关于整体与部分和部分与部分之间的必然性与偶然性关系的论述。

第八说《释〈养气〉篇率志委和说——关于创作的直接性》认为"率志委和"是指文学创作过程中的一种从容不迫、直接抒写的自然态度,同时又认为庄子的"委和"观体现了宿命论特点,刘勰是以自然观为主。该说有附录两篇,第一篇《陆机的感兴说》分析了陆机《文赋》从构思的想象活动提出的感兴问题。第二篇《创作行为的自觉性与不自觉性》介绍了别林斯基、车尔尼雪夫斯基的创作的直接性问题,并认为作家的创作存在自觉性和不自觉性。

三、《文心雕龙创作论》的主要贡献

《文心雕龙创作论》出版以后,受到了《文心雕龙》研究界的高度赞扬,张少康和他的助手汪春泓、陈允锋、陶礼天撰写了《文心雕龙研究史》,认为《文心雕龙创作论》为"本时期大陆出版的第一部研究《文心雕龙》文学理论的高水平的学术专著"[2]。如果就王元化在对《文心雕龙》创作论理论体系的阐释而言,这个评价无疑是有一定道理的。

刘勰创作《文心雕龙》以后,沈约以为"深得文理,常陈诸几案"[3]。不过,《文心雕龙》作为一个体大思精的理论著作,它的重要价值主要在于对作家写作文学作品、评论家理解和诠释文学作品提供了理论支持,对历代的文学理论家建立自己的理论体系提供了思想方法参照系,在很长期间里,很少有人对《文心雕龙》本身进行研究。1899 年,人们在敦煌鸣沙山千佛洞第 288 石窟发现了《文心雕龙》唐写本残卷,说明起码在唐代,《文心雕龙》的传播已经是很广泛的了。但是,唐、宋人公开论及《文心雕龙》的价值,还是很少见的。如唐人刘知几《史通 · 自序》提及刘勰《文心雕龙》之生产,缘于"识昧圆通,人相掎摭"[4],宋孙光宪《白莲集序》认为刘勰《文心雕龙》"穷诗源流，权衡词义，曲尽商榷，别成格言"[5]，黄庭坚《与王立之书》认为刘勰《文心雕龙》所论"虽未极高，然讥弹古人，大中文病，不可不知也"[6]。这些肯定性的论述，实属凤毛麟角。[7]

根据我们现在所知，虽然宋本《太平御览》大量引用《文心雕龙》，而元代也有《文心雕龙》刻本出现，但大体来说，对《文心雕龙》本身进行系统的研究，则开始于明代。明清时期，出现了大量《文心雕龙》的校勘和注释本、评点本。近代以来，这种势头继续延续，如明人杨慎、梅庆生、王维俭、曹学佺，清人黄叔琳、纪昀、郝懿行、李详等，都是其中的杰出代表。近代以后，特别是20世纪初中期，《文心雕龙》的研究进入一个全新时代，如黄侃、范文澜、刘永济、郭绍虞、王利器、杨明照、陆侃如、牟世金、郭晋稀、周振甫等，都有重要的著作出版，内容既涉及文献整理，也关乎理论阐释。先师吴林伯先生自受教于大儒马一孚先生，就立志进行《文心雕龙》研究，70年代后期，曾著成一百二十余万字之《文心雕龙义疏》，交由某出版社出版，并撰成《文心雕龙字义疏证》等著作，而《文艺论丛》等杂志当年刊发了吴林伯所撰关于《文心雕龙义疏》体例的长文。可惜，吴先生的这两部著作，后皆因政治及经济原因，延宕而未能及时付梓。这说明，20世纪中国大陆出版的《文心雕龙》研究著作，其中高水平的学术专著数量是不少的。

在20世纪及20世纪之前，除了中国大陆以外，海外如日本、韩国、欧洲，以及中国台湾、香港、澳门等地，都出现了大量研究《文心雕龙》的研究著作，而台北文史哲出版社1978年出版的黄春贵的硕士论文，就是以《文心雕龙之创作论》为书名。

但是，王元化的《文心雕龙创作论》仍然是一部影响深远的著作，其主要贡献，我认为，主要体现在作者自觉地运用马克思主义文学理论，并适当地结合西方文论，对《文心雕龙》的某些重要的创作理论问题进行了细致的梳理。蔡钟翔认为，王元化的《文心雕龙创作论》贯彻了"综合研究法"，"使人耳目一新，表明了这一尝试的成功"。[8]

王元化在《文心雕龙创作论》第二版跋中说："我在60年代的头一、二年开始酝酿并撰写本书的时候，正是学术界自由探讨的空气比较活跃的时候，报刊上时或出现一些有关科研方法的文章。那时涉及马克思提出的由抽象上升到具体等有关科学规律方面的理论，边缘科学、科学杂交、科研方法（类推法、向未知方面的设想法、对比法、归纳法）、文献和文物结合等等。其中大多数问题是长期被忽视、甚至被摈斥的，这种活跃的学术空气带来的清新气息,不仅仅给人鼓舞,也使人的头脑从僵滞狭窄的状态变得开豁起来。它打开我的思路,使我想在《文心雕龙》的研究方面作些新的尝试。我首先想到的是三个结合,即古今结合、中外结合、文史哲结合。尤其是最后一个结合,我觉得不仅对我国古代文论的研究,就是对于更广阔的文艺理论研究也很重要。"[9]

蔡钟翔解释说,王元化所讲的古今结合,"就是把古代文论中的理论命题与当代文艺理论中的重大问题联系起来,促进对这些问题的思考,给古文论的研究赋予了崭新的现实意义";王元化所讲的中外结合,"就是把古代文论与外国文论作比较,分辨同异";王元化所讲的"文史哲结合","是将古代文论置于广阔的历史文化背景中来考察,从哲学方面去追溯其思想根底"。而"通过古今中外的结合研究,可以用今天发展了的文艺理论来深刻地阐述古代处于萌芽胚胎状态的文艺理论,从中发现古往今来中外相同的艺术规律和艺术方法,并由此揭示出我国传统文论的民族特色"。[10]

辩证地说,王元化所标榜的"古今结合、中外结合、文史哲结合"的"综合研究法",既不是他首创的研究方法,也不是从他开始才引用到《文心雕龙》中的。文史哲结合的研究方法,古今结合的研究方法,本来就是刘勰在撰写《文心雕龙》时所使用的研究方法,而在《文心雕龙》研究出现以后,在版本研究、训诂研究、评点研究的著作中,都贯彻着这两种研究方法。而中外结合的研究方法,自近代以来,是中国学术界研究中国学术的一大趋势,不仅在文学理论研究领域如此,在历史、哲学及其他一切学术研究中,都不是什么新鲜的方法。但是,王元化在《文心雕龙》研究中有一点是他之前的《文心雕龙》学者所没有做到的:他系统地以马克思及苏联的文艺理论家的理论,并结合西方古典主义文艺理论和哲学理论,对《文心雕龙》创作论的重要内容进行了研究。此前被认为是马克思主义理论权威的学者,都集中在政治和哲学研究领域,一般不会关注《文心雕龙》这样的古代典籍。而在文学研究领域,研究西方文论的人,很少去关注中国古代文论,而研究《文心雕龙》的学者,又不会投入精力去关注西方文论,也不敢或者不会想着用有深刻政治烙印的理论图解中国古代文人的文论著作。而王元化作为一个终生从事外语教育的教授的哲嗣,作为一个长期的中国共产党的宣传干部和重要领导,又有政治失意的挫折,这就造就了他与《文心雕龙》和中国古代文论的一段机缘。而其他的学者都不具有他这种独特的学术背景和理论修养。

在王元化的《文心雕龙创作论》出版之后,80年代先后出版的詹锳的《文心雕龙风格学》、张文勋的《刘勰文学史论》、蒋祖怡的《文心雕龙论丛》、毕万忱与李淼的《文心雕龙论稿》、涂光社的《文心十论》、王运熙的《文心雕龙探索》、张少康的《文心雕龙新探》、牟世金的《文心雕龙研究》、陈思苓的《文心雕龙臆论》等,虽然各书关注的重点或有不同,水平也有不同,所论之深入也多数绝不在王元化之下,但是,大体都运用了古今结合、中外结合、文史哲结合的研究方法研究《文心雕龙》。

王元化的《文心雕龙创作论》的研究,虽然说大部分观点都影响深远,但也不能说毫无瑕疵。如在《刘勰的身世与士庶区别问题》一文中,作者提出刘勰出身于庶族,虽然寻找了很多证据,却总嫌隔靴搔痒,所举并不是什么直接的有说服力的证据。而且,对这种有凿空之嫌的观点的热衷,也是王元化的独特身份及当时的左倾思维养成的"阶级分析法"的不自觉的反应,有把简单的问题复杂化的倾向。而《〈灭惑论〉与刘勰的前后期思想变化》认为以《灭惑论》为界,刘勰的思想可以分为前后期,前期是儒家思想,后期是玄、佛思想,似乎也太过绝对化,有把复杂的问题简单化的倾向。作者没有能洞彻中国古代文人儒学为中,佛、道、玄为表的思想脉络。至于《刘勰的文学起源论与文学创作论》关于刘勰宇宙构成论的观点,不周全之处,本文将在下面专门论述,此不赘述。

王元化的《文心雕龙创作论》下篇的八说释义,是真正具有价值的论述,其中绝大部分观点,都深刻而又平实,但在今天看来,以所谓唯物主义、唯心主义、神秘主义、不可知论等评价文学理论的观点,也有把文学问题政治化、哲学化的倾向,这突出地表现在对西方文论的评价方面。当然,这应该是时代的局限性。而如认为《体性篇》"体"指"文体",刘勰说"数穷八体",一曰典雅,二曰远奥,三曰精约,四曰显附,五曰繁缛,六曰壮丽,七曰新奇,八曰轻靡,这八体显然不是"文体",如果直接析"体"为"文体",似乎很容易引起误会。又如分析"情""志"的区别,说情为感性,志为理性,似有牵强附会之嫌。陆机《文赋》之"缘情",只是在写骈体文的时候,不愿意重复"言志"此成语而已,强分"情""志",皆是猎奇之见。如此等等,都需要我们仔细检讨。蔡忠翔赞扬《文心雕龙创作论》体现了乾嘉学风[11],如果乾嘉学风所指是建立在丰厚的训诂学基础上的实证主义的朴学作风,就似乎有溢美之嫌了。

四、关于《文心雕龙·原道》之“太极”

《文心雕龙·原道》谓:“人文之元,肇自太极。”论者大抵以为此处“太极”概念即《易》之“太极”,王元化《文心雕龙创作论》多所发明,然于“太极”,仍从旧说,他认为:“《原道篇》所提出的文学起源论是把《易传》的太极说和三才说串连在一起。”“刘勰的宇宙构成论没有吸取前人在自然科学方面所获得的成果……《原道篇》所谓‘人文之元,肇自太极’,显然是从太极生两仪这一说法硬套出来的。这样,他就通过太极这一环节,使文学形成问题和《易传》旧有的宇宙起源说勉强地结合在一起。”[12]按,“太极”一词出于《易传·系辞》,曰:“是故《易》有太极,是生两仪。”注称:“夫有必始于无,故太极生两仪也。太极者,无称之称,不可得而名,取有之所极况之太极者。”很显然,“太极”不是一个具有精神或者理念的存在物,而是为方便而取的比喻之言,指“有之极”即“无”的时代。“极”,《尔雅·释诂》曰:“至也。”疏曰:“穷尽之至也。”《说文解字》段玉裁注曰:“引申之义凡至高至远皆谓之极。”“太”者,《集韵》曰:“甚也。”为“大”字之讹。“太”与“极”是两个近义的词,“太极”合而为一词,指时间至远,故《系辞》作者以之喻“无”的时代。

关于“太极”之义,理解历来不同。有人以为有生于无,太极内含阴阳之气化生万物,故太极即“无”;有人则以“太初”为“元气”,元气者,气之始也。实则,“太极”一词,纯属时间概念,或曰“无”,或曰“元气”,皆“太极”特征。古人缺乏科学的概念逻辑,以特征释时间,容易引起具有科学的概念逻辑的后辈学者的想入非非。《列子·天瑞》云:“太易者,未见气也;太初者,气之始也;太始者,形之始也。”班固《白虎通·天地》云:“始起先有太初,后有太始。形兆即成,名曰太始。”“太极”相当于《列子》所说“太易”或班固所言“太初”,之间虽略有出入,代表了各人不同的界定,但都认为太易或太初是时间至早的概念。

中国古代学者讲“太极”之时或称为“太一”,“一”者,数之初也,一生二,二生三,故“太一”犹言“太初”也。“初”与“一”、与“始”意皆近似。古人认识到有必始于无,并认为万物先于人类,天地先于万物,天地未形之前则无天地万物之类,故是一片混沌的元气,推究元气之前,必是一种什么也不存在的“无”的时代,这个时代,无法用恰当的词描述,便借太极、太初、太一、太始之类表示时间至早或者说是时间的起点的概念以比喻之,此《易传·系辞》所谓“易有太极,是生两仪”,即天地是在太极的时代开始酝酿的。《易传·序卦》曰:“有天地然后有万物,有万物然后有男女。”毫无疑问,中国古代人的这种认识是基本正确的。那种“元气”,大约类似于原始星云;那种“无”,大约类似于产生原始星云乃至产生原始星云之前的东西的那种状态。试想,细胞是有生物之始,是由无生物所生,则无生物从何而来?最原始的无生物必然是从无生有,古人无需实验,便苦思冥想出一个“无”的境界,已把宇宙起源的基本道理推究了一番,得出的结论竟与生物学上的自生论大体吻合。

《原道》谓:“文之为德也大矣,与天地并生者何哉?夫玄黄色杂,方圆体分,日月叠璧,以垂丽天之象;山川焕绮,以铺理地之形,此盖道之文也。仰观吐曜,俯察含章,高卑定位,故两仪既生矣。惟人参之,性灵所锺,是谓三才,为五行之秀,实天地之心,心生而言立,言立而文明,自然之道也。”文与天地并生者,是谓天地生而文为其表现形式,非谓天地文三者,而是文附两仪,成为天文地文。《易传·系辞》曰:“一阴一阳之谓道。”“道之文”,即阴阳变化的表现。古人以人之男女为参照,认为天地山川万物皆分阴阳。天高地卑,两仪已生,尔后有万物,尔后有人类。人禀有性灵,有产生情感的能力,又见天地万物皆有文,故人文便产生了。人的杰出和超出万物便决定了人必须有文,所谓“夫以无识之物,郁然有彩,有心之器,其无文欤”,刘勰认为,人文产生在天地之文后,是人仰观俯察,参与天地之间,“睹物兴情”,然后形诸文字的东西。

王元化指责刘勰说,“照他看来,太极生两仪,两仪即天地,人与天地并生,同为三才”,显然,这个批评是不合刘勰本意的。

这里要涉及“为五行之秀,实天地之心”的“心”字。《礼记·礼运》曰:“故人者,天地之德,阴阳之交,鬼神之会,五行之秀气也。”又曰:“故人者,天地之心也,五行之端也。食味、别声、被色而生者也。”《尚书·泰誓》曰:“惟天地,万物父母;惟人,万物之灵。”秀即端,心即德,“为五行之秀,实天地之心”互文以足义,即人是物质世界的灵秀端德也。《荀子·解蔽》云:“心者,形之君也,而神明之主也。”《诗大序》曰:“情动于中。”正义曰:“中谓中心,凡言中央为心。”心为主宰或中心之意,则天地之“心”即天地的自然之道之意。“心生而言立”,犹言情或志。《明诗》云:“人禀七情,应物斯感,感物吟志,莫非自然。”即“心生而言立,言立而文明”,人有产生情感的机能,自然能睹物兴情,这是由人在天地之间的特殊性所决定的。

关于这一点,中国古代人是有共识的。《荀子·王制》云:“水火有气而无生,草木有生而无知,禽兽有知而无义,人有气有生有知亦且有义,故最为天下贵也。”董仲舒《春秋繁露·天地阴阳》云“人”“超然万物之上,最为天下贵”。东汉王充著《论衡》,更指出人之贵在于智与慧:《别通》所谓“倮虫三百,人为之长,天地之性,人为贵,贵其识别也”;《辨崇》所谓“人,物也,万物之中有智慧者也”。刘勰之意,正是《礼记·乐记》所言“凡音之起,由人心生也;人心之初,物使之然也”,绝不可孤立于“心生而言立”一句,从而推断刘勰的文学起源论,认为刘勰提出了文学产生于“心”的命题。《文心雕龙·丽辞》曰:“夫心生文辞。”此处文意,也应作应物斯感而形诸文辞之意理解。如果执其一隅,就会犯片面的错误,因而误解刘勰的意思。

刘勰既称人文是由人而作,必产生于有人之后,又言“人文之元,肇自太极”,“太极”若指“无”或“元气”,是时尚无天地,何以有人,更何以有人文,显然,如上所言,“太极”这个表示时间至早至远的概念在这里有特定的意思。符定一著《联绵字典》,称“太极”可转为“太古”,“太古”又是“上古”之意,则此处“太极”可作上古解释。与太极意义同类的“太初”、“太一”也有“上古”之意。“太初”作“太古”解,见《荀子·礼论》杨倞注“贵本之谓文,亲用之谓理,两者合而成文,以归大一,夫是之谓大隆”,曰:“大读为太,太一谓太古时也。”“太极”作“上古”解,《文心雕龙·原道》曰人文肇太极之意便是说人文产生于上古,所谓“幽赞神明,《易》象惟先,伏羲画其始”也,即最早的人文为伏羲氏所画八卦。《易传·序卦》称,“昔者圣人之作易也,幽赞于神明而生蓍”,即《易》是为赞神明而产生。《礼记·郊特牲》曰:“太古冠布。”注曰:“唐虞以上曰太古也。”伏羲时代,便属“太古”的时代。先师吴林伯《文心雕龙义疏》即解《原道》之“太极”为“上古”之意,深刻而精辟。[13]

伏羲造八卦之说见《易传·系辞》,所谓“古者伏羲氏之王天下也,仰则观象于天,俯则观法于地,观鸟兽之文与地之宜,近取诸身,远取诸物,于是始作八卦”,此当为刘勰所本。值得注意的是古人往往把八卦之兴与文字的起源联系在一起。孔安国《尚书序》云:“古者伏羲氏之王天下也,始画八卦,造书契,以代结绳之政,由是文籍生焉。”许慎《说文解字叙》曰:“古者庖羲氏之王天下也,仰则观象于天,俯则观法于地,视鸟兽之文与地之宜,近取诸身,远取诸物,于是始作《易》八卦,以垂宪象。”八卦之兴,是区别于结绳的划时代的进步。它既是最早的人文,又与文字有着相同的功用，可以说，它是代替结绳而治而产生的最早的文字。

《易传·系辞》曰："《易》之兴，其于中古乎。"又曰："《易》之兴，其当殷之末世，周之盛德邪。"中古即殷末周初文王演绎易卦之时，再推而广之，孔子为《乾》、《坤》两卦制《文言》，也属周之盛德之余光。《易》以道阴阳，乾、坤两卦是万物之母，六十四卦之根本，是理解《易》道的基础。在刘勰看来，人文从伏羲到孔子都是原道心、研神理、观天文、察人文，不断变化的，其美丽程度超过了天地山川龙风虎豹云霞草木的自然景观，《序志》所谓"夫人肖貌天地，禀性五才，拟耳目于日月，方声气乎风雷，其超出万物，亦已灵矣"。

五、关于《文心雕龙》的文学起源论

王元化在《文心雕龙创作论八说释义小引》中指出恩格斯《路德维希·费尔巴哈与德国古典哲学的终结》运用辩证的方法，即全面地、系统地、发展地研究问题，这种科学方法是我们应该学习的。在《心物交融说"物"字解》一文中指出，《文心雕龙》一书"其中论点往往前后呼应"，这就是说，要把《文心雕龙》作为一个完整的整体来看，不可东向望不见西墙。王元化在一系列论述中指出，《文心雕龙》由骈文写成，有互体、暗转和省略等句法和语义方面的特点。他正是充分地注意到了这些特点，因此，得出了许多精辟的结论，为我们研究《文心雕龙》树立了很好的典范。

运用王元化教导我们的方法分析问题，我们发现刘勰并不认为文学产生的最终原因是"心"，或者称为"情"、"志"。《明诗》曰："人禀七情，应物斯感，感物吟志，莫非自然。"《诠赋》曰："原夫登高之旨，盖睹物兴情，情以物兴，故义必明雅，物以情观，故词必巧丽。"《物色》云："春秋代序，阴阳惨舒，物色之动，心亦摇焉。""岁有其物，物有其容，情以物迁，辞以情发。"这些话都是讲心情志自外物而生。刘勰虽没有能像钟嵘《诗品序》那样提出情产生的社会原因，所谓"嘉会寄诗以亲，离群托诗以怨"，但他在论述情与社会的关系时注意到了社会风俗政治对文学的影响，即《文心雕龙·时序》所谓"歌谣文理，与世推移"，"文变染乎世情，兴废系乎时序"。这就使我们明白了刘勰所谓"心生而言立"的"心生"绝不是没有客观依据的。王元化虽也不否认这一点，但却提出了一个与刘勰的创作论截然分开、孑然独立的文学起源论，从而认为"刘勰在文学起源论中把'心'作为文学的根本因素，但是他在创作中却时常提到心和物的交互作用”,并断言“就刘勰文学起源论的思想根底来说,基本上是客观唯心主义的”。王元化为了说明这一点,还提出了刘勰的体系与方法的对立,即“形式上的唯心主义”和“内容的现实”的对立。不可否认,正如王元化所说,“过去的一些优秀思想家的理论著作往往呈现了矛盾状态”,但刘勰是否也存在一个像黑格尔和费尔巴哈那样庞大哲学体系与方法的矛盾,或者说存在一个文学起源论与文学创作论的矛盾,还是值得探讨的。

王元化指出:“文学是怎样产生的呢?《原道篇》就是对这个问题所作的回答。”〔14〕他又说:“《原道篇》探讨了宇宙构成和文学起源问题。”〔15〕显然,在王元化看来,作为文学起源论的《原道》是与创作论互无干系的,最多只是对创作论发生了消极影响,所以,王元化以为刘勰的文学起源论是客观唯心主义的,也就等于是错误的、“混乱的”,而创作论摆脱了起源论的羁绊,所以是有合理的“内核”的。事实上,刘勰的《文心雕龙》根本不存在一篇独立的文学起源论。《原道》的“文之为德也大矣”之“文”不是人文,而《原道》中的“人文”概念也不等于今人所谓文学。王元化在《〈灭惑论〉与刘勰前后期思想变化》一文中指出:“《序志篇》称文心之作也,本乎道,《原道篇》引为《文心雕龙》之首,其中第一句话就说‘文之为德也大矣’(过去注释家多训‘德’为‘德行’或‘意义’,均失其解。德者,得也,若物德之德,犹言某物之所以得成某物),‘文之为德’,也就是说文之所由来的意思。”按,“德”之训“得”,见于《礼记·玉藻》释文,王元化以“德”为“得”,又指出“若物德之德,犹言某物之所以得成某物”,这是完全正确的。但他因此而引申为“文之为德”是所谓“文之所由来”的意思,则显然是错误的。

我们知道,某物之所以为某物,固然与其所由来有极大的关系,但绝不仅仅是因其所由来而决定了某物之所以为某物,文学更是如此。迄今为止,不论是为了游戏、模仿,还是为了祭祀、劳动,文学艺术的起源都摆脱不了功利的目的。在这一点上,文学艺术和人类的一切文化的产生都有着共性。中国古代文化史的现实准确无误地告诉我们,不仅诗、乐、舞合而为一,而且哲学、历史、政治、伦理、法律、思想也与文学同根,文学之为文学,就不能以其所由来去判断。区别的基准只能是各自的特征。是特征决定某物之为某物,而不是某物之所由来决定某物之为某物。

可以断言,刘勰虽不可能像今天的学者那样对文学的认识明确而富于理性,但也绝不至于以为文学之为文学是因其所由来。王元化以“德”为“文之所由来”,显然是不妥当的。“德”字是什么意思呢?《论语·雍也》曰:“中庸之为德也,其至矣乎。民鲜久矣。”中庸即“中和”,《礼记·中庸》曰:“喜怒哀乐之未发,谓之中;发而皆中节,谓之和。中也者,天下之大本也。和也者,天下之达道也。致中和,天地位焉,万物育焉。”又曰:“子曰:回之为人也,择乎中庸,得一善,则拳拳服膺而弗失之矣。”据此言,“中庸之为德也,其至矣乎”之意为中庸的作用至美,“德”可解释为“作用”之意。又《礼记·中庸》曰:“鬼神之为德也,其盛矣乎。视之而弗见,听之而弗闻,体物而不可遗。使天下之人,齐明盛服,以承祭祀,洋洋乎如在其上,如在其左右。诗曰:神之格思,不可度思,矧可射思。”这段话中“鬼神之为德也”之“德”,也是“作用”之意,是言祭祀鬼神的作用很大,虽然见不到鬼神的风采,听不见鬼神的声音,但鬼神却在冥冥之中左右着万物的兴衰生死。陆机著《瓜赋》,曰:“佳哉瓜之为德也,邈众果而莫贤。殷中和之淳祜,播滋荣于甫田。”其中“瓜之为德也”与“文之为德也”、“中庸之为德也”、“鬼神之为德也”结构相同,意义相关。以上诸“德”作“作用”解,则文理通畅。所以朱熹《中庸集注》称:“程子曰:鬼神,天地之功用。张子曰:为德,犹言性情功效。”先师吴林伯著《〈文心雕龙〉校注拾遗补正》[16]把“文之为德”与《章表》“原夫章表之为用也”一句联系在一起来理解,曰:“而意有广狭,盖前者泛言文之用,后者专谓章表二体之用耳。”《法言·君子》曰:“或问君子言则成文,动则成德,何以也?曰,以其弸中而彪外也。”注曰:“弸,满也;彪,文也。积行内满,文辞外发。”刘勰言“文之为德也大矣”,虽就文之功用而言,而此功用的产生,亦属弸中彪外而已,则功用实际与文的内在特点相联系。因此,《原道》称“鼓天下之动者存乎辞”云云。

“文之为德也”非言文之所由来,而《原道》也并非研究文学起源的专论。综观全文,《原道》的中心在于说明圣人之不凡与圣人创典是“民胥以效”的典范。至于“心生而言立,言立而文明”,“人文之元,肇自太极,幽赞神明,易象惟先”,在于告诉人们圣人作文的自然和作文的久远,从产生根源和产生时间方面树立经的典范地位。《原道》先言人必有文,次言最早的人文由圣人完成,在这个论述过程中,不可避免地接触到了文学起源的问题,但中心论点却是“道沿圣以垂文,圣因文而明道”,故归之于《征圣》,所谓“征之周孔,则文有师矣”。圣人之文雅而丽,衔华佩实。众人作文,征圣立言,则“文其庶矣”。征圣立言,具体就是学习六经,故须《宗经》。宗者,主也,即以经为主要学习对象,才能在文章中不断表现道,做出好的文章来。六经是“象天地,效鬼神,参物序,制人纪,洞性灵之奥区,极文章之骨髓者也","义既极乎性情,辞亦匠于文理",因此,经是"恒久之至道,不刊之鸿教也"。经在体裁方面,也为后代汗漫,所谓"百家腾跃,终入环内"。学习六经,有所谓六义,即情深不诡,风清不杂,事信不诞,义直不回,体约不芜,文丽不淫,又因后代人"信伪迷真",或"远弃风雅,近师辞赋",所以又作《正纬》与《辨骚》两篇。作《正纬》是因前代以纬配经,"故详论也",作《辨骚》是因"四家举以方经,而孟坚谓不合传",《离骚》"衣被辞人"又非一代,因此用与经对比的比较研究法指出正与讹,为后学提供宗经的经验和教训,使后学执正驭奇,写出衔华佩实的作品。[17]

宗经问题是《原道》、《征圣》、《宗经》、《正纬》、《辨骚》五篇的中心问题,这五篇是紧密联系、密不可分的。若以《原道》为文学起源论的专论,其余四篇理应如之。《文心雕龙·序志》指出:"盖文心之作也,本乎道,师乎圣,体乎经,酌乎纬,变乎骚,文之枢纽,亦云极矣。"这里明言前五篇是一个系统,讲的都是文章的关键——文应宗经、文如何宗经的问题,而不是文学起源论。刘勰并没有独立成篇的文学起源论,对文学起源的论述,只能在创作论和文体论中寻找。最早的文学是口头的歌谣和神话,刘勰是排斥神话的,没有论述神话的专论,而《明诗》言及葛天氏之歌,无疑是刘勰所知最早的口头诗歌文学。关于诗的产生,刘勰指出,"在心为志,发言为诗","人禀七情,应物斯感,感物吟志,莫非自然"。这种说法与《原道》所言大致相同,但这只是就创作过程而言,很难说是指起源的问题。与刘勰同时的沈约在《宋书·谢灵运传论》中说:"然则歌咏所兴,宜自生民始也。"这个认识比刘勰要清楚得多。王元化之所以以《原道》为文学起源论,一定是误会了"本乎道",辞"本"不该理解为起源之"本"。

六、关于《文心雕龙·序志》之言"文之枢纽"

我们说,最早的文学也是创作,因此也必然遵循创作规律,因此,刘勰在研究创作规律之时涉及最早的文学的产生,这是极自然的事情。起源论离不开创作论,创作论要涉及起源问题,既如此,我们便不必一定要在《文心雕龙》中找出一篇文学起源论来。王元化把根本不独立存在的文学起源论指为《原道》,把《原道》与其他四十九篇割裂并对立起来,并以之比附黑格尔和费尔巴哈哲学体系与方法之间的矛盾,是缺乏前提的。

因此，又导致了他的另一个错误的结论。

陆侃如、牟世金曾著《刘勰论创作》一书，以《辨骚》为文体之首，割裂“文之枢纽”五篇，固然不伦。因为刘勰明言“变乎骚”属“文之枢纽”，而《辨骚》本文也与“原始以表末，释名以章义，选文以定篇，敷理以举统”的体例不合。按，《文心雕龙·明诗》曰：“逮楚国讽怨，则《离骚》为刺。”则刘勰明确地把屈原及其作品列入诗歌类中加以讨论。况且《辨骚》在《明诗》之前，且不说骚晚于《诗经》，但就《诗三百》为经而言，刘勰宗经征圣，岂可在文体论之首言骚不言诗？对陆、牟二先生立论之谬，王元化在《〈辨骚篇〉应归入〈文心雕龙〉总论》一文中论之甚详。

王元化在这里捍卫了“文之枢纽”的完整性，在另一方面，却又割裂了“文之枢纽”，犯了与陆、牟二人相同的错误。王元化看到了《周易》与《文心雕龙》的密切关系，但一味地强调这一点，又误解了人文肇太极及文之为德之义，于是，宣布刘勰的《原道》同于《易传》的“太极”，从而不顾《原道》乃文之枢纽，断定《原道》不关文用，是《易传》的拼凑和翻版。这个观点是王元化的《刘勰的文学起源论与创作论》一文的重要观点。

《文心雕龙·序志》曰：“彰乎大易之数，其为文用，四十九篇而已。”此说本《易传》，《系辞》曰：“大衍之数五十，其用四十有九。”王弼注曰：“演天地之数所赖者五十也，其用四十有九，则其一不用也。不用而用以之通，非数而数以之成。”《周易正义》曰：“京房云，五十者，谓十日十二辰二十八宿也。凡五十，其一不用者，天之生气将欲以虚来实，故用四十九焉。”刘勰虽有意效法《周易》，但《文心雕龙》体大思精，亦以五十篇为备论矣。在我们看来，所谓“彰乎大易之数”，只不过是数字上的巧合而已，与“天一地二，天三地四，天五地六，天七地八，天九地十”，“天数五，相得而各有合。天数二十有五，地数三十，凡天地之数五十有五，此所以成变化而行鬼神也”之类的说法毫无一致之处。《原道》虽可具备“非数而数以之成”的意义，却难达到“不用而用以之通”的作用。因为《原道》并不是其他四十九篇的母体，“道”并非太极。

《原道》三处言“道”，其一曰：“夫玄黄色杂，方圆体分，日月叠璧，以垂丽天之象，山川焕绮，以铺理地之形，此盖道之文也。”《易传·说卦》曰：“昔者圣人之作易也，将以顺性命之情，是以立天之道，曰阴曰阳，立地之道，曰柔曰刚。”《礼记·中庸》曰：“天命之谓性，率性之谓道。”所谓“道”，郭店楚简《性自命出》曰：“道始于情，情生于性。”可以理解为秉性，或者称为阴阳变化的规律。玄黄方圆，正是天地阴阳变化的自然表现。

其二曰:“惟人参之,性灵所锺,是谓三才,为五行之秀,实天地之心,心生而言立,言立而文明,自然之道也。”此处的“道”犹言规律,“自然之道”便相当于必然的规律。

其三曰:“辞之所以能鼓天下者,乃道之文也。”此处的“道”,指孔子学说,即“察天文”,“观人文”,“写天地之辉光”的东西,是“象天地、效鬼神、参物序、制人纪、洞性灵之奥区”的六经,即“道”是有关社会、自然、人类的实实在在的现实物质与情感及其变化。

毫无疑问,这个道不是上帝,不是“理念”和“绝对精神”,不是造物主,是后于物而存在的。如何反映和表现日新月异的自然、社会和人类的种种现实及其变化,是很复杂的,因此就出现了“讹滥”现象。道是艰难而深奥微妙的,故称“神理”,圣人最好地表现了“神理”,创作出了既极乎性情,又匠于文理的六经。王元化以为:“刘勰所说的自然之道也就是神理。”我们说,“神理”是“道”的同义语,而“道”却不能仅限于“自然之道”。《文心雕龙》用“道”字凡三十七处,只有《原道》有“自然之道”之句,另有“道心”、“道味”、“道术”共四处,有七次出现“神理”一词,我们丝毫找不出“神理”与《原道》的“自然之道”的一致处。“自然之道”并不是自然界的规律,而是指天然、自然而然的规律。这个“自然”,与《文心雕龙》中出现的“自然”并无二致,如《定势》曰“自然之趣”、“自然之势”,《体性》曰“自然之恒姿”,《隐秀》曰“自然会妙”,《丽辞》曰“自然成对”,《诔碑》曰“自然而至”。这些“自然”概念,是天然、不造作之意,并不是通常所谓自然界。用现代汉语语法学家的观点,“自然”在这里是形容词或副词,而不是名词。

王元化在某种场合下也承认自然之道含有客观必然性,但他又说,“这个必然性只是代表宇宙主宰(即神理)的作用,而不是物自身运动的客观规律”。显然,王元化把“道”和“神理”这两个概念等同于理念。

如果我们抛开刘勰所言“道”的本意与“自然之道”的内涵,仅仅考察中国哲学史上的“道”的观念,也得不出“道”即宇宙主宰的结论来。朱熹《中庸章句》解释“天命之谓性,率性之谓道,修道之为教”曰:“命,犹令也;性,即理也。天以阴阳五行化生万物,气以成形,而理亦赋也,犹命令也。于是人物之生,因各得其所赋之理,以为健顺五常之德,所谓性也。率,循也;道,犹路也。人物各循其性之自然,则其日用事物之间,莫不各有当行之路,是则所谓道也。”在解释“道之不行也”时指出:“道者,天理之当然，中而已矣。”古人所谓天，即今之言自然界。《淮南子·道应训》云：“夫道者……山以之高，渊以之深，兽以之走，鸟以之飞……与万物终始。”又云：“无为为之而合于道。”道的特征是无为而无处不存在的无踪无形的内在规律性，是一种不可言喻、似是而非的依附于物质的东西。引申到社会制度方面，它的特征便是承认现世秩序和自然现象的合理性。可以说，“道”并非先物而生，因此，自然不能超越物自身而为天下主。

《原道》不是《易》之极，也非言文之起源的专论，这样，王元化所谓《原道》不为文用的理论根基就不存在了。

既然五十篇中，“其一不用”不是《原道》，是哪一篇呢？正像许多学者指出的那样，是《序志》篇。《序志》讲《文心雕龙》的缘起与其体制，显然不同于各篇。刘勰自称“长怀《序志》，以驭群篇”，即不用而用之以通之意。《序志》类后世的序言，《梁书·刘勰传》：“初，勰撰《文心雕龙》五十篇，论古今文体，引而次之，其《序》曰：‘夫文心者，言为文之用心也。’”即以《序志》为序言。古人以序附篇末，其例甚多，如司马迁《史记·太史公自序》、王充《论衡·自纪》、许慎《说文解字叙》、葛洪《抱朴子·自叙》等。《序志》不关文用无疑，也可从另一个方面证明五十篇中，不关文用的并非《原道》。

让我们奇怪的是，以王元化之聪明睿智以及《文心雕龙》专家的身份，理应能非常清晰地明白此类问题，却提出如此奇特之观点，究竟是缘于对别林斯基、车尔尼雪夫斯基等理论导师的观点理解不透彻，还是思想方法方面的教条主义，抑或是学术态度上的哗众态度，这是值得思考的。

七、关于《文心雕龙·比兴》的“内”与“外”

王元化在《刘勰的文学起源论与文学创作论》一文中指出，刘勰把形式叫做“外”，把内容叫做“内”，《比兴篇》所提出的“拟容取心”也可分为内外两方面，拟容切象是外，取心示义是内，由于刘勰认为内容决定形式，因此他在《比兴篇》中反对徒知拟容切象不知取心示义的词人作品，把这种形式主义倾向称为“用小而忘大”。这个意思，王元化在《释〈比兴篇〉拟容取心说》中作了进一步的发挥。

按，《文心雕龙·比兴》云：“夫比之为义，取类不常，或喻于声，或方于貌，或拟于心，或譬于事。宋玉《高唐》云：纤条悲鸣，声似竽籁，此比声之类也……若斯之类，辞赋所先，日用乎比，月忘乎兴，习小而弃大，所以文谢周人也。"其实，刘勰本意是言宋玉以至汉赋作家多用比而少兴，正与三百篇相乖，从宗经观点出发，刘勰以为兴大比小，故圣人之文多兴而少比。而"拟容取心"一句，若以王元化之理解，则谓拟容是比，取心是兴，这与刘勰所言不合。周振甫在《文心雕龙注释》一书中以为"拟容"即"或方于貌"，"取心"即"或拟于心"，也未必正确。因为刘勰在"夫比之为义，取类不常"以下暗含贬意，但"拟容取心"是就比而言，与兴无涉，这却是确实的。刘勰《比兴》只言比而不言兴，兴乃连类而及。王元化以为"比兴"近于今之言"艺术形象"，这一点是很有道理的，但把拟容取心理解为兼有比兴二者却是牵强的。六诗分为三体三用，固然多乖，即如王元化曰用亦体也，也得不出拟容切象是比、取心示义是兴的结论，很难想象，比之为体，只是形式而无内容。

事实上，所谓"形式主义"的文学只是缺乏功利目的而已，只要创造出了无与伦比的形式美，也就毫无疑问达到了文学创造审美客体的目的。没有功利目的的文学，也是一种有价值的独立的文学，创造出审美客体，就是其价值的体现。文学作品内容与形式之分是人为的规定，是相对的、模糊的，也是不科学的，文学只要创造了能引起审美快感的审美客体，无疑就是优秀的作品，而文学作为一个结构系统，作为语义符号，本身并不存在所谓内容与形式之分。文学作品的内容本身就是形式，而形式本身也是最充分、最合理的内容。刘勰固然认识不到这一点，但绝不至于以为有根本无形式之文学。

愚见以为，"拟容取心"可以理解为"写物附意"，物即容，意即心，物容附取心意。"诗刺道丧"是从文学作为政治附庸的立场出发而言，不在于用比不用比，而在于所谓"辞人夸毗"，在于没有宗经，所以刘勰云"兴义销亡"，并非说比无刺道。受到刘勰推重的马郑诸儒之一的郑玄注《礼》说《诗》亡六义曰："比，见今之失，不敢斥言，取比类以言之；兴，见今之美，嫌于媚谀，取善事喻劝之。"可见比兴在古文经学家那里，皆为劝善惩恶，而比在谲谏，兴在劝喻。刘勰曰："且何谓为比，盖写物以附意，扬言以切事者也。"比有比类者，有比义者，"故金锡以喻明德，硅璋以譬秀民，螟蛉以类教诲，蜩螗以写号呼，浣衣以拟心忧，席卷以方志固，凡斯切象，皆比义也。至如麻衣如雪，两骖如舞，若斯之类，皆比类者也"。这是明言切象即比义。切象者，拟容也。

无论比义与比类，必须是本体与喻体之间含有共同的意思，即喻体本身就有本体之意，只是一者明显，一者不明显而已。在某种意义上可以把本体与喻体分称为“内”、“外”，不过这个内外概念与《文心雕龙·体性》所言“夫情动而言形，理发而文见，盖沿隐以至显，因内而符外者也”的隐显、内外概念是不同的。

按王元化所言内容是“内”，形式是“外”，“拟容”是“外”，“取义”是“内”，也就是说，喻体是形式，本体是内容，显然不太妥当，可以说喻体是手段，本体是目的，但不可以说文学的形式是手段，内容是目的。因为文学的内容就存在于形式之中，没有了形式，内容也就无所依托。

关于内外，刘勰在《事类》中指出过：“才自内发，学以外成，有学饱而才馁，有才富而学贫。学贫者，迍邅于事义；才馁者，劬劳于辞情。此内外之殊分也。”这里明言“内”指天赋，“外”指非天赋的人为世界。“内”“外”又叫“表”“里”，所以又言“表里相资”。文学之兴，殆由表里相资，内外相成，内有禀情，外有物文。如果我们仔细体会《体性》之“内”“外”概念，“内”亦指人的禀赋情感，人的情感必诉诸“外”物。“情动而言形，理发而文见”，是言人之言文皆人内在天赋情感受物之触而发见于外，天赋情理使人有了产生言文之可能性。

刘勰不是天才决定论，他很系统地研究了人之所以不同于非人，超出天地万物，在于人乃“性灵所钟”。但人的情感之禀赋只是产生人文的可能性，不是现实性，所以还需要“外”，还得培养和触动。王元化在《释〈体性篇〉才性说》一文中说：“才与气是性情所铄，属于先天的禀赋，学与习是陶染所凝，属于后天的素养。”先天的“才”与“气”在刘勰看来虽不可逆行倒施，也是可以培养的。《定势》云：“明练之才，则执正以驭奇；新学之锐，则逐奇而失正。”这是言“才”“学”作为构成作家创作素养的两个方面，都有“明练”与“新学”之分。《事类》指出：“是以将赡才力，务在博见，狐腋非一皮能温，鸡蹠必数千而饱矣。”这是说“博见”能丰富和充实“才力”。《体性》云：“才由天资，学慎始习，斲梓染丝，功在初化，……故宜摹体以定习，因性以练才。”是言才虽由天资，然可依其固然加以培养、锻炼。《乐府》云：“魏之三祖，气爽才丽。”而爽气丽才之所来，如《时序》谓：“自献帝播迁，文学蓬转，建安之末，区宇方辑。……观其时文，雅好慷慨，良由世积乱离，风衰俗怨，并志深而笔长，故梗概而多气也。”可见“气”、“才”皆受时代之影响。《养气》更指出“气”随年龄的变化而变化。刘勰之意，在于人类之文化盖由先天禀赋和外界物态结合，是《体性》所谓“沿隐以至显，因内而符外者也”，文学亦如此。因此，若以“内”“外”比文学的内容与形式，未免牵强附会。[18]

余论

王元化是20世纪中国一位著名的文艺界和宣传界的领导干部，他的著作是多方面的，据说，他的思想史论文也体现了一定的深刻性。如他在研究韩非子的时候，认为专制主义的倡导人不是儒家而是法家，这样的观点我是赞同的。王元化关于1952年院系调整、关于忽视中国传统文化、关于五四运动的反思，都是切中问题要害并且具有振聋发聩之效果的。不过，我本人因学科之限制，并没有认真拜读过王元化有关思想史方面的研究著作。虽然曾经风闻过一点王元化和李慎之、朱学勤的争论，但具体细节我并不了解。所以，对于王元化是否可以作为思想家，或者作为思想家的王元化的深刻性，我是无权置喙的。但至少可以说，他在海内外巨大的学术影响是不可忽视的。

作为胡风分子之一，王元化与鲁迅有关联，那是肯定的了。王元化30年代开始其文学生涯，曾经创作了部分小说和散文，后收入《脚踪》中。1939年发表了《鲁迅与尼采》，1941年写了《民族的健康与文学的病态》，积极鼓吹左翼文学，这些文学论文1945年结为《文艺漫谈》出版。1939年还出版了《抗战文艺》。1949年后，担任文艺界领导职务，所写的论文1952年以《向着真实》为名出版。客观地说，从30年代到40年代的散文及评论，乏善可陈。1955年后，由于胡风事件的牵连，王元化到了上海作协文学研究所工作，开始致力于《文心雕龙》的研究，这时他才从一个宣传干部的身份，部分转变为一个学者。有一阵，据说在上海流行“北钱南王”与“北李南王”的说法，大约是说上海的王元化在学术上可与北京的钱锺书媲美，在思想史上可与北京的李慎之比肩，无论这个说法的根据是否可靠，都说明王元化在上海和中国学术界的影响力。当然，毫无疑问，这些影响力或多或少受益于三人曾经的高级官员身份。钱、李二人曾经担任副部级的中国社会科学院副院长职务，而王元化的上海市委宣传部部长更是一个显赫的职务。当然，他们三人也有区别，钱、李二人是因学而官，而王元化先生是因官而学。

当然，客观地说，由于钱、王二人的主要精力没有放在历史学、思想史这样有广泛学术影响和学术渗透力的学术领域，以钱锺书和王元化为中国学术界的泰斗，大约只能是某个学术小团体的自说自话，未必有足够的说服力。而钱王、王李的说法则暗示，王元化可以兼有钱锺书的中西兼通、李慎之的敏捷深刻，显然也难有广泛的信众。

无论如何，作为曾经的重要宣传部门领导干部，对于王元化主政上海市委宣传部时期的工作，以及对上海文化艺术及新闻出版领域的影响，我无由了解，不过，据说王元化晚年并不乐意人们把他介绍为前上海市委宣传部长，而更愿意以一个思想家或者学者自居。无论前宣传部长王元化是否享受到了高级干部给自己的学术和生活带来的种种方便，这种对自身身份的定位，对自己作为一个文化人身份的认同，还是让人肃然起敬的，这也是我在这里殚精竭虑研究王元化及《文心雕龙创作论》的原因。

（作者单位：北京语言大学中国文学研究所）

注 释

〔1〕《文心雕龙创作论》，上海古籍出版社，1984年第二版，第234页。

〔2〕张少康等：《文心雕龙研究史》，北京大学出版社，2001年，第370页。

〔3〕《梁书》卷五十，《列传》第四十四，《文学下》，中华书局，1975年。

〔4〕张振珮：《史通笺注》，贵州人民出版社，1985年。

〔5〕郑方坤：《五代诗话》卷八，《文渊阁四库全书》集部九，诗文评类。

〔6〕黄庭坚：《山谷集》外集卷十，《文渊阁四库全书》集部三，别集类二。

〔7〕参见杨明照、林其锬等编：《文心雕龙综览》，上海书店出版社，1995年，第3—4页。

〔8〕同上书，第313页。

〔9〕《文心雕龙创作论·第二版跋》，上海古籍出版社，1984年。

〔10〕参见杨明照、林其锬等编：《文心雕龙综览》，上海书店出版社，1995年，第313页。

〔11〕同上。

〔12〕见《刘勰的文学起源论与创作论》，《文心雕龙创作论》上篇。

〔13〕参见吴林伯：《文心雕龙义疏》，武汉大学出版社，2002年。

〔14〕《〈灭惑论〉与刘勰前后思想变化》，见《文心雕龙创作论》上篇。

〔15〕《刘勰的文学起源论与创作论》，见《文心雕龙创作论》上篇。

〔16〕见1984年《中日学者文心雕龙讨论会论文》（手抄影印本）。

〔17〕以上引文分见《文心雕龙》之《原道》、《征圣》、《宗经》、《正纬》、《辨骚》诸篇。

〔18〕本文的五、六、七节写成于1984年，后曾刊布在商务印书馆出版的《中华文化论丛》第二辑上，此次略有修改。

童庆炳与中国审美论文艺学的创构

吴子林

内容提要:在中国当代文学理论研究史上,童庆炳是屈指可数的、自成体系的文学理论家、美学家和文学批评家之一。20世纪70年代末到80年代初,为摆脱"文艺从属于政治"的命题的思想束缚,童庆炳主要的理论关注点是文学的审美属性问题。进入1990年代,童庆炳的文艺心理学(心理美学)研究进一步确认了文学的审美品质,把文学创作看成一种以审美活动为核心的精神活动;童庆炳通过古代文论、比较诗学和文学文体学的研究,在古今中西各种文学理论的对话和沟通中,进一步丰富和完善自己以"审美特征"为中心的文学思想,从而创建了一个以审美为核心的文艺学理论体系。童庆炳主编的高校教材《文学理论教程》,第一次把"审美意识形态"论的命题写进了教材,前所未有地推进了对于文学性质和文学观念的多元理解,代表了新时期文学理论教材所达到的最新水平。作为新时期以来中国审美论文艺学研究的集大成者,童庆炳从不画地为牢、故步自封、裹足不前,也不屑于生吞活剥外来理论,而是在反刍消化后进行兼收并蓄与中西会通式的移植和发展。新世纪初,在反思文化研究这一当代"显学"的基础上,童庆炳提出了"走向文化诗学"的系统理论构想,并以其扎实的研究和推导工作,体现了中国学人对于当代文学理论走向的清醒判断和理性选择。作为一种文学理论的新形态,"文化诗学"研究必将推进我们时代的文学理论和批评,为文学的发展作出贡献。

关键词:童庆炳　审美意识形态　文艺心理学　文体学　古代文论　文化诗学

Abstract: Tong Qingbing is one of the very few literary theorists and critics of his own theoretic system in contemporary China. In the late 1970s and early 1980s, he focused on the issue of literary aesthetics in order to break away from the yoke of "literature belonging to politics". Upon entering the 1990s, Tong's research of literary psychology further confirmed the quality of literary aesthetics viewing literary creation as a mental work centered on aesthetic activities. Through his studies on classical Chinese literary theory, comparative poetics and literary stylistics, Tong has enriched and perfected his literary thought characterized by the aesthetic. The textbook edited by him for the first time includes the idea of aesthetic ideology, thereby promoting pluralistic understandings of literary quality and concepts and representing the most advanced level of China's textbook compilation in the New Period. Never confined to domestic studies, nor is he always following fashionable Western theoretical doctrines, Tong tries to develop his own theory by digesting and incorporating various domestic and Western theories. In the new century, on the basis of reflecting on Cultural Studies, Tong puts forward his construction of "cultural poetics", which represents Chinese theorists' clear judgment and rational choice. As a new form of literary theory, this sort of cultural poetics will contribute a bit to contemporary Chinese literary theory and criticism.

Key words: Tong Qingbing; aesthetic ideology; literary psychology; stylistics; classical Chinese literary theory; cultural poetics

在中国当代文学理论研究史上，童庆炳是屈指可数的、自成体系的文学理论家、美学家和文学批评家之一；作为“山水之子”（曾恬语），童庆炳又是一名作家，出版过别具一格的两部长篇小说和一本散文集；童庆炳还是著名的教育家，不仅培养了数以百计的硕士生，至2008年为止，他培养出的文学博士达51位——其中大多数已成了高校学术骨干和学科带头人，因而有“童家军”之誉；童庆炳还编著了流传甚广的《文学理论教程》等大学教材，以及中学高中语文实验教材（目前由北京师范大学出版社出版发行）。童庆炳是名副其实的“劳模”，迄今已发表论文三百余篇，著述二十余种，其涉猎领域之广博、学术创见之丰赡，非一般的学者所能比拟。在中国文学理论的建构中，童庆炳卓然成一家之言，其学术思想始终与时俱进，引领着新时期以来的文学理论潮流和发展。这一切都源自童庆炳的从容大度，以及建立在这种涵养之上的睿智。学术研究是一个薪火相传的过程，研究童庆炳不仅可以向世人展示中国学人独特的文学思想，在某种意义上，还可以昭示着未来文学研究的路向。

一

20 世纪 70 年代末到 80 年代初，中国社会的政治、经济和文化正处于转型期。文艺思想和文学思潮的变化更是巨大，各种新思想、新观念纷至沓来，令不少人目不暇接，同时也手足无措。“文变染乎世情，兴废系乎时序。”百废待兴，万象更新。浸染在这样的时代精神中，步入中年的童庆炳意气风发，如饥似渴地接受和探寻着新的知识。这个时期，童庆炳主要的理论关注点是文学的审美属性问题。

出于对“文革”时期极度政治化的文学观念的反思，当时学界掀起了“形象思维”大讨论，其目的是要摆脱“文艺从属于政治”的命题的思想束缚。1981 年，童庆炳发表了《评当前文学批评中的“席勒化”倾向》和《关于文学特征问题的思考》两篇论文，提出了文学审美特征论，力图探讨对文学的新界说。文学的基本特征问题是文学理论中的一个根本问题，它直接影响着文学创作实践。长期以来，中国文论界一直坚持文学“形象特征”说，认为文学和科学的对象是同一的，其不同之处在于，文学以形象来说话，科学则以逻辑来说话。对于这一“定论”，童庆炳大胆地提出了自己的怀疑。他追根溯源，指出此说源于俄国 19 世纪文学批评家别林斯基，并论证这是别林斯基的一个理论“失误”，而这一理论错误是由于受黑格尔“美是理念的感性显现”观念的影响所致；“形象特征”说，是文学创作之所以“公式化”的理论根源之一。《关于文学特征问题的思考》指出，文学所反映的生活是整体的、美的、个性化的生活，这就是文学的内容的基本特征。这篇突破性的论文后来被收入《中国新文艺大系(1976—1982)·理论一集》。1983 年，童庆炳发表《文学与审美——关于文学本质问题的一点浅见》，认为文学的本质问题的完整探讨，应包括两个层次的问题：一、文学和其他意识形态的共同本质的研究；二、文学本身的特殊本质的研究。他认为，文学之为文学当有其独特的对象和内容，文学从内容到形式乃至其功能，都有着独特的品质和特征；为此，他深入论证了创作客体和创作主体的审美属性，提出：“文学作为一种意识形态包括了巨大的认识因素，但构成文学之所以为文学的充分而必要的条件，则不是认识而是审美……文学区别于非文学的关键，就是它的审美特质。"[1]

由此，童庆炳确认了文学的审美品质，把文学创作看做一种以审美活动为核心的精神活动后，还从社会现实、心理美学、社会学、文体学、语言学和文化学等诸视角，在与古今中西各种文学理论的对话和沟通中，进一步丰富和完善着自己以"审美特征"为中心的文学思想，从而创建了一个以审美为核心的文学理论体系。童庆炳清醒地看到，文学不是"纯审美"的，作为一种广延性很强的事物，文学的版图十分辽阔，有着社会性、政治性、道德性、宗教性、民俗性等种种属性；为此，他提出了"文学五十元"的构想。不过，在他看来，文学的多元性质还只是文学的一般属性，它们往往为多种事物所共有，还不足以将艺术与非艺术、文学与非文学区别开来；这些属性只有"溶解"于审美活动中，才可能是诗意的。如果说文学是社会生活的反映，那么它就是一种"审美反映"。1984 年，童庆炳编写了《文学概论》(上、下册，红旗出版社出版)，此书第一章"文学的本质与特征"，以"审美特征"论取代"形象特征"说，强调文学是审美的，是社会生活的"审美反映"，第一次把"审美反映"作为文学的基本概念写进了教材。1985 年童庆炳发表《艺术真实性问题漫议》，1987 年，又发表《文学真实性问题再议》、《把审美作为文学理论的家园》、《论文学的结构原理及其审美心理学的根据》等论文，将"审美"的视角运用于文学真实性、文学典型、艺术欣赏、艺术结构等问题的研究中，深化了人们对于文学"审美特征"的认识。1988 年，童庆炳发表论文《论文学的格式塔质和审美本质》，运用"整体大于部分之和"的格式塔的、结构主义的和系统论原理，从文学内部诸因素的整体联系中把握文学的本质，认为审美是文学的整体性结构关系生成的一种形而上的新质："它不属于具体的部分，却又统领各个部分，各个部分必须在它的制约下才显示出应有的意义。"[2]该文从心理学的角度解释审美，认为审美是人们的一种体验，是自由在瞬间的实现，是苦难人生的节日；它以心理感官的无障碍为其标志，以情感上评价现实为其实质。

童庆炳的文学"审美特征"说的提出，显然受到了前苏联文论界以阿·布罗夫为代表的"审美学派"的启发，他的论述从中汲取了"审美"和"审美价值"两个重要概念。1986 年，钱中文也提出了文学"审美反映"论，他说："文学的反映是一种特殊的反映，由于其自身的特殊性，较之反映论原理的内涵，丰富得不可比拟。反映论所说的反映，是一种曲折的二重的反映，是一种有关主体能动性原则的说明。审美反映则涉及具体的人的精神心理的各个方面，他的潜在的动力，潜伏意识的种种形态，能动的主体在这里复杂多样，而且充满种种创造活力，这是一个无所不在的精灵。”钱中文的论文不但从根本上区别了一般的反映论与文学“审美反映”论，而且还从“心理层面”、“感性认识层面”和“语言、符号、形式的体现”层面说明了文学“审美反映”论的特征。1988 年，王元骧发表了论文《艺术的认识性和审美性》，从反映的对象、反映的目的和反映的形式等三个方面来阐述“审美反映”论的要点，大大深化了对文学“审美反映”论的理解。童庆炳与钱中文、王元骧等人提出的文学“审美反映”论，震撼了学界所沿袭的前苏联文学理论模式，是新时期伊始一个重要的理论创获；它突破了文学观念僵硬的政治化和粗疏的哲学化，突破了“反映”论和工具论的单一视角，因而有力地推动了当时整个文学观念的变革，其意义是极其深远的。

事物的特征不同于事物的本质，但对事物本质的把握必须从其“特征”入手。1984 年钱中文发表了《文学艺术中的“意识形态本性论”》，运用马克思主义的社会结构学说，提出了文学“审美意识形态”论。1987 年钱中文又发表了论文《文学是审美意识形态》，正式确认“文学是审美意识形态”，并展开了论证：从哲学的观点看，文学确是一种意识形式，与哲学、伦理等具有意识形态的共同特性，但是文学之所以是文学，是因为文学是一种具体的意识形式，即审美意识形态：它将审美的方法和哲学的方法融合在一起；它以感情为中心，但又是感情与思想的结合；它是一种虚构，但又是特殊形态的真实性；它具有阶级性，但又是一种具有广泛社会性以及全人类性的审美意识形态。在“审美特征”论的基础上，童庆炳同样把文学的基本界定从理论上扩展为“审美意识形态”论。1992 年，童庆炳主编高校教材《文学理论教程》（高等教育出版社，1992 年），第一次把“审美意识形态”论的命题写进了教材。童庆炳对于“文学”的定义充分考虑到了历史的维度，他开宗明义提出将“人的活动”范畴引入文学理论，将文学放到一定的社会结构中去考察，由此出发来探讨文学的本质特征问题。童庆炳分别从“文化”、“审美”、“惯例”三个角度界定“文学”及其性质，表现出比较开放的文学观念。他重点研究文学作为审美活动的特点、构成及其发生发展，文学活动作为话语系统的审美意识形态的性质和价值，社会主义时期文学活动出现的新的特征及其发展的方向和道路等。他在马克思主义审美活动理论的基点上，将意识形态分析、中西审美主义、形式主义和话语理论统合起来，形成了富有活力的“一元多视角”的理论构架，最后把文学的本质界定为“文学是显现在话语蕴籍中的审美意识形态”；这里的逻辑顺序是由事物的一般性质逐渐沉落到它的特殊性质：文学作为社会结构——文学作为一般意识形态——文学作为审美意识形态——文学作为话语含蕴中的审美意识形态。《文学理论教程》前所未有地推进了对于文学性质与文学观念的多元理解，代表了新时期文艺学教材所达到的最新水平；它被列为“面向21世纪教材”，至今已经过两次修订，印刷近百万册，被国内500多所高校采用，影响广泛。

文学是审美反映，文学是审美意识形态，这个学说的基本内涵是什么呢？它们在理论上具有什么特点呢？童庆炳作了精要的概括。其一，“文学审美反映”论和“审美意识形态”的整一性。“文学审美反映”和“文学审美意识形态”是一个完整的概念，不是“审美”加“反映”，不是“审美”加“意识形态”，它们是一个具有单独的词的性质的词组，不是审美与反映、审美与意识形态的简单相加。它们本身是一个有机的理论形态，是一个整体的命题，不应该切割为“审美”与“反映”、“审美”与“意识形态”两部分。“审美”不是纯粹的形式，是有诗意内容的；“反映”、“意识形态”也不是单纯的思想，它是具体的、有形式的。其二，“文学审美反映”论和“文学审美意识形态”论的复合结构。从性质上看，这两种理论是集团性与全人类共通性的统一；从功能上看，这两种理论既强调认识又强调情感，既强调无功利性又强调有功利性；从方式上看，这两种理论既肯定假定性又强调真实性。“文学审美反映”论与“文学审美意识形态”论，既超越政治工具论，又超越形式主义论，它们在文学的内部和外部找到了一个结合点和平衡点，以包容文学的多样性、复杂性、辽阔性和微妙性。总之，“文学审美反映论”和“文学审美意识形态”论，与一般抽象的认识或意识形态不同，它们力图说明文学作为人类的审美活动，在审美中就包含了那种独特的认识或意识形态，在这里审美与认识、审美与意识形态，作为复合结构已经达到了合而为一的境界，如同盐溶于水，体匿性存，无痕有味。

维特根斯坦说过：创造一个概念是艰苦的劳动。因为它要连闯三关。一要详尽地占有资料，二要在整理资料的基础上分门别类地找出事物的不同属性，三要揭示不同属性间的有机关联以期从整体上去涵盖对象即逻辑还原。“审美反映”、“审美意识形态”等概念的创设，可以说基本达到了这一标准。

我们知道,把审美和文艺问题作为一种意识形态现象加以研究和把握,是马克思主义文艺学和美学的基本特征和方法论基础。然而,文艺不同于其他意识形态(如哲学、政治学、伦理学等),它是马克思说的一种“艺术地掌握世界的方式”,即通过作家、艺术家的审美感知和审美体验,以审美情感以及在审美情感激发下的艺术想象、艺术幻想的形式来反映生活的成果。简言之,文艺是审美意识的物化形态和物质载体,是一种审美意识形态——这成了国内不少学者的理论共识。黑格尔说得好,当概念发展成为合适的概念,它就成为观念了。作为一种学术命名,不能仅仅描述某类特殊的现象以引起关注,更应预示方法论和学术视角的更新,或者暗示某种被忽略的隐蔽关系,以引起探讨。文学“审美意识形态”论克服了“非此即彼”的二元对立思维方式的片面性,体现了“多种意见可以并存,并且可以沟通”的“亦此亦彼”的对话思维。诚如有的论者所指出的,如果没有对经验事实的关注、现实的问题意识和严谨的学术态度,这种现代辩证思维是不可想象的。文学“审美反映”论与“审美意识形态”论是并存甚至相互为用的,它们都凸显了文学艺术的自主性诉求,在对“文革”时期文学政治工具论的反拨和批判的同时,赋予了知识分子的政治介入以特殊的合法性和权威性;这种文艺自主性诉求的提出与实现,与当时的公共领域有着紧密的联系,更准确地说,它借助了与当时进步的政治文化运动(即改革开放与“思想解放”运动)之间存在的相互支持关系,但其立场仍然牢牢地站立在马克思主义上面。所谓文学“审美意识形态”论的提出不过是“权宜之计”的指责,实为无稽之谈。事实上,正如童庆炳所指出的,文学“审美意识形态”论的提出,“是当代中国学人从马克思主义的社会结构理论出发,在总结了中国现代文学理论发展正反两方面经验之后,根据文学艺术的实际,用自己的心血所作出的一次理论创新”[3]。

二

“审美”是主体的情感评价。那么,主体在评价对象的时候,其审美的心理机制是怎样的呢?童庆炳感觉到研究现代文艺心理学是解决这个问题的必经途径。1986年他开始主持国家社会科学基金“七五”规划重点项目“文艺心理美学研究”。童庆炳和程正民带领陶东风、李春青、蒋原伦、黄卓越等首届硕士研究生13人进入了现代文艺心理学研究领域。

1989年,童庆炳开始为《文史知识》杂志撰写专栏文章,1989年的专栏为"心理美学散步",1990年的专栏为"中国古代心理诗学"。这些文艺心理学的研究成果运用现代审美心理学的观点阐释了中国古代文论和美学,在中西比较中得出了一些带有普适性的艺术理论观点。1992年,它们由中华书局结集为《中国古代心理诗学与美学》出版。1991年,童庆炳的心理美学专著《艺术创作与审美心理》列入"心理美学丛书"(共13部),由百花文艺出版社出版,其主编的论文集《艺术与人类心理》由北京十月文艺出版社出版。这两部书是对于文艺心理学研究的一次总结。1993年,"文艺心理学美学研究"的最终成果《现代心理美学》由中国社会科学出版社出版。这十五部书大大开拓和发展了曾经被冷落的文艺心理学这门学科。1997年,由童庆炳、程正民等人合作的著作《文学艺术与社会心理》由高等教育出版社出版。《文学艺术与社会心理》试图把文艺心理学与文艺社会学有机地统一起来,尝试以社会心理的视角观照文艺现象。2001年,童庆炳、程正民主编的《文艺心理学教程》由高等教育出版社出版,本书被列为"面向21世纪教材",它在吸收国内外文艺心理学领域研究新成果的基础上,比较完善地建立起了以体验为中心的文艺心理学体系。童庆炳的文艺心理学的研究是紧紧围绕文学的审美属性问题展开的,这些对于文学创作、接受之动态过程的微观研究,大大地支持与深化了他对于文学的本质一类宏观问题的认识与探究。

1995年,童庆炳发表论文《文艺社会学及其现代形态》,详细评析了文艺学的各种研究方法,提出了方法的"级位"问题,以为最高层的是哲学的方法,中间层是跨学科的方法,再下一层是具体学科的方法;前二者固然重要,但不能替代具体学科的方法,如文艺学自身的方法。[4]这一方法论问题的思考,扭转了长期以来以哲学解决文艺学问题的思维定势,为文艺学的学科独立性奠定了坚实的理论根据。依据童庆炳的推理,跨学科的方法虽然很重要,但它所处的"级位"却是第二级的,还只是一种外围研究。因此,心理学不能直接地揭示问题的特质,不能不加以改造地运用到文艺学中来。为此,童庆炳提出了"心理美学"的概念,将美的问题置于研究的中心位置,而与西方的文艺心理学区别开来。在童庆炳看来,心理美学研究的对象是审美主体在一切审美体验中的心理活动,其中既包括研究艺术美的创作和欣赏中的心理律动,也包括研究自然美和社会美中的心理活动轨迹;不过,由于艺术美是美的最高的和最集中的表现,所以,心理学美学研究的主要对象是艺术创作和接受活动中的审美心理机制。童庆炳强调指出，在心理美学研究中，最值得尊重的是艺术事实，而不是普通心理学原则；心理美学是美学而不是心理学，普通心理学的方法必须经过改造之后才能运用到美学研究中。因此，在现代心理学中凡符合艺术规律的观点和材料，或经过改造后符合艺术规律的观点和材料，都应该加以利用。

童庆炳在论证文学是一种人类活动时，首先将它看做心理活动并予以研究，贯穿其所有心理美学研究的一个主线则是他的辩证思维方法，具体表现为“将矛盾提升为原理”。在《艺术创作与审美心理》的“引言”里，童庆炳指出：“我在研究艺术家的创作心理机制的运动、变化和相互作用时，发现了一个普遍的现象，即艺术家诸种创作心理活动往往是矛盾的、相互冲突的：审美知觉既是无关功利的，又是有功利的，既是对现实的超越，又要受现实的制约；审美情感既是艺术家自我的情感，又是人类的情感概念，既是内容的情感，又是与之相对抗的形式的情感；审美想象既具有主观意向性，又具有客观逻辑性……这一对对的矛盾、冲突，起初使我困惑。”[5]童庆炳一直关注、探索着各种充满了“矛盾”、“冲突”的经验事实，这时，海森堡《严密自然科学基础近年老的变化》一书提出的“将矛盾提升为原理”的科学研究的重要原则瞬间“照亮”了他，进而力主一种“亦此亦彼”的研究态度和思维方法。童庆炳说：“我一直认为文艺学采用的思维方式应该是一种亦此亦彼的思维方式……但是过去人们都忽视这个，人们过去都是非此即彼、非彼即此这种思维；我是提倡亦此亦彼这种思维，就是说要发展不同的学派，发展不同理念的文学理论，发展不同的东西”；“不要认为只有哪一点是绝对正确的，哪一点是绝对错误的，实际上不是这样，一个正确的命题如果发展到极端，它就变成谬误；反过来，一个可能有毛病的问题，经过我们的完善，它就可能变成一种带有真理性的东西”。[6]童庆炳主张摈弃那种二元对立的思维方式，而注重对那些彼此矛盾、对立的因素进行整合以达到真理性的认识。陶东风说得好：“将矛盾本身作为研究的对象加以集中的关注，并且将之提升为原理，这样的学术研究显示了一种不以现成的、已成‘定论’的理论牺牲事实、宰割对象的学术立场。”[7]我们看到，童庆炳总是力图回到未被前人理论所“肢解”的原生态的经验事实及其复杂性和矛盾性，以此为起点，他研究了文学创作中的创作个性、创作动机、审美注意、审美知觉、审美情感、审美想象等问题，形成了对创作心理学的整体理解；他在研究诸如主体与客体、感性与理性、情感与认识、意识与无意识、内容与形式等复杂的矛盾现象时，总是特别注意并揭示出它们之间复杂的联系及“中介”问题，开拓出了不少崭新的阐释空间。

童庆炳在研究“文学艺术与社会心理”的课题中，特别关注到恩格斯晚年对历史唯物主义的理解。当时，来自资产阶级的哲学家有意地歪曲马克思的“基础和上层建筑关系”原理，认为马克思主张的是机械的经济决定论；而年轻的马克思主义信奉者则往往以简单的头脑把历史唯物主义看成是一个简单的公式，可以刻板地去套各种事实，而导致庸俗社会学的流行。这些使恩格斯感到很焦虑，在他晚年的许多书信里，他对历史唯物主义的基本原理作出了重要的补充，强调经济不是唯一的决定因素，还有经济与意识形态的交互作用，以及思想领域某些现象的“偶然性”问题和社会经济基础与上层建筑（特别是意识形态）之间诸多“中间环节”的重要性。黑格尔是较早提出“中介”理论的哲学家，在他那里，“一切都经过中介，连成一片。通过转化而联系的”（列宁《哲学笔记》），“中介”概念是黑格尔辩证法的核心观念。恩格斯继承了黑格尔的辩证法并加以改造，把马克思提出的社会结构理论完善化了，也为后人留下了一个可继续探究的理论空间。后来，普列汉诺夫提出“五项因素公式”，提出“社会心理”是社会经济基础和上层建筑之间的“中介”，这在很大程度上丰富了马克思和恩格斯的思想。对此，童庆炳仍然感到不满足，因为普列汉诺夫对何谓“社会心理”，社会心理为何会对文学艺术产生直接的作用语焉不详，而且，普列汉诺夫只注意到社会心理这些外部情况，对文学艺术内部是否也有中介没有作出必要的回答。童庆炳从普列汉诺夫止步的地方重新起步，认为社会经济基础和上层建筑之间有着一系列中介；就文学活动而言，从经济基础到作为上层建筑的意识形态之间，起码有两个重要中介——社会心理和艺术文体。这里，社会心理是指在特定的历史情境中自发形成的人们的社会性知觉、情绪、愿望、需要、兴趣、时尚等的总和，它呈现出原始性、群体性、易变性和无意识等基本特征；艺术文体则是指一定的艺术语言秩序所形成的文本体式，它折射出作家艺术家独特的个性特征、感觉方式、体验方式、思维方式、精神结构等，同时又折射出一定历史时期的社会心理、时代精神和文化传统等。童庆炳的理论要点在于：文学艺术既是他律的，社会心理作为一般中介不可排斥；同时，文学艺术又是自律的，体现文学艺术特征的艺术文体亦不可或缺。这样，在马克思的社会结构理论框架内，社会的经济状况经过社会心理这个一般中介，再经过艺术文体这个特殊的中介环节，文学艺术活动才得以实现；其中，社会心理是更为根本的东西,它在很大程度上制约着艺术文体及其变化。童庆炳指出:“艺术生产是社会的经济状况和作为意识形态的中间环节,这个中间环节具有生产——加工性,是人和人的心理能力的充分展开,人和人的心理是中间环节的关键,因此我们实际上可以把人的心理,人的社会心理作为经济状况与文学艺术之间的中介。人的心理,人的社会心理,就像一座桥梁,社会存在作用社会意识,或社会意识要反作用社会存在,经济作用文学艺术,或文学艺术要反作用经济,都要通过这座桥梁。”[8]他紧紧抓住文学的两个“中介”,由“艺术文体”导向“社会心理”,最终在文化语境和历史语境中还文学以本来的面貌。这样,既坚持了经济最终起决定作用的唯物主义前提,又有效地避免了庸俗社会学的局限。童庆炳的“二中介说”即“一般中介——社会心理和特殊中介——艺术文体”,是对于恩格斯和普列汉诺夫的重要补充,它对于文学活动区别于其他意识形态的特殊性,从宏观的视野作了精到的提示。

内容与形式是文艺学中一个最重要的二项对立,在相当长的一个历史时期,对于这一二项对立关系的论说基本上是哲学公式的简单套用,显得千篇一律。童庆炳摆脱了以往以一个中心为基础的二项对立的思维模式,力图在内容与形式的辩证矛盾运动中思考这一重要的文论命题。1990年,童庆炳发表《美在内容与形式的交涉部》,提出了著名的“形式征服内容”的观点,引起了学界的关注;1991年,又发表《论文学作品内容与形式的辩证矛盾》、《艺术作品内容与形式辩证矛盾的心理学内涵》,继续阐明“形式征服内容”的观点。童庆炳从文学的审美特性切入,深刻揭示了文学作品中的动态的美学关系。他在文学的内容与形式之间找到了一个重要的“中介”概念——题材;它是尚未经过深度艺术加工的材料,只是内容的坯料而非内容本身:“作品的内容是经过深度艺术加工的题材,以语言体式为中心的形式则是对题材进行深度加工的独特方式。一定的题材经过某种独特方式(形式)是深度加工就转化为艺术作品的内容。”童庆炳强调,在任何一个作家所选定的题材中,都会有内在的逻辑,即来自生活的固有逻辑和来自作家主体的情感逻辑,这种内在的逻辑吁求形式对它作出与之匹配的呼应,从而充分地艺术地表现这种题材,把它转化成真正富于艺术魅力的内容。用童庆炳的话说:“在艺术中,内容所激发的情感与形式所引起的情感,其流向往往是相反的。而审美情感是形式情感对内容情感的征服。即艺术内容无论多么平淡无味,或多么悲惨压抑,一经情感流向与之相反的艺术形式的表现,内容情感转化为快感,痛感转化为愉悦感”[9]；“艺术中内容与形式的有机的和谐和统一，审美情感的生成，艺术世界的建立，并不是在内容与形式的简单的静态的相互适应中达到的，恰恰相反，是在题材与形式的动态的辩证矛盾运动中达到的”。简言之，“题材吁求形式，形式征服题材”。随后，童庆炳还从韵律对于艺术内容的克服、诗情方式对于艺术内容的克服、幽默方式对于艺术内容的克服、古雅方式对于艺术内容的克服等，并通过大量的具体作品作了详尽的分析。形式主义与历史主义的对峙，曾是20世纪文学理论一个最重要的历史特征。近三十年来，双方都发生了根本的变化，呈现出某种融合的趋向。正如罗钢所指出的，在这种国际学术背景下，童庆炳对内容与形式关系的探索，不仅符合国际学术发展的整体趋向，也代表着中国学者在这一领域的一种独特思考和贡献；童庆炳在文学创造内部的辩证矛盾运动中，找到了把握内容与形式关系的新的认识和表述方式。无论是文学活动“二中介”说，还是“内容与形式的相互征服”说，童庆炳都表现出了对于文学形式的高度重视，这一观念上的转向，为其“文体研究”铺设了一条直达的通道。

1993年，童庆炳展开了关于文学文体学的研究。1994年，其专著《文体与文体的创造》由云南人民出版社出版，这是国内第一部探讨文学文体学的专著，曾获教育部人文社会科学著作奖，影响广泛。其“导言”主要点明文体研究的当下意义；第一章“沿波讨源”地回溯中西方文体观的演变史，梳理、概括其中思辨之精髓；第二章在解剖历史的基础上，沦肌浃髓地论述了文体作为系统的表层征象和深层因子。人们通常笼统、粗糙地把文体理解为文学体裁，而童庆炳认为文体这个概念涉及面很广，十分复杂。他指出，英文“style”这个词，可以根据具体情况翻译成文体、语体、风格、文笔、笔性、笔致等等；文体是指一定的话语秩序所形成的文本体式，它属于形式问题，这形式是内容的形式，因此，形成文本内容的作家的资禀、气质、性格、思想、情感、愿望、理想等一切条件，以及相关的文化传统、现实生活的一切实在，都直接或间接地、或强或弱地制约着文体。文体折射着一切主、客观因素，同时又受制于这一切主、客观因素，只有将文体视为一个系统，从不同的层面作纵深的探讨方可加以把握。从文体的呈现层面看，文体是指文本独特的话语秩序、话语规范和话语特征，它们又通过相互联系又相互区别的三个范畴体现出来，即体裁（不同文学类型的体式规范）、语体（语言的体式，即用以体现文学的体裁并与特定体裁相匹配的文学语言）和风格（引发读者持久审美享受的、作家创作个性在作品的有机整体中所显现出来的基本特色）。童庆炳还把文体与其相关的主、客观情况相联系、连结起来考察，特别考察了文体形成的社会历史文化原因。童庆炳对于文体的三层面界说令人耳目一新，是迄今文学文体学最完善的理论，它开拓出了一个崭新的问题域，对于我们理解文学文体问题，具有重要意义。第三章从作家的心理素质、语言的特点及秩序、读者的二度创造三个层面，讨论了文体功能的特殊发生。第四章则以文体的创造为核心凸现文体的践履意义。童庆炳在胪列了各种文体创造观念之后，笔力饱满地讨论了文体所关涉的内容与形式的辩证运动，最后立足于心理学的立场逼视文体最具体的内在矛盾，即一方面是形式征服题材——审美情感生成——文体生成，另一方面则是题材超越形式——审美情感消失——文体消解。这一精到的剖析，让人确信文体之于创造乃至接受都具有不容忽视的品格。《文体与文体的创造》从历史到问题、从构成到功能、从类型到文化、从观念到实践，系统、全方位地考察了文学文体问题，其体系完备而又有开放的态势，从容斟酌中时有令人击节的见地，加深了人们心中原本就有的对语言的敬畏感。

三

20世纪90年代中后期，建设中国现代文学理论应该寻找什么资料，成为文论界关心的问题。童庆炳的学术领域重心开始移向中国古代文论研究。实际上，古代文学一直是童庆炳十分喜爱并广泛了解的一个领域。早在1963年，童庆炳就发表了其学术研究的处女作《论高鹗续〈红楼梦〉的功过》这篇论文，在学界受到广泛注意；1980年，童庆炳又发表了论文《曹雪芹的艺术观念》；1992年，又出版专著《中国古代心理诗学与美学》——这些都为其古代文论的现代转化研究作了非常充分的知识准备。1994年起连续十四年为博士研究生开设了《文心雕龙》的专题课，指导博士生研究古代文论。1996年，钱中文提出了“中国古代文论的现代转换”命题，引起了学界热烈的讨论。当时，童庆炳正在韩国高丽大学任教，他认为这个话题是有意义的，回国后也参与了这一问题的探究。不过，他主张“转化”而不是“转换”，因为，古代文论相对今天来说，毕竟是独立的，有自己的本质规定性，必然有着相对僵硬的形式和体系；要想通过某种外力来“转换”，把它变成新东西，显然不合适，也不可能。童庆炳说：“我不太同意用‘转换’这个词，我喜欢要‘转化’这个词；古代文论不可能'转换'成现代文论,但古代文论可以融化、转化到现代形态的文论中来。"[10]在这种前瞻性视野下,童庆炳认定中华古代文论是建设现代文论的重要资源之一。从90年代初开始,他一直从事中西文论的对话、互释和"转化"工作,发表了一系列"龙学"论文[11];童庆炳"龙学"研究的特点是专攻"范畴",在古今中西比较上用力,力求揭示这些"范畴"的现代意义,其论说多发前人所未发。2001年,童庆炳出版专著《中国古代文论的现代意义》(北京师范大学出版社)。全书分上中下三篇,上篇论列了中国古代儒、道、释文论异同及其文化蕴含,中国古代文论基本范畴及其民族文化个性;中篇以文论家理论的"原创性"为尺度,选取、读解了孔子、孟子、庄子、陆机、刘勰、钟嵘、司空图、严羽、李贽、王国维十大家的文论内涵及其现代意义;下篇主要讨论中国古代文论与中国现当代文论的关系,指出借鉴古代文论是中国现代文论建设的必由之路。2002年,童庆炳独立撰写的《现代学术视野中的中华古代文论》(署名童庆炳、谢世涯、郭淑云)由北京出版社出版;此外,还发表了《中华古代文论研究的现代视野》、《再论中华古代文论研究的现代视野》、《三论中华古代文论研究的现代视野》和《文艺学创新:以20世纪中国现代传统为起点》等系列论文。

面对强大的中国古人创造的传统文化和外国人所创造的西方文化,中国现代的学者是极易失去自己声音的。如果缺少必要的精神支撑,便会直不起腰而东倒西歪。鲁迅先生当年就力主"以自己为主"、"自己裁判"和"自立其则",唯有如此,才能摆脱"被描写"的命运,走出一条现代中国人的、自己的学术创造之路;倘若缺乏了自强自力,缺乏了现代思想——包括思想方式、情感方式与心理素质——只"不过敬谨接受",那就会形成双重"桎梏",最终窒息了自己。童庆炳研究中国古代文论,主要基于建设属于中国自己的文学理论的思虑。他深刻认识到,在经过十余年的西方现代文论的引进之后,人们终于觉悟到它们不过是西方文化的产物,一味地照搬照抄是不可取的;中国文学理论新形态的建设必须以"我"为主,如何继承中国古代文论显得十分重要。童庆炳认为,古代文论是一个伸展开来的传统,而传统作为一个民族的"经历物",是永远不会消失的,它不仅体现在"物"的方面,而且凝结于观念和制度之中,并以无意识的状态深藏于人们的心里。要承继中华文化传统,包括要承继中华文论传统,就要对传统文化进行诠释(解释、阐释)。诠释是继承与革新中华古代文论的必由之路。许多事实表明,中华古代文论中实际上有很多可贵的东西尚处于沉睡中,需要通过阐释来激活它们,并与西方现代文论打通。"中西贯通"不只是对某个人的学术成就的赞美之词,更是学术研究方法论上的一条基本原则。童庆炳强调指出,在诠释中华文论著作中提出的观念、体系时,我们必须克服两种倾向:其一,"返回原本",它多承乾嘉饾饤考订之余弊,这种致力于古代文论的校勘、训诂一类"文物考古式"的研究,把古代文论仅仅当做一个死的东西来对待;这一训诂工作的意义是很有限的,还没有进入真正的研究的层次;其二,"过度阐释",即将中国古代文论纳入西方文论的逻辑框架,把中国古代文论作为论证西方文论的资料,这种现代阐释实则消解了中国古代文论原有的、精微的民族个性。

在中国古代文论的原始资料面前,最难以阐释的是它的概念、术语和说法的复杂性,怎样从学理上清理这些言人人殊的概念和范畴呢?童庆炳提出了古代文论研究的"三项原则":其一,历史优先原则,这就是要尊重历史史实的本来面貌,对它作真实性的把握;研究古代文论,必须放置到历史文化语境中去考察,让它们从历史的尘封中苏醒过来,以鲜活的样式呈现在我们的眼前,变成可以被人理解的思想。其二,"互为主体"的对话原则。西方文论是一个主体,中国古代文论也是一个主体,要取得一个合理的结论,需要两个主体互为参照系进行平等的对话,盲目的本土主义是不足取的。其三,逻辑自洽原则。中西文论对话是有目的的,不是为对话而对话,而是为了达到古今贯通、中西汇流,让中国古代文论焕发出青春活力,实现现代转化,自然地加入到中国现代形态的文学理论体系之中去。这里的"逻辑"不仅是形式逻辑,更是辩证逻辑;所谓"自洽",就是指我们所论的问题,无论是以西释中,还是以中证西,或中西互证互释,都必须"自圆其说",实现古今学理的贯通、融洽。关于古代文论研究的方法论问题,罗根泽、郭绍虞诸先生也有过不少阐述,但他们偏重于如何掌握历史的真实性问题;童庆炳提出的"三项原则",视野开阔,融入了现代意识,不仅增加了对历史复杂性、多层性的认识,还引入了主体研究的一种新的目标——创建中国自己的文学力量,从而超越了罗根泽提出的对"求真"与"求好"这对范畴关系的解释。

除了确定古代文论研究的三原则,童庆炳还开创了一种"中西互证、古今沟通"的阐释方法。在与黄药眠共同主编的《中西比较诗学体系》(人民文学出版社,1991 年)的"后记"里,童庆炳认为:"继五四之后,中西两种文艺思想的再次交汇、碰撞是历史的必然,而在这种交汇、碰撞中我们要作出什么样的抉择,就是时代向我们提出的一个迫切而困难的问题。为了回答这个问题,我们就必须对中国和西方的、在完全不同文化背景下产生的两种异中有同、同中有异的诗学进行比较研究。只有在比较中,祖国传统诗学的精华才会显露出来,我们才会认识到抛弃传统照搬西方是不明智的。”还明确指出:“中西文化之间,传统与现代之间,不是谁取代谁的问题,而应该是‘对话’问题”;“中西对话、古今对话是实现新的形态的文艺理论建设的基本途径”;“对话不是简单地对比,更不是简单类比它们的相同方面”。[12]钱锺书在1942年写就的《谈艺录·序》中有云:“东海西海,心理攸同;南学北学,学术未裂。”[13]童庆炳正是在对古与今、中与西的“心理攸同”有着深刻的认知与发现的基础上,找到了一把打开中国古代文论的“钥匙”,那就是“将现代心理科学知识引进了古代文论研究领域,从人的心理层次观照、诠释某些观念范畴的生成、扩散、延伸与发展”,而得以前往古人心灵深处探幽索微,深入了古代文论之堂奥。[14]

在运用新方法、新观点探究中国古代文论的过程中,童庆炳主要有两个层面的创获:一是确切解释了一系列悬而未决的问题,而激活了中国古代文论传统;一是从中国古代文论中剔抉出了现代意义。如,童庆炳借用“格式塔心理学”的观察视角,揭示“气”、“神”、“韵”、“境”、“味”的共同特点,即它们所指范畴内涵都对具体作品中的具体情感、景物具有超越性,既存于言、象、义之内,又超越于言、象、义之外;它们都不是艺术作品中的某种元素,而是弥散于整个作品上的一种“整体质”,即“格式塔质”。同时,童庆炳又认识到,“气”、“神”、“韵”、“境”、“味”这类范畴与“格式塔质”又有所不同,后者乃由知觉经验整合而成,而前者则蕴含着更为深刻的生命体验,是中国传统文化特征之显现;继而从中离析出民族文化个性在文论观念形态上的体现(如,“天人合一”的整体思维方式、崇“无”观念等),又从自然环境和经济发展角度,剖析了民族文化个性与农业文明、家邦制度的血缘关系。又如,受到黑格尔“意蕴”说的启发,童庆炳指出《文心雕龙·风骨》是“从内质美的角度,对‘情’与‘辞’作出的规定”。其中,“风”是指文学作品所表达情感的内质美,其特点是“有生气、清新、爽朗和动人”;而“骨”是指作品文辞的内质美,其特点是“有力量、劲健、挺拔和精约”;“‘风’和‘骨’都是人内在的真实生命喷发出来的打动人的力量”。童庆炳还借用西方心理学的“物理境”与“心理境”理论,深入细致地分析了《文心雕龙·物色》中的“随物宛转、与心徘徊”说;借用皮亚杰的发生认识论,对叶燮"才、胆、识、力"的诗人心理结构描述进行探究;借助西方艺术直觉理论,对"即景会心"说予以现代解读……童庆炳这种"中西互证、古今沟通"的"对话"式研究,使被诠释对象的内涵更加清晰、更加准确地呈现出来;这些独到、精辟、全新的阐释,使古代文论中至今仍有价值的部分进入了现代学术话语系统,从而获得了新的功能意义或现代价值。有学者鞭辟入里地指出,童庆炳的这种比较研究方法,"是以深厚的学养为前提的,确切地说,是建基于对中西文学理论的系统了解,特别是对文学独特审美规律的深入把握之上的。由于真正把握了文学独特的审美规律,因此,当他面对某种古代文学观念、范畴时,才能广采博取,以现代概念予以阐释。共同或相近的文学审美规律构成了中西、古今文学理论之深层相通性,而对这种审美规律的深刻理解就成为童先生这种比较研究方法所以可行、有效的前提"[15]。在全球文化交流与融合中,如何保持中国文化自身的独立品格和特色,童庆炳的中国古代文论现代转化的研究给了我们很好的启示。

四

新时期以来,童庆炳在各阶段所提出的诸多学说,都内化到了中国文学理论当代形态的生成机制与体系建构之中,并上升成为文学理论的基本原理。在世纪之交,童庆炳又开拓了崭新的学术探索空间,鲜明地亮出"文化诗学"的旗帜,并开始了扎实的研究工作。1999 年始,童庆炳发表了《文化诗学是可能的》、《文化诗学的学术空间》、《文化诗学刍议》、《植根于现实土壤的"文化诗学"》等一系列论文,"文化诗学"的理论构想趋于成熟。童庆炳对"文化诗学"的研究和推导不是务虚,而是极其务本的,其主编的"文化与诗学丛书"(北京大学出版社出版)包罗了古今中外的诸多论题,从现已出版发行的著述来看,都是铢积寸累、足踏实地的研究力作。

"文化诗学"的提出并非空穴来风,而是有一个学术理论背景的,是童庆炳在中国文学理论总体发展的框架中思考的结果。根据童庆炳的归纳,新时期以来的文学理论经历了四次较大的变化和转折,走出了一条由"向内转"到"向外转"的逻辑线索:第一,80 年代初,针对"文学从属于政治",学界相继提出了文学"审美特征论"、"审美意识形态论",完成了"审美的转向";第二,80 年代中期,针对文学反映论,学界提出了"文学主体论”，随后以文艺心理学或现代审美心理学的形式发展，取得了可观的成绩；第三，80年代后期到90年代初，受西方“语言论转向”的影响，许多学者开始了对文学的本体研究，一批文学语言问题的研究、文学形式问题的研究新意迭出，突破了此前语言工具论的研究模式；第四，90年代初、中期，随着中国现实情境的转换、市场经济的发展，针对许多现实文化存在状况中的紧迫问题（如“拜金主义”、“拜物主义”的流行），人文关怀的感性吁求逐渐形成“文化转向”。[16] 童庆炳认为在这“文化转向”中风行一时的“文化研究”是有价值的，但他把它定位为“文化社会学”研究，而非文论研究。

一般说来，“文化研究”主要指1950年代从传统的英国文学学科中逐渐发展起来的一股潮流，其先驱者是威廉斯和霍加特。后者于1964年在英国伯明翰大学创办了“当代文化研究中心”，该中心以马克思政治经济学原理为基础，注重大众阐释，关注文化媒体与大众文化的关系，进行了一系列迥异于传统文学批评的研究。目前盛行的，是以后现代理论为指导的跨学科文化研究，它涉及电视、电影、出版业、新闻传播业、互联网、政治经济学、哲学、历史、文学、心理学、人类学、社会学、美学等等；正如美国学者道格拉斯·凯尔纳（Doouglas Kellner）所指出的，它体现了从国家垄断资本主义时代向后福特主义社会转型的历史特点，即跨国化与全球化的资本主义时代，大量的媒介文化、后现代主义建筑、购物中心及后现代奇景成为技术资本主义新阶段的推动者和殿堂。当这种“文化研究”从西方引入成为一种思潮，并一跃成为当今理论界的“显学”，向传统的文学研究领域强力渗透，“文学”基本上就从其视野中淡出乃至消失了。比如，谢冕和孟繁华主编的“百年中国文学总系”的11本著作就有一个共同趋向，即对文学现象、文学运动、文学环境、文学生产的关注远远超过了作家与文本。[17] 为此，童庆炳忧心忡忡地指出：“目前文化研究的对象已经从大众文化批评、女权主义批评、后殖民主义批评等进一步蔓延到去解读小轿车热、去解读网络热、去解读性爱等等，解读的文本似乎越来越离开文学文本，越来越成为一种无诗意或反诗意的社会学批评，像这样发展下去文化研究岂不是要与文学和文学理论‘脱钩’？”[18]“更重要的是，在文化研究向所谓的‘日常生活审美化’蜕变之后，这种批评不但不是去制约消费主义，反而是为消费主义推波助澜……这样发展下去，文化研究必然就不仅要跟文学、艺术和文学艺术理论脱钩，而且成为新的资产阶级制造舆论的工具，成为新的资产阶级的附庸。”[19]

新时期以来,经过无数学者的辛勤耕耘,中国的文学理论研究已然建立起了一个文学理念和学术传统,那就是对于文学审美特性的修复、开掘与呵护。童庆炳语重心长地说:"我们大可不必走西方那种以一种方法取代另一种方法的路子。文学理论的建设应该是累积性的。"[20]因此,他不满意"文化研究"的"反诗意",不满意中国的"文化研究"一味照搬西方文化研究的问题,缺乏中国自身的问题意识,不满意当下的文学研究只把文学作品当做例证以说明某个社会学问题,而置文学作品本身的精粗优劣于不顾,于是提出了"文化诗学"这一文学批评方法论,力图对于文学理论的"内部研究"和"外部研究"作出一种综合,实现超越。简言之,"文化诗学"属于集内部研究与外部研究于一身的"综合研究"。[21]显而易见,"文化诗学"的理论构想,是童庆炳对中国当代文学理论走向的清醒判断和理性选择。作为对现实生活的一种积极回应,童庆炳的"文化诗学"有两大旨趣。

其一,"文化诗学"首先是一种"诗学",是审美的文学理论,它主张诗情画意;它的对象必须是文学艺术作品,不是那种流行的带有消费主义倾向的大众文化产品,不是"日常生活的审美化"。审美不是小事情,它实际上是一个关系到人的建设的大问题。在诗情画意的背后,是对人性的完整性的渴望和对人的深层意义的追问。在童庆炳看来,审美是文学的家园,也是人类最后的家园。因此,"文学批评的第一要务是确定对象美学上的优点,如果对象经不住美学的检验的话,就值不得进行历史文化的批评了"[22]。让"文化诗学"具有一种"审美性品格",是一次合情合理的选择;守住这条底线,"既意味着对人类家园的守望,也意味着从事'文化诗学'研究的学人能够不断地获得一种激情与冲动,在清醒冷峻中拥有一种诗意的目光。这样,在文学理论获得了自身的立足点之后,文学理论的研究主体也能够获得自身的立足点"。[23]

其二,"文化诗学"主张双向拓展。所谓"双向拓展",一方面是向微观的文本细读拓展,另一方面是向宏观的文化视阈拓展。就文化的视阈说,要从宏观的文化角度来把握作品和评论作品:"文学是诗情画意的,但我们又说文学是文化的。诗情画意的文学本身包含了神话、宗教、历史、科学、伦理、道德、政治、哲学等文化含蕴。在优秀的文学作品中,诗情画意与文化含蕴是融为一体的,不能分离的。中国的文化研究应该而且可以放开视野,从文学的诗情画意和文化含蕴的结合部来开拓文学理论的园地。"[24]"文化诗学"对文学的研究,既不抛弃对作品的语言研究,更不抛弃对作品的审美特性的研究,而是要在语言的分析、审美的评析的基础上,再加上一个文化的视角;这样,研究的视野就更加开阔了。[25]

由此可见,作为文学批评的一种范式或方法,童庆炳提出的"文化诗学"有着审美、文化和文本三个维度,其中,审美的批评维度尤为重要;因为,文学作品其生命的魅力,就在于"诗情画意"这一审美特征。它不仅针对"走火入魔"的"反诗意"的"文化研究"而发,也是传承了新时期以来中国文学理论研究和成果积累的必然结果。因此,童庆炳的"文化诗学"有别于游离于大众审美文化与社会政治话语之间的新历史主义文化诗学(cultural poetics of New Historicism),这种差异不仅来自语言的表述和研究的对象,而且来自审美的观念和理论的追求。童庆炳的"文化诗学"是深深植根于中国自身的社会现实问题与文化历史语境中,由中国学人自己创建的一种文学批评范式,有学者将它命名为"新审美主义文化诗学"(cultural poetics of New Aestheticism),可谓一语中的。[26]

童庆炳坦言,自己所倡导的"文化诗学"研究有三个基本诉求:[27]

第一,"文化诗学"是对文学艺术的现实的反思,它关怀文学的现实的存在状况,紧紧扣住经济的市场化、产业化以及全球化折射在文学艺术中出现的问题,并加以深刻的揭示。"文化诗学"的现实性品格是它的生命力所在。

童庆炳曾经指出,"文化诗学"应该、也必须"对现实社会文化问题进行正面研究",为此,他提出了与现实密切相关的八大问题,它们分别是古今问题、中西问题、中西部问题、性别问题、精英文化与大众文化的问题、商业文化与主流文化问题、自然环境的保护问题、法与权问题。[28]童庆炳提出,当代文学艺术应该有自己独特的价值追求,这就是历史理性和人文精神这二者之间的一种张力;我们要从优秀的作品里面发掘出深度的人文精神和历史理性,以此来回应这些现实问题,提升人们的精神。1996年,童庆炳发表了论文《人文主义的历史维度和历史主义的人文维度》;1998年,童庆炳与陶东风合作,发表了论文《人文关怀与历史理性的缺失——"新现实主义"小说的再评价》;1999年,他又发表了论文《历史——人文之间的张力》、《在历史与人文之间徘徊——中国当代文学创作的精神价值取向》等。在这一系列论文里,童庆炳反复表明,历史主义要有人文的维度,人文主义要有历史的维度。在他看来,作家和艺术家是在人的情感园地里工作的,他们跟社会学家、经济学家、企业家的文化价值取向有所区别。后者可能更关心的是社会经济的发展,强调一种历史理性,为此可以牺牲一些人文的东西,付出一些人文的代价。作家和艺术家则不然,他们伸出双手,既要历史理性,肯定历史发展是不以人的意志为转移的,而且对人类的生存是有益的,物质的发展可以而且应成为发扬人文精神的基础和依托;与此同时也要人文关怀,肯定人性、人情和人道以及人的感情、灵性、诗性对人的生存的极端重要性。当历史理性与人文关怀陷入悖反之际,不要在这两者之间进行选择,不要在"葡萄园"和"现代矿井"之间进行选择,而是"鱼"与"熊掌"都要兼得,采取亦此亦彼的立场,真实地展现这个悖论的存在,而在历史理性与人文关怀之间保持"张力"——这是作家、艺术家的诗性生存方式所使然。童庆炳说:"人文主义、历史理性都应该成为艺术的批评标准,不能再用过去的那种僵硬的政治律条作为批评标准。我们提倡人文主义和历史理性作为批评的尺度都要兼备……这种批评作品的尺度就是深度的文化精神。"[29]童庆炳的"历史——人文张力"说,成功地整合了原本互相对立、非此即彼的两种创作模式,二者在"对立统一"的相互抗争和彼此征服中达到了一个更高的质的规定,为作家创作出优秀的艺术作品提供了理论指导。

第二,文学艺术不可能是完全封闭的一种系统,文学艺术的研究与批评,需要文学艺术之外的参照系。"文化诗学"要向宏观的文化的视角拓展,考虑文学艺术与其他文化形态——如,语言、神话、宗教、科学、历史、政治、哲学、伦理、道德、教育、民俗等——之间的互动,要研究这种互动的关系。跨学科的批评方法,不仅是美学的批评方法,也是语言学的批评方法,同时也是文化学的批评方法,还是社会学的批评方法,它能够全面地揭示文学作品的各方面,帮助我们发现文学艺术作品的新的意义。

近年来,童庆炳一直思考着历史题材的创作问题,提出历史题材的创作存在三个向度的问题:其一,历史的向度,即历史观的问题。作家必须把握历史发展的大趋势和总趋势,把所写的历史人物、事件放到历史发展的总趋势中去考虑,而不是孤立地加以描写。其二,艺术的向度。文学是一种文化,历史也是一种文化,彼此之间可以相互渗透,形成一种互动关系。历史题材的创作是文学创作,属于一种审美文化,是作家对历史的"诗意情感评价";历史题材的创作不提供真实的历史知识,只提供所选定的历史框架、历史时限的真实的艺术形象,它的主要功能是审美欣赏。其三,时代的向度。历史题材的创作不是对历史的复制,作家必须以时代的眼光去观照历史,从中发现时代的精神,并以生动的形象体现时代的精神。历史都是昨天的,但作家的眼光却是现代的。以现代的眼光去发现昨天的历史，所发现的精神是与我们今天时代的需要息息相关的。让读者似乎从历史中看到了现实，看到了现实的需要，看到了现实的矛盾或生活的缺失，而不能不产生种种现实的联想。总之，真实、好看、有意味，构成了历史题材作品审美效应的全部。[30]在童庆炳看来，历史有三个“级位”：“历史 1”是原本客观存在的真实的历史存在，“历史 2”是经过历史学家主观评价过的历史知识形式（史书），“历史 3”是文学艺术家加工过的历史真实。对于历史小说家、剧作家来说，“历史 1”往往是不可追寻的，历史题材的文学创作主要从“历史 2”开始，但不能原样照搬，需要进行去伪存真、去粗取精的辨析工作，其中关键是艺术想象，即“合情合理”的深度“艺术加工”。童庆炳同时指出，“历史 1”虽然难以完整复原，但它仍是历史小说和历史剧真正的生活源泉，其中可能还有若干历史碎片，某个历史时间的地理环境之实地考察和勘探、考古的实物发现，仍然是必要的。[31]童庆炳还提出了历史文学作品由表及里的三层面说：其一，历史文学不是写历史，而是要以历史文本所提供的事实为依托，按照历史文学家的艺术评价，在历史框架和时限中重建完整的历史世界。其二，历史文学重建历史世界，其根据是针对现实中的问题，把握和发扬历史精神，即反映人民的利益、希望、愿望和理想的精神，深幽、隐微、曲折地隐喻现实世界，赋予历史以新的意义，使其营构的艺术世界更有氛围、情调和韵味。其三，作为一种诗性的活动，历史文学的创作不能停留在对历史的重建，不能停留在对现实的隐喻上，还必须有“历史的兴趣”，即通过历史场景的描写自然延伸到人生“哲学意味”的呈现，从作品的整体中透露出对人生真谛可言不可言、可道不可道的状态。[32]

童庆炳上述对于历史题材创作问题的研究，是“文化诗学”在实践层面的进一步延伸。童庆炳正是在大历史观、审美意识和现实关怀三种力量的相互指涉、彼此照应中，动态地把握住了文学与历史之间的互动关系，使其形成了一种思考的张力，思想随之走向了精微和深邃。

第三，“文化诗学”必须通过对作品的细读，以揭示文学作品的文化内涵，提炼出文化精神来。那么，怎样对作品进行细读呢？在“文化研究”中，西方学者提出了“品质阅读”和“价值阅读”。“品质阅读”主要从文本的语言角度切入，通过对文本的细读衡量作品艺术性的高低。语言是一种手段，同时又是一种生活，语言与生活是同一的。当生活中出现新的词汇时，就意味着一种新的生活开始了。与以往的文艺社会学不同，“文化诗学”不仅仅就作品的内容来抽象地谈作品的思想感情，它还十分重视向微观的语言分析拓展，通过文本语言的分析来揭示意义。"价值阅读"主要是揭示作品所隐含的文化意义，如果我们从文化角度对作品进行"价值阅读"，就能从作品里面发现很多鲜东西。为此，"文化诗学"要求通过对历史资料的掌握，重建历史文化语境，再将作品放到这一历史文化语境中去解读，这样才能真正把握到作品的文化内涵。"文化诗学"必须将内部研究即对文学作品语言、结构的研究，与外部研究即文学作品所表现的社会历史方面的研究贯通起来，或者说超越内部研究和外部研究。

童庆炳的"文化诗学"的研究借用"文化研究"的思路与方法，极大地拓宽了文学研究的视野。"文化诗学"作为一种文学理论的新形态，必将推进我们时代的文学理论和批评，为文学的发展作出贡献。

从20世纪70年代末至21世纪初，作为新时期以来中国审美论文艺学研究的集大成者，童庆炳从不画地为牢、故步自封、裹足不前，也不屑于生吞活剥外来理论，而是在反刍消化后进行兼收并蓄与中西会通式的移植和发展，提出了上述诸多富于创见的文学新说。可以说，他的学术研究抵达了人们心向往之的、但丁在《神曲》中所推求的一种知识境界——实际上，这也是文艺学的发展境界：

> 我们的知识不能有饱足的时候。
> 像萌芽一样，
> 在一个真理足下又生出一个疑问，
> 真理与疑问互为滋养，
> 自然一步一步地把我们推向绝顶。

（作者单位：中国社会科学院文学研究所）

注 释

〔1〕 赵勇编：《在历史与人文之间徘徊——童庆炳文学专题论集》，北京师范大学出版社，2007年，第32页。

〔2〕 同上书，第34页。

〔3〕 同上书，第108页。

〔4〕 童庆炳：《文艺社会学及其现代形态》，《文学评论》1995年第3期。

〔5〕 童庆炳：《艺术创作与审美心理·引言》，百花文艺出版社，1992年，第3—4页。

〔6〕 童庆炳、刘洪涛:《关于文学理论、文艺学学科的若干思考》,《文艺理论研究》2002年第4期。
〔7〕 陶东风:《将矛盾提升为原理——谈童庆炳的心理美学研究》,《文艺争鸣》1998年第1期。
〔8〕 童庆炳:《恩格斯晚年的声音与马克思早期"艺术生产"论》,见赵勇编:《在历史与人文之间徘徊——童庆炳文学专题论集》,第167页。
〔9〕 童庆炳:《艺术创作与审美心理》,第212页。
〔10〕 童庆炳:《中国古代文论的现代意义》,北京师范大学出版社,2003年第二版,第3页。
〔11〕 可参阅童庆炳:《童庆炳谈〈文心雕龙〉》,河南大学出版社,2008年版。
〔12〕 童庆炳:《对话——重建新文化形态的战略》,《北京师范大学学报》1994年第4期。
〔13〕 钱锺书:《谈艺录·序》,中华书局,1984年,第1页。
〔14〕 陈良运:《找到打开中国古代文论的一把钥匙——从童庆炳〈中国古代文论的现代意义〉说》,《东疆学刊》2002年第3期。
〔15〕 李春青:《中西互证 古今沟通——谈童庆炳的中国文论研究》,《文艺争鸣》1998年第1期。
〔16〕 童庆炳:《植根于现实土壤的"文化诗学"》,《文学评论》2001年第6期。
〔17〕 参阅洪子诚:《问题与方法:中国当代文学史研究讲稿》,三联书店,2002年,第11—14页。
〔18〕 童庆炳:《植根于现实土壤的"文化诗学"》,《文学评论》2001年第6期。
〔19〕 童庆炳:《美学与当代文化讲演录》,广西师范大学出版社,2007年,第221页。
〔20〕 童庆炳:《文化与诗学丛书·总序》,北京师范大学出版社,2001年。
〔21〕 童庆炳:《美学与当代文化讲演录》,第217页。
〔22〕 童庆炳:《文化与诗学丛书·总序》。
〔23〕 赵勇:《"文化诗学"的两个轮子——论童庆炳的"文化诗学"构想》,《江西社会科学》2004年第6期。
〔24〕 童庆炳:《文化与诗学丛书·总序》。
〔25〕 童庆炳:《美学与当代文化讲演录》,第222页。
〔26〕 参阅王柯平:《挪用与建构中的文化诗学》,见李春青编:《手握青苹果——童庆炳教授七十华诞学术纪念集》,广西师范大学出版社,2005年,第144页。
〔27〕 参阅童庆炳:《植根于现实土壤的"文化诗学"》,《文学评论》2001年第6期。
〔28〕 童庆炳:《新理性精神与文化诗学》,《东南学术》2002年第2期。
〔29〕 童庆炳:《美学与当代文化讲演录》,第227页。
〔30〕 童庆炳:《历史题材创作三向度》,《文学评论》2004年第3期。
〔31〕 童庆炳:《"历史3"——历史题材文学创作的历史真实》,《人文杂志》2005年

第 5 期。
〔32〕 童庆炳:《重建 · 隐喻 · 哲学意味——历史文学作品三层面》,见赵勇编:《在历史与人文之间徘徊——童庆炳文学专题论集》,第 391—400 页。

对话与访谈

人文关切与生态批评的"第二波"浪潮

——劳伦斯·布依尔访谈录

生安锋

编者按:受本刊主编委托,生安锋博士利用在美国哈佛大学访学的机会,对当代著名生态批评理论家劳伦斯·布依尔(Lawrence Buell)作了访谈。布依尔是哈佛大学英美文学语言系包维尔·M.凯博特讲座教授,精研美国战前文学,是当代生态批评的先驱,2008年当选为美国艺术与科学院院士,其学术著作曾获得多种奖项如"沃伦书奖"和"凯渥尔蒂奖"等。布依尔先后求学于普林斯顿大学和康奈尔大学,1990年开始供职于哈佛大学至今,曾担任哈佛大学本科教学部主任和英文系主任等职。主要著作包括:《文学超验主义》(*Literary Transcendentalism*, 1973)、《新英格兰文学文化》(*New England Literary Culture*, 1986)、《环境想象》(*The Environmental Imagination: Thoreau, Nature Writing, and the Formation of American Culture*, 1995)、《为濒危的世界书写》(*Writing for an Endangered World: Literature, Culture, and Environment in the United States and Beyond*, 2001)、《爱默生》(*Emerson*, 2003)、《环境批评的未来》(*The Future of Environmental Criticism: Environmental Crisis and Literary Imagination*, 2005)等,并主编《美国超验主义》(*The American Transcendentalists: Essential Writings*, 2006)、《星球的色调》(*Shades of the Planet: American Literature as World Literature*, 2007)等。在这篇细致的访谈中,布依尔回顾了过去八年来的主要学术成就,评价了生态批评当前在西方尤其是美国的发展状况和未来的发展趋势;他肯定了作为世界文学的美国文学人文学者的社会责任以及文学批评、教学与社会批判之间的互动,指出我们必须要观照环境史来推动文学史的重新语境化。他也指出了自己从19世纪美国文学研究转向生态批评的转折点,明确《为濒危的世界书写》是其三部生态批评著作中最具代表性的一部,最完善地诠释了其批评立场。他认为,我们应该将文学史和话语,甚至所有的文本和人工制品都当做生态文本来阅读。他在近著中极力主张并致力于追究和批判各种不平等现象,因为这些现象严重危害了穷人、少数族以及其他被边缘化群体的健康和利益,为"第二波"生态批评提供了新的研究模式。

生:回顾过去,是什么引导您走上生态批评之路的?在您学术生涯一开始的时候,您是一个美国超验主义文学和"美国文艺复兴"方面的专家,在这方面出版了两种著作《新英格兰文学文化:从革命到文学的复兴》(*New England Literary Culture: From Revolution through Renaissance*, 1986)和《文学的超验主义:美国文艺复兴种的风格和视界》(*Literary Transcendentalism: Style and Vision in the American Renaissance*, 1973)。那么您为什么后来又转向了生态批评呢?

布依尔:有这么几种因素影响了我。首先是机制性因素:1970年代晚期,在我的母校欧柏林学院(Oberlin College)启动了一个跨学科的环境研究计划。该计划的创始人都是研究科学和公共政策的。启动一个新的环境研究计划往往都是这样的。他们让我考虑开设一门人文方面的课程,作为这一计划的补充。结果就有了这样一门本科生课程:"美国文学和美国环境"(American Literature and the American Environment)。直到现在我还在教这门课,不过作了些许变动。

我发现自己非常喜欢这项新实验。学生们求知欲很强,热情活泼,来自不同的系科和专业,给这样一群学生教授这样一门很合时宜的课程真是一件令人激动的事情,而这又促使我考虑在这一领域继续做更加深入的研究并最终写出了后来的那些著作。因此,用另一种方式来描述这一早期的经验,学生的热情这一来自基层的影响、我的同事们作为一个集体对我的影响以及公众对环境日益关注这样的历史时刻等,对于我走上生态批评的道路都是至关重要的。而且在那时,第一个"地球日"和尼克松任内关于环境的那个里程碑式的国会立法也刚完成不久。

我的环境科学和政策领域的同事让我参与他们的计划，而我也欣然同意的第二个原因是与我作为一名“超验主义”方面的学者这一背景有关的，超验主义运动当然就包括梭罗（Henry David Thoreau），他现在被认为预示了美国现代环境主义的兴起。

第三个原因与我个人和家庭有关。我生长在美国东部的一个城市，我小时候那个地区大部分都是农村，但随着我逐渐长大，那里也发生了极大的变化：变得越来越都市化，越来越成为大费城都市区的一部分，从而也成为从波士顿一直延伸到华盛顿特区的人口密集的“东北走廊”的一部分了。我父亲是当地规划委员会委员。他不得不处理土地使用规划问题，就是让卡森（Rachel Carson）十分担忧的那些问题，这些问题都与水质量以及环境退化的威胁有关。家庭的影响和我自己对周围环境迅速改变的见证，无疑与我后来在母校对环境研究积极响应并积极参与是大有干系的。

生：似乎您更喜欢使用“环境文学研究”（environmental literature studies）或者“环境批评”（environmental criticism）而不是人们常说的“生态批评”，这是为什么呢？

布依尔：因为我认为在实践中将人类区域和非人类区域截然分开是不可能的。尤其是今天，它们全都掺杂在一起，但数个世纪以来，实际上几千年来，就一直存在着这种掺杂的状况。我并不是说对生态学所强调的大自然或者非人类世界漠不关心。实际上，在我的环境伦理中，我主张人类应该改变自身，增强生物中心意识，加大人类对世界上非人类物种的健康及其可能命运所负有的责任。“第二自然”（second nature）这一术语首次出现于两千年前的罗马，该词后来在19世纪以及后来的马克思主义思想中变得极为重要。因此，至少是在两千年前，西方世界的知识分子就已经开始自觉地意识到：随着人类改变其环境的能力的不断增强，人类世界和非人类世界已经变得交融掺杂在一起了。当然，所有的生物都在试图改变它们自己的环境，但是，人类却有着最为强大的工具，而且我们也已经看到了结果。因此这就是我为什么更喜欢用“环境批评”而不是“生态批评”的原因了。

此外，对于构成这一跨学科环境研究领域的不同学科而言，“环境”这个形容词是更受欢迎的，至少对美国学者来说是这样。但我也知道，有的英语国家的同行们，譬如在澳大利亚，学者们就更喜欢“生态人文学科”(ecological humanities)这个词，以对应于“环境人文学科”(environmental humanities)。因此我不想将其一律教条化。此外，我也意识到需要对自己所使用的术语要考虑得实际一些。“生态批评”很显然已经成为整个英语世界中指代我所做的研究的最为通用的简化式标签了。因此“生态批评”一词显然不会消失；实际上它很可能注定要成为总是适用于我——作为一个文学界中从事这方面研究的学者——的一个标签。但我想，对于那些文学界之外的同事以及那些倾向于使用诸如环境人文学者等名称来描述我们的人来说，“环境批评”听起来更加合适一些。它听起来不像我在假装是一个生态学家或者假装是一个生态科学家。但我这些解释或许是没有必要地过于详细了。它触及到了一个一般性问题：跨越边界翻译术语的问题，不仅是学科的边界，而且也跨越语言的边界。几乎每一种开始走向全球化的新兴话语都会遇到这样的问题。随着新术语的周转流通，我们不可避免地也会遇到这种翻译上的问题。

生：感谢您作出这么清晰的回答。在当代，生态批评在中国也迅猛发展，尤其是21世纪开始的这七八年间。很多的文学文本和作家都被重新从生态批评的视角加以关注。而有些作家也开始对这一潮流作出积极的反应，在文学作品中植入并体现了很多生态因素或者环境意识。在理论界，很多批评家则从中国古代哲学或者宗教思想如老庄等的道家思想等中汲取生态文化资源，生态批评似乎会继续兴盛不衰并且在将来也将保持充足的动力。那么，请问目前在西方尤其是在美国，生态批评的发展趋势是怎样的呢？

布依尔：我对这一研究领域的总结性分析就是：生态批评是一个迅猛增长但仍旧方兴未艾的研究领域，与五年之后相比，现在还是十分边缘化的。作为一个自觉的运动，生态批评也就只有十年多一点。学会成立（按，1992年在美国内华达成立 the Association for the Study of Literature and Environment，简称 ASLE）及其第一次会议的召开都是1990年代中期。

生：您指的是1995年在科罗拉多大学举办的第一届 ASLE 大会吧？

布依尔：正是。因此生态批评是仍旧很年轻的。碰巧的是，今年在文学领域里所招聘的职位，将环境兴趣或者生态批评作为优先考虑对象的数目有显著增长。

生：这真不错！无论是对本领域的研究者还是对本学科的建构来说，这都是件好事。

布依尔：是的，有越来越多的工作职位尤其瞄准了生态批评家，这确实是一个很好的兆头。但与广告的很多其他职位如"种族研究"、"性别和性学研究"等方面的职位数相比，2007 到 2008 年间生态批评领域的职位数量还是相对较少的。不过，这种描述在某种意义上是具有欺骗性的。根据我的经验，无论一个工作职位是怎么描述的，具有生态批评方面的专长绝对是有优势的。在所有时期的英美文学史中，英文系都确实对在环境方面的某种专长很感兴趣，这种专长被当做是一种教学方面的优势，和/或作为一种研究上的优势。生态批评如果不是他们所聘任之人的首要研究领域，也作为其次要的研究领域。我之所以这样说，是因为我在毕业生职位聘任中见到很多这样的例子：我跟他们一起工作，虽然他们主要不是生态批评家，但在这一领域内都有一些教学和研究上的经验。我想，这是本学科内这种方兴未艾的话语势力日增的另一个重要兆头。

生：根据您的观察，生态批评都有那些新的动向或者新的方向？它有没有什么问题呢？

布依尔：宽泛地说，生态批评领域内最新的一种主要方向是对环境正义（environmental justice）问题的兴趣，尤其是对这样一种现象的兴趣：根据种族、族裔来区分的不同群体不同程度地受制于环境上的有利因素或者不利因素，这种歧视在美国被称作"环境种族主义"，但它并不是环境正义中唯一的问题。更为宽泛地说，这种新的生态批评方向集中研究环境不公正问题，这与无论哪种社会不公正以及它们在文化史和社会史中的刻写方式，以及这些在文学话语和其他形式的文化话语中是如何被自觉对待的——正如在关于不论是都市还是非都市的地域的写作中——等都是息息相关的。这种环境正义的修正主义的一个例子就是一本叫做《环境正义读本》（*Environmental Justice Reader*）的批评性文集，它出版于数年之前，与早期的生态批评有两点至关重要的不同之处。首先一点也是最重要的一点就是，它的关注点往往是都市和工业化而非荒野和乡村地区。第二点也与此相关，目的是关注人类的健康和福祉，而非大自然世界自身的利益（只要谈论自主存在于我们之外的一个大自然世界是合法的——当然，说大自然自主存在于我们之外这一声明本身也是颇有争议的）。这里很可能在生态批评运动内部产生各种不同思想之间的对立：以保护自然为优先考虑的环境保护主义取向和以人类利益为旨归的取向之间的对立和冲突。这种宗派之间的分裂被刻写在环境历史本身之中，这一点我们从美国在过去一百五十年间对环境关注的历史中都可以看出。最初保护大自然的动议首度定义了被看做是构筑起环境历史叙事之核心的东西。但我们也能够看到，与工业化时代同时来临的是一种以公众健康为导向的环境主义，这一运动关注的是清洁的空气、用水和充足的食物供应。环境史学家们现在开始将这两股力量看做是缠结在一起的，而第二股力量在本质上是与第一股力量同等重要的。

生：相对于第一股以自然为中心的环境主义力量，我们能否将第二股力量称为“人文主义”？

布依尔：可以。第一股力量在其伦理上倾向于更加以生态为中心，而第二股力量则更加以人类为中心，在这一意义上是可以这么说的。我个人认为，为了人类的健康以及我们身居其中的世界的健康，展望未来，我们必须走两者并重的路子。也就是说，我们必须对这些领域加以协调，要认识到这二者的历史是不可分割地交缠在一起的。就像关注公众健康的环境主义一样，第一种环境主义——对大自然的经营和保护——直到工业革命开始才真正成为一种主要力量。

生：因为只有在那时他们才开始觉察到工业化给环境带来的巨大伤害。

布依尔：正是如此。而我也怀疑如果您看看中国的历史，您也可以看到十分类似的现象。

生：是的，确实十分类似。在我们国家经济发展初期，我们并没有清楚地意识到这一点。但随着经济的进一步发展，我们开始看到了灾难：南方的洪水、北方的沙尘暴等等。于是我们才开始意识到环境保护的重要性了。也和西方的情况一样,对生态和环境问题最先作出反应的也是人文学者,或者更为具体地说,是文学批评家和研究者。例如,2008 年下半年分别在中国的北京和武汉举行的两次关于生态环境方面的国际研讨会就都是从文学的阅读和批评入手的,在国内外产生了较大的反响。

布依尔:很好,您刚才的总结也在很大程度上符合欧美历史上的环境意识的觉醒。

生:这确实是全世界都面临的一个问题。关于环境正义这个问题,在中国也得到热烈的讨论。当我们思索环境问题的时候,我们就不得不考虑到社会正义、财富分配的不公正和贫富之间——我指的是不仅仅是穷人和富人之间,也指所有层面上的贫富,包括贫困阶层和富有阶层、穷国和富国之间——的两极分化等等问题。你是否认为这些是生态问题的根源呢?有些环境保护措施看上去极为可行和有效,但实际上却常常无法在发展中国家真正实施,这往往是因为对发展中国家中的人们来说,首要的是如何生存下去。

布依尔:正是这样。我认为发展中国家在这一方面面临着一个特殊的挑战,因为每个国家(这里不仅仅指中国,也指任何处于同样情形下的所有国家)都想为自己的百姓提供合情合理的健康标准和舒适。而这就需要有某种经济增长的动力,这种经济增长动力又总是有跑得太快的巨大危险,因为它认为环境是无限度地安全的。任何跑得过快的东西总是会产生某种出人意料的后果的。当然,任何人类行为都会产生意想不到的后果;但是,速度越快,就越有可能受到意想不到的后果的惊吓,甚至被其吞没。组织社会学家佩如特(Churls Perrot)引入了"正常事故"(the normal accident)这一概念。他举的例子是高科技,尤其是核技术。但这一观念是可以被普遍化的:机器越是精巧、复杂、高速运转,我们就越能够准确地预测它必将会发生事故。我将这一概念普遍化于任何发展迅速的经济案例中去。快速发展的欲望是可以理解的。这里面有令人激动的因素,甚至有十分高贵的因素,但是,这里面也有极其危险的因素。

生:是的。但这只是问题的一方面。问题的另一方面是:富国应该如何帮助解决这些环境问题并促进全球生态的健康发展。

布依尔:我对这一点是有所保留的。但当我这样说的时候,您必须要理解,我并不是作为一个专家来发言的。我是作为一个意欲成为一名世界公民的人(根据我对此的最好的理解)来说话的。我想,我们所需要的东西是十分清楚的,不清楚的是如何去完成它。我们需要的就是:在全球范围内基于所有层面的资源的人均消费和社会消费的一个更加平等的分配体制。这是其一。另外我们也需要改善世界管理体系,这一新的世界体系尤其不再那么严重地受到美国的政治军事意志的宰制,也不再那么严重地像现在这样受到传统经济霸权的控制。那么我如何才能实现这一目标呢?我不会虚伪地说这是一件很容易的事情,因为富国不见得情愿放弃它们的既得利益和优势,而那些政治霸权们也是如此。如今的世界深受下面局势所害,程度之深令人咂舌:政治霸权和经济霸权通过国家自主、通过在全球范围内的经济力量施行的权力而得到了加强和建制化;这些全球规模的经济力量受控于数量有限的公司和跨国监管机构(transnational regulators),而这些机构本身就常常受到公司的控制。这些政治权力和经济权力的集中化(亦即那些大公司)需要受到更好的遏制,也需要比目前负起更大的责任。如何确切地做到这些是一件困难的事情。试图去解决或者遏制一个较为地区性的不安定局势,就已经足够困难了,譬如朝鲜问题。而当我们谈论在未来创建一个更美好的全球性环境时,那就真是一件十分艰巨的任务了,而我也不会假装自己能够提供什么灵丹妙药。我只会说,我们必须要这样做。

生:在目前,我认为学术界最迫切的任务就是要著书立说、教授相关的课程以提高学生和公众的环境意识,公众将会逐渐认识到环保的重要性,而不是假装什么都没有发生。公众意识的觉醒是十分重要的。

布依尔:完全正确。这就是人文学者所能做的最好的事情,也就是提高公众觉悟,通过教育、通过公开发言之类的努力,以使读者持续地关切环境,让这种关切时刻列于公众的议程上。人文学者尤其要能够就下列议题发言:关于生命的平等、关于价值和正义等问题、关于美以及内在的幸福(well-being),而非仅仅是物质性的幸福。当我说幸福这个词时,我指的不是经济上的富裕,我指的是一种对自己生活方式的内在的宁静感和正确性的感觉。我还想补充一点:如果理解正确的话,那么这种幸福观并不是简单地让一个人凡事都与世无争、离群索居,而是同时也要关心他人的幸福。

生:很好,我们这里正好接上下一个相关的问题。我们谈到了学术界知识分子的责任问题以及我们应该做些什么以保护环境。我们也不得不帮助改变人们的行为方式和经济发展模式。因此在某种意义上我们已经不仅仅是文学批评家了。那么,就生态批评而言,我们该如何去调和文学研究与教学和社会批评这两种颇有差异的任务呢?

布依尔:因为时间关系,我只能给这个复杂的问题一个简略的回答。我的答案的第一个阶段似乎很清楚:我们必须要重新语境化(re-contextualize)。我们必须要参照环境的历史,推动整个文学史(从开端一直到现在)的重新语境化,要将每一个表达性行为(expressive act)看做是被置于(在一定意义上说)某种物质环境中并具有某种潜在的寓意——在其环境伦理中,甚至也在其可展示的、后来对环境的态度中。我们在研究整个文学艺术史的时候,必须要期待,甚至要确信:它预示着环境状况的某些后果,或者提供了一扇某种理解或者启蒙的窗户,有时候则成为某种促使有关环境的态度、政策等发生变化的能动体(agent)。在西方文学想象的历史中,我们可以追溯到现存最早的主要文本——苏美尔史诗《吉尔迦美什》(*Gilgmesh*),它已经存在三千年了。在生态批评对其进行重新检视之前,这部史诗以不太为人所知的方式集中叙述了农牧交错时期的一场革命,也就是从游牧生活方式到西南亚定居文化的转变以及此后由于该地区的森林被毁和沙漠化而造成的种种后果。因此,该文本就成为关于环境变化的某种寓言。而在盎格鲁-撒克逊人的史诗《贝奥武甫》(*Beowulf*)中,战士的大厅是安全的,与此相对,荒漠沼泽——也就是传说中的沼泽居所——则是令人恐怖的。我们同样也可以从中得出类似的结论:该文化对"未被驯服的"荒野是十分厌恶和排斥的。这只是寥寥数例而已。但我认为我们有责任参照环境史和关于环境的话语来重新阅读文学史和文学话语:我们应该将文学史和文学话语当做生态话语来读(eco-discourse)。你自己也提到像老子、庄子等中国古代思想家们的潜在的重要性。我认为很多文化传统都可以为此作出贡献。而这对当代生态批评家来说也是一种挑战或者负担。从传统上看,文学学者都是从一两个国家的档案中获得一些知识、用有限的语言学知识进行研究。在我们扩展档案这一工作的不断前进的过程中,更多地掌握世界各国的语言和翻译工作都将是至关重要的。

生:从我们上次在北京见面到现在,您在您的研究工作中又取得了重大进展,出版了四部有关环境批评和美国超验主义的十分详实的著作:《爱默生》(2003),在其出版当年为你赢得了著名的"沃伦-布鲁克斯杰出文学批评奖"(Warren-Brooks Award for outstanding literary criticism);《环境批评的未来》(2005);《美国超验主义者:基本著作》(主编,2006)和《星球的色调:作为世界文学的美国文学》(合编,2007)。另外您也撰写了很多论文。能否请您简略地总结一下您最近在这一领域内的理论成就或者理论发现?读者们很想对您多些了解,因为即使是在全球化和互联网的时代,您的新作在中国也很难看到,即使翻译也常常要滞后数年之久。我想很有必要请您直接对中国的读者谈谈你的新理论或者新发现。

布依尔:我最近关于爱默生和超验主义的著作,更加普遍地反映了我对19世纪早期美国文学诞生时期的历久不衰的兴趣,尤其是对美国超验主义——爱默生(Ralph Waldo Emerson)、梭罗、福勒(Margaret Fuller),以及其他一些属于这个圈子或者与它有关的作家,其中最著名的包括惠特曼(Walt Whitman)、霍桑(Nathaniel Hawthorne)、麦尔维尔(Herman Melville)等。我的博士论文就是关于爱默生的,写于1960年代晚期;我的头两部书都是关于这些超验主义者以及他们的文学活动和更为普泛的历史活动的。但是,在我至今仍在继续研究的这一早期兴趣和我晚近的生态批评著作之间,至少存在着两个密切的关联点。首先也是最宽泛的一点,我深受这些"经典的"美国作家的吸引,主要是因为他们作品中的文学、哲学反思和社会预言的混杂并存。他们中没有一个是与世隔绝的单纯的唯美主义者。其次,也是更加具体的一点,他们中的有些作家——尤以梭罗和爱默生为最——对大自然状况和命运的兴趣,对人类和非人类世界之间关系的理解等,都让我十分着迷。这里我们看到我后来转向生态批评的智性开端,也可以看到我决定将我三部生态批评著作中的第一部《环境的想象》的中心定位于梭罗这一形象和自然写作(或者我所谓的"环境写作",我更喜欢用一个更具扩展性的词语)之上的深层逻辑。

至于我作为一个生态批评家的研究工作的发展,可以这样说,在我关于这一主题的三部书中,我试图暂时性地勾勒出一个路线。说到这里,请让我即刻指出一点:我把自己看做是一个个体的声音,是很多声音中的一个;而且,随着生态批评已经从一个只有数十人组成的细胞核迅猛发展为一个世界性运动,其研究者人数有数万之多,因此,想让任何一个人对其性质作出综合性说明,变得越发困难,更不要说要指出其未来的发展方向了。在1980年代晚期和1990年代早期当我撰写《环境的想象》时,我一直想知道到底有多少同事和学者对我的研究真正感兴趣。到现在,我的问题却反过来了——我越来越感到无法跟上所有重要的新著作的步伐。虽然如此,我还是尽了最大努力,使我的每一本书都成为一个个体的干预,试图去探讨一系列我认为生态批评家们需要思考的至关重要的问题。

那么,我的研究思想和研究方向是如何变化的呢?首先,它背后的环境美学和伦理变得更加复杂了。《环境的想象》(1995)主要是一次思想实验,它检视了文学(以及在相对较小程度上的其他艺术)或许能够比人类规范(human norm)更"生态中心地"或者"生物中心地"进行思考的程度。我那时就相信,而且直到现在也相信,这样一种伦理上和美学上的价值重估对于我们星球的存活将是很有必要的。但对这一研究的追求,导致我对我所认为的"环境文本"采取了一种太过于局限的观点,因此在实践中,我将我的研究领域过多地局限于有关人类以外的世界(other-than-human)的写作,以及自然写作和自然诗歌等文体。我甚至开始质疑,是否长篇小说、是否一般的小说,都恰当地适用于在我所使用的严格意义上的环境表述。此外,《环境的想象》太过于狭隘:它固执地认为,带有应有的自我意识的表述性现实主义(representational realism),就是探讨环境问题的最好的承载工具;而与之相对的则包括虚构性模式如所谓的魔幻现实主义、主观抒情小说或者推理小说等。我之所以采取了我现在的研究路子,是因为我相信而且也一直相信:一方面需要容许后结构主义理论对所谓"幼稚的"现实主义在认识论上表示的不信任这种怀疑主义,另一方面也需要对这样一种整体化立场加以驳斥。但是,我所描述的这两种简略方式的结果,都促使我去修改我在第二本书《为了濒危的世界而写作》中的批评框架,而我的第三本有关生态批评的书《环境批评的未来》则进一步廓清了这一框架。

我认为,《为了濒危的世界而写作》是唯一一部对我的批评立场所作的最好的、最完整的陈述。我希望在将来它的知名度超过《环境的想象》——较旧的因此也是最为人熟悉的文本;也超过《环境批评的未来》,

因为我认为它更像是一部为生态批评的新手所写的实用手册，在写作这本书时，因为有强制性的字数限制，我的论述必须极其简略。《为了濒危的世界而写作》与以前的同类书籍的最大不同之处在于，它声称所有的文学以及其他的创造性人工制品（不论它们是什么文体风格），原则上都是环境文本（environmental texts）；它同时也将过去两个世纪间的环境主义美学话语历史的特点，描述为保护大自然的环境主义（nature-protectionist environmentalism）和公众健康环境主义的共同演进。因此，对于作为生态批评家的我来说，有关城市和市郊化（suburbanization）的文学是与有关花园、乡村和荒野的文学同等重要的。就生态批评方面而言，这有助于形成一个比《环境的想象》更加丰富而开阔的文学史视野和一种更加复杂的环境伦理。有关后者，我在早期的题为“有毒的话语”（Toxic Discourse）的那一章中就讨论过，后来我又继续对其进行深入的研究，试图为我在《环境批评的未来》中所称的“第二波”生态批评提供一个模式，也就是致力于追溯臭名昭著的不平等之根源的一种生态批评模式，这种不平等不成比例地给穷人、少数族裔以及其他一些被边缘化的人群带来了健康方面的危险。我在这里有一个更为宽泛的论点（很多人认为这一点是很有争议的）：在我们这个日益全球化的世界上，由于全世界所有人都分享一个日益共同的环境，世界上所有人的状况和命运也就都互相交织在一起了，那么原则上讲，没有什么地方具有环境上的免疫力，可以免于种种悲惨状况，虽然社会上的失败者因此而遭受的痛苦最为厉害，也最令人震惊。

我可以就我的理论观点多谈一些，但我怕我的回答已经太长了！

生：好的，那我们继续谈下一个问题吧。从您提供的简历中，我知道您现在正在写两本书：一本是《“伟大的美国小说”的文化和批评史》（*A Cultural and Critical History of “The Great American Novel”*），另一本是《作为生命和生态存活之必需品的环境自传》（*Environmental Autobiography as a Necessity of Life-and Ecological Survival*）。能不能请您就这些在研项目多谈一点？它们的主要思想是什么？什么时候能够完成？

布依尔：让我集中回答一下第二个问题，因为那个关于美国小说的项目与我的生态批评没有什么直接的联系。最近几年里，有一个现象变得十分普及，这给我造成了很大的触动，这一现象就是：无论是当今这一历史时期还是在历史上,在关于自然环境方面的写作以及在生态批评作品中的自传性转向(在英语世界里,后者被称作"叙述性学术"[narrative scholarship])。我尤其感兴趣于环境作家们是如何创造出叙述、记忆、私人见证以及有时候也有集体见证(譬如,以一个社群的声音说话)的力量的,是如何戏剧性地刻画地域维系(place-attachment),如何戏剧性地刻画(随着时间推移而逐渐降临到某个社群的)对环境的盘剥或者环境退化的,如何戏剧性地刻画在与大自然建立起联系或者重建联系后恢复创伤或者疾病的力量的。我还无法预见这本书将如何组织——或许可以按照文类风格,但它靠的是我对自传体写作(包括对自传的虚构性模仿)的长久兴趣,以及我在课堂上对自传进行的实验:在我定期教授的一门课程中,我要求学生写一些有关地域的个人叙述。

生:这里有一个相关的问题,根据最近发表在《哈佛在线公报》(*Harvard University Gazette Online*)上的您的一篇访谈,您"目前在追溯'伟大的美国小说'这一概念的历史,从19世纪中期直到当今"。就我个人的理解,追溯也就是重新发现,同时也是一种建构。请问您建构这样一种经典文学传统的目的和意义是什么呢?您是否有意要建立起某种美国的文学经典?您认为什么样的小说称得上是伟大的"美国小说"?伟大的标准都有哪些?这难道听起来不是带有一些民族主义色彩吗?该词自19世纪中期、美国内战以后就变得流行起来。在建构美国伟大小说的过程中,您是否也会考虑美国少数族裔如美国土著人或者亚裔美国人的写作呢?

布依尔:这是好几个大问题,我将十分简略地进行回答。因为我关于"伟大的美国小说"的书只是在很有限的程度上是一本有关生态批评的书——它只是将美国社会—空间地理(socio-spatial geography)的特性、区域化和气候等纳入考察范围内。在一个层面上,这本书确实是某种民族小说史,它将按照四五个不断重复出现的模板或者结构模式组织起来,这些模板似乎深受那些力争要成为"民族"小说家的作者们所青睐。但是该书决不是要被设计成在其本性上首要地是民族主义式的,尽管它也会承认:大众梦想背后那种似乎永不消亡的热情(现在已经有近150年之久了)——要看到"伟大的美国小说"被写出来——部分地因为民族主义而得到进一步的加强。但对这一问题采纳一些相反的观点将是更准确的。(1)伟大的美国小说的魅力,部分地来自一种关于民族文化上的自卑感(尤其是相对于英国和欧洲这个“旧世界”)。(2)最容易经常被当做“伟大的美国小说”的候选者的书,都是有关失败的,譬如麦尔维尔的《白鲸》和菲茨杰拉德的《了不起的盖茨比》——这些小说对美国生活的描写都是极其令人难堪而不是赞美的。(3)伟大的美国小说这一观念并不完全是专门探讨美国文学的。在其他地方也有其他版本的“伟大的民族小说”,譬如在某些拉丁美洲国家中。因此,我并不将我的项目严格地看做是一个关于美国的项目,而是也有着一种比较的维度在里面。

生:自从我来到美国,最让我吃惊的事情之一就是这里对资源的浪费:水、纸张、电、汽油、食品……虽然这里到处都贴着醒目的呼吁节约的标语像“要废物回收!”“节约能源!”“节省能源!”等。你认为这里的民众是否应该改变他们的生活习惯以节约能源呢?而公众又是否乐意放弃他们的舒适和方便去过一种更加节俭和可持续的生活呢?我认为,唤醒公众的环保意识在世界范围内仍旧是一个十分艰巨的任务。

布依尔:有些美国人确实比另外一些更节俭一些,但一般而言,你的观察是很正确的。在口号和行为之间存在着天壤之别。我将这种现象称为“环境矛盾想法”(environmental doublethink)。我们只能通过立法,更加严厉地施行罚款,并针对使用资源的不同程度而实行不同的价格等措施,以促使人们遵行必要的节俭行为,除此之外我看不到别的办法。譬如,在我所居住的城市里,那些用水多的人,他们的水费就要高得多。这种政策需要更加严格地实施。但宣传口号仍然是有用的,不应该被撕掉。没有这些口号,局势有可能变得更糟糕。我这里的基本观点是,在“自由市场”运作的语境中,光有道德劝说是远远不够的。

生:您已经提到您的父亲是一位城市土地规划者,而您的母亲玛奇(Marge)是一位著名的动漫画家,甚至现任哈佛校长福斯特女士都曾是她创造的露露形象的狂热“粉丝”,您的哥哥也在一所大学任教,是一个文学批评家。您能否说说您的家庭对您的文学研究的影响?

布依尔:我在前面已经谈到了我父母对我早年生活和我性格的形成所产生的最重要的影响了。我哥哥弗雷德里克有关环境的价值观与我十分近似，我十分珍视我们多年来的交流。他是一个文化全球主义领域的学者，我从他身上学到了很多东西，尤其从他的《从启示录到生活之路：美国世纪的环境危机》(*From Apocalypse to Way of Life: Environmental Crises in the American Century*, 2003)这部优秀著作中获益良多。

(作者单位：清华大学外语学院)